SARAH JIO | Irgendwo für immer

SARAH JIO

Irgendwo für immer

Roman

Aus dem Amerikanischen von
Charlotte Breuer und Norbert Möllemann

Diana Verlag

Die Originalausgabe erschien 2011
unter dem Titel *The Violets of March*
bei Plume, Penguin Group (USA) Inc., New York

MIX
Papier aus verantwortungsvollen Quellen
FSC® C014889

Verlagsgruppe Random House FSC-DEU-0100
Das für dieses Buch verwendete
FSC®-zertifizierte Papier *EOS*
liefert Salzer Papier, St. Pölten, Austria.

Redaktion | Heiko Arntz
Herstellung | Gabriele Kutscha
Satz | Leingärtner, Nabburg
Druck und Bindung | Pustet, Regensburg

Printed in Germany

978-3-453-29110-2

Für meine Großmütter,
Antoinette Mitchell
und die kürzlich verstorbene Cecilia Fairchild,
die in mir die Liebe zur Kunst und zum Schreiben
und das Interesse an den Vierzigerjahren
geweckt haben

»And the riverbank talks of the waters of March,
It's the end of all the strain, it's the joy in your heart.«

Antonio Carlos Jobim, Waters of March

1

So, ich schätze, das war der Rest«, sagte Joel, als er den Kopf in unsere Wohnungstür steckte. Sein Blick wanderte umher, als versuchte er, sich jede Einzelheit der Maisonettewohnung in dem New Yorker Altbau einzuprägen, die wir vor fünf Jahren gekauft und renoviert hatten – in glücklicheren Zeiten. Es war ein beeindruckender Anblick: die Eingangstür mit dem hübschen Bogen, der alte Kaminsims, den wir in einem Antiquitätenladen in Connecticut entdeckt und wie einen Schatz nach Hause transportiert hatten, und die prächtigen Esszimmerwände. Wir hatten lange hin und her überlegt, welche Farbe wir nehmen sollten, und uns schließlich für »Marokko-Rot« entschieden, einen Farbton, der zugleich romantisch und extravagant war, genau wie unsere Ehe. Nachdem wir die Wände gestrichen hatten, fand Joel den Ton zu orangestichig. Ich fand ihn genau richtig.

Unsere Blicke begegneten sich, aber ich schaute schnell wieder auf den Abroller in meiner Hand, fummelte mechanisch das letzte Stück Paketband heraus und klebte hastig den letzten Karton mit Joels Sachen zu, die er an dem Morgen abholte. »Moment mal«, sagte ich, als mir einfiel, dass ich eine Ecke eines in blaues Leder gebundenen Buchs in dem jetzt zugeklebten Karton gesehen hatte. »Hast du etwa mein *Years of Grace* eingepackt?«

Ich hatte den Roman vor sechs Jahren während unserer Hochzeitsreise nach Tahiti gelesen, allerdings waren es nicht die Erinnerungen an unsere gemeinsame Reise, die ich mit seinen abgegriffenen Seiten hochhalten wollte. Im Rückblick ist es mir ein großes Rätsel, wie der Roman von Margaret Ayer Barnes, mit dem sie 1931 den Pulitzer-Preis gewonnen hatte, in dem Korb mit den verstaubten Büchern in der Eingangshalle des Ferienhauses gelandet war, aber als ich es aufschlug und den brüchigen Buchrücken leise knacken hörte, blieb mir fast das Herz stehen, weil es mir so seltsam vertraut vorkam. Die anrührende Geschichte von Liebe, Verlust und Resignation, von verborgenen Wünschen und heimlicher Leidenschaft veränderte ein für alle Mal meine Haltung zu meinem eigenen Schreiben. Vielleicht war sie sogar der Grund dafür, warum ich *aufgehört* hatte zu schreiben. Joel hatte das Buch nie gelesen, und darüber war ich froh. Die Geschichte war zu intim, um sie mit jemandem zu teilen. Sie kam mir vor wie die Seiten meines ungeschriebenen Tagebuchs.

Joel sah zu, wie ich das Paketband wieder abriss, den Karton öffnete und auf der Suche nach dem alten Buch darin herumwühlte. Als ich es fand, stieß ich einen Seufzer aus. Mein Herz klopfte.

»Tut mir leid«, sagte er verlegen. »Ich wusste nicht, dass du …«

Es gab so vieles, das er nicht von mir wusste. Ich umklammerte das Buch mit beiden Händen, dann nickte ich und klebte den Karton wieder zu. »Ich glaube, das war es jetzt«, sagte ich und stand auf.

Er schaute mich unsicher an, und diesmal hielt ich seinem Blick stand. Noch ein paar Stunden lang – bis ich am Nachmittag die Scheidungsdokumente unterschrieben hatte, um genau zu sein – würde er mein Ehemann sein. Es fiel mir schwer, in diese dunkelbraunen Augen zu schauen in dem Wissen, dass der Mann, den ich geheiratet hatte, mich verließ. Wegen einer anderen. *Was war nur mit uns geschehen?*

Wieder, wie schon zahllose Male seit unserer Trennung zuvor, sah ich die entscheidende Szene unseres Untergangs vor meinem inneren Auge wie in einem Filmdrama. Sie begann an einem verregneten Montagmorgen im November. Ich machte gerade Rührei mit Tabasco, wie er es am liebsten hatte, als er mir von Stephanie erzählte. Wie sie ihn zum Lachen brachte. Wie gut sie ihn verstand. Wie gut sie zusammenpassten. Ich stellte mir zwei Legosteine vor, die perfekt ineinanderpassten. Mich fröstelte. Komisch, wenn ich mich an jenen Morgen erinnere, rieche ich jedes Mal verbranntes Ei und Tabasco. Hätte ich gewusst, dass das Ende meiner Ehe so riechen würde, hätte ich Pfannkuchen gebacken.

Ich betrachtete noch einmal Joels Gesicht. In seinen Augen lagen Trauer und Verunsicherung. Wenn ich aufstand und mich ihm in die Arme warf, würde er mich vielleicht mit der Liebe eines reuigen Ehemanns umarmen, dann würde er mich vielleicht nicht verlassen. Aber nein, mahnte ich mich. Es war zu spät. Unser Schicksal war besiegelt. »Leb wohl, Joel«, sagte ich. Mein Herz wollte ihn vielleicht halten, aber mein Verstand wusste es besser. Er musste gehen.

Joel wirkte verletzt. »Emily, ich …«

Hoffte er auf Vergebung? Auf eine zweite Chance? Ich wusste es nicht. Ich hob eine Hand, um ihn zum Schweigen zu bringen. »Leb wohl«, wiederholte ich unter Aufbietung all meiner Kraft.

Er nickte ernst, dann wandte er sich zur Tür um. Ich machte die Augen zu und lauschte, als er die Tür leise hinter sich zuzog. Er schloss sie von außen ab, eine Geste, die mir fast das Herz brach. *Er sorgt sich noch um mich …* Wenigstens um meine Sicherheit. Ich schüttelte den Kopf und nahm mir vor, das Schloss auswechseln zu lassen, während ich hörte, wie seine Schritte leiser wurden, bis sie von den Straßengeräuschen verschluckt wurden.

Als das Telefon klingelte und ich aufstand, um ranzugehen, wurde mir bewusst, dass ich in *Years of Grace* vertieft auf dem Boden gesessen hatte, seit Joel gegangen war. War eine Minute vergangen? Eine Stunde?

»Kommst du?« Es war Annabelle, meine beste Freundin. »Du hast mir versprochen, deine Scheidungsdokumente nicht allein zu unterschreiben.«

Verwirrt schaute ich auf die Uhr. »Tut mir leid, Annie«, sagte ich, während ich in meiner Handtasche nach den Schlüsseln und dem gefürchteten braunen Umschlag kramte. Ich hätte vor einer Dreiviertelstunde in dem Restaurant sein sollen, wo wir uns verabredet hatten. »Bin schon unterwegs.«

»Gut«, sagte sie. »Ich bestell dir einen Drink.«

Das Calumet, wo wir uns häufig zum Mittagessen trafen, lag vier Blocks von meiner Wohnung entfernt, und als ich zehn Minuten später dort eintraf, begrüßte Annabelle mich mit einer Umarmung.

»Hunger?«, fragte sie, nachdem wir uns gesetzt hatten.

Ich seufzte. »Nein.«

Annabelle runzelte die Stirn. »Kohlehydrate«, sagte sie und schob den Brotkorb zu mir herüber. »Du brauchst Kohlehydrate. Wo sind die Unterlagen? Bringen wir's hinter uns.«

Ich zog den großen Umschlag aus meiner Handtasche, legte ihn auf den Tisch und betrachtete ihn so argwöhnisch, als handelte es sich um eine Stange Dynamit.

»Du bist dir hoffentlich darüber im Klaren, dass das alles deine Schuld ist«, sagte Annabelle mit einem schiefen Grinsen.

Ich funkelte sie an. »Was soll das heißen, meine Schuld?«

»Männer, die *Joel* heißen, heiratet man nicht.« Sie schnalzte missbilligend mit der Zunge. »Niemand heiratet einen Joel. Mit einem Joel geht man aus, man lässt sich von ihm einen Drink spendieren oder ein paar Klunker bei Tiffany kaufen, aber man heiratet ihn nicht.«

Annabelle arbeitete gerade an ihrer Doktorarbeit in Sozialanthropologie. Sie hatte zwei Jahre lang zu ihrem Thema recherchiert und Daten über Eheschließungen und Scheidungen auf ziemlich unkonventionelle Weise ausgewertet. Ihren Erkenntnissen zufolge konnte der Erfolg einer Ehe anhand des Vornamens des Ehemannes genau vorausberechnet werden.

Heirate einen Eli, und du kannst mit 12,3 Jahren ehelichen Glücks rechnen. Mit Brad? 6,4. Eine Ehe mit Steve läuft sich schon nach vier Jahren tot. Und nach Annabelles Meinung darf man nie, *niemals* einen Preston heiraten.

»Was sagen die Daten noch mal über Joel?«

»Sieben Komma zwei Jahre«, antwortete sie trocken.

Ich nickte. Wir waren sechs Jahre und zwei Wochen verheiratet gewesen.

»Du musst dir einen Trent suchen«, fuhr sie fort.

Ich verzog das Gesicht. »Ich kann den Namen Trent nicht ausstehen.«

»Okay, dann einen Edward oder einen Bill oder – nein, einen Bruce«, sagte sie. »Die Namen stehen für eheliches Durchhaltevermögen.«

»Genau«, sagte ich sarkastisch. »Vielleicht solltest du mich auf der Suche nach einem Ehemann in ein Seniorenheim begleiten.«

Annabelle war groß und schlank und schön, ein Julia-Roberts-Typ mit langen Beinen, welligem dunklen Haar, Haut wie Porzellan und intensiven, dunklen Augen. Mit ihren dreiunddreißig Jahren war sie immer noch unverheiratet. Sie machte den Jazz dafür verantwortlich. Angeblich konnte sie keinen Mann finden, der ihre Begeisterung für Miles Davis und Herbie Hancock teilte.

Sie winkte dem Kellner. »Noch zwei, bitte.« Er nahm mein leeres Martiniglas, das einen nassen Ring auf dem Umschlag hinterließ.

»Es ist so weit«, sagte ich leise.

Meine Hand zitterte ein bisschen, als ich einen dicken Stapel Papier aus dem Umschlag zog. Die Sekretärin meines Anwalts hatte drei Seiten mit pinkfarbenen Klebezetteln mit dem Hinweis »hier unterschreiben« markiert.

Ich nahm einen Stift aus meiner Handtasche und hatte einen Kloß im Hals, als ich die Seiten nacheinander unterschrieb. Emily Wilson, mit schwungvollem y und einem entschlossenen n. Genau so sah meine Unterschrift seit der fünften Klasse aus. Zum Schluss trug ich das Datum ein,

28. Februar 2005, der Tag, an dem unsere Ehe zu Grabe getragen wurde.

»Gut gemacht«, sagte Annabelle und schob einen frischen Martini in meine Richtung. »Und wirst du über Joel schreiben?« Weil ich Schriftstellerin bin, glaubte Annabelle wie alle in meinem Freundes- und Bekanntenkreis, dass ein kaum verschlüsselter Roman über meine Beziehung mit Joel die beste Rache wäre.

»Du könntest eine ganze Geschichte um ihn herum aufbauen, du müsstest nur seinen Namen leicht verändern«, fuhr sie fort. »Du könntest ihn ja Joe nennen und ihn als kompletten Trottel darstellen.« Sie biss von ihrem Toast ab, doch dann musste sie lachen, sodass sie sich beinahe verschluckte. »Als Trottel mit Erektionsstörungen.«

Aber selbst wenn ich die Absicht gehabt hätte, mich mit einem Roman an Joel zu rächen, wäre ein fürchterliches Buch dabei herausgekommen. Falls ich überhaupt etwas zu Papier gebracht hätte, wäre es vollkommen fantasielos gewesen. Denn schon seit acht Jahren setzte ich mich jeden Morgen nach dem Aufwachen an meinen Schreibtisch und starrte auf meinen leeren Bildschirm. Hin und wieder brachte ich den einen oder anderen brauchbaren Satz zustande oder ein paar ordentliche Seiten, aber dann kam ich nicht weiter. Und wenn ich erst einmal feststeckte, ging gar nichts mehr.

Meine Therapeutin Bonnie nannte das eine pathologische Schreibhemmung. Meine Muse war erkrankt, und die Prognose für die Zukunft sah schlecht aus.

Vor acht Jahren hatte ich einen Erfolgstitel geschrieben. Vor acht Jahren war ich ganz nach oben gekommen. Ich war schlank gewesen – nicht dass ich jetzt fett wäre (na ja, okay, an den Oberschenkeln vielleicht ein bisschen) – und mein Buch hatte es in die Bestsellerliste der *New York Times* geschafft. Und wenn es neben einer Bestsellerliste so etwas gäbe wie eine Best-Life-Liste, dann hätte ich auch darauf meinen Platz gehabt.

Nachdem mein Buch *Anruf für Ali Larson* sich als großer Erfolg entpuppt hatte, ermunterte meine Agentin mich dazu, einen Folgeroman zu schreiben. Die Leser wünschten sich eine Fortsetzung, sagte sie. Und mein Verlag hatte mir für mein zweites Buch bereits die doppelte Summe als Vorschuss in Aussicht gestellt. Aber sosehr ich mich auch bemühte, ich hatte nichts mehr zu schreiben, nichts mehr zu sagen. Und irgendwann hörte meine Agentin auf, mich anzurufen. Die Leute im Verlag hörten auf, etwas von mir zu erwarten. Die Leser hörten auf, sich für mich zu interessieren. Der einzige Beweis dafür, dass ich mir mein glorreiches Leben nicht eingebildet hatte, waren die Schecks mit den Tantiemen, die hin und wieder mit der Post kamen, und gelegentlich ein Brief von einem etwas gestörten Leser namens Lester McCain, der behauptete, er sei in Ali verliebt, die Hauptfigur in meinem Buch.

Ich weiß noch, wie mir das Herz bis zum Hals schlug, als Joel auf der Party anlässlich der Buchpräsentation im Madison Park Hotel auf mich zukam. Er war auf einer Cocktailparty in einem Nebenraum und hatte mich in der Tür stehen sehen. Ich trug ein Kleid von Betsey Johnson, das 1997 absolut der letzte Schrei war: ein schulterfreies kleines Schwarzes, für das ich ein Vermögen hingeblättert hatte. Aber es war jeden einzelnen Penny wert. Es hing noch immer in meinem Kleiderschrank, aber jetzt wäre ich am liebsten schnurstracks nach Hause gerannt, um es zu verbrennen.

»Sie sehen umwerfend aus«, hatte er ziemlich forsch gesagt, noch ehe er sich vorgestellt hatte. Ich weiß noch, wie ich mich fühlte, als ich diese Worte hörte. Es hätte sein üblicher Anmachspruch sein können, und wahrscheinlich war er das sogar. Aber ich schmolz sofort dahin. Es war so typisch Joel.

Ein paar Monate vorher hatte *GQ* einen mehrseitigen Bericht über die begehrtesten »normalen« Junggesellen Amerikas gebracht – nein, nicht die Liste, in der alle zwei Jahre George Clooney auftaucht. Auf dieser Liste standen ein Surfer aus San Diego, ein Zahnarzt aus Pennsylvania, ein Lehrer aus Detroit und, ja, ein Anwalt aus New York, und das war Joel. Er hatte es unter die Top 10 geschafft. Und irgendwie hatte *ich* ihn mir geangelt.

Und wieder vom Haken gelassen.

Annabelle fuchtelte mit den Händen vor meinen Augen herum. »Hier spielt die Musik«, sagte sie.

»Tut mir leid.« Ich schüttelte mich. »Nein, ich schreibe nicht über Joel.« Seufzend schob ich die Dokumente zurück in den Umschlag und steckte ihn in meine Tasche. »Falls ich jemals wieder etwas schreibe, wird es anders sein als alles, woran ich mich je versucht habe.«

Annabelle sah mich verwirrt an. »Was ist denn mit der Fortsetzung deines letzten Buchs? Arbeitest du da nicht mehr dran?«

»Nein, ich hab's mir anders überlegt«, sagte ich, während ich meine Serviette einmal in der Mitte faltete und dann noch einmal.

»Und warum nicht?«

Ich seufzte. »Ich kann nicht. Ich kann mich nicht zwingen, 85 000 mittelmäßige Wörter abzusondern, selbst wenn ich einen Buchvertrag bekäme. Nicht mal, wenn ich wüsste, dass Tausende von Lesern mein Buch mit in den Strandurlaub nehmen würden. Nein, wenn ich wieder etwas zu Papier bringe – falls ich das jemals tue –, dann wird es etwas anderes sein.«

Annabelle sah aus, als würde sie am liebsten aufspringen und mir applaudieren. »Bravo«, sagte sie strahlend. »Das ist der Durchbruch.«

»Quatsch«, entgegnete ich trotzig.

»Oh doch«, konterte sie. »Lass mal überlegen.« Sie verschränkte die Hände. »Du sagst, du willst etwas *anderes* schreiben, aber ich glaube, was du eigentlich damit meinst, ist, dass du eine Geschichte erzählen willst, die dir, im Gegensatz zu deinem letzten Buch, aus der Seele spricht.«

»Ja, so könnte man es ausdrücken«, antwortete ich achselzuckend.

Annabelle fischte die Olive aus ihrem Martiniglas und steckte sie sich in den Mund. »Du solltest über etwas schreiben, das dir wirklich am Herzen liegt«, sagte sie. »Über einen Ort, der dir etwas bedeutet, oder eine Person, die dich inspiriert hat.«

Ich nickte. »Versucht das denn nicht jeder Schriftsteller?«

»Sicher«, sagte sie und verscheuchte den Kellner mit einem Blick, der sagte: Danke, wir haben noch, nein, die Rechnung noch nicht, bitte, und schaute mich dann wieder durchdringend an. »Aber hast du's denn schon mal *versucht*? Ich meine, dein Buch war großartig, wirklich, Em, aber stand darin irgendetwas, das, na ja, mit *dir* zu tun hat?«

Sie hatte recht. Es war eine gute Geschichte. Das Buch war immerhin ein Bestseller, verflixt noch mal. Warum war ich dann nicht stolz darauf? Warum fühlte es sich nicht an wie ein Teil von mir?

»Ich kenne dich lange genug«, fuhr Annabelle fort, »um zu wissen, dass diese Geschichte nicht dein Leben, deine Erfahrungen beschreibt.«

Das sah sie richtig. Aber über was in meinem Leben hätte ich schreiben können? Ich dachte an meine Eltern und Großeltern und schüttelte den Kopf. »Das ist ja das Problem«, sagte ich. »Andere Autoren haben jede Menge Stoff, den sie verarbeiten können – eine böswillige Mutter, einen gewalttätigen Vater, eine verkorkste Kindheit. In meinem Leben gab's nur Friede, Freude, Eierkuchen. Keine Todesfälle, kein Trauma. Nicht mal ein Haustier, das gestorben ist. Oscar, der Kater meiner Mutter, ist zweiundzwanzig Jahre alt. Das gibt nichts her für eine Geschichte, glaub's mir. Ich zerbreche mir schon dauernd den Kopf darüber.«

»Ich glaube, du nimmst dich nicht ernst genug«, sagte Annabelle. »Es muss doch irgendetwas geben. Irgendein Erlebnis.«

Ich ließ meine Gedanken schweifen, und diesmal kam mir sofort meine Großtante Bee in den Sinn, die Tante meiner Mutter, und ihr Haus auf der Insel Bainbrigde im Staat Washington. Sie fehlte mir ebenso wie die Insel. Warum hatte ich sie seit so vielen Jahren nicht mehr besucht? Bee, fünfundachtzig und fit wie ein Turnschuh, hatte keine eigenen Kinder, und so waren meine Schwester und ich zu ihren Ersatzenkelkindern geworden. Sie hatte uns immer Karten zum Geburtstag geschickt, in denen jedes Mal ein bankfrischer Fünfzigdollarschein steckte, Weihnachtsgeschenke, die richtig cool waren, und zum Valentinstag Naschereien, und wenn wir im Sommer aus Portland in Oregon zu ihr hochgefahren waren, um die Schulferien dort zu verbringen, hatte sie uns heimlich ein Stück Schokolade unters Kopfkissen geschoben, ehe unsere Mutter schreien konnte: »Nein! Sie haben sich doch gerade erst die Zähne geputzt!«

Bee war in der Tat unkonventionell. Aber sie war auch ein bisschen sonderbar. Sie war eine Quasselstrippe, aber zugleich extrem verschlossen. Sie war gastfreundlich und zugleich launisch, großzügig und egoistisch. Und außerdem hatte sie Geheimnisse. Und dafür liebte ich sie.

Meine Mutter sagte immer, Menschen, die lange allein lebten, würden irgendwann gar nicht mehr merken, wie schrullig sie sind. Ich wusste nicht recht, was ich von der Theorie halten sollte, unter anderem, weil ich befürchtete, selbst einmal als alte Jungfer zu enden. Aber vorerst begnügte ich mich damit, auf verräterische Anzeichen zu achten.

Bee. Ich sah sie vor mir, wie sie auf der Insel an ihrem Küchentisch saß. Seit ich sie kannte, nahm sie jeden Morgen das gleiche Frühstück zu sich: Sauerteigtoast mit Butter und Honig. Sie schnitt die goldbraun getoastete Scheibe in vier kleine Quadrate und legte sie auf ein Stück Küchenrolle, das sie einmal halb gefaltet hatte. Auf jedes Quadrat kam eine Schicht Butter, so dick wie Zuckerguss auf einem Törtchen, und darauf ein ordentlicher Klecks Honig. Als Kind hatte ich sie das zahllose Male tun sehen, und wenn ich krank bin, ist Vollkorntoast mit Butter und Honig für mich bis heute die beste Medizin.

Bee war keine ausgesprochen schöne Frau. Sie überragte die meisten Männer an Größe, ihr Gesicht war irgendwie zu breit, ihre Schultern waren zu kräftig, ihre Zähne zu lang. Und doch wirkte sie auf den Schwarz-Weiß-Fotos aus ihrer Jugend strahlend und auf eine Weise hübsch, wie es alle Frauen mit Anfang zwanzig sind.

Ein Foto aus dieser Zeit hatte ich immer ganz besonders gemocht, es hing in einem mit Muscheln verzierten Rahmen hoch oben an der Wand im Flur meines Elternhauses, nicht gerade ein Ehrenplatz, denn man musste auf einen Hocker steigen, um es näher zu betrachten. Auf dem alten Foto mit Zackenrand war eine Bee zu sehen, die ich nie gekannt hatte. Sie saß zusammen mit einigen Freundinnen auf einer Decke am Strand; sie wirkte unbekümmert und lächelte verführerisch. Eine der jungen Frauen beugte sich ganz dicht zu ihr heran und flüsterte ihr etwas ins Ohr. Ein *Geheimnis*. Bee umklammerte die Perlenkette, die sie um den Hals trug, und blickte auf eine Weise in die Kamera, wie ich sie Onkel Bill nie hatte anschauen sehen. Ich fragte mich, wer wohl vor all den Jahren hinter der Kamera gestanden hatte.

»Was hat sie gesagt?«, habe ich meine Mutter einmal als Kind gefragt, während ich zu dem Foto hochschaute.

»Was hat *wer* gesagt?«, fragte meine Mutter, ohne von der Wäsche aufzublicken, mit der sie im Flur hantierte.

Ich zeigte auf die Frau neben Bee. »Die hübsche Frau da, die Tante Bee was ins Ohr flüstert.«

Meine Mutter richtete sich augenblicklich auf und trat neben mich. Dann hob sie einen Arm und wischte mit dem Bündchen ihres Pulloverärmels den Staub von dem Bild. »Das werden wir nicht mehr erfahren«, sagte sie und betrachtete das Foto mit erkennbarem Bedauern.

Bill, der verstorbene Onkel meiner Mutter, war ein

schmucker Soldat im Zweiten Weltkrieg gewesen. Es hieß immer, er hätte Bee wegen ihres Gelds geheiratet, aber die Theorie überzeugte mich nicht. In den Sommern meiner Kindheit hatte ich gesehen, wie er sie küsste, wie er ihr den Arm um die Taille legte. Er hatte sie geliebt, das stand für mich außer Frage.

Aber daran, wie meine Mutter über die beiden redete, erkannte ich, dass sie die Beziehung missbilligte, dass sie glaubte, Bill hätte etwas Besseres verdient gehabt. In ihren Augen war Bee zu unkonventionell, zu undamenhaft, zu frech, zu sehr alles Mögliche.

Und doch waren wir Sommer für Sommer zu Bee auf die Insel gefahren. Selbst nachdem Onkel Bill starb, als ich neun war. Bees Haus hatte etwas Entrücktes mit den Möwen, die am Himmel kreisten, dem weitläufigen Garten, dem Meeresgeruch, der von der Puget-Bucht herüberwehte, der riesigen Küche, durch deren Fenster man einen Blick auf das graue Wasser hatte, dem gespenstischen Rauschen der Wellen, die sich an der Küste brachen. Meine Schwester und ich liebten dieses Haus, und egal wie meine Mutter zu Bee stand, sie liebte es auch. Es wirkte auf uns alle beruhigend.

Annabelle sah mich mit einem wissenden Blick an. »Es *gibt* eine Geschichte, stimmt's?«

Ich seufzte. »Vielleicht«, antwortete ich ausweichend.

»Ich finde, du solltest mal verreisen«, sagte sie. »Du musst für eine Weile hier raus und einen klaren Kopf bekommen.«

Ich rümpfte die Nase. »Und wo soll ich hinfahren?«

»Am besten weit weg von hier.«

Sie hatte recht. Die Stadt New York ist eine Schönwetterfreundin. Sie liebt dich, wenn es dir gut geht, und tritt dich in den Hintern, wenn es dir schlecht geht.

»Kommst du mit?« Ich sah uns beide schon auf einer tropischen Insel am Strand unter einem Sonnenschirm liegen, einen Cocktail in der Hand.

Sie schüttelte den Kopf. »Nein.«

»Warum nicht?« Ich fühlte mich hilflos wie ein junger Welpe, der jemanden brauchte, der ihn an die Leine nahm und ihm zeigte, wo es langging.

»Ich kann dich nicht begleiten, weil du das allein machen musst.« Ich zuckte zusammen. Sie sah mir direkt in die Augen, wie um sicherzugehen, dass ich das, was sie mir sagte, vollständig aufnahm. »Em, deine Ehe ist gescheitert, und du hast noch keine einzige Träne deswegen vergossen.«

Auf dem Weg zurück zu meiner Wohnung dachte ich über das nach, was Annabelle gesagt hatte, und wieder landeten meine Gedanken bei Tante Bee. Wieso hatte ich sie seit so vielen Jahren nicht mehr besucht?

Über meinem Kopf ertönte ein schrilles Kreischen, das unverwechselbare Geräusch von Metall auf Metall. Ich schaute nach oben. Eine Wetterfahne in Gestalt einer kupfernen Wildente, die mit graugrüner Patina überzogen war, thronte auf dem Dach eines nahe gelegenen Cafés und drehte sich lärmend im Wind.

Der vertraute Anblick verursachte mir Herzklopfen. Wo hatte ich so etwas schon einmal gesehen? Und dann fiel es mir plötzlich ein. *Das Gemälde.* Bees Gemälde. Bis zu diesem Augenblick hatte ich das wenig mehr als postkartengroße Ölgemälde, das Tante Bee mir geschenkt hatte, als ich noch ein Kind war, vollkommen vergessen. Meine Tante malte, und ich weiß noch, wie geehrt ich mich fühlte, als sie mir das Bild überreichte. Ich nannte es ein Meisterwerk, und darüber hatte sie gelächelt.

Ich schloss die Augen und sah die Meereslandschaft genau vor mir – die Wetterfahne mit der Kupferente auf dem alten Cottage und das Pärchen Hand in Hand am Strand.

Plötzlich bekam ich ein schlechtes Gewissen. Wo war das Bild? Ich hatte es weggepackt, nachdem Joel und ich in unsere neue Wohnung gezogen waren – er fand, es passte nicht zu unserem Einrichtungsstil. Ich hatte nicht nur die Insel vergessen, die ich als Kind so geliebt hatte, sondern auch die Reliquien meiner Vergangenheit in Kisten verstaut. *Warum? Wozu?*

Ich ging immer schneller, bis ich in einen Laufschritt fiel. Ich musste an *Years of Grace* denken. Sollte das Bild etwa auch in einem von Joels Umzugskartons gelandet sein? Oder, schlimmer noch, hatte ich es aus Versehen in einen Karton für die Altkleiderkammer gesteckt? An meiner Wohnungstür angekommen, rammte ich den Schlüssel ins Schloss, hastete die Treppe zum Schlafzimmer hoch und riss den Wandschrank auf. Dort, auf dem obersten Regalbrett, standen zwei Kartons. Ich nahm einen herunter und wühlte im Inhalt herum: ein paar Kuscheltiere aus Kindertagen, eine Schachtel mit alten Polaroidfotos und mehrere Hefte mit Artikeln aus der College-Zeitung, für die ich zwei Jahre lang geschrieben hatte. Aber kein Ölgemälde.

Ich nahm den zweiten Karton vom Regal und fand darin eine Raggedy-Ann-Puppe, eine Schachtel mit Liebesbriefen von Jungs, die in der Highschool für mich geschwärmt hatten, und mein geliebtes Strawberry-Shortcake-Poesiealbum aus der Grundschule. Das war's.

Wie konnte ich das Bild verloren haben? Wie hatte ich so achtlos sein können? Ich stand auf und durchsuchte den ganzen Wandschrank. In der hintersten Ecke entdeckte ich eine Plastiktüte. Mir schlug das Herz bis zum Hals, als ich sie hervorzog.

In der Plastiktüte, eingeschlagen in ein türkis und pink gemustertes Badetuch, befand sich das Bild. Etwas tief in meinem Innern schmerzte, als ich es an mich drückte. Die Wetterfahne. Der Strand. Das alte Cottage. Alles sah genauso aus, wie ich es in Erinnerung hatte. Nur das Pärchen nicht. Irgendetwas war anders. Ich hatte immer angenommen, bei den dargestellten Personen handelte es sich um Tante Bee und Onkel Bill. Die Frau mit den langen Beinen und der typischen blauen Caprihose war Bee, keine Frage. Ihre »Sommerhose« hatte sie sie immer genannt. Aber der Mann neben ihr war nicht Onkel Bill. Nein. Wieso war mir das nie aufgefallen? Bill hatte dünnes, blondes Haar gehabt. Aber dieser Mann hatte dichtes, welliges, dunkles Haar. Wer war er? Und warum hatte Bee sich zusammen mit ihm gemalt?

Ich ließ das ganze Durcheinander auf dem Boden liegen und ging mit dem Bild nach unten. Schlug mein Adressbuch auf, tippte die vertrauten Ziffern ins Telefon, holte tief Luft und lauschte auf das Freizeichen. Es klingelte einmal, dann noch einmal.

»Hallo?« Ihre Stimme klang wie immer – tief und kräftig und warm.

»Bee, ich bin's, Emily«, sagte ich mit leicht zitternder Stimme. »Tut mir leid, dass ich mich so lange nicht gemeldet hab. Ich war einfach …«

»Ach Unsinn, Liebes«, unterbrach sie mich. »Du brauchst

dich nicht zu entschuldigen. Hast du meine Postkarte bekommen?«

»Deine Postkarte?«

»Ja, ich hab sie dir letzte Woche geschickt, nachdem ich die Neuigkeit erfahren hatte.«

»Du hast davon gehört?« Ich hatte nicht vielen Leuten davon erzählt. Nicht einmal meinen Eltern in Portland – jedenfalls noch nicht. Auch nicht meiner Schwester in Los Angeles mit ihren perfekten Kindern, ihrem liebevollen Ehemann und ihrem Biogemüsegarten. Nicht mal meiner Therapeutin. Trotzdem wunderte ich mich nicht, dass die Nachricht bis auf die Insel gelangt war.

»Ja«, sagte sie. »Und da dachte ich, vielleicht hättest du Lust, mich zu besuchen.« Sie zögerte. »Die Insel ist ein großartiger Ort, um Heilung zu finden.«

Ich fuhr mit den Fingern über den Rand des kleinen Gemäldes. In dem Moment gab es keinen Ort auf der Welt, wo ich lieber sein wollte, als auf der Insel Bainbridge, in Bees großer, warmer Küche.

»Wann kommst du?« Bee war schon immer sehr direkt gewesen.

»Wäre morgen zu kurzfristig?«

»Morgen«, sagte sie, »ist der erste März, der Monat, in dem es hier in der Bucht am schönsten ist, Liebes. Alles lebt wieder.«

Ich wusste genau, was sie meinte. Das aufgewühlte graue Wasser, der Seetang und die Algen und die Krebse. Ich konnte die salzige Luft beinahe schmecken. Bee nannte die Puget-Bucht die große Heilerin. Und ich wusste, dass sie mich, sobald ich dort eintraf, dazu drängen würde, mir die Schuhe auszuziehen und durchs Wasser zu waten, selbst wenn es nachts um eins war – und selbst wenn das Wasser keine zehn Grad Celsius hatte.

»Emily?«

»Ja?«

»Es gibt etwas Wichtiges, worüber wir reden müssen.«

»Was denn?«

»Nicht jetzt. Nicht am Telefon. Wenn du hier bist, Liebes.«

Nachdem ich aufgelegt hatte, ging ich nach unten zum Briefkasten und fand eine Kreditkartenrechnung, einen Victoria's-Secret-Katalog – an Joel adressiert – und einen großen Umschlag vor. Ich sah den Absender, und einen Augenblick später wusste ich, wo ich die Adresse schon einmal gesehen hatte: auf dem Umschlag mit den Scheidungsdokumenten. Außerdem hatte ich sie vor einer Woche im Internet gesucht. Es war Joels neue Adresse in der 57. Straße, wo er mit Stephanie zusammenwohnte.

Das Adrenalin schoss mir in die Adern, als mir der Gedanke kam, dass es sich womöglich um ein Friedensangebot handelte. Vielleicht hatte Joel mir ja einen Brief geschrieben, eine Karte geschickt – oder nein, den ersten Hinweis einer romantischen Schnitzeljagd: eine Einladung, mich irgendwo in der Stadt mit ihm zu treffen, wo ich dann einen zweiten Hinweis finden würde, und dann, nach vier weiteren, würde er mich vor dem Hotel erwarten, wo wir uns vor so vielen Jahren kennengelernt hatten. Und er würde eine Rose in der Hand halten – nein, ein Schild, und darauf würde stehen: *Es tut mir leid, ich liebe dich. Verzeih mir*. Genau so. Es könnte das perfekte Ende einer tragischen Liebesgeschichte sein. *Schenk uns ein Happy End, Joel*, flüsterte ich, während ich mit dem Finger über den Umschlag fuhr.

Er liebt mich immer noch, dachte ich. *Er hat immer noch Gefühle für mich.*

Aber als ich den Umschlag öffnete und vorsichtig die mit goldener Schrift versehene Karte herauszog, zerstob mein Tagtraum. Ich starrte die Karte ungläubig an.

Das schwere Papier. Die extravagante Kalligrafie. Es war eine Hochzeitseinladung. Zu *seiner* Hochzeit. Abendessen um 18 Uhr. Tanz. Eine Feier der Liebe. Rindfleisch oder Hühnchen. Zusagen werden mit Freude, Absagen mit Bedauern entgegengenommen. Ich ging in die Küche, vorbei am Altpapierbehälter, und stopfte das vergoldete Büttenpapier in den Küchenmülleimer, in die verschimmelten Reste Hühnchen-Chow-Mein aus dem China-Imbiss.

Beim Durchgehen der restlichen Post fiel mir eine Zeitschrift zu Boden, und als ich mich bückte, um sie aufzuheben, entdeckte ich die Karte von Bee, die sich zwischen den Seiten des *New Yorker* versteckt hatte. Auf der Karte war eine weiße Fähre mit grüner Scheuerleiste abgebildet, die gerade in den Hafen von Eagle Harbor einlief. Ich drehte die Karte um und las:

Emily,
die Insel ruft einen zurück, wenn es an der Zeit ist. Komm nach Hause. Du fehlst mir, Liebes.
In Liebe,
Bee

Ich drückte die Karte an die Brust und atmete tief aus.

2

1. März

Die Insel kann ihre Schönheit einfach nicht verleugnen, nicht einmal im Schutz der Dunkelheit. Ich stand am Fenster, als die Fähre in den Hafen einlief, und betrachtete die Kiesstrände und die Holzhäuser, die sich tapfer an die Hänge klammerten. In den Fenstern schimmerte verlockendes gelbes Licht, als machten die Bewohner gerade Platz für einen zusätzlichen Gast, während sie sich vor dem Kamin versammelten, um ein Glas Wein oder eine heiße Schokolade zu trinken.

Die Inselbewohner sind ein bunt gemischtes Völkchen: Volvo-fahrende Mütter, deren spitzenverdienende Ehemänner morgens mit der Fähre nach Seattle zur Arbeit fahren, ein paar öffentlichkeitsscheue Künstler und Dichter und eine Handvoll Berühmtheiten. Es ging das Gerücht, Jennifer Aniston und Brad Pitt hätten vor ihrer Scheidung an der Westküste der Insel ein dreieinhalb Hektar großes Grundstück gekauft, und jeder weiß, dass mehrere Darsteller des alten Sitcom-Klassikers *Gilligans Insel* hier wohnen. Auf jeden Fall ist sie ein guter Ort, um eine Weile von der Bildfläche zu verschwinden, und genau das hatte ich vor.

Von Norden nach Süden ist die Insel nicht einmal zwanzig Kilometer lang, aber sie kommt einem vor wie ein eigener Kontinent. Sie verfügt über große und kleine Buchten. Bei Ebbe zieht sich das Wasser zurück, und das Watt kommt zum Vorschein. Es gibt eine Weinkellerei, einen Beerenhof, eine Lamazucht, sechzehn Restaurants, ein Café, wo selbst gebackene Zimtschnecken und der beste Kaffee serviert werden, den ich je getrunken habe, und ein Lebensmittelgeschäft, wo man unter anderem auf der Insel hergestellten Himbeerwein erstehen kann sowie biologisch angebauten Mangold, der nur wenige Stunden vor Geschäftsöffnung geerntet wird.

Ich holte tief Luft und betrachtete mein Gesicht, das sich in der Fensterscheibe spiegelte. Eine müde, ernste Frau schaute mich an, die kaum Ähnlichkeit hatte mit dem Mädchen, das vor so vielen Jahren zum ersten Mal auf die Insel gefahren war. Ich spürte einen Stich bei dem Gedanken an eine Bemerkung, die Joel vor ein paar Monaten gemacht hatte. Wir machten uns gerade zum Ausgehen fertig, weil wir mit Freunden verabredet waren. »Em«, sagte er, während er mich kritisch musterte, »hast du vergessen, dich zu schminken?«

Doch, ich hatte mich geschminkt, danke für die Blumen, aber im Flurspiegel sah ich schrecklich blass aus. Die hohen Wangenknochen, die außer mir niemand in der Familie hatte und von denen meine Tante immer behauptete, ich müsste sie vom Milchmann haben, die Wangenknochen, die alle so bezaubernd fanden, sahen einfach unpassend aus. *Ich* sah unpassend aus.

Ich verließ die Fähre über die Rampe und ging zum Kai, wo Bee in ihrem grünen VW Käfer, Baujahr 1963, auf mich warten würde. Die Luft roch nach Meerwasser, Dieselabgasen, verfaulenden Muscheln und Kiefern, genauso wie sie gerochen hatte, als ich zehn war.

»Man müsste ihn in Flaschen abfüllen«, sagte ein Mann hinter mir.

Er war mindestens achtzig und trug einen braunen Cordanzug. Mit der Hornbrille, die an seinem Hals baumelte, wirkte er wie ein Professor – oder wie eine Art gut aussehender Teddybär. Erst als er weitersprach, wurde mir klar, dass er mit mir redete. »Diesen Geruch, meine ich«, sagte er mit einem Augenzwinkern. »Den müsste man in Flaschen abfüllen.«

»Ja.« Ich nickte. Ich wusste genau, was er meinte. »Ich bin seit zehn Jahren nicht mehr hier gewesen. Ich hatte ganz vergessen, wie sehr er mir gefehlt hat.«

»Ach, Sie sind nicht von hier?«

»Nein«, sagte ich. »Ich bin nur für einen Monat zu Besuch.«

»Na dann, herzlich willkommen«, sagte der Mann. »Wen besuchen Sie denn? Oder sind Sie Touristin?«

»Ich besuche meine Großtante Bee.«

Er machte große Augen. »Bee Larson?«

Ich musste grinsen. Als gäbe es noch eine Bee auf der Insel. »Ja«, sagte ich. »Kennen Sie sie?«

»Ja, natürlich«, sagte er, als müsste ich das wissen. »Sie ist meine Nachbarin.«

Ich lächelte. Wir hatten den Kai erreicht, aber ich konnte Bees Käfer nirgendwo entdecken.

»Wissen Sie«, fuhr der Mann fort, »ich hatte gleich das Gefühl, dass Sie mir irgendwie bekannt vorkamen, als ich Sie auf der Fähre gesehen habe, und ich …«

Wir blickten beide auf, als wir das unverkennbare Geräusch des Käfermotors hörten. Bee fuhr viel zu schnell für ihr Alter – für jedes Alter. Von einer Fünfundachtzigjährigen würde man eigentlich erwarten, dass sie das Gaspedal fürchtete oder zumindest Respekt davor hatte. Bee nicht. Sie hielt mit quietschenden Reifen wenige Zentimeter vor unseren Füßen.

»Emily!«, rief sie, als sie aus dem Auto sprang und die Arme ausbreitete. Sie trug dunkle Jeans mit Schlag und eine hellgrüne Tunika. Bee war die einzige Frau von Mitte achtzig, die sich kleidete, als wäre sie immer noch Mitte zwanzig, das heißt, wie eine junge Frau aus den Sechzigerjahren. Ihre Tunika war mit einem Paisleymuster bedruckt.

Ich hatte einen Kloß im Hals, als sie mich umarmte. Keine Tränen, nur ein Kloß im Hals.

»Ich habe gerade deinen Nachbarn …« Ich brach ab, als mir bewusst wurde, dass ich seinen Namen gar nicht kannte.

»Henry«, sagte er lächelnd und streckte mir seine Hand hin.

»Freut mich, Sie kennenzulernen, Henry. Ich bin Emily.« Auch er kam mir vage bekannt vor. »Moment mal, wir sind uns doch schon begegnet, oder?«

Er nickte. »Ja, aber da waren Sie noch klein.« Er schüttelte den Kopf und sah Bee verwundert an.

»Wir sollten uns auf den Heimweg machen, Liebes«, sagte Bee und schob sich hastig an Henry vorbei. »In New York ist es inzwischen mindestens zwei Uhr nachts.«

Trotz meiner Müdigkeit erinnerte ich mich noch, dass der Kofferraum beim Käfer vorne ist, und verstaute mein Gepäck. Bee ließ den Motor aufheulen. Ich drehte mich um, um Henry zum Abschied zu winken, aber er war verschwunden. Es wunderte mich, dass Bee ihrem Nachbarn nicht angeboten hatte, ihn im Auto mitzunehmen.

»Wie schön, dass du da bist, Liebes«, sagte Bee, als sie mit Vollgas losfuhr. Die Sicherheitsgurte in ihrem Wagen funktionierten nicht, aber das war mir egal. Hier bei Bee auf der Insel fühlte ich mich sicher.

Ich schaute in den von Sternen gesprenkelten Winterhimmel, während Bee die Straße entlangraste. Die Hidden Cove Road wand sich in Haarnadelkurven zur Küste hinunter, die mich an die Lombard Street in San Francisco erinnerten. Die Bäume standen so dicht, dass Bees Haus erst zum Vorschein kam, wenn man den Strand erreichte. Selbst wenn man es Tag für Tag sähe, wäre es immer wieder ein atemberaubender Anblick, dieses weitläufige, weiße Haus im Kolonialstil mit dem von Säulen flankierten Eingang und den schwarzen Fensterläden. Onkel Bill hatte sie immer gedrängt, die Läden grün zu streichen. Meine Mutter war der Meinung, sie sollten blau sein. Aber Bee hatte darauf beharrt, dass zu einem weißen Haus schwarze Fensterläden gehörten.

Ich konnte nicht sehen, ob der Flieder blühte, ob die Rhododendronsträucher so üppig waren, wie ich sie in Erinnerung hatte, oder ob Ebbe oder Flut herrschte. Aber selbst im Dunkeln schien das Haus zu strahlen und zu vibrieren, unberührt von der Zeit. »So, da wären wir«, verkündete Bee und trat so heftig auf die Bremse, dass ich mich festhalten musste. »Weißt du, was du als Erstes tun solltest?«

Mir war klar, was jetzt kommen würde.

»Du solltest ein bisschen durchs Wasser waten«, sagte sie und zeigte zum Strand. »Es würde dir guttun.«

»Morgen«, antwortete ich lächelnd. »Jetzt will ich nur ins Haus und mich aufs Sofa fallen lassen.«

»Also gut, Liebes«, sagte sie und schob mir eine blonde Strähne hinters Ohr. »Wie du willst. Du hast mir gefehlt.«

»Du mir auch«, sagte ich und drückte ihre Hand.

Ich nahm mein Gepäck aus dem Kofferraum und folgte ihr über den mit Backsteinen gepflasterten Weg, der zum Haus führte. Bee hatte hier schon gewohnt, lange bevor sie Onkel Bill heiratete. Ihre Eltern waren bei einem Verkehrsunfall ums Leben gekommen, als sie noch aufs College ging, und hatten ihrer einzigen Tochter ein Vermögen hinterlassen, das sie in ein einziges Objekt investierte: Keystone Mansion, die Elfzimmervilla, die seit Jahren leer gestanden hatte. Seit den Vierzigerjahren debattierte man auf der Insel darüber, was verrückter gewesen war: das riesige Haus zu kaufen oder es komplett umzugestalten, von innen und außen.

Fast von jedem Zimmer aus hatte man durch große, doppelflüglige Fenster, die nachts klapperten, einen guten Blick auf die Bucht. Meine Mutter hatte immer gesagt, das Haus sei viel zu groß für eine kinderlose Frau. Aber ich glaube, sie war einfach nur neidisch. Sie wohnte in einem Häuschen mit vier Zimmern.

Die große Eingangstür quietschte, als Bee und ich eintraten. »Komm«, sagte sie. »Ich mache ein Feuer, und dann mixe ich uns einen Cocktail.«

Ich sah zu, wie Bee Scheite im Kamin stapelte. Eigentlich sollte ich ihr die Arbeit abnehmen, dachte ich. Aber ich fühlte mich zu erschöpft, um mich zu bewegen. Mir taten die Beine weh. Alles tat mir weh.

»Komisch«, sagte ich kopfschüttelnd. »Jetzt wohne ich schon so lange in New York und habe dich die ganze Zeit nicht ein einziges Mal besucht. Ich bin eine treulose Nichte.«

»Du warst mit anderen Dingen beschäftigt«, sagte sie. »Und das Schicksal führt uns früher oder später doch zurück an die Orte unserer Vergangenheit.«

Ich musste an ihre Postkarte denken. Was Bee für Schicksal hielt, kam mir eher vor wie mein persönliches Versagen, aber sie meinte es lieb.

Ich sah mich im Wohnzimmer um und seufzte. »Joel hätte es hier gefallen«, sagte ich. »Aber ich konnte ihn nie dazu überreden, seine Arbeit mal Arbeit sein zu lassen, um mit mir hierherzukommen.«

»Und das war vielleicht gut so«, sagte Bee.

»Warum?«

»Weil ich nicht glaube, dass wir gut miteinander ausgekommen wären.«

Ich lächelte. »Wahrscheinlich.« Bee hatte nichts übrig für prätentiöse Menschen, und Joel war ein Paradebeispiel dieser Sorte.

Sie stand auf und ging in den Wintergarten, wo sie sich eine komplette Bar eingerichtet hatte. Der Raum war vollständig verglast, bis auf eine Wand, an der ein großes Ölgemälde von einer Meereslandschaft hing. Mir fiel das kleine Gemälde ein, das ich in New York in meinen Koffer gepackt hatte. Ich wollte sie nach dem Bild fragen, aber erst später. Schon als Kind hatte ich gelernt, dass Diskussionen über Bees Kunst – ebenso wie über zahlreiche andere Dinge in ihrem Leben – tabu waren.

Ich musste an den Abend denken, an dem meine Cousine Rachel und ich uns in den Wintergarten geschlichen, den

Barschrank aus dunklem englischen Holz geöffnet und jede vier Gläser Rum getrunken hatten, während die Erwachsenen im Nebenzimmer Karten spielten. Ich war damals fünfzehn, und ich weiß noch, wie ich mir verzweifelt wünschte, das Zimmer würde endlich aufhören, sich zu drehen. Es war das letzte Mal in meinem Leben, dass ich Rum getrunken habe.

Bee kam mit zwei Gordon Greens zurück, eine Mischung aus Limette und Gurke, Gin, Sirup und einer Prise Meersalz. »So, dann erzähl mal«, sagte sie, als sie mir mein Glas reichte.

Ich trank einen Schluck und wünschte, es gäbe eine Geschichte, die ich Bee erzählen könnte. Irgendeine. Wieder hatte ich einen Kloß im Hals, und als ich den Mund aufmachte, um etwas zu sagen, kamen keine Worte heraus. Ich blickte auf meinen Schoß.

Bee nickte, als hätte ich gerade etwas sehr Kluges gesagt.

»Ich weiß«, sagte sie. »Ich weiß.«

Schweigend saßen wir da und starrten in die hypnotisierenden Flammen, bis mir die Augen zufielen.

2. März

Ich weiß nicht, was mich am nächsten Morgen geweckt hat: die Wellen, die so laut gegen die Küste krachten, dass es klang, als streckten sie ihre Wasserarme aus, um an meine Tür zu klopfen, oder der Duft nach Frühstück aus der Küche – Pfannkuchen, ein Gericht, das völlig aus der Mode gekommen ist, jedenfalls unter Erwachsenen, und erst recht unter New Yorker Erwachsenen. Vielleicht hatte mich aber auch mein Handy, das irgendwo zwischen den Sofakissen klingelte, aus dem Schlaf gerissen. Ich hatte es am Abend zuvor nicht mehr ins Gästezimmer geschafft, ehe der Schlaf mich übermannte – der Schlaf oder die emotionale Erschöpfung. Oder beides.

Ich schlug die Steppdecke zurück – Bee musste mich zugedeckt haben, nachdem ich eingeschlafen war – und suchte hektisch nach meinem Handy.

Es war Annabelle.

»Hallo«, sagte ich leise.

»Hallo!«, erwiderte sie mit verblüffender Heiterkeit. »Wollte mich nur überzeugen, dass du heil angekommen bist. Alles okay?«

Ich wünschte, ich wäre wie Annabelle und könnte alles einfach so rauslassen. Am liebsten hätte ich dicke, fette Tränen geheult. Ich hatte es weiß Gott nötig.

Für die Zeit meiner Abwesenheit hatte sie sich in meiner Wohnung einquartiert, weil die Leute über ihr angefangen hatten, Trompete zu lernen. »Irgendwelche Anrufe?«, fragte ich, und Annabelle kapierte sofort, von wem ich redete. Ich wusste, dass ich erbärmlich klang, aber Annabelle und ich hatten schon vor langer Zeit aufgehört, uns gegenseitig etwas vorzuspielen.

»Sorry, Em, kein Anruf.«

»Klar«, sagte ich. »Natürlich nicht. Und wie läuft's bei dir?«

»Tja«, sagte sie. »Heute Morgen im Café bin ich Evan über den Weg gelaufen.«

Evan war Annabelles Ex, der Mann, den sie wegen seines mangelnden Interesses am Jazz nicht geheiratet hatte. Na ja, und wegen einiger anderer Dinge. Er schnarchte. Und er aß Hamburger, was ein Problem war, weil Annabelle Vegetarierin war. Und dann war da noch das Problem mit seinem Namen. Evan ist kein heiratsfähiger Name.

»Und habt ihr geredet?«

»Mehr oder weniger«, antwortete sie. Sie klang plötzlich abwesend, als wäre sie mit etwas anderem beschäftigt. »Aber es war komisch.«

»Was hat er denn gesagt?«

»Er hat mich seiner neuen Freundin vorgestellt. *Vivien.*« Sie sprach den Namen Vivien aus, als handelte es sich um eine ansteckende Krankheit – Hautausschlag oder Schweinegrippe.

»Höre ich da etwa Eifersucht heraus, Annie? Vergiss nicht, *du* hast dich von *ihm* getrennt.«

»Ich weiß«, gab sie zu. »Und ich bedaure es nicht.«

Das kaufte ich ihr nicht ab. »Annie, ich kenne Evan«, sagte ich, »und ich weiß, wenn du ihn jetzt anrufen und ihm sagen würdest, was du wirklich für ihn empfindest, würde er dir gehören. Er liebt dich immer noch.«

Schweigen am anderen Ende der Leitung, als würde sie sich meinen Vorschlag durch den Kopf gehen lassen.

»Annie? Bist du noch dran?«

»Ja«, sagte sie. »Ich musste bloß das Telefon kurz ablegen. Der UPS-Mann hat ein Päckchen gebracht, und ich musste den Empfang quittieren. Kriegst du eigentlich immer so viel Post?«

»Du hast also gar nicht gehört, was ich dir gerade gesagt habe?«

»Tut mir leid«, erwiderte sie. »War es was Wichtiges?«

Ich seufzte. »Nein.«

Obwohl sie sich für eine hoffnungslose Romantikerin hielt und trotz all ihrer Recherchen zum Thema Liebe, beherrschte Annabelle, wenn es um Beziehungen ging, die hohe Kunst der Sabotage perfekt.

»Also, ruf mich einfach an, wenn du reden willst«, sagte sie.

»Mach ich.«

»Ich liebe dich.«

»Ich dich auch, und Finger weg von meiner Laura-Mercier-Feuchtigkeitscreme«, sagte ich halb im Spaß und halb im Ernst.

»Ich schätze, das kann ich dir versprechen«, sagte sie, »wenn du mir versprichst, dass du am Thema Tränen arbeitest.«

»Abgemacht.«

Als ich in die Küche kam, stellte ich zu meiner Verwunderung fest, dass Bee gar nicht am Herd hantierte. Stattdessen standen ein Teller mit Pfannkuchen und ein paar säuberlich gestapelten Speckstreifen sowie ein Glas selbst gemachte Himbeermarmelade auf dem Tisch, und daneben lag ein Zettel:

Emily,
ich muss in der Stadt ein paar Dinge erledigen, aber ich wollte Dich nicht wecken. Ich habe Dir einen Teller mit Deinen Lieblingsbuchweizenpfannkuchen und Speck hingestellt (kannst Du in der Mikrowelle aufwärmen – fünfundvierzig Sekunden auf höchster Stufe). Am Nachmittag bin ich wieder zurück. Ich habe Deine Sachen in das Zimmer am Ende

des Flurs gebracht. Fühl Dich wie zu Hause. Und mach einen Spaziergang nach dem Frühstück. Die Bucht ist wunderschön heute Morgen.
Alles Liebe,
Bee

Ich legte den Zettel wieder weg und schaute aus dem Fenster. Sie hatte recht. Das graublaue Wasser, der Flickenteppich aus Sand- und Kiesstrand – es war atemberaubend. Am liebsten wäre ich auf der Stelle losgerannt, um nach Muscheln zu graben, Steine umzudrehen und nach Krabben zu suchen, oder hätte mir die Kleider vom Leib gerissen, um bis zur Boje zu schwimmen, so wie ich es in den Sommern meiner Kindheit getan hatte. Ich wollte in dieses unendliche, wunderbare, geheimnisvolle Nass eintauchen. Einen Augenblick sorgte der Gedanke dafür, dass ich mich wieder lebendig fühlte, aber es hielt nur eine Sekunde lang an. Also bestrich ich meine Pfannkuchen dick mit Bees Himbeermarmelade und aß mein Frühstück.

Der Tisch sah genauso aus, wie ich ihn in Erinnerung hatte: eine gelbe, mit Ananas bedruckte Plastiktischdecke, in der Mitte ein mit Muscheln verzierter Serviettenhalter, daneben ein Stapel Zeitschriften. Bee las jede Ausgabe des *New Yorker* von vorne bis hinten, dann schnitt sie die Artikel aus, die ihr am besten gefielen, versah sie mit auf Klebezetteln notierten Kommentaren und schickte sie mir, egal wie oft ich ihr sagte, dass sie sich die Mühe sparen konnte. Ich hatte den *New Yorker* selbst abonniert.

Nachdem ich meinen Teller in die Spülmaschine gestellt hatte, ging ich durch den Flur und sah in jeden Raum, bis ich das Zimmer gefunden hatte, wo Bee meine Taschen abgestellt hatte. In all den Jahren, in denen ich als Kind zu Besuch hier gewesen war, hatte ich dieses Zimmer kein einziges Mal betreten. Ich konnte mich nicht einmal mehr daran erinnern, dass es existierte. Bee hatte die Angewohnheit, gewisse Zimmer abzuschließen, aus Gründen, die meine Schwester Danielle und ich nie verstanden hatten.

Aber an dieses Zimmer hätte ich mich erinnert. Die Wände waren rosafarben gestrichen – was mich wunderte, denn Bee konnte Rosa nicht ausstehen. Es gab ein Bett, eine Kommode, ein Nachtschränkchen und einen riesigen Wandschrank. Ich schaute durch das Fenster, das nach Westen hin gelegen war, zum Strand hinunter und dachte an Bees Vorschlag, einen Spaziergang zu machen. Ich beschloss, meine Sachen später auszupacken, und machte mich auf den Weg zum Strand. Ich konnte seiner Anziehungskraft einfach nicht länger widerstehen.

3

Ich hielt mich nicht damit auf, mich umzuziehen und mir die Haare zu bürsten, was mir in New York nie passiert wäre. Ich zog mir nur einen Pullover über, schlüpfte in ein Paar armeegrüne Gummistiefel, die Bee immer im Windfang stehen hatte, und ging nach draußen.

Durch nassen Sand zu stapfen, hat etwas seltsam Therapeutisches; das Weiche unter den Füßen signalisiert dem Gehirn, dass es in Ordnung ist, eine Zeit lang loszulassen. Und genau das tat ich an dem Morgen. Ich rief mich auch nicht zur Ordnung, als meine Gedanken zu Joel wanderten und zu tausend kleinen, zufälligen Erinnerungen aus der Vergangenheit. Ich zertrat einen leeren Krebspanzer, bis er in tausend Stückchen zerbrach.

Ich hob einen Stein auf und warf ihn so weit aufs Wasser hinaus, wie ich konnte. Verdammt. Warum hatte unsere Geschichte so enden müssen? Dann hob ich noch einen Stein auf und noch einen und noch einen und warf sie mit aller Kraft ins Meer, bis ich mich kraftlos auf ein Stück Treibholz sinken ließ. Wie hatte er das nur zulassen können? Wie hatte *ich* das zulassen können? Trotz allem gab es etwas in mir, das ihn wiederhaben wollte, und das ärgerte mich fürchterlich.

»Wenn Sie sie so werfen, werden sie nie springen.«

Ich zuckte zusammen, als ich die Männerstimme hörte. Es war Henry, der langsam auf mich zukam.

»Oh, hallo«, sagte ich verlegen. Hatte er meinen Tobsuchtsanfall beobachtet? Und wenn ja, wie lange schon? »Ich wollte nur …«

»Steine springen lassen«, sagte er nickend. »Aber Ihre Technik, meine Liebe … So wird das nichts.«

Er bückte sich, hob einen glatten, flachen Stein auf, hielt ihn gegen das Licht und überprüfte ihn von allen Seiten. »Ja«, murmelte er schließlich. »Der ist gut.« Er wandte sich zu mir. »Also, Sie müssen den Stein so halten, und Ihr Arm muss weich wie Butter sein, wenn Sie ihn werfen.«

Er warf den Stein so flach über das Wasser, dass er sechsmal hüpfte. »Mist«, sagte er. »Ich bin aus der Übung. Sechs ist schwach.«

»Finden Sie?«

»Na ja«, sagte er, »mein Rekord liegt bei vierzehn.«

»Vierzehn? Ist das Ihr Ernst?«

»So wahr ich hier stehe.« Er legte eine Hand aufs Herz wie ein vierzehnjähriger Pfadfinder. »Ich war mal der Inselmeister im Steinespringenlassen.«

Ich wollte nicht lachen, aber ich konnte nicht anders. »Die machen hier Wettkämpfe im Steinespringenlassen?«

»Na klar«, sagte er. »Jetzt sind Sie dran.«

Ich schaute nach unten und hob einen flachen Stein auf. »Also gut«, sagte ich, holte aus und warf. Der Stein schlug auf dem Wasser auf und machte einen Bauchplatscher. »Sehen Sie? Ich bin ein hoffnungsloser Fall.«

»Ach was«, entgegnete er. »Sie brauchen nur ein bisschen Übung.«

Ich lächelte. Sein Gesicht war vom Leben gezeichnet und faltig wie der Ledereinband eines alten Buchs. Aber seine Augen ... seine Augen sagten mir, dass irgendwo hinter diesen Lachfältchen ein junger Mann lebte.

»Könnte ich Sie für eine Tasse Kaffee begeistern?«, fragte er und zeigte auf ein kleines weißes Haus oberhalb des Wellenbrechers aus Beton.

»Ja«, sagte ich. »Klingt verlockend.«

Wir stiegen die Betonstufen hoch und folgten einem moosbewachsenen Weg. Henrys Haus lag im Schatten zweier Zedern, die wie Schildwachen vor dem Eingang standen.

Er öffnete die Fliegengittertür. Das Quietschen der Scharniere war fast so laut wie das Kreischen der Möwen, die sich wie beleidigt vom Dach erhoben und in Richtung Meer flogen.

»Die Tür will ich schon die ganze Zeit in Ordnung bringen«, sagte Henry, während er sich auf der Veranda die Stiefel abstreifte. Ich tat es ihm nach.

Das Feuer, das im Kamin loderte und knackte, brachte meine Wangen zum Glühen. »Machen Sie es sich bequem«, sagte er. »Ich setze den Kaffee auf.«

Ich nickte und trat an den Kaminsims aus dunklem Mahagoni, auf dem Muscheln, kleine glänzende Steine und Schwarz-Weiß-Fotos in einfachen Rahmen aufgereiht waren. Eins der Fotos erregte meine Aufmerksamkeit. Die Frau darauf trug ihr blondes Haar zu einer Wasserwelle gelegt, wie es in den Vierzigerjahren Mode war. Sie strahlte etwas Glamouröses aus, wie ein Model oder eine Schauspielerin, wie sie da am Strand stand und der Wind ihr das Kleid um den Körper wehte, sodass sich ihre Brüste und ihre schmale Taille abzeichneten. Im Hintergrund war ein Haus zu sehen, Henrys Haus mit den Zedern, die damals noch ganz klein und auf dem Foto nur gerade eben erkennbar waren. Ich fragte mich, ob sie wohl seine Frau gewesen war. Ihre Pose wirkte zu aufreizend für eine Schwester. Wer auch immer sie war, Henry verehrte sie. Dessen war ich mir sicher.

Er kam mit zwei dampfenden Henkeltassen zurück.

»Sie ist schön«, sagte ich, nahm das Foto vom Kaminsims und setzte mich damit aufs Sofa. »Ihre Frau?«

Meine Frage schien ihn zu überraschen, doch er antwortete nur: »Nein.« Er reichte mir eine der Henkeltassen, dann stand er auf und rieb sich das Kinn, wie Männer es tun, wenn sie verwirrt oder sich einer Sache nicht sicher sind.

»Verzeihung«, sagte ich und stellte das Bild hastig wieder zurück. »Ich wollte nicht schnüffeln.«

»Nein, nein«, sagte er und lächelte plötzlich. »Es ist albern. Das ist jetzt mehr als sechzig Jahre her, da sollte man meinen, dass ich über sie reden kann.«

»Sie?«

»Sie war meine Verlobte«, fuhr er fort. »Wir wollten heiraten, aber … es hat nicht sollen sein.« Er hielt inne, als würde er einen Entschluss fassen. »Ich sollte lieber nicht …«

Wir blickten beide auf, als es an der Tür klopfte. »Henry?« Es war eine Männerstimme. »Bist du zu Hause?«

»Ach, das ist Jack«, sagte Henry zu mir. Er sagte es so, als müsste ich den Mann kennen.

Vom Wohnzimmer aus sah ich, wie er die Tür öffnete und einen dunkelhaarigen Mann begrüßte, der etwa in meinem Alter war. Er war so groß, dass er den Kopf einziehen musste, um sich nicht am Türrahmen zu stoßen. Er trug Jeans und einen grauen Wollpullover. Es war zwar schon später Vormittag, aber der dunkle Schatten an seinem Kinn ließ darauf schließen, dass er gerade erst aufgestanden war.

»Hallo«, sagte er ein bisschen verlegen, als unsere Blicke sich begegneten. »Ich bin Jack.«

Henry sprach für mich. »Das ist Emily – du weißt schon, Bee Larsons Großnichte.«

Jack sah erst mich, dann Henry an. »Bees *Großnichte*?«

»Ja«, sagte Henry. »Sie ist für einen Monat zu Besuch.«

»Herzlich willkommen«, sagte Jack, während er an seinem Ärmel zupfte. »Tut mir leid, ich wollte nicht stören. Ich hatte angefangen zu kochen, und mittendrin ist mir aufgefallen, dass ich keine Eier habe. Du hast nicht zufällig zwei für mich?«

»Aber sicher doch«, sagte Henry und stand auf.

Während Henry in der Küche war, begegneten sich unsere Blicke erneut, aber ich wandte mich hastig ab. Jack rieb sich die Stirn, ich fummelte am Reißverschluss meines Pullovers. Die Stille war so schwer wie der nasse Sand am Strand vor dem Fenster.

Irgendetwas klatschte draußen ins Wasser. Ich fuhr zusammen, stieß dabei mit dem Fuß gegen den Beistelltisch und sah hilflos zu, wie eine kleine weiße Vase, die oben auf einem Stapel Bücher stand, zu Boden fiel und in vier Teile zerbrach.

»Oh nein«, rief ich kopfschüttelnd aus und wusste nicht, was schlimmer war, dass eins von Henrys kostbaren Erbstücken zu Bruch gegangen war oder dass ich mich vor Jack blamiert hatte.

»Warten Sie, ich helfe Ihnen, die Beweise verschwinden

zu lassen«, sagte Jack lächelnd. Er war mir auf der Stelle sympathisch.

»Ich bin die ungeschickteste Frau der Welt«, stöhnte ich und vergrub mein Gesicht in den Händen.

»Prima«, sagte er, während er einen Ärmel hochschob, sodass ein frischer blauer Fleck zum Vorschein kam. »Und ich bin der ungeschickteste Mann der Welt.« Er zog eine Plastiktüte aus der Hosentasche und sammelte vorsichtig die Überreste der Vase ein. »Die können wir später zusammenkleben.«

Ich grinste.

Henry kam mit einem Eierkarton zurück, den er Jack reichte. »Tut mir leid, dass es so lange gedauert hat. Ich musste sie aus dem Kühlschrank in der Garage holen.«

»Vielen Dank, Henry«, sagte Jack. »Du hast was gut bei mir.«

»Willst du nicht ein bisschen bleiben?«

»Geht nicht«, antwortete er mit einem kurzen Blick in meine Richtung. »Ich muss nach Hause, aber vielen Dank für die Einladung.« Er sah mich an wie ein Verschwörer. »Hat mich gefreut, Sie kennenzulernen, Emily.«

»Gleichfalls«, sagte ich und wünschte, er müsste nicht so schnell wieder gehen.

Henry und ich standen am Fenster und schauten Jack nach, wie er zum Strand hinunterging. »Ein komischer Kerl, dieser Jack«, sagte Henry. »Da sitzt die schönste Frau der Insel in meinem Wohnzimmer, und er bleibt nicht mal auf einen Kaffee.«

Ich spürte, wie ich errötete. »Also wirklich«, entgegnete ich. »Sehen Sie mich an. Ich bin gerade aufgestanden.«

Er zwinkerte mir zu. »Ich hab das ernst gemeint.«

»Sie sind ein Charmeur«, sagte ich.

Wir plauderten noch eine Weile, bis ein Blick auf meine Uhr mir sagte, dass ich schon seit fast zwei Stunden aus dem Haus war. »Ich sollte allmählich aufbrechen, Henry«, sagte ich. »Bee wird sich Sorgen machen.«

»Natürlich.«

»Also, wir sehen uns am Strand.«

»Wenn Sie in der Nähe sind, kommen Sie doch einfach vorbei.«

Es war inzwischen Ebbe, und das zurückgewichene Wasser hatte das geheime Leben des Wattenmeers enthüllt. Auf dem Weg zurück sammelte ich ein paar Muscheln und hob große Stücke glibberigen Seetang auf, um die Blasen in dem schleimigen Zeug zum Platzen zu bringen, so wie ich es als Kind gemacht hatte. Ein Stein glitzerte in der Sonne, und ich bückte mich, um ihn aufzuheben. In dem Moment hörte ich das Tapsen von Pfoten hinter mir. Dann rief jemand: »Russ, hierher!«

Ich fuhr herum, und im nächsten Augenblick fiel mich ein mächtiger Golden Retriever mit der Kraft eines Footballspielers an.

»Stopp!«, schrie ich und wischte mir das Gesicht ab, das der Hund mir abgeleckt hatte.

»Tut mir schrecklich leid«, sagte Jack. »Er hat sich zur Hintertür rausgestohlen. Hoffe, er hat Sie nicht erschreckt. Er ist völlig harmlos.«

»Alles in Ordnung.« Ich klopfte mir lächelnd den Sand von der Hose und kniete mich hin, um den Hund ordentlich zu begrüßen.

»Du bist also Russ«, sagte ich. »Nett, dich kennenzulernen. Ich bin Emily.«

Ich schaute zu Jack hoch. »Ich war gerade auf dem Weg zurück zu Bee.«

Er befestigte die Leine an Russ' Halsband. »Schluss mit den Eskapaden, alter Junge«, sagte er, dann schaute er mich an. »Ich begleite Sie. Wir gehen in dieselbe Richtung.«

Eine Minute, vielleicht auch länger, gingen wir schweigend nebeneinander her. Ich genoss das Geräusch unserer Schritte auf dem Kiesstrand.

»Wohnen Sie hier im Staat Washington?«, fragte Jack schließlich.

»Nein«, sagte ich. »In New York.«

Er nickte. »Da war ich noch nie.«

»Im Ernst? Sie waren noch nie in New York?«

Er zuckte die Achseln. »Schätze, ich hatte noch nie einen Grund hinzufahren. Ich wohne schon mein Leben lang auf der Insel. Von hier wegzugehen ist mir noch nie in den Sinn gekommen.«

Ich nickte und ließ meinen Blick über den Strand schweifen. »Tja, jetzt, wo ich wieder auf der Insel bin«, sagte ich und schaute mich um, »frage ich mich tatsächlich, warum ich nicht geblieben bin. New York fehlt mir kein bisschen.«

»Und was hat Sie hierher zurückgeführt?«

Hatte ich ihm nicht gesagt, dass ich meine Tante besuchte? Reichte das nicht als Erklärung? Ich hatte nicht vor, ihm zu erzählen, dass ich vor meiner Vergangenheit auf der Flucht war oder dass ich versuchte, mir über meine Zukunft klar zu werden, und erst recht nicht, dass ich frisch geschieden war. Ich holte tief Luft. »Ich recherchiere hier für mein nächstes Buch.«

»Ach? Sie sind Schriftstellerin?«

»Ja«, sagte ich und schluckte. Das Ganze war mir auf einmal ziemlich peinlich. Als Recherche konnte man das, was ich hier tat, weiß Gott nicht bezeichnen. Wie immer fühlte ich mein Selbstbewusstsein schwinden, wenn ich anfing, über meinen Beruf zu sprechen.

»Ist ja ein Ding«, sagte er. »Was schreiben Sie denn so?«

Als ich ihm von *Anruf für Ali Larson* erzählte, blieb er stehen. »Ich werd verrückt«, sagte er. »Echt? Das ist verfilmt worden, oder?«

Ich nickte. »Und Sie?« Ich wollte unbedingt das Thema wechseln. »Was machen Sie?«

»Ich bin Künstler«, antwortete er. »Maler.«

»Wirklich? Wie interessant«, sagte ich. »Ich würde mir gern irgendwann mal Ihre Arbeiten ansehen.« Im selben Moment, als ich es aussprach, wurde mir ganz heiß vor Verlegenheit. Wie konnte ich nur so dämlich sein! Hatte ich schon vollkommen vergessen, wie man mit einem Mann redete?

Anstatt auf meine Worte einzugehen, schenkte er mir ein schiefes Grinsen und trat mit der Fußspitze in den Sand, sodass sich ein Stück Treibholz löste, das sich dort vergraben lag. »Unglaublich, wie der Strand heute Morgen aussieht«, sagte er und zeigte auf das Treibholz, das überall verstreut lag. »Es muss letzte Nacht ziemlich gestürmt haben.«

Strände nach einem Sturm faszinieren mich. Als ich dreizehn war, wurde an diesem Strand eine Aktentasche angespült, die exakt 319 Dollar enthielt – das weiß ich, weil ich die Scheine selbst gezählt habe –, außerdem eine mit Wasser vollgelaufenen Pistole. Bee rief die Polizei, die den Inhalt der Tasche zu einem Bankraub zurückverfolgte, der siebzehn Jahre zuvor verübt worden war. *Siebzehn Jahre.* Das Meer in der Puget-Bucht ist wie eine Zeitmaschine, die Dinge mit sich nimmt und sie irgendwann, wenn es ihr beliebt, wieder an den Strand spuckt.

»Sie sagten, Sie wohnen schon Ihr Leben lang auf der Insel – dann müssten Sie eigentlich meine Tante kennen.«

Er nickte. »Kann man wohl sagen.«

Wir waren vor Bees Haus angelangt. »Möchten Sie nicht mit reinkommen?«, fragte ich. »Dann können Sie Bee kurz Hallo sagen.«

Er zögerte, als sei ihm gerade etwas eingefallen. »Nein«, sagte er, während er mit zusammengekniffenen Augen zu den Fenstern hochschaute. »Lieber nicht.«

Ich biss mir auf die Lippe. »Also gut«, sagte ich. »Man sieht sich.«

Tja, das war's dann wohl, sagte ich mir, als ich zur Hintertür ging. Warum war ihm die Situation plötzlich so unangenehm gewesen?

»Emily, warten Sie!«, rief Jack einen Augenblick später vom Strand her.

Ich drehte mich um.

»Tut mir leid«, sagte er. »Ich bin ein bisschen aus der Übung.« Er schob sich eine dunkle Haarsträhne aus den Augen, doch der Wind blies sie sogleich wieder zurück. »Ich wollte Sie fragen, ob Sie Lust hätten, zum Abendessen rüberzukommen«, sagte er. »Zu mir. Am Samstagabend um sieben?«

Ich sah ihn verdattert an. Es dauerte einen Moment, bis ich meine Sprache wiederfand. »Ja, das wäre nett«, sagte ich und nickte.

»Also bis dann, Emily«, sagte er lächelnd.

Ich hatte gemerkt, dass Bee uns vom Fenster aus beobachtete, aber als ich das Haus durch den Windfang betrat, saß sie auf dem Sofa.

»Wie ich sehe, hast du Jack kennengelernt«, bemerkte sie, ohne von ihrem Kreuzworträtsel aufzublicken.

»Ja«, sagte ich. »Er kam bei Henry vorbei.«

»Bei Henry?« Bee schaute mich an. »Was hast du denn da gemacht?«

»Ich bin heute Morgen spazieren gegangen, und da hab ich ihn am Strand getroffen.« Ich zuckte die Achseln. »Und er hat mich auf einen Kaffee eingeladen.«

Bee wirkte besorgt.

»Was ist?«, fragte ich.

Sie legte ihren Bleistift weg. »Sieh dich vor«, sagte sie kryptisch, »vor allem bei Jack.«

»Mich vorsehen? Warum denn?«

»Menschen sind nicht immer, was sie zu sein scheinen«, sagte sie, während sie ihre Lesebrille in das blaue Samtetui steckte, das auf dem Tisch lag.

»Was meinst du damit?«

Sie überging meine Frage auf eine Weise, wie nur Bee es konnte. »Ach, ist es wirklich schon halb eins?« Sie seufzte. »Zeit für meinen Mittagsschlaf.«

Sie schenkte sich ein halbes Glas Sherry ein. »Meine Medizin«, sagte sie mit einem Augenzwinkern. »Wir sehen uns heute Nachmittag, Liebes.«

Offenbar war zwischen Bee und Jack irgendetwas vorgefallen. Ich hatte es an seinem Gesicht gesehen, und ich hatte es an ihrer Stimme gehört.

Ich lehnte mich auf dem Sofa zurück und gähnte. Die Idee mit dem Mittagsschlaf klang verlockend. Ich ging ins

Gästezimmer und kroch unter die rosafarbene, mit Rüschen versehene Bettdecke. Dann schlug ich den Roman auf, den ich mir am Flughafen gekauft hatte, aber nachdem ich mich durch zwei Kapitel gekämpft hatte, ließ ich das Buch auf den Boden fallen.

Ich befreite mein Handgelenk von meiner Armbanduhr – mit Schmuck am Körper kann ich nicht schlafen – und zog die Nachttischschublade auf. Als ich die Uhr hineinlegte, entdeckte ich etwas ganz hinten in der Schublade.

Es war ein Heft, eine Art Tagebuch. Ich nahm es heraus und fuhr mit dem Finger über seinen Rücken. Es war alt, und der faszinierende Einband aus rotem Samt war abgenutzt und fadenscheinig. Plötzlich überkam mich ein schlechtes Gewissen. Was, wenn das eins von Bees alten Tagebüchern war? Mit einem Schaudern legte ich es zurück in die Schublade. Einige Augenblicke vergingen, dann hielt ich das Tagebuch wieder in der Hand. Es war einfach unwiderstehlich. Ich wollte nur einen kurzen Blick auf die erste Seite werfen.

Die Seiten, vergilbt und brüchig, fühlten sich an, als wären sie schon sehr lange nicht mehr angefasst worden. Ich überflog die erste Seite auf der Suche nach einem aufschlussreichen Hinweis und fand ihn in der unteren rechten Ecke, wo das Wort *Schreibheft* in Schwarz gedruckt stand, direkt über dem Firmenlogo. Mir fiel ein Buch ein, das ich vor langer Zeit gelesen hatte, in dem eine Figur aus dem frühen zwanzigsten Jahrhundert genauso ein Heft benutzte, um einen Roman zu schreiben. War das ein Romanentwurf oder ein privates Tagebuch? Fasziniert blätterte ich die Seite um, denn inzwischen war meine Neugier stärker als mein schlechtes Gewissen. Nur noch eine Seite, dann würde ich es zurücklegen.

Die Worte auf der nächsten Seite, in der schönsten Handschrift verfasst, die ich je gesehen hatte, ließen mein Herz heftig pochen: »Dies ist die Geschichte eines Ereignisses, das sich 1943 in einer kleinen Inselstadt zugetragen hat«.

Bee hatte nie geschrieben, jedenfalls wusste ich nichts davon. Onkel Bill? Nein, es handelte sich eindeutig um die Handschrift einer Frau. Warum befand das Buch sich ausgerechnet hier – in diesem *rosa* Zimmer? Und wer würde seinen Namen weglassen und warum?

Ich holte tief Luft und blätterte um. Es würde schon nicht so schlimm sein, wenn ich ein paar Zeilen las. Als ich den ersten Absatz vor mir sah, konnte ich nicht länger widerstehen.

Ich hatte nie vor, Elliot zu küssen. Eine verheiratete Frau tut so etwas nicht, jedenfalls keine verheiratete Frau wie ich. Es gehörte sich nicht. Aber es war Flut, und es wehte eine kalte Brise, und Elliots Arme lagen um meinen Körper wie ein warmer Umhang, seine Hände berührten mich an Stellen, wo sie mich nicht hätten berühren dürfen, und ich konnte kaum noch an etwas anderes denken. Es war so wie früher. Und obwohl ich inzwischen verheiratet war, obwohl die Umstände sich geändert hatten, war mein Herz in der Zeit stehen geblieben – eingefroren, als hätte es auf genau diesen Augenblick gewartet – den Augenblick, in dem Elliot und ich wieder zu diesem Ort zurückkehrten. Bobby hatte mich nie so in den Armen gehalten. Oder vielleicht hatte er es getan, aber wenn, dann hatte seine Berührung nie diese Leidenschaft, dieses Feuer in mir entfacht.

Ich hatte wirklich nicht vor, Elliot an diesem kalten Märzabend zu küssen, und auch die unsäglichen Dinge, die dann geschahen, hatte ich nicht geplant, die Kette von Ereignissen, die mein Verderben, die unser Verderben sein sollte. Diese Kette von Ereignissen nahm ihren Anfang im März 1943 und sollte mein Leben und das Leben der Menschen um mich herum für immer verändern. Mein Name ist Esther, und dies ist meine Geschichte.

Ich blickte auf. Esther? Wer war Esther? Vielleicht ein Pseudonym? Ein fiktiver Name? Es klopfte an der Tür, und instinktiv schob ich das Heft unter die Decke.

»Ja?«, sagte ich.

Bee öffnete die Tür. »Ich kann nicht schlafen.« Sie rieb sich die Augen. »Hättest du Lust, mit mir einkaufen zu gehen?«

»Na klar«, antwortete ich, obwohl ich viel lieber im Bett geblieben wäre und weitergelesen hätte.

»Ich warte vor dem Haus auf dich«, sagte sie und schaute mich ein bisschen länger als notwendig an. Allmählich hatte ich den Eindruck, dass die Leute auf der Insel alle in irgendein großes Geheimnis eingeweiht waren – eins, das keiner bereit war, mir anzuvertrauen.

4

Der Town & Country Market lag einen knappen Kilometer von Bees Haus entfernt. Als Mädchen war ich mit meiner Schwester oder mit meinen Kusinen zu Fuß dorthin gegangen, manchmal auch ganz allein, und hatte unterwegs violette Kleeblumen gepflückt, bis ich einen dicken, fetten Strauß zusammenhatte, der, wenn man ihn sich dicht unter die Nase hielt, wie Honig duftete. Bevor wir losgingen, erbettelten wir uns von den Erwachsenen jedes Mal fünfundzwanzig Cent, und wenn wir zurückkamen, hatten wir die Taschen voll mit rosafarbenen Bazooka-Kaugummis. Wenn der Sommer einen Geschmack hatte, dann den von rosafarbenem Kaugummi.

Bee und ich fuhren schweigend über die kurvenreiche Straße in die Stadt. Das ist das Gute an einem alten VW Käfer – wenn man keine Lust hat zu reden, braucht man es nicht zu tun. Das Motorgeräusch erfüllt die unbehagliche Stille mit einem beruhigenden Brummen.

Bee reichte mir ihren Einkaufszettel. »Ich muss mit Leanne in der Bäckerei reden. Kannst du damit schon mal anfangen, Liebes?«

»Sicher«, erwiderte ich lächelnd. Ich wusste, dass ich mich in dem Laden immer noch zurechtfinden würde, auch wenn ich zum letzten Mal mit siebzehn hier gewesen war.

Die Otter Pops befanden sich wahrscheinlich immer noch in Reihe drei, und der nette Gemüseverkäufer, der sich immer die T-Shirt-Ärmel bis auf die Schultern hochkrempelte, um seinen Bizeps zur Schau zu stellen, würde bestimmt auch noch da sein.

Ich überflog Bees Liste: Lachs, Arborio-Reis, Porree, Kresse, Schalotten, Weißwein, Rhabarber, Sahne – das ließ auf ein üppiges Abendessen schließen. Ich entschloss mich, mit dem Wein anzufangen.

Die Weinabteilung des Town & Country Market erinnerte eher an den Weinkeller eines teuren Restaurants – kein Vergleich mit dem bescheidenen Sortiment, das man in den meisten Supermärkten findet. Halb versteckt unter einer Treppe befand sich ein kleiner, schummrig beleuchteter Raum, in dem verstaubte Flaschen ängstlich an den Wänden Halt zu suchen schienen.

»Kann ich Ihnen helfen?«

Ich drehte mich leicht erschrocken um und sah einen Mann etwa in meinem Alter auf mich zukommen. Als ich einen Schritt nach hinten machte, hätte ich beinahe ein Regal mit Weißweinflaschen umgestoßen. »Ach du je, tut mir leid«, stammelte ich, während ich eine Flasche festhielt, die wankte wie ein Bowlingpin.

»Kein Problem«, sagte der Mann. »Suchen Sie einen kalifornischen Weißwein, oder hätten Sie lieber einen einheimischen?«

Es war wirklich ziemlich düster in dem Raum, deswegen konnte ich das Gesicht des Mannes nicht erkennen, jedenfalls nicht sofort. »Na ja, also, eigentlich wollte ich …« Und dann, als er näher kam und eine Flasche von einem der oberen Regale nahm, sah ich sein Gesicht. Ich schnappte nach Luft. »Oh Gott, bist du das, Greg?«

Er schaute mich an und schüttelte ungläubig den Kopf. »Emily?«

Es war zugleich unheimlich und aufregend und peinlich. Der Mann, der da in einer grünen Kellermeisterschürze vor mir stand, war mein Highschool-Schwarm. Und obwohl ich ihn fast zwanzig Jahre nicht gesehen hatte, war mir sein Gesicht immer noch so vertraut wie an dem Tag, als ich ihm erlaubt hatte, mir das Oberteil meines Superwoman-Bikinis auszuziehen und seine Hände auf meine Brüste zu legen. Damals glaubte ich, es bedeutete, dass er mich liebte und dass wir eines Tages heiraten würden. Ich war mir dessen so sicher, dass ich mit einer Büroklammer »Emily + Greg = Love« in den Papierhandtuchspender auf der Damentoilette des Town & Country Market ritzte. Aber dann war der Sommer vorbei gewesen, und ich war wieder nach Hause gefahren. Fünf Monate lang schaute ich jeden Tag in den Briefkasten, aber es kam kein Brief. Auch kein Anruf. Und dann, im nächsten Sommer bei Bee, ging ich am Strand entlang bis zu ihm nach Hause und klopfte an die Tür. Seine jüngere Schwester, die ich nicht ausstehen konnte, teilte mir mit, dass er ans College gegangen war und dass er eine neue Freundin hatte. Sie heiße Lisa, fügte sie hinzu.

Greg sah immer noch umwerfend gut aus – aber er war älter und sein Gesicht etwas herber geworden. Ich fragte mich, ob mein Gesicht auch herber aussah als früher. Instinktiv warf ich einen Blick auf seine linke Hand. Kein Ehering.

»Was machst du denn hier?«, fragte ich. Mir kam gar nicht in den Sinn, dass er hier arbeitete. Ich hatte mir Greg immer als Piloten vorgestellt oder als Wildhüter – ich dachte, er würde irgendetwas Verwegenes, etwas Wichtiges tun, etwas, das, na ja, typisch Greg war. Aber Verkäufer in einem Lebensmittelladen? Das passte nicht.

»Ich arbeite hier«, sagte er mit einem stolzen Lächeln. Er zeigte auf sein Namensschild und fuhr sich mit der Hand durch das blondierte Haar. »Mensch – schön, dich wiederzusehen«, fuhr er fort. »Wie lange ist das her? Bestimmt fünfzehn Jahre.«

»Ja«, sagte ich. »Oder warte, vielleicht sogar noch länger. Das ist wirklich verrückt.«

»Du siehst großartig aus«, sagte er, was mich verlegen machte.

»Danke«, erwiderte ich, während ich an meinem Kragen zupfte. Ich betrachtete meine Füße. Oh Gott. Die Gummistiefel. Dauernd träumt man davon, seiner alten Flamme in einem scharfen Cocktailkleid wieder zu begegnen, und ich stand vor ihm in einem alten Wollpullover aus Bees Schrank. O nein.

Aber Greg mit seinem jungenhaften Charme und den graublauen Augen, die dieselbe Farbe hatten wie das Meer in der Bucht an einem stürmischen Tag, sorgte dafür, dass ich mich so gut fühlte, wie er aussah.

»Was führt dich zurück auf die Insel?«, fragte er grinsend und lehnte sich mit einem Ellbogen gegen die Wand. »Ich dachte, du wärst eine berühmte Schriftstellerin in New York.«

Ich lächelte. »Ich bin für einen Monat zu Besuch bei Bee.«

»Ach so. Ich seh sie hier ab und zu beim Einkaufen. Wollte sie immer mal fragen, wie's dir so geht.« Er schluckte. »Hab mich aber nie getraut.«

»Nicht getraut?«

Er rieb sich die Stirn. »Ich weiß auch nicht. Schätze, tief im Innern bleibt man immer sechzehn, oder? Hattest du nicht Schluss mit mir gemacht?«

»Nein, du bist aufs College gegangen.« Er strahlte eine Wärme aus, eine Energie, die mir gefiel.

»Und warum bist du hier? Jetzt, nach all den Jahren?«, fragte er.

Ich seufzte. »Na ja, das ist ein bisschen kompliziert.«

»Mit kompliziert kenne ich mich aus.«

Ich rieb mir den Finger, an dem ich meinen Ehering getragen hatte. »Ich bin hier, weil …« Ich brach ab und suchte in seinem Gesicht nach Anzeichen für Billigung oder Missbilligung, was völlig verrückt war, denn wieso sollte es mich interessieren, was mein Exfreund von vor Ewigkeiten über meinen Familienstand dachte, und dann sprudelten die Worte aus mir heraus: »Ich bin hier, weil ich gerade eine Scheidung hinter mir habe und plötzlich unbedingt aus New York wegwollte.«

Er legte mir eine Hand auf die Schulter. »Das tut mir leid.« Er sagte es, als meinte er es ernst, und ich kam zu dem Schluss, dass mir der erwachsene Greg besser gefiel als der jugendliche.

»Es geht mir gut«, sagte ich und hoffte inständig, dass er keine Gedanken lesen konnte.

Er schüttelte ungläubig den Kopf. »Du hast dich kein bisschen verändert.«

»Danke.« Etwas Besseres fiel mir dazu nicht ein. Es war

eine ganz normale, harmlose Bemerkung gewesen, aber sie weckte mein Selbstwertgefühl aus seiner Lethargie wie eine Dosis Nasenspray. Nervös glättete ich mir die Haare, dann fiel mir ein, dass ich zum Frisör musste – seit drei Monaten.

»Dasselbe gilt für dich«, sagte ich. »Du siehst blendend aus.« Ich trat von einem Fuß auf den anderen. »Und wie ist es dir die ganzen Jahre ergangen? Hast du in puncto Ehe mehr Glück als ich?«

Ich weiß nicht, warum, aber ich hatte mir Greg immer als einen glücklich verheirateten Mann vorgestellt, der auf Bainbridge Island ein schönes Leben führte. Ein gemütliches Haus. Eine hübsche Ehefrau. Ein halbes Dutzend Kinder, vorschriftsmäßig angeschnallt in Kindersitzen in einem marineblauen Suburban.

»Glück?« Er hob die Schultern. »Nein, kann ich nicht behaupten. Aber ich bin zufrieden. Ich bin gesund. Ist doch schon mal nicht schlecht, oder?«

Ich nickte. »Allerdings.« Ich muss gestehen, es tat mir gut zu erfahren, dass ich nicht die Einzige war, deren Leben nicht nach Plan verlief.

»Und es geht dir wirklich gut? Denn wenn du jemanden zum Reden brauchst, ich …« Er zog ein Tuch aus seiner Schürze und begann, ein paar Flaschen auf einem der unteren Regalbretter abzustauben.

Vielleicht lag es an der schummrigen Beleuchtung oder daran, dass ich von so viel Wein umgeben war, aber ich fühlte mich in Gregs Gegenwart ungewöhnlich entspannt. »Ich würde lügen, wenn ich behauptete, dass mir das alles leichtfällt. Aber es geht mir ganz gut. Ich nehme die Tage, wie sie kommen. Heute? Heute geht's mir gut.« Ich schluckte. »Gestern? Eher weniger.«

Er nickte, dann schenkte er mir ein warmherziges Lächeln, und seine Augen leuchteten. »Hey, weißt du noch, wie ich dich zu diesem Konzert in Seattle eingeladen hab?«

Ich nickte. Es kam mir vor, als hätte dieses Konzert vor hundert Jahren stattgefunden. Meine Mutter hatte mir verboten mitzufahren, aber Bee hatte mal wieder das Wunder vollbracht und meine Mutter davon überzeugt, dass es doch einfach großartig sei, wenn Greg mich mit in die »Symphonie« nahm.

»An dem Abend hätten wir's beinahe nicht nach Hause geschafft«, sagte er, seine Augen waren wie ein Tor zu den vergessenen Erinnerungen meiner Jugend.

»Wenn ich mich recht erinnere, wolltest du mit mir bei deinem Bruder im Studentenheim übernachten«, sagte ich und verdrehte die Augen wie ein Teenager. »Meine Mutter hätte mich umgebracht!«

Er zuckte die Achseln. »Kann man es einem Mann übel nehmen, wenn er's versucht?« In seinen Augen lag immer noch dieses Funkeln, das mich von Anfang an zu ihm hingezogen hatte.

Greg brach das betretene Schweigen, indem er das Thema wechselte. »Warst du nicht auf der Suche nach einer Flasche Wein?«

»Ach so, ja«, sagte ich. »Bee hat mich gebeten, eine Flasche Weißwein zu besorgen. Welchen von den Pinots könnte sie gemeint haben?« Was Wein angeht, bin ich eine komplette Niete.

Lächelnd fuhr er mit dem Finger am Regal entlang und wählte, als er etwa in der Mitte anlangte, zielsicher eine Flasche aus. »Probiert mal diesen hier«, sagte er. »Einer meiner Lieblingsweine, ein Pinot Grigio, der hier auf der

Insel angebaut wird. Ein Schluck, und du wirst dich in ihn verlieben.«

Ein Kunde war hereingekommen, und Greg machte ihm Zeichen, dass er ihn sofort bedienen werde. »Darf ich dich zum Essen ausführen? Nur einmal? Wenigstens einmal, bevor du wieder abreist?«

»Na klar«, antwortete ich spontan, ohne über die Einladung nachzudenken, denn wenn ich das getan hätte, hätte ich wahrscheinlich – nein, *definitiv* abgelehnt.

»Super«, sagte er. Sein Lächeln entblößte zwei Reihen makellos weißer Zähne, woraufhin ich mit der Zunge über meine fuhr. »Ich rufe dich bei deiner Tante an.«

»Okay«, sagte ich ein bisschen benommen. War das gerade wirklich passiert? Als ich auf dem Weg in die Gemüseabteilung war, um die Kresse in Angriff zu nehmen, entdeckte ich Bee.

»Ah, da bist du ja!«, rief sie und winkte mir zu. »Komm her, Liebes, ich möchte dir jemanden vorstellen.«

Neben Bee stand eine Frau etwa in ihrem Alter, mit dunklem Haar – offensichtlich gefärbt – und dazu passenden dunklen Augen. Ich hatte noch nie so dunkle Augen gesehen. Sie waren beinahe schwarz und bildeten einen starken Kontrast zu ihrer blassen Haut. Diese Frau war kein bisschen alt, na ja, außer dass sie achtzig Jahre auf dem Buckel hatte.

»Das ist Evelyn«, verkündete Bee stolz. »Eine meiner besten Freundinnen.«

»Freut mich, Sie kennenzulernen«, sagte ich.

»Evelyn und ich kennen uns schon seit Ewigkeiten«, erklärte Bee. »Schon aus der Grundschule. Als Mädchen bist du ihr schon mal begegnet, aber wahrscheinlich erinnerst du dich nicht daran.«

»Nein, leider nicht«, sagte ich. »Ich fürchte, damals war ich ausschließlich auf zwei Dinge fixiert: Strand und Jungs.«

»Ich freue mich so, Sie wiederzusehen, meine Liebe«, sagte sie und lächelte, als würde sie mich kennen. Und irgendetwas an ihr kam mir tatsächlich vertraut vor, aber was?

Im Gegensatz zu Bee, die Jeans und ein Sweatshirt trug, wirkte Evelyn wie ein Model für Seniorenmode. Keine Hose mit zu hoch sitzendem Bund und keine Schuhe mit Gummisohlen. Sie trug ein schickes Wickelkleid und Ballerinas, und doch wirkte sie so authentisch und bodenständig wie Bee. Ich konnte verstehen, dass die beiden gute Freundinnen waren, und ich mochte Evelyn auf der Stelle.

»Moment, jetzt erinnere ich mich an Sie!«, stieß ich hervor. Das Funkeln in ihren Augen und ihr freundliches Lächeln katapultierten mich zurück ins Jahr 1985, in den Sommer, den Danielle und ich allein bei Bee verbracht hatten. Unsere Eltern hatten uns erklärt, sie würden eine Reise unternehmen, doch später erfuhren wir, dass sie sich getrennt hatten. Mein Vater hatte meine Mutter im Juli verlassen, und bis September hatten sie sich wieder arrangiert. Meine Mutter hatte sieben Kilo abgenommen, und mein Vater hatte sich einen Bart wachsen lassen. Sie gingen merkwürdig miteinander um. Danielle erzählte mir, unser Vater hätte eine Freundin, aber ich glaubte es nicht, und selbst wenn, hätte ich es meinem Vater nicht übel genommen, nach allem, was er sich von unserer übellaunigen, jähzornigen Mutter hatte gefallen lassen müssen. Unser Vater hatte die Geduld eines Gandhi.

Aber in dem Moment war es nicht die Trennung meiner Eltern, die mir in den Sinn kam, sondern Evelyns Garten.

Bee hatte uns dorthin mitgenommen, als wir noch Kinder waren, und auf einmal sah ich alles wieder vor mir: eine zauberhafte Welt aus Hortensien, Rosen, Dahlien und Zitronenbutterkeksen auf Evelyns Veranda. Es kam mir so vor, als hätten meine Schwester und ich erst gestern auf der kleinen Bank unter dem Rankgitter gesessen, während Bee vor ihrer Staffelei stand und versuchte, die Blumen, die in den üppigen Beeten gerade in Blüte standen, auf ihre Leinwand zu bannen. »Ihr Garten«, sagte ich. »Ich erinnere mich an Ihren Garten.«

»Ja«, sagte Evelyn lächelnd.

Ich nickte, ein bisschen überrascht, dass diese Erinnerung, die so tief vergraben gewesen war, in dem Augenblick wie eine verloren geglaubte Akte aus dem Archiv meines Unterbewusstseins aufgetaucht war. Als hätte die Insel sie irgendwie zum Vorschein gebracht. Mitten in der Gemüseabteilung dachte ich an Taglilien und himmlisch leckere Butterkekse – und dann lichtete sich der Nebel. Ich saß auf einer verwitterten Teakholzbank auf Evelyns Veranda, ein Paar alte weiße Leinen-Keds an den Füßen – na ja, keine echten Keds, sondern ein billiges Imitat mit einem gefälschten blauen Viereck an der Ferse. Echte Keds hätten genau elf Dollar mehr gekostet, und die waren mein Traum! Ich würde einen Monat lang jeden Samstag das Bad putzen, hatte ich meiner Mutter versprochen. Ich würde staubsaugen. Ich würde Staub wischen. Ich würde die Hemden meines Vaters bügeln. Aber sie hatte nur den Kopf geschüttelt und war mit einem Paar billiger Schuhe von Payless Shoe Source angekommen. Alle anderen Mädchen, die ich kannte, trugen echte Keds mit dem blauen Markenzeichen. Und da saß ich also auf Evelyns Veranda und fummelte an dem blauen Viereck an meinem rechten Schuh herum, das sich allmählich löste.

Bee führte die total gelangweilte Danielle gerade durch den Garten. Evelyn setzte sich zu mir. »Was liegt dir auf der Seele, mein Kind?«

Ich zuckte die Achseln. »Ach, nichts.«

»Es ist in Ordnung«, sagte sie und drückte mir die Hand. »Du kannst es mir ruhig erzählen.«

Ich seufzte. »Na ja, es ist ziemlich peinlich, aber Sie hätten nicht vielleicht ein bisschen Alleskleber?«

»Alleskleber?«

Ich zeigte auf meinen Schuh. »Mom will mir keine Keds kaufen, und das blaue Viereck an meinem Schuh geht ab, und ich …« Ich brach in Tränen aus.

»Komm, ist ja gut«, sagte Evelyn und reichte mir ein Taschentuch. »Als ich so alt war wie du, kam ein Mädchen aus meiner Klasse eines Tages mit einem Paar wunderschöner roter Schuhe in die Schule. Sie glänzten wie Rubine. Ihr Vater war ziemlich wohlhabend, und sie erzählte überall herum, er hätte ihr die Schuhe aus Paris mitgebracht. Von da an wünschte ich mir nichts sehnlicher als solche Schuhe.«

»Und haben Sie welche bekommen?«, fragte ich.

Sie schüttelte den Kopf. »Nein, und weißt du was? Ich wünsche sie mir immer noch. Also, du wolltest Alleskleber. Aber hättest du nicht viel lieber ein Paar von diesen – wie heißen sie gleich?«

»Keds«, sagte ich kleinlaut.

»Ah ja, Keds.«

Ich nickte.

»Also gut. Was hast du morgen vor?«

Meine Augen weiteten sich. »Nichts.«

»Dann ist es abgemacht. Wir fahren mit der Fähre nach Seattle und besorgen dir ein Paar Keds.«

»Wirklich?«, stammelte ich.

»Wirklich.«

Ich wusste nicht, was ich sagen sollte, also lächelte ich nur und riss das blaue Viereck von meinem Schuh. Es war nicht mehr wichtig. Am nächsten Tag würde ich ein Paar echte Keds tragen.

»Evelyn«, sagte Bee und holte mich in die Gegenwart zurück. Sie betrachtete unseren Einkaufswagen. »Ich mache heute ein schönes Abendessen, hättest du nicht Lust, uns Gesellschaft zu leisten?«

»Nein, nein«, sagte sie. »Lieber nicht. Emily ist doch gerade erst angekommen.«

Ich lächelte. »Wir würden uns freuen.«

»Also dann. Abgemacht.«

»Großartig«, sagte Bee. »Sagen wir, um sechs Uhr?«

»Einverstanden«, antwortete sie und ging zu den Kartoffeln.

»Bee«, flüsterte ich. »Du ahnst ja nicht, wem ich grade über den Weg gelaufen bin.«

»Wem denn?«

»Greg«, sagte ich leise. »Greg Attwood.«

»Deinem Freund von früher?«

Ich nickte. »Ich glaube, er hat mich zu einem Abendessen eingeladen.«

Bee lächelte, als gehörte das zu ihrem Plan. Sie nahm eine rote Zwiebel, begutachtete sie, schüttelte den Kopf und warf sie wieder zurück. Das wiederholte sie mehrere Male, bis sie eine Zwiebel gefunden hatte, die ihren Ansprüchen genügte. Sie sagte ganz leise etwas zu mir, aber als ich sie bat, es zu wiederholen, war sie schon weitergegangen und füllte eine Tüte mit Porreestangen. Ich schaute zu der Treppe hinüber, die zur Weinabteilung führte, und lächelte in mich hinein.

Kurz vor sechs nahm Bee drei Weingläser aus dem Schrank und entkorkte die Flasche Weißwein, die Greg für uns ausgesucht hatte.

»Würdest du bitte die Kerzen anzünden, Emily?«

Als ich nach den Streichhölzern griff, musste ich an die Abendessen bei Bee denken, die ich in meiner Kindheit erlebt hatte. »Zu einem richtigen Abendessen gehört Kerzenlicht«, hatte sie meiner Schwester und mir damals erklärt. Ich fand es vornehm und aufregend, aber als ich meine Mutter fragte, ob wir das zu Hause auch so machen könnten, sagte sie Nein. »Kerzen gibt es an Geburtstagen«, beschied sie mir, »und die finden nur einmal im Jahr statt.«

»Wunderschön«, sagte Bee mit einem Blick auf den Tisch. Dann betrachtete sie das Etikett auf der Weinflasche. »Pinot Grigio«, murmelte sie anerkennend.

Ich saß am Küchentisch und sah Bee zu, wie sie mit einem großen Fleischermesser eine Stange Porree in Ringe schnitt. »Bee«, sagte ich. »Ich muss dauernd daran denken, was du gestern über Jack gesagt hast. Was ist zwischen euch vorgefallen?«

Sie blickte leicht verblüfft auf, dann ließ sie plötzlich das Messer fallen und hielt sich die Hand. »Au!«, sagte sie. »Ich hab mich geschnitten!«

»O nein. Das tut mir leid.«

»Ach was«, sagte sie, »das ist doch nicht deine Schuld. Meine alten Hände sind einfach nicht mehr so geschickt, wie sie mal waren.«

Während sie ihren Finger verarztete, schnitt ich die Porreestange zu Ende. Dann rührte ich den Risotto um und genoss es zu spüren, wie der duftende Dampf mein Gesicht wärmte.

»Bee, es ergibt einfach keinen Sinn, dass …«

Ich wurde von Evelyns Schritten im Flur unterbrochen. »Hallo, Mädels!«, rief sie, als sie die Küche betrat, in der einen Hand eine Flasche Wein und in der anderen einen Strauß lila Flieder, der mit einem Stück Kordel zusammengebunden und in braunes Papier gewickelt war.

»Ach, wie schön«, sagte Bee strahlend. »Wo in aller Welt hast du den Flieder zu dieser Jahreszeit aufgetrieben?«

»In meinem Garten«, antwortete Evelyn, als hätte Bee sie gerade gefragt, welche Farbe der Himmel hätte. »Meiner blüht immer früher als deiner«, fügte sie in einem triumphierenden Ton hinzu, wie ihn nur eine über Jahrzehnte gewachsene Freundschaft erträgt.

Bee mixte ihr einen Drink – irgendetwas mit Bourbon –, dann schickte sie uns ins Wohnzimmer, während sie das Essen noch ein letztes Mal abschmeckte.

»Ihre Tante ist echt eine Marke«, sagte Evelyn, als wir außer Hörweite waren.

»Sie ist ein Phänomen«, erwiderte ich lächelnd.

»Allerdings«, sagte Evelyn. Das Eis in ihrem Glas klimperte, aber ich war mir nicht sicher, ob sie das absichtlich machte oder ob ihre Hände zitterten.

»Eigentlich wollte ich ihr heute Abend etwas erzählen«, sagte sie und schaute mich an. Es klang so beiläufig, als redete sie darüber, dass sie sich ein neues Auto kaufen wollte oder einen Urlaub geplant hatte. Doch dann sah ich Tränen in ihren Augen. »Auf dem Weg hierher hatte ich mich entschlossen, es ihr anzuvertrauen, aber dann, als ich vor ihr stand, habe ich gesehen, wie gut es Ihnen beiden geht, und da dachte ich, warum soll ich einen wunderbaren Abend verderben?«

Ich war verwirrt. »Was wollten Sie ihr denn erzählen?«

Sie nickte. »Ich habe Krebs. Endstadium.« Sie sprach es aus, wie man vielleicht sagen würde: »Ich habe mich erkältet«, schlicht und direkt und ohne jede Rührseligkeit. »Ich habe noch einen Monat zu leben, vielleicht weniger«, fuhr sie leise fort. »Ich weiß es schon eine ganze Weile, seit Weihnachten. Aber ich weiß einfach nicht, wie ich es Bee sagen soll. Manchmal denke ich, vielleicht ist es leichter für sie, wenn sie es erfährt, wenn ich nicht mehr da bin.«

»Evelyn, das tut mir so leid«, sagte ich und nahm ihre Hand. »Aber wie können Sie nur annehmen, dass Bee das nicht wissen möchte? Sie ist Ihre Freundin.«

Evelyn seufzte. »Natürlich würde sie es erfahren wollen, da bin ich mir sicher. Aber ich möchte nicht, dass unsere Freundschaft sich nur noch um den Tod und das Sterben dreht, wo uns doch nur noch so wenig Zeit bleibt. Lieber trinke ich Bourbon und spiele Bridge mit ihr und frotzle herum wie immer.«

Ich nickte. Ich fand Evelyns Entscheidung nicht richtig, aber ich konnte sie verstehen.

»Tut mir leid«, sagte sie. »Es ist Ihr erster Tag auf der Insel, ich wollte Ihnen nicht meine Probleme aufhalsen. Ich sollte mich schämen.«

»Aber nicht doch«, sagte ich. »Und ehrlich gesagt finde ich es gut, dass ich mal nicht diejenige bin, die über ihre Probleme redet.«

Sie trank einen großen Schluck, dann atmete sie tief aus. »Was würden Sie an meiner Stelle tun? Würden Sie es Ihrer besten Freundin sagen und damit Ihre letzten gemeinsamen Tage belasten, oder würden Sie die verbliebene gemeinsame Zeit so gut wie möglich genießen?«

»Hm, ich würde die Wahrheit sagen, aber vor allem aus egoistischen Motiven«, sagte ich. »Ich würde die Unterstützung meiner Freundin brauchen. Aber Sie, Sie sind stark.« Ich spürte, wie mir die Stimme zu versagen drohte. »Ich bewundere Ihre Stärke.«

Evelyn beugte sich vor. »Stärke? Unsinn. Ich habe eine Schmerztoleranz wie eine Vierjährige.« Sie lachte kurz auf, dann flüsterte sie: »Und jetzt lassen Sie uns ein bisschen tratschen. Was kann ich Ihnen über Ihre Tante erzählen, das Sie nicht schon wissen?«

Mir schossen tausend offene Fragen durch den Kopf, bis sich ein wichtiges Thema herauskristallisierte: das mysteriöse Tagebuch, das ich in meinem Nachtschränkchen gefunden hatte. »Na ja«, sagte ich und lauschte, um zu hören, ob Bee noch in der Küche war. Das Klappern einer Pfanne auf dem Ofen beruhigte mich. »Da gibt es eine Sache.«

»Was denn?«

»Also«, flüsterte ich, »ich habe heute im Nachtschränkchen in meinem Zimmer ein in roten Samt eingeschlagenes Heft gefunden, eine Art Tagebuch. Es ist sehr alt, von 1943, glaube ich. Ich konnte nicht widerstehen, die ersten Seiten zu lesen, und ich war völlig fasziniert.«

Einen Moment lang meinte ich etwas wie Erkenntnis oder Erinnerung in ihren Augen aufblitzen zu sehen, aber es war genauso schnell wieder verschwunden.

»Ich frage mich die ganze Zeit, ob Bee das geschrieben hat«, flüsterte ich. »Aber ich hatte keine Ahnung, dass sie überhaupt schreibt, und man sollte doch meinen, dass sie mir davon erzählt hätte, wenn man bedenkt, womit ich meine Brötchen verdiene.«

Evelyn stellte ihr Glas ab. »Können Sie mir ein bisschen mehr über dieses Tagebuch erzählen? Was haben Sie bisher gelesen?«

»Na ja, eigentlich habe ich nur die erste Seite gelesen, aber die Geschichte fängt an mit einer Figur namens Esther«, sagte ich und überlegte einen Moment. »Und dann gibt es einen Elliot und …«

Evelyn legte mir eine Hand auf den Mund. »Sie dürfen mit Bee nicht über diese Geschichte sprechen«, sagte sie. »Jedenfalls vorerst nicht.«

Ich überlegte, ob es sich vielleicht um die ersten Seiten eines Romans handelte, der nie fertig geworden war. Ich hatte weiß Gott genug Romananfänge geschrieben, bis mein Buch endlich herauskam. Aber warum anonym? Irgendwie ergab es keinen Sinn. »Evelyn, wer hat das geschrieben?« Die dunklen Ringe unter ihren Augen wirkten ausgeprägter als vorhin im Lebensmittelladen. Sie holte tief Luft, stand auf und nahm einen zarten getrockneten Seestern von Bees Kaminsims. »Seesterne sind rätselhafte Wesen, nicht wahr? Sie besitzen nicht einen einzigen Knochen, nur Knorpel, und obwohl sie so zerbrechlich wirken, sind sie lebhaft und zäh. Farbenprächtig. Anpassungsfähig. Und sie leben lange. Wussten Sie, dass einem

Seestern, wenn er einen seiner Arme verliert, ein neuer wächst?«

Evelyn legte den Seestern auf den Sims zurück. »Ihre Großmutter hat Seesterne geliebt, genauso, wie sie das Meer geliebt hat.« Sie lächelte in sich hinein. »Sie hat Stunde um Stunde am Strand verbracht und Strandglas gesammelt und sich Geschichten über das Leben der Krabben ausgedacht, die unter den Steinen hausten.«

»Das ist wirklich erstaunlich«, sagte ich. »Ich hatte immer das Gefühl, dass meine Großmutter das Meer nicht mochte. Ist sie nicht deswegen mit meinem Großvater nach Richland gezogen? Es hieß immer, wegen der Meeresluft hätte sie Probleme mit den Nebenhöhlen.«

»Ja, aber … Tut mir leid«, sagte Evelyn. »Ich habe mich in meinen Erinnerungen verloren.« Sie setzte sich wieder und schaute mich an. »Also, dieses Tagebuch. Ja, es hat den Weg zu Ihnen gefunden. Sie müssen es lesen, Emily. Die Geschichte ist wichtig, und Sie werden mit der Zeit verstehen, warum.«

Ich stieß einen tiefen Seufzer aus. »Ich wünschte, das würde alles mehr Sinn ergeben.«

»Ich habe Ihnen schon zu viel erzählt, meine Liebe«, sagte sie. »Es steht mir nicht zu, darüber zu reden. Aber Sie haben es verdient, diese Geschichte zu kennen. Lesen Sie einfach weiter, dann werden die Antworten von allein kommen.«

Einen Moment lang wirkte sie abwesend, als wäre sie in Gedanken in das Jahr zurückgekehrt, in dem die Geschichte von Esther und Elliot begann.

»Und was ist mit Bee? Wie soll ich es vor ihr geheim halten?«

»Wir sind bestrebt, die, die wir lieben, vor gewissen Dingen zu schützen«, sagte sie.

Ich schüttelte verwirrt den Kopf. »Ich verstehe nicht, wie es sie verletzen könnte, wenn ich dieses Tagebuch lese.«

Evelyn schloss die Augen und öffnete sie wieder. »Es ist sehr lange her, dass ich darüber nachgedacht habe, aber glauben Sie mir, es hat eine Zeit gegeben, da hat das alles schwer auf uns allen gelastet. Aber die Zeit heilt alle Wunden, und diese Seiten, na ja, ich hatte angenommen, sie wären einfach verschwunden oder vernichtet worden. Und doch habe ich immer gehofft, dass sie zur rechten Zeit wieder auftauchen würden.« Sie schwieg eine Weile. »In welchem Zimmer, sagten Sie, sind Sie untergebracht?«

Ich zeigte den Flur hinunter. »Im rosa Zimmer.«

Sie nickte. »Ja. Lesen Sie das Buch, Emily. Sie werden selbst wissen, wann der richtige Zeitpunkt gekommen ist, um mit Bee darüber zu reden, aber bringen Sie es ihr schonend bei.«

In dem Augenblick erschien Bee mit einer dampfenden Platte. »Abendessen ist fertig, Mädels«, verkündete sie. »Und ich habe eine Flasche Weißwein von der Insel hier. Lasst euch einschenken.«

Es war fast Mitternacht, als ich endlich in mein Zimmer wankte. Bee und Evelyn hatten mich mit ihren Jugendgeschichten gefesselt. Zum Beispiel, wie sie sich einmal aus dem Französischunterricht geschlichen hatten, um mit zwei Jungs aus der Footballmannschaft eine Flasche Gin zu picheln, oder wie sie einem besonders attraktiven Mathelehrer die Hose geklaut hatten, während er im Meer schwamm. Ihre langjährige, enge Freundschaft ließ mich an Annabelle denken. Sie fehlte mir jetzt schon – mir fehlten unsere täglichen Gespräche, Annabelles manchmal fast schon inquisitorischen Fragen.

Ich schüttelte mein Kissen auf und legte mich ins Bett, aber wenige Sekunden später kramte ich in meinem Koffer auf der Suche nach dem kleinen Gemälde, das ich aus New York mitgebracht hatte. Ich zog es unter einem Pullover hervor und betrachtete es. Das Pärchen wirkte sehr entspannt, die beiden schienen wie füreinander geschaffen. Die ganze Komposition hatte etwas sehr Harmonisches – die ineinander verschränkten Hände, die Wellen, die sich am Strand brachen, und die Wetterfahne, die sich über allem drehte. Was würde Bee sagen, wenn sie das Bild wiedersah? Es war ein Fenster zu einem fernen Winkel in Bees Welt, von der ich so gut wie nichts wusste. Ich wickelte das Bild wieder in den Pullover und legte es zurück in den Koffer.

Das Tagebuch in der Schublade rief mich, und ich nahm es gehorsam heraus. Ich musste an das denken, was Evelyn mir gesagt hatte, aber vor allem grübelte ich über Bee nach und über diese geheimnisvolle Geschichte aus der Vergangenheit – eine Geschichte, die irgendwie mit ihr in Verbindung stand.

Bobby war ein guter Mann. Ehrlich und arbeitsam. Und als er mir an jenem milden Januarmorgen auf der Fähre, die uns von Seattle zurückbrachte, einen Ring gab und mich bat, seine Frau zu werden, schaute ich ihm in die Augen und sagte einfach Ja. Es gab keine andere Antwort auf die Frage. Ich hätte dumm sein müssen, seinen Antrag abzulehnen.

Es herrschte Krieg, aber Bobby war aus gesundheitlichen Gründen ausgemustert worden: Er war halb blind, und selbst mit Brille, dieser Brille mit Gläsern so dick, dass man meinte, sie wiegen zehn Pfund, wollte die Army ihn nicht, sosehr er auch darauf drängte. Ich verabscheue mich dafür, dass ich denke, wenn er in den Krieg gezogen wäre, würden wir vielleicht jetzt beide nicht in diesem Schlamassel stecken.

Aber Bobby blieb zu Hause und erlernte einen Beruf. Und während viele auf der Insel arbeitslos waren, hatte er immer Arbeit – in Seattle. Er konnte mich versorgen, und wahrscheinlich war das in jenen Jahren für eine junge Frau das Allerwichtigste.

Ich weiß noch, wie er mich ansah, als ich seinen Antrag angenommen habe. Er strahlte übers ganze Gesicht, die Hände, die immer so linkisch wirkten, in den Taschen seiner braunen Cordhose. Der Wind zauste ihm das dünne, glatte Haar, und er sah beinahe gut aus, als er meine Hand nahm. Beinahe gut genug.

Wie das Schicksal oder das Pech es so wollte, war Elliot an dem Tag ebenfalls auf der Fähre – mit einer Frau. Elliot hatte immer Frauen im Schlepptau. Sie umschwärmten ihn wie die Fliegen. Ich erinnere mich an diese Frau, weil sie einen weißen Seidenschal um den Hals trug und ein rotes Kleid, das an ihrem Körper anlag wie ein enger Handschuh.

Kurz bevor die Fähre anlegte, gingen Bobby und ich an ihren Plätzen vorbei – nicht dass die Frau auf ihrem gesessen hätte, sie hing buchstäblich an Elliot.

»Hallo, Bobby, hallo, Esther«, sagte Elliot und hob die Hand zum Gruß. »Das ist Lila.«

Bobby grüßte höflich zurück, ich nickte nur.

»Soll ich's ihnen sagen oder lieber nicht?«, fragte mich Bobby.

Ich wusste genau, was er meinte, und doch verbarg ich instinktiv meinen Ringfinger so tief in den Falten meines Kleids, dass der Ring sich in mein Fleisch bohrte. Natürlich war es ein schöner Ring – ein schlichter Goldring mit einem Diamanten von einem halben Karat, der sich durchaus sehen lassen konnte. Das, was mich mit Elliot verband, war der Grund, warum ich den Ring versteckte.

»Wir haben uns verlobt!«, stieß Bobby hervor, ehe ich ihn daran hindern konnte. Er hatte es so laut gerufen, dass sich viele der anderen Passagiere nach uns umdrehten.

Als ich Elliots Blick begegnete, sah ich, wie sich ein Sturm zusammenbraute; Wellen der Enttäuschung, oder vielleicht auch der Traurigkeit, schäumten in den braunen Augen, die ich so gut kannte. Dann wandte er sich ab, stand auf und klopfte Bobby auf die Schulter. »Na, sieh mal einer an«, sagte er. »Bobby schnappt sich das hübscheste Mädchen auf der Insel. Glückwunsch, mein Freund!«

Bobby strahlte, während Elliot sich zu mir umdrehte und mich einfach nur anstarrte. Es fiel kein Wort zwischen uns.

Lila räusperte sich und runzelte die Stirn. »Habe ich richtig gehört, Elliot? Das hübscheste Mädchen auf der Insel?«

»Außer Lila natürlich«, fügte Elliot hinzu und legte seinen Arm auf so anzügliche Weise um ihre Taille, dass ich wegsehen musste.

Er liebte sie nicht. Das wussten wir beide, genauso wie wir wussten, dass Elliot zu mir und ich zu ihm gehörte.

Ich spürte, wie sein Herz blutete und wie es brach, ebenso wie meins. Aber ich hatte Bobby mein Ja-Wort gegeben. Ich hatte meine Entscheidung getroffen. In zwei Monaten würde ich Mrs Bobby Littleton sein, obwohl ich Elliot Hartley liebte.

Erst um zwei Uhr und drei Kapitel später klappte ich das Buch zu. Esther hatte Bobby tatsächlich geheiratet. Sie bekamen ein Kind, ein Mädchen. Elliot wurde dreizehn Tage, nachdem er von einer der hintersten Kirchenbänke aus zugesehen hatte, wie die beiden getraut worden waren, in den Südpazifik abkommandiert. Als Bobby Esther den Ring an den Finger steckte, dachte sie an Elliot, und als sie das Ehegelöbnis sprach, schaute sie zu den hinteren Bänken, wo Elliot saß, und ihre Blicke begegneten sich.

Seit er im Südpazifik eingesetzt worden war, hatte niemand mehr von ihm gehört, und Esther ging jeden Tag mit dem Kinderwagen zum Rathaus, um auf der Liste der Gefallenen nach seinem Namen zu suchen.

Als ich die Augen schloss, dachte ich an Bee. Man musste die Liebe kennen und auch den Liebeskummer, um so etwas schreiben zu können.

5

3. März

Emily«, rief Bee auf dem Flur. Ich hörte sie näher kommen, dann ging die Tür leise quietschend auf, und als ich die Augen öffnete, lugte sie ins Zimmer herein.

»Ach Gott, tut mir leid, Liebes, ich wusste nicht, dass du noch schläfst. Es ist schon fast zehn. Und Greg ist am Telefon.« Sie lächelte mich halb schelmisch, halb aufmunternd an.

»Okay«, sagte ich schlaftrunken. »Bin gleich da.«

Ich stand auf, streckte mich, schlüpfte in meinen blassgrünen Fleece-Morgenmantel und ging ins Wohnzimmer, wo Bee mich mit dem Telefon in der Hand erwartete.

»Hier«, flüsterte sie. »Klingt, als könnte er es gar nicht erwarten, mit dir zu sprechen.«

»Schsch!«, zischte ich. Ich wollte nicht, dass Greg den Eindruck bekam, ich würde auf einen Anruf von ihm warten, denn das tat ich nicht. Außerdem hatte ich noch keinen Kaffee getrunken und war alles andere als in Plauderstimmung.

»Ja?«

»Hallo, Emily.«

»Hallo«, sagte ich, auf der Stelle besser gelaunt, als ich seine Stimme hörte. Sie hatte dieselbe Wirkung wie ein doppelter Espresso.

»Ehrlich gesagt«, sagte er, »kann ich es immer noch nicht fassen, dass du wieder auf der Insel bist. Weißt du noch, wie wir dieses alte Tau gefunden haben, das an Mr Adlers Strand von einem Baum baumelte?«

»Ja«, antwortete ich und musste lächeln, als mir plötzlich wieder einfiel, welche Farbe seine Badehose hatte: grün mit blauem Bund.

»Und du hast dich nicht getraut, daran zu schwingen«, sagte er, »obwohl ich dir versprochen hatte, dass ich dich im Wasser auffangen würde.«

»Nur dass du vergessen hast, den Bauchklatscher zu erwähnen, der dazugehörte.«

Wir lachten beide, und ich merkte, dass sich nichts und zugleich alles geändert hatte.

»Hör mal, was hast du heute Abend vor?«, fragte er ein bisschen schüchterner als der Greg Attwood, den ich im Sommer 1988 gekannt hatte. Entweder hatte er etwas von seinem Selbstvertrauen eingebüßt, oder er war bescheidener geworden. Ich war mir nicht ganz sicher.

»Äh, eigentlich nichts«, sagte ich.

»Ich dachte nur, falls du Lust hast, könnten wir zusammen im Robin's Nest essen gehen. Ein Freund von mir hat das Restaurant letztes Jahr aufgemacht, das heißt, man kann es natürlich nicht an New Yorker Standards messen, aber wir hier auf der Insel finden es ziemlich gut. Es gibt auch eine hervorragende Weinkarte.«

»Klingt fantastisch«, sagte ich grinsend. Ich spürte Bees Blick auf mir.

»Schön«, sagte er. »Wäre dir sieben Uhr recht? Ich kann dich abholen.«

»Ja«, sagte ich. »Einverstanden.«

»Super.«

»Tschüs, Greg.«

Ich legte auf und schaute zu Bee hinüber, die vom Küchentisch aus das Gespräch mitbekommen hatte.

»Und?«, fragte sie.

»Was und?«

Sie warf mir einen strengen Blick zu.

»Ich gehe mit Greg aus. Heute Abend.«

»So ist's recht.«

»Ich weiß nicht«, sagte ich und verzog leicht das Gesicht. »Es fühlt sich, na ja, *komisch* an.«

»Sei nicht albern«, sagte Bee und faltete ihre Zeitung zusammen. »Was solltest du denn sonst heute Abend machen?«

»Da hast du auch wieder recht«, erwiderte ich und fasste mit der Hand in eine Schale auf dem Sofatisch, die randvoll mit kleinen Muscheln gefüllt war. »Es ist nur … erst Jack, dann Greg … Ich hab in so was einfach keine Übung mehr.«

Als ich Jacks Namen aussprach, schaute Bee aus dem Fenster und betrachtete den Strand, so wie immer, wenn ein schwieriges Thema auftauchte. Das tat sie auch, wenn jemand ihren verstorbenen Mann Bill erwähnte oder sie nach ihrer Malerei fragte.

»Tja«, sagte ich schließlich, um das Schweigen zu brechen. »Wenn du nicht darüber reden willst, kein Problem. Aber wenn du was gegen Jack hast, könntest du mir wenigstens erklären, warum?«

Sie schüttelte den Kopf und fuhr sich mit den Fingern durch ihr graues Haar. Ich fand es großartig, dass sie einen Pagenkopf trug und nicht diese typische Dauerwelle wie alle Frauen über siebzig, die ich kannte. Alles an meiner Tante löste eine Reaktion aus, selbst ihr Name. Ich hatte sie mal gefragt, warum man sie Bee nannte, und sie hatte mir erklärt, das liege daran, dass sie wie eine Honigbiene sei: süß, aber mit Stachel.

Sie seufzte. »Tut mir leid, Liebes«, sagte sie abwesend. »Ich habe ja gar nichts gegen ihn. Ich möchte nur, dass du auf dich achtgibst. Mir ist auch einmal das Herz gebrochen worden, und nach allem, was du durchgemacht hast, fände ich es schrecklich, dich noch mehr leiden zu sehen.«

Bees Warnung hallte noch eine Weile nach. Ich war nach Bainbridge Island gekommen, um dem Schmerz zu entrinnen, der so schwer auf mir lastete und in New York überall gegenwärtig schien, und nicht, um Risiken einzugehen, für die ich mich zu verletzlich fühlte. Andererseits war ich auch auf Annabelles Rat hin hierher aufgebrochen, um das Leben zu nehmen, wie es kam – nicht, um mich ständig infrage zu stellen oder zu korrigieren, so wie ich es jedes Mal tat, wenn ich mich an meinen Computer setzte und irgendeinen mittelmäßigen Satz formulierte. In diesem März konnte ich meinem Leben einfach freien Lauf lassen.

»Versprich mir, dass du vorsichtig bist«, sagte Bee leise.

»Mach ich«, sagte ich und hoffte, dass ich mich daran halten würde.

Es war zwanzig nach sieben, und Greg war immer noch nicht da. Ich musste an die Sommer von damals denken, als er nicht an der Schaukel oder am Kino oder am Strand aufgetaucht war, obwohl wir verabredet gewesen waren. Einen Moment lang hoffte ich sogar, er würde nicht kommen. Es war mehr als ein bisschen lächerlich, dass ich mich darauf eingelassen hatte – ein Abendessen mit einem Schwarm aus der Highschool. Was für eine Schnapsidee! Ich geriet in Panik. Was hatte ich mir überhaupt dabei gedacht? Dann sah ich Scheinwerfer näher kommen. Er fuhr schnell, als versuchte er, jede verlorene Sekunde aufzuholen.

Ich umklammerte den Türknauf und holte tief Luft.

»Viel Spaß«, rief Bee mir nach.

Ich trat vors Haus, als der Wagen in die Einfahrt bog – es war immer noch derselbe alte hellblaue, viertürige Mercedes aus den Achtzigerjahren, an dem allerdings die Jahre weniger spurlos vorübergegangen waren als an Greg.

»Tut mir schrecklich leid, dass ich so spät komme«, sagte er, als er aus dem Wagen sprang. Er schob die Hände in die Hosentaschen, zog sie wieder heraus. »Kurz vor Feierabend war in der Weinabteilung die Hölle los. Ich musste einer Kundin helfen, eine Flasche Châteauneuf-du-Pape auszusuchen. Sie konnte sich ewig nicht entscheiden, ob sie den Zweiundachtziger oder den Sechsundachtziger nehmen sollte.«

»Und welchen hat sie am Ende gekauft?«

»Den Sechsundachtziger.«

»Ein sehr guter Jahrgang«, sagte ich. Ich war mal eine Zeit lang mit einem Mann ausgegangen, der sich mit Wein auskannte wie ein Profi. Er ließ den Wein im Glas kreisen, schnupperte daran und bedachte seinen ersten Schluck mit Kommentaren wie »erstklassiger Jahrgang« oder »was für ein herrliches Bouquet«. Aus dem Grund hatte ich irgendwann nicht mehr auf seine Anrufe reagiert.

»Es war wirklich ein gutes Jahr«, sagte Greg mit einem jungenhaften Lächeln. »Es war das Jahr, in dem wir uns kennengelernt haben.«

Unglaublich, dass er das noch wusste. Ich hatte es völlig vergessen. Aber als er mich jetzt daran erinnerte, fiel mir alles wieder ein.

Ich war eine flachbrüstige Vierzehnjährige mit strähnigem blonden Haar. Greg war ein braun gebrannter Sonnyboy aus der zehnten Klasse, dem die Hormone buchstäblich in den Adern pulsierten. Er wohnte ein paar Häuser von Bee entfernt am Strand. Es war nicht unbedingt Liebe auf den ersten Blick, jedenfalls nicht für Greg. Aber am Ende des Sommers trug ich Make-up und Push-up-BHs von meiner Kusine Rachel, und Greg schien mich zum ersten Mal zu bemerken.

»Guter Wurfarm«, sagte er, als er einmal sah, wie ich Rachel am Strand eine Frisbee-Scheibe zuwarf.

Ich war so verdattert, dass ich kein Wort herausbrachte. Ein *Junge* hatte mit mir gesprochen. Ein *gut aussehender* Junge. Rachel ließ das Frisbee fallen und lief zu mir. Ich spürte, wie sie mich in die Rippen knuffte.

»Danke«, stieß ich schließlich hervor.

»Ich bin Greg«, sagte er und reichte mir die Hand. Zu Rachel sagte er nichts, was ich mir in dem Moment überhaupt nicht erklären konnte. Normalerweise bemerkten die Jungs sie immer als Erste, aber aus irgendeinem Grund schaute Greg mich an. *Nur mich.*

»Ich bin Emily«, krächzte ich.

»Hast du Lust, heute Abend zu mir zu kommen?«, fragte er und beugte sich ein bisschen vor. Er duftete nach Banana-Boat-Sonnencreme. Mein Herz klopfte so laut, dass ich das, was er als Nächstes sagte, fast nicht hören konnte. »Ein paar Freunde kommen rüber. Wir machen ein Strandfeuer.«

Ich wusste nicht, welchem Zweck ein Strandfeuer diente. Ich fand, es klang nach etwas Illegalem, nach etwas, das man tat, während man Marihuana rauchte. Jedenfalls nahm ich die Einladung an. Diesem Kerl würde ich überallhin folgen, selbst zu einem möglicherweise illegalen, mit Drogen befeuerten Strandfeuer.

»Super«, sagte er. »Ich halt dir einen Platz frei.« Dann zwinkerte er mir zu. »Neben mir.«

Er war großspurig und von sich selbst überzeugt, was ihn für mich nur noch attraktiver machte. Und als er über den Strand zurück zu dem verlockend heruntergekommenen Haus ging, in dem er wohnte, beobachteten Rachel und ich mit offenem Mund, wie seine Rückenmuskeln bei jedem Schritt hervortraten.

»Also«, sagte Rachel in ziemlich beleidigtem Tonfall. »Der Typ scheint ja ein ziemlich eingebildetes Arschloch zu sein.«

Ich starrte ihm einfach nach, zu verblüfft, um etwas zu sagen. Ein gut aussehender Typ hatte mich gerade eingeladen. Und wenn es mir in dem Moment gelungen wäre, den Mund aufzumachen, hätte ich gesagt: »Ich finde ihn großartig.«

Greg ging um den Mercedes herum und hielt mir die Beifahrertür auf. »Ich hoffe, du hast Hunger«, sagte er grinsend. »Denn das Restaurant wird dir gefallen.«

Ich nickte und stieg in den Wagen. Bevor ich mich setzte, wischte ich etwas vom Sitz, das aussah wie eine versteinerte Fritte. Im Auto roch es nach dem Greg, den ich in

Erinnerung hatte: nach ungewaschenem Haar, Motoröl und einem Hauch Kölnischwasser.

Als er den Gang einlegte, streifte er meine Hand. »Oh, sorry«, sagte er.

Ich sagte nichts und hoffte, dass er die Gänsehaut auf meinem Arm nicht bemerkte.

Das Restaurant, das nur etwa einen Kilometer entfernt lag, musste äußerst beliebt sein, denn der Parkplatz war gerammelt voll. Er führte mich den steilen Weg hoch zu dem Restaurant, das mir vorkam wie ein großes Luxusbaumhaus mit Blick auf die Bucht. Ich fischte zwei Aspirin aus meiner Tasche und steckte sie mir unauffällig in den Mund.

»Ziemlich cool, was?«, bemerkte Greg und ließ seinen Blick durch den Raum wandern, während die Kellnerin nachsah, welcher unser Tisch war.

»Ja«, sagte ich und fragte mich, ob es wirklich eine gute Idee war, mit Greg auszugehen.

Er sagte etwas zu der Kellnerin, die jedem von uns eine Speisekarte reichte und uns zu einem Tisch am Fenster führte.

»Ich dachte, wir könnten vielleicht den Sonnenuntergang beobachten«, bemerkte Greg lächelnd.

Ich konnte mich nicht erinnern, wann ich das letzte Mal einen Sonnenuntergang gesehen hatte. Dann fiel mir ein, dass die Leute auf der Insel das gern tun, während die Menschen in New York ganz vergessen haben, dass es so etwas überhaupt gibt. Ich lächelte Greg an und schaute aus dem Fenster. Der Himmel riss auf und zwei orangefarbene Sonnenstrahlen brachen durch die Wolken.

Die Kellnerin brachte eine Flasche Rotwein, die Greg ausgewählt hatte, und wir sahen ihr zu, wie sie unsere

Gläser füllte. Ein seltsames Knistern lag in der Luft. Spannungsgeladene Luft, wie Annabelle sagen würde. Als der Wein eingeschenkt wurde, war das Plätschern fast zu laut.

»Kann ich Ihnen sonst noch etwas bringen?«, fragte die Kellnerin.

Wie aus einem Mund sagten Greg und ich »Ja bitte« und »Nein danke«.

Ich lachte. Er entschuldigte sich. Es war ein bisschen peinlich.

»Ich meinte, nein danke«, sagte Greg und zupfte an seinem Kragen.

Wir nahmen unsere Gläser.

»Und, tut es gut, mal wieder hier zu sein, Emmy?«

Ich entspannte mich ein wenig. Er hatte mich nicht mehr Emmy genannt seit, na ja, seit 1988. Es gefiel mir, es wieder von ihm zu hören.

»Ja«, sagte ich, während ich mir eine dicke Schicht Butter auf eine Brötchenhälfte strich.

»Komisch. Ich hätte nicht gedacht, dass ich dich jemals wiedersehen würde.«

»Ich auch nicht«, sagte ich. Jetzt, wo der Wein in mein Blutsystem gelangt war, konnte ich ihn ein bisschen länger ansehen.

»Wie ist es denn mit Lisa gelaufen?«, fragte ich, nachdem ich noch einen großen Schluck getrunken hatte.

»Lisa?«

»Ja, Lisa. Die, mit der du auf dem College zusammen warst. Deine Schwester hat mir von ihr erzählt, als ich im Sommer drauf bei euch geklingelt und nach dir gefragt habe.«

»Ach, *Lisa*. Das hat ungefähr so lange gehalten wie … der Einführungskurs in englischer Literatur.«

»Na ja«, sagte ich und schenkte ihm ein schiefes Lächeln. »Du hättest trotzdem anrufen können.«

»Hab ich das nicht?«

»Nein.«

»Ich bin mir ziemlich sicher, dass ich angerufen habe.«

Ich schüttelte den Kopf und tat so, als sei ich sauer. »Hast du nicht.«

Er versuchte zu lächeln. »Stell dir mal vor, wenn ich dich angerufen hätte, dann würden wir jetzt hier als Eheleute sitzen. Dann wären wir jetzt ein altes Inselpaar.«

Es sollte ein Witz sein, aber keiner von uns lachte.

Nach einem kurzen, angespannten Schweigen füllte Greg unsere Gläser erneut. »Tut mir leid«, sagte er. »Unmöglich von mir, so ein dummes Zeug von mir zu geben, nach allem, was du durchgemacht hast – mit deiner Ehe und so.«

Ich schüttelte den Kopf. »Du brauchst dich nicht zu entschuldigen. Wirklich nicht.«

»Gut«, sagte Greg erleichtert. »Aber ich muss zugeben, jetzt wo ich hier mit dir sitze, wünschte ich, ich könnte die Zeit zurückdrehen und alles richtig machen. Und mit dir zusammen sein.«

Ich musste lächeln. »Das liegt am Wein.«

»Ich wollte dir gern heute Abend was zeigen«, sagte Greg, nachdem die Kellnerin die Rechnung gebracht hatte. Er warf einen Blick auf seine Uhr. »Es ist doch noch nicht zu spät für eine kleine Spritztour, oder?«

»Nein, natürlich nicht.«

Ehe ich protestieren konnte, hatte er schon seine Kreditkarte gezückt. Ich hatte ein schlechtes Gewissen. Obwohl ich seit Jahren kein Buch geschrieben hatte, verdiente ich mit ziemlicher Sicherheit wesentlich mehr als er. Aber das spielte keine Rolle. Nicht auf Bainbridge Island. Hier war ich nur Emmy, die Nichte von Bee, und die gefiel mir sowieso viel besser als die Autorin Emily, die nichts auf die Reihe bekam. Ich schob meine Handtasche wieder unter den Tisch, während Greg stolz die Rechnung unterschrieb.

Wir fuhren ungefähr einen Kilometer, bis wir vor etwas hielten, das aussah wie ein Park. Greg schaute mich an. »Hast du eine Jacke dabei?«

Ich schüttelte den Kopf. »Nur diesen Pullover.«

»Hier.« Er reichte mir eine marineblaue Fleece-Jacke. »Die wirst du brauchen.«

Eigentlich hätte ich mir albern vorkommen müssen in einer viel zu großen Fleece-Jacke und Pumps, aber es juckte mich überhaupt nicht. Jedenfalls nicht hier. Nicht in Gregs Begleitung. Ich folgte ihm einen steinigen Pfad hinunter, der so steil war, dass ich nach seiner Hand griff, um mein Gleichgewicht zu halten, und er legte mir den anderen Arm um die Taille, um mich zu stützen.

Es war stockdunkel auf dem Weg, bis wir uns dem Strand näherten, wo das Mondlicht sich im Wasser spiegelte. Ich hörte das Rauschen der Wellen, die so sanft plätscherten, als wollten sie nur ja niemanden auf der Insel wecken.

Am Strand sanken meine Absätze in den Sand.

»Zieh sie doch aus«, schlug Greg vor, als er es bemerkte.

Ich schlüpfte aus den Schuhen, klopfte den Sand davon ab, und dann steckte Greg vorsichtig je einen in seine Jackentaschen.

»Da hinten«, sagte er und zeigte auf etwas, das ich in der Dunkelheit nicht erkennen konnte.

Als wir weitergingen, gruben sich meine Zehen bei jedem Schritt ein bisschen tiefer in den Sand. Trotz der Kälte genoss ich es, den Sand zwischen den Zehen zu spüren.

»Hier«, sagte Greg.

Es war ein Stein – na ja, ein Felsbrocken –, fast so groß wie ein kleines Haus, der mitten auf dem Strand lag. Das Verblüffendste aber war nicht seine Größe. Der Felsen hatte die Form eines Herzens.

»Aha, hier führst du also deine Eroberungen hin«, bemerkte ich sarkastisch.

Greg schüttelte den Kopf. »Nein«, sagte er ernst. Er trat auf mich zu, und ich machte einen Schritt rückwärts. »Als ich das letzte Mal hier war, war ich siebzehn. Und da hab ich das hier gemacht.« Er hockte sich vor den Felsbrocken, schaltete eine kleine Taschenlampe an und beleuchtete damit etwas Eingeritztes.

Ich liebe Emmy auf ewig. Greg.

Wir standen schweigend da, zwei erwachsene Menschen, die den Stimmen ihrer Jugend lauschten.

»Ich werd verrückt«, sagte ich. »Das hast du geschrieben?«

Er nickte. »Irgendwie komisch, es jetzt zu sehen, nicht wahr?«

»Kann ich mal deine Taschenlampe haben?«, fragte ich.

Er gab sie mir, und ich ließ den Lichtkegel über die Widmung wandern. »Wie hast du das gemacht?«

»Mit einem Flaschenöffner«, sagte er. »Nachdem ich ein paar Bier zu viel getrunken hatte.«

Als ich den Lichtkegel vergrößerte, entdeckte ich jede Menge weitere Ritzereien – lauter Liebeserklärungen. Ich lauschte auf das Flüstern von Liebenden von Generationen von Inselbewohnern.

Greg wandte sich mir zu, und ich sträubte mich nicht, als er mich leidenschaftlich küsste. Ich schlang die Arme um seinen Hals, gab mich seiner Umarmung hin und versuchte, die innere Stimme zu ignorieren, die mir befahl aufzuhören, mich von ihm zu lösen. Nach dem Kuss blieben wir noch eine Weile verlegen da, hielten uns immer noch in den Armen wie Tinkerbell und Hulk Hogan, die versuchten, einen Walzer zu tanzen.

»Tut mir leid, ich …«, stammelte Greg und trat einen Schritt zurück. »Ich wollte nicht mit der Tür ins Haus fallen.«

Ich schüttelte den Kopf. »Nein, entschuldige dich nicht.« Ich legte meine Finger an seine weichen, vollen Lippen. Er küsste meine Fingerspitzen, dann umfasste er meine Hände.

»Du frierst bestimmt«, sagte er. »Komm, lass uns zurückgehen.«

Der Wind war mir in den Pullover gekrochen, und ich hatte nicht nur kalte, sondern halb erfrorene Füße. Am Fuß des Wegs zog ich meine Schuhe wieder an, ungeachtet dessen, dass ich immer noch Sand zwischen den Zehen hatte. Der Aufstieg war nicht so schwierig, wie ich befürchtet hatte, nicht einmal in meinen Pumps. Drei Minuten später saßen wir in Gregs Auto.

»Danke für den schönen Abend«, sagte Greg, als er vor Bees Haus hielt. Er schmiegte den Kopf an meinen Hals und küsste mir das Schlüsselbein auf eine Weise, die mich ganz schwindlig machte. In dem Moment fühlte ich mich wohl in diesem alten, muffig riechenden Mercedes. Der

Wind pfiff durch die Ritzen der Fenster, es klang seltsam melancholisch. Irgendetwas fehlte. Ich spürte es tief im Innern, aber ich war nicht bereit, es zur Kenntnis zu nehmen. Noch nicht.

Ich drückte ihm die Hand. »Danke«, sagte ich. »Ich freue mich, dass wir das gemacht haben.« Und es war die Wahrheit.

Es war spät geworden, Bee lag schon im Bett. Ich hängte meinen Pullover an einen Haken und betrachtete meine leeren Hände. Meine Handtasche. Wo war meine Handtasche? In Gedanken ging ich noch einmal durch, wo ich gewesen war. Gregs Auto, der Felsen, das Restaurant. Ja, das Restaurant – sie musste unter dem Tisch liegen, wo ich sie vergessen hatte.

Ich schaute aus dem Fenster. Gregs Auto war längst weg, also schnappte ich mir Bees Schlüssel, die in der Küche an einem Haken hingen. Es machte mich ganz verrückt, mein Handy nicht zu haben. Sie würde es mir nicht übel nehmen, wenn ich mir ihren Wagen auslieh, sagte ich mir. Wenn ich mich beeilte, konnte ich es schaffen, bevor das Restaurant zumachte.

Der VW reagierte genauso wie damals, als ich noch auf der Highschool war, er stotterte und ruckelte beim Schalten, aber ich schaffte es unversehrt bis zum Restaurant. Als ich gerade hineingehen wollte, kam ein älteres Paar heraus. Wie süß, dachte ich. Der Mann hatte seinen Arm um die schmale Taille der Frau gelegt und stützte sie fürsorglich beim Gehen. Sie sah ihn liebevoll an. In dem Moment wusste ich – das war die Art Liebe, nach der ich mich sehnte.

Als sie an mir vorbeigingen, tippte der Mann sich an den Hut, und die Frau lächelte mich an. »Gute Nacht«, sagte ich zu ihnen.

Die Kellnerin erkannte mich sofort wieder. »Ihre Handtasche«, sagte sie und hielt meine weiße Coach-Tasche hoch. »Sie lag auf einem Stuhl an dem Tisch, an dem Sie gesessen haben.«

»Vielen Dank«, sagte ich, weniger aus Dankbarkeit dafür, meine Handtasche wiederzuhaben, sondern weil ich eine solche Demonstration der Liebe hatte miterleben dürfen.

Zu Hause in meinem Zimmer zog ich mich aus, kroch unter die Bettdecke, froh, mich wieder in die Liebesgeschichte vertiefen zu können, die in dem rotsamtenen Tagebuch ihren Lauf nahm.

Viele Leute bekamen Briefe von GIs. Amy Wilson erhielt mindestens drei pro Woche von ihrem Verlobten. Betty vom Frisörsalon prahlte mit den langen, blumigen Briefen von einem Soldaten namens Allan, der in Frankreich stationiert war. Ich bekam nicht einen einzigen Brief – nicht dass ich damit gerechnet hätte –, und doch sorgte ich dafür, dass ich jeden Tag um Viertel nach zwei zu Hause war, um den Briefträger abzufangen, der immer um die Uhrzeit an unsere Tür kam. Vielleicht, dachte ich, vielleicht schrieb er mir ja doch.

Aber niemand hörte von Elliot. Seine Mutter nicht und auch Lila nicht. Oder irgendeine von den anderen Frauen, mit denen er nach mir ausgegangen war – und davon gab es eine Menge. Und so war ich schockiert, als der Brief kam. Es war ein düsterer Märznachmittag, kühler und grauer als gewöhnlich, obwohl die Krokusse und die Tulpen schon die gefrorene Erde durchbrochen hatten, um den Frühling anzukündigen. Aber der Winter wollte einfach noch nicht weichen.

Der Briefträger klingelte und lieferte ein an mich adressiertes Einschreiben ab. Ich stand in meinem hellblauen Hauskleid auf der von Blumenkästen gesäumten Veranda – Stiefmütterchen, Bobbys Lieblingsblumen – und schluckte schwer. Der Umschlag war zerknittert und beschädigt, als hätte er eine strapaziöse Reise auf sich genommen, um bis zu meiner Tür zu gelangen. Als ich »Oberleutnant Elliot Hartley« im Absender las, betete ich, dass der Briefträger nicht bemerkte, wie meine Hand beim Unterschreiben zitterte.

»Alles in Ordnung, Mrs Littleton?«, fragte er.

»Ja«, erwiderte ich. »Ich bin nur ein bisschen fahrig, heute. Zu viel Kaffee. Die Kleine hat mich letzte Nacht auf Trab gehalten.« Ich hätte ihm sonst was erzählt, damit er wieder ging.

Er grinste mich auf eine Weise an, die mir sagte, dass er mich durchschaute. Die ganze Stadt wusste von Elliot und mir, sogar der Briefträger. »Guten Tag«, sagte er und ging.

Ich schloss die Tür und lief zum Tisch. Die Kleine greinte im Kinderzimmer, aber ich ging nicht zu ihr. In diesem Augenblick war ich zu nichts anderem in der Lage, als den Brief aufzureißen.

Liebe Esther,
hier im Südpazifik dämmert gerade der Abend. Die Sonne geht unter, ich sitze unter einer Palme und muss ein Geständnis machen: Ich kann nicht aufhören, an Dich zu denken.

Ich habe mir lange überlegt, ob ich Dir schreiben soll oder nicht, und ich bin zu folgendem Schluss gekommen: Das Leben ist zu kurz, um sich über die Konsequenzen Gedanken zu machen, wenn man jemanden so sehr liebt, wie ich Dich liebe. Und so schreibe ich Dir diesen Brief wie ein Soldat, ohne zu wissen, ob es mein letzter sein wird.

Es ist jetzt bald ein Jahr her, nicht wahr? Erinnerst Du Dich? An dem Tag auf der Fähre, die uns von Seattle zurück auf die Insel brachte, habe ich ein Zögern in Deinen Augen gesehen, als Bobby eure Verlobung angekündigt hat. Sag mir, dass es so war, denn seit Monaten zerbreche ich mir den Kopf darüber, warum wir beide kein Paar geworden sind – warum nicht wir beide zusammen waren, anstatt Du und Bobby. Esther, seit dem Tag, an dem wir mit siebzehn unsere Namen in den Herzfelsen geritzt haben, weiß ich, dass wir zusammengehören – für immer.

Ich setzte mich im Bett auf und klappte das Tagebuch zu. Der Herzfelsen? War das nicht derselbe Felsen, zu dem mich Greg gerade erst geführt hatte? Ein Schaudern überlief mich, als ich das Buch wieder aufschlug.

Ich hätte Dir das schon viel früher erzählen sollen. Bevor alles schiefging. Bevor Du das Vertrauen in mich verloren hast. Bevor das mit Bobby passiert ist. Vor dem schrecklichen Tag in Seattle. Dass ich das nicht getan habe, werde ich mir nie verzeihen.

Ich weiß nicht, ob ich Dich jemals wiedersehen werde. Das ist die Realität des Kriegs und wahrscheinlich auch die Realität der Liebe. Aber was auch geschieht, Du sollst wissen, dass meine Liebe nie enden wird. Mein Herz gehört Dir, heute und immer.
Elliot

Wie lange habe ich bloß dort am Tisch gesessen und den Brief immer und immer wieder gelesen und nach Hinweisen gesucht. Schließlich entdeckte ich den Poststempel: 4. September 1942. Der Brief war vor fast sechs Monaten abgeschickt worden. Vor einem *halben Jahr*. Entweder wurde die Feldpost im Schneckentempo befördert, oder – großer Gott – Elliot war … Ich schluckte, weil ich den Gedanken nicht zu Ende denken wollte.

Ich weiß nicht, wie lange ich die Kleine habe schreien lassen – Minuten oder Stunden –, aber als das Telefon klingelte, stand ich auf, glättete mein Kleid und nahm ab.

»Hallo?«, sagte ich, während ich mir die Tränen wegwischte.

»Liebling?« Es war Bobby. »Geht es dir gut? Du klingst bedrückt.«

»Nein, es geht mir gut«, log ich.

»Ich wollte dir nur sagen, dass ich heute wieder Überstunden machen muss. Ich nehme die Fähre um acht.«

»In Ordnung«, sagte ich ohne jede Regung.

»Gib meinem kleinen Engel einen Kuss von mir.«

Ich legte auf und schaltete das Radio an. Musik würde mich ablenken. Musik würde den Schmerz lindern. Ich saß am Tisch und starrte an die Wand, als *Body and Soul* gespielt wurde. Es war das Stück, auf das Bobby und ich auf unserer Hochzeit getanzt hatten. Ich hatte bei jedem Schritt an Elliot gedacht, weil es unser Lied war, und jetzt stand ich auf und tanzte allein in meinem Wohnzimmer und ließ mich von der Musik trösten, da Elliot mich nicht trösten konnte:

My heart is sad and lonely
For you I pine, for you dear only ...

Nach der ersten Strophe klang das Stück in meinen Ohren traurig, ja grausam. Ich schaltete das Radio aus, stopfte den Brief in meine Tasche und ging nach der Kleinen sehen. Während ich sie in den Schlaf wiegte, konnte ich nicht aufhören zu denken, wie tragisch es ist, mit dem falschen Mann verheiratet zu sein.

Am liebsten hätte ich noch weitergelesen. Ich wollte wissen, was zwischen Esther und Elliot vorgefallen war. Und ebenso wie Esther wollte ich wissen, ob die Liebe ihres Lebens noch lebte. Und ich machte mir Gedanken um Bobby, den guten, anständigen Bobby, und über das kleine Mädchen. Würde Esther die beiden verlassen, wenn Elliot aus dem Krieg heimkehrte? Würde Elliot aus dem Krieg heimkehren? Aber es war ein langer Tag gewesen, und mir fielen die Augen zu.

6

4. März

Deine Mutter hat gestern Abend angerufen«, sagte Bee am Frühstückstisch, ohne den Blick von der *Seattle Times* abzuwenden. Ihr Gesicht war ausdruckslos, wie immer, wenn sie von meiner Mutter sprach.

»Mom hat … *hier* angerufen?«, fragte ich, während ich eine Scheibe Toast mit reichlich Butter bestrich. »Komisch. Woher weiß sie denn, dass ich hier bin?«

Meine Mutter und ich standen uns nicht besonders nah, jedenfalls nicht im traditionellen Sinn des Wortes. Sicher, wir telefonierten regelmäßig, und ich besuchte meine Eltern oft genug in Portland, aber über einen gewissen Punkt hinaus kam ich nie wirklich an sie heran. In ihrem Verhältnis zu mir schwang immer eine unterschwellige Ablehnung mit, die ich mir nie erklären konnte. Sie war fast untröstlich gewesen, als ich mich am College für Kreatives Schreiben als Hauptfach entschieden hatte. »Schreiben ist doch eine brotlose Kunst«, sagte sie. »Willst du dir das wirklich antun?« Damals hatte ich das ziemlich gelassen hingenommen. Was wusste meine Mutter schon über das Leben einer Schriftstellerin? Aber die Worte hatten mich über die Jahre verfolgt, bis ich mich schließlich fragte, ob sie womöglich recht gehabt hatte.

Und während ich mich mit der Missbilligung meiner Mutter herumplagte, entging mir nicht, wie natürlich und entspannt ihr Verhältnis zu meiner zwei Jahre jüngeren Schwester Danielle war. Als ich mich mit Joel verlobte, fragte ich sie, ob ich bei der Hochzeit den Schleier meiner Großmutter Jane tragen könne, den Schleier, den ich mir als Kind bei tausend Verkleidungsspielen ins Haar gesteckt hatte. Aber anstatt mir ihren Segen zu geben, schüttelte meine Mutter den Kopf. »Nein, ich finde, der Schleier passt nicht zu deinem Gesicht«, erklärte sie. »Außerdem hat er einen Riss.« Ich fühlte mich gekränkt, und ganz besonders, als Danielle drei Jahre später mit ebendiesem Schleier, der inzwischen geflickt und gebügelt worden war, zum Altar schritt.

»Sie hat bei dir zu Hause angerufen, und deine Freundin Annabelle hat ihr gesagt, wo du bist«, erklärte Bee mit einem Unterton, der keinen Zweifel daran ließ, wie sehr sie sich darüber freute, dass meine Mutter keine große Rolle in meinem Leben spielte.

»Hat sie gesagt, ob es um was Wichtiges geht?«

»Nein«, sagte Bee und blätterte die Zeitung um. »Sie hat nur darum gebeten, dass du sie zurückrufst, wenn es dir möglich ist.«

»Okay«, murmelte ich und trank einen Schluck Kaffee. Ich ließ einen Augenblick verstreichen. Dann fragte ich: »Bee, was stimmt eigentlich nicht zwischen dir und Mom?«

Ihre Augen weiteten sich. Mit dieser Frage hatte sie nicht gerechnet. Schließlich hatte ich sie noch nie mit Familienangelegenheiten behelligt. Das war für uns beide unbekanntes Terrain, aber die Insel und das, was ich hinter mir hatte, machten mich mutig.

Sie legte die Zeitung weg. »Wie meinst du das?«

»Na ja, ich spüre schon immer diese Spannungen zwischen euch«, sagte ich. »Und ich frage mich, warum ihr beide euch nicht mögt.«

»Ich liebe deine Mutter von Herzen, und das ist schon immer so gewesen.«

Ich zog die Nase kraus. »Hm. Wenn das so ist, warum redet ihr dann kaum miteinander?«

Sie seufzte. »Das ist eine lange Geschichte.«

»Ich gebe mich auch mit der Kurzversion zufrieden«, sagte ich, beugte mich vor und umschlang meine Knie mit den Händen.

Sie nickte. »Deine Mutter ist als Mädchen viel bei mir gewesen«, sagte sie, »und ich habe sie immer gern hier gehabt. Und auch deinen Onkel Bill. Aber in einem Jahr, da … na ja, da hat sich alles geändert.«

»Wie meinst du das?«

»Tja«, sagte sie und schien vorsichtig ihre Worte zu wählen. »Deine Mutter hat angefangen, Fragen über ihre Familie zu stellen.«

»Über ihre Familie?«

»Sie hat mich über ihre Mutter ausgefragt.«

»Grandma Jane?«

Bee schaute aus dem Fenster aufs Meer. Meine Großmutter Jane war vor etwa zehn Jahren gestorben. Mein Großvater war am Boden zerstört gewesen und meine Mutter ebenfalls, obwohl sie ein schwieriges Verhältnis zu ihrer Mutter gehabt hatte. Mich hatte Grandmas Tod eher gleichgültig gelassen, so schrecklich das klingen mag. Nicht dass sie mich schlecht behandelt hätte. Jedes Jahr, selbst nachdem ich mein Studium schon abgeschlossen hatte, hatte sie mir eine Karte zum Geburtstag geschickt, mit lieben Grüßen in ihrer wunderschönen, geschwungenen Handschrift – die so schnörkelig war, dass ich die Hilfe meines Vaters brauchte, um sie zu entziffern. Sie hatte Fotos von meiner Schwester und mir auf ihrem Kaminsims stehen. Trotzdem, irgendetwas fehlte an Grandma Jane. Etwas, das ich nie benennen konnte.

Meine Großeltern hatten die Insel verlassen, als meine Mutter noch ein Kind war, und waren mit ihr nach Richland gezogen, einer Stadt im Osten des Staates Washington, die ungefähr so interessant war wie gedünsteter Brokkoli. Ich hatte einmal zufällig gehört, wie Bee und Onkel Bill sich darüber unterhielten, dass sie sich dort schon viel zu lange »versteckt« hätten und dass Grandma Jane niemals zulassen würde, dass Grandpa auf die Insel zurückkehrte.

Jahr für Jahr fuhren wir über Weihnachten nach Richland, aber ich hatte mich jedes Mal dagegen gesträubt. Ich liebte meinen Großvater, aber meine Großmutter, na ja, ihr Verhältnis zu mir hatte etwas Gezwungenes, das selbst ein Kind spüren konnte – wie sie mich beim Abendessen aus dem Augenwinkel beobachtete oder wie sie mich anstarrte, wenn ich etwas sagte. Einmal, als ich elf war, ließen meine Eltern meine Schwester und mich in Richland, während sie einen Wochenendausflug machten. Meine Großmutter gab uns einen Karton mit ihren alten Kleidern aus den Vierzigerjahren, und Danielle und ich freuten uns über die Gelegenheit, Verkleiden zu spielen. Aber als ich mir ein rotes Kleid mit Spitze am Oberteil anzog, starrte Grandma mich entsetzt an. Ich sehe sie heute noch in der Wohnzimmertür stehen und den Kopf schütteln. »Rot steht dir nicht«, verkündete sie. Die Situation war mir peinlich und machte mich furchtbar verlegen. Ich zog die weißen Handschuhe aus und nahm die billige Halskette ab und tat mein Bestes, meine Tränen zurückzuhalten.

Dann kam Grandma zu mir und legte mir einen Arm um die Schultern. »Weißt du, was du brauchst?«, sagte sie.

»Was denn?«, schniefte ich.

»Eine neue Frisur.«

»Eine Dauerwelle!«, kreischte Danielle. »Mach ihr eine Dauerwelle!«

Grandma lächelte. »Nein, keine Dauerwelle. Emily braucht eine andere Haarfarbe.« Sie hob mein Kinn an, betrachtete mein Gesicht und nickte. »Ja, ich habe mir dich schon immer als Brünette vorgestellt.«

Wie benommen folgte ich ihr ins Bad, wo sie eine Schachtel Färbemittel aus dem Schrank nahm und mich aufforderte, mich auf einen kleinen Stuhl neben der Badewanne zu setzen. »Halt still«, sagte sie, während sie mir die Haare kämmte, abteilte und sorgfältig die Paste auftrug, die nach Ammoniak roch. Zwei Stunden später waren meine blonden Locken so dunkel, dass ich in Tränen ausbrach, als ich in den Spiegel schaute.

Ich schüttelte mich bei der Erinnerung daran. »Du bist zusammen mit Grandma Jane hier aufgewachsen, nicht wahr, Bee?«

»Ja«, sagte sie. »Und mit deinem Großvater. Hier auf der Insel.«

»Du sagtest doch, dass Grandma irgendwas getan hat, was meine Mutter von der Insel getrieben hat. Was war das noch?«

Bee wirkte gedankenverloren. »Deine Mutter hat sich als junge Frau in ein sehr ehrgeiziges Projekt gestürzt«, sagte sie. »Nachdem sie damit gescheitert war, wollte sie nicht mehr zur Familie gehören, jedenfalls nicht mehr so wie bis dahin. Sie hat aufgehört, auf die Insel zu kommen. Ich habe sie acht Jahre lang nicht gesehen. Bis du geboren wurdest. Da bin ich nach Portland ins Krankenhaus gefahren, um dich zu sehen, aber mittlerweile hatte deine Mutter sich verändert.«

Ich spürte, wie Bee wieder in ihren Erinnerungen versank, und beeilte mich, sie zurückzuholen. »Was meinst du mit *verändert*?«, fragte ich.

Sie zuckte die Achseln. »Ich weiß nicht, wie ich es anders ausdrücken soll, aber es war, als wäre alles Leben aus ihr gewichen«, sagte sie. »Ich habe es an ihren Augen gesehen. Sie hatte sich verändert.«

Ich schüttelte verwirrt den Kopf. In dem Moment wünschte ich, ich könnte mit meinem Großvater reden. Er lebte schon seit Jahren in einem Seniorenheim in Spokane, und es versetzte mir einen Stich, als mir bewusst wurde, dass ich ihn schon seit zwei Jahren nicht mehr besucht hatte. Meine Mutter hatte mir erzählt, dass er sie bei ihrem letzten Besuch nicht erkannt hatte – seine eigene Tochter. Sie sagte, er hätte sie mit unterschiedlichen Namen angesprochen und sie mit irgendetwas zum Weinen gebracht. Trotzdem verspürte ich plötzlich das überwältigende Bedürfnis, ihn zu besuchen.

»Bee«, sagte ich vorsichtig, »was war das für ein Projekt, in das meine Mutter sich gestürzt hat?«

Sie schüttelte den Kopf. »Nach dem Riesenkrach mit

deiner Mutter musste ich Bill versprechen, nie wieder darüber zu reden, ihretwegen und unseretwegen.«

Ich runzelte die Stirn. »Du willst es mir also nicht sagen?«

Entschlossen verschränkte sie die Hände. »Tut mir leid, Liebes. Das ist alles Schnee von gestern.«

»Ich versuche doch nur zu verstehen«, sagte ich. Ich war so frustriert, dass meine Wangen glühten. »All die Sommer, die wir hier verbracht haben – und dieser Streit ist der Grund, warum meine Mutter kaum je ein Wort mit dir gewechselt hat?«

»Das weiß ich nicht mehr so genau«, antwortete sie. »Niemand bleibt derselbe. Aber immerhin hat sie euch Mädchen mit hergebracht, das rechne ich ihr hoch an. Sie wusste, dass ihr die Sommer hier genauso genießen würdet wie sie früher. Und egal, wie groß der Groll ist, den sie gegen mich hegt, euretwegen hat sie ihn schließlich heruntergeschluckt.«

Ich seufzte und schaute aus dem Fenster. Das Meer wirkte wütend, die Wellen wogten und schäumten und peitschten mit einer Grimmigkeit gegen die Wellenbrecher, dass das Salzwasser gegen die Fensterscheiben spritzte. Ich fand es unfair, dass Bee mir diese Geheimnisse vorenthielt. Egal, ob es sie schmerzte oder nicht, hatte ich es nicht verdient, von dieser Familiengeschichte zu erfahren?

»Tut mir leid, Liebes«, sagte sie und tätschelte mir den Arm.

Ich seufzte und wandte mich von ihr ab. Bee war schon immer verdammt stur gewesen, und ich hatte früh gelernt, die Zeichen zu erkennen und bestimmte Themen nicht anzurühren.

Bee nickte vor sich hin, als wäre ihr etwas wieder eingefallen – vielleicht etwas, das ihr zu schaffen machte. Ich musterte ihr Gesicht in der Hoffnung, einen Blick auf das zu erhaschen, was sie beschäftigte. Das Licht, das durchs Fenster fiel, hob die Falten hervor, die ihre Stirn zerfurchten. Was mich an etwas erinnerte, das ich häufig vergaß: Bee war alt. Sehr alt. Und zum ersten Mal wurde mir klar, dass meine Tante eine schwere Last auf den Schultern trug – eine bedrückende und, wie ich fürchtete, düstere Last.

Ich hatte Bee mitgeteilt, ich würde an den Strand gehen, um ein bisschen für mich allein zu sein. Allerdings hatte ich ihr nicht gesagt, dass ich das Tagebuch eingesteckt hatte. Ich ging am Strand entlang, bis ich ein großes Stück Treibholz fand, an das ich mich anlehnen konnte – nicht gerade ein gemütliches Sofa, aber der Strandhafer, der rundherum wuchs, reichte als Rückenpolster einigermaßen aus. Als ich die kühle Brise auf der Haut spürte, knöpfte ich meinen Pullover bis oben hin zu, dann schlug ich das Tagebuch an der Stelle auf, wo ich am Abend zuvor zu lesen aufgehört hatte, begierig zu erfahren, wie es weiterging. Doch in dem Augenblick klingelte mein Handy. Ich warf einen Blick auf das Display. Es war Annabelle.

»Also wirklich«, maulte sie. »Ich hab mir gesagt, entweder sie hat sich auf der Insel in eine heiße Liebesaffäre gestürzt oder sie ist tot.«

»Ich lebe noch«, erwiderte ich. »Tut mir leid, dass ich mich nicht gemeldet habe. Hier gibt es einfach gewisse Dinge, die mich ziemlich beanspruchen.«

»Und mit ›gewisse Dinge‹ ist nicht zufällig ein Angehöriger des männlichen Geschlechts gemeint?«

Ich kicherte. »Na ja, mehr oder weniger.«

»Oh Gott, Emily, ich will sofort alles wissen!«

Ich erzählte ihr von Greg und Jack.

»Wie schön, dass du Joel mit keinem Wort erwähnt hast.«

Mir rutschte das Herz in die Hose, wie jedes Mal, wenn jemand seinen Namen nannte.

»Warum musstest du das sagen?«, fragte ich.

»Was?«

»Warum musstest du ihn erwähnen?«

»Tut mir leid, Em«, sagte sie. »Okay, lass uns das Thema wechseln: Wie ist es denn so auf der Insel?«

Ich seufzte. »Wunderbar. Irgendwie hat diese Insel etwas an sich.« Ich fragte mich, ob sie die Möwen hören konnte, die über meinem Kopf kreischten.

»Ich hab dir doch gleich gesagt, dass es dort besser ist als in Cancún«, bemerkte sie.

»Du hattest recht. Es ist genau das, was ich gebraucht habe.«

Als ich ihr erzählte, wie Greg und ich uns am Strand geküsst hatten, quiekte sie vor Vergnügen. »Und warum hast du mich nicht um drei Uhr nachts angerufen, um mir die gute Nachricht zu überbringen?«

»Weil du mich verflucht hättest, wenn ich dich geweckt hätte.«

»Ja, das hätte ich«, sagte sie, »aber ich hätte es trotzdem wissen wollen.«

»Also gut«, stöhnte ich. »Nach meinem nächsten Kuss, falls es denn einen gibt, rufe ich dich sofort an. Zufrieden?«

»Ja. Und ich will alle Einzelheiten wissen.«

»Kein Problem.«

»Du bleibst noch ungefähr drei Wochen, richtig?«

Drei Wochen. Es kam mir viel zu kurz vor. Plötzlich fühlte ich mich wie früher, wenn im Juli im Fernsehen Werbung für Schulmaterialien lief. Wussten die denn nicht, dass die Schule erst in zwei Monaten wieder anfing? »Ich muss eine Menge Dinge in Erfahrung bringen, bevor ich wieder nach Hause komme«, sagte ich.

»Das kriegst du schon hin, Em«, meinte Annabelle. »Da bin ich mir ganz sicher.«

»Ich weiß nicht, ich habe allmählich den Verdacht, dass ich einer etwas größeren Sache auf der Spur bin – irgendwas, das mit meiner Tante und meiner Familie zu tun hat. Ein Familiengeheimnis. Ach ja, und ich habe übrigens in meinem Zimmer ein Tagebuch entdeckt.«

»Ein Tagebuch?« Das schien ihre Neugier zu wecken.

»Ein ganz altes, das jemand ab 1943 geführt hat. Oder vielleicht handelt es sich auch um den Anfang eines Romans, das hab ich noch nicht raus. Ehrlich gesagt ist mir nicht ganz wohl dabei, dass ich es lese. Aber irgendwie werde ich das Gefühl nicht los, dass es für mich bestimmt ist – dass ich es nicht zufällig gefunden habe. Ist das nicht merkwürdig?«

»Nein«, antwortete Annabelle hastig. »Das ist überhaupt nicht merkwürdig. Ich habe mal das Tagebuch meiner Mutter gefunden, das sie während ihrer Highschoolzeit geschrieben hat, und ich habe es immer und immer wieder gelesen. In den Stunden, als ich das Tagebuch heimlich mit der Taschenlampe unter der Bettdecke gelesen habe, hab ich mehr über meine Mutter erfahren als in den dreiunddreißig Jahren, die ich sie kenne.« Sie machte eine Atempause. »Wer hat es denn geschrieben? Bee?«

»Das ist es ja gerade«, sagte ich. »Ich habe keine Ahnung. Aber ich bin seit Jahren nicht mehr so fasziniert von einer Geschichte gewesen.«

»Vielleicht ist sie ja tatsächlich für dich bestimmt«, sagte Annabelle. »Moment mal. Hast du nicht gesagt, du hättest für morgen Abend mit diesem, wie hieß er gleich, ein Rendezvous?«

»Ja – also, das heißt, Jack hat mich zu sich zum Essen eingeladen«, erwiderte ich. »Okay, vielleicht kann man das ein Rendezvous nennen.«

»Emily, wenn ein Mann für eine Frau kocht, dann ist das definitiv ein Rendezvous.«

»Na gut, wenn du das so ausdrückst. Und was ist mit dir? Irgendwelche Fortschritte bei Evan?«

»Nichts«, sagte sie. »Ich glaube, das kann ich vergessen. Ich werde einfach geduldig auf meinen Edward warten.«

Wir wussten beide, dass laut Annabelles Recherche-Ergebnissen Edward der Name des verlässlichsten, treuesten Ehemannes war.

»Ach, übrigens, Annabelle«, sagte ich. »Nur so aus Neugier – was sagen eigentlich deine Forschungsergebnisse über Elliot?«

»Wieso? Ist das der mysteriöse Junggeselle Nummer drei?«

Ich lachte. »Nein, nein, ich, äh, kenne hier jemanden, der so heißt, und dachte nur …«

Ich hörte, wie sie auf ihrem Schreibtisch herumkramte. »Ah, hier ist es«, sagte sie. »Elliot, ja – wow, ein *sehr* guter Name. Durchschnittliche Dauer der Ehe bei Elliot: zweiundvierzig Jahre. Damit kommt er immer noch nicht an Edward ran – bei dem sind es vierundvierzig. Aber er gehört zu den Spitzenreitern.«

»Danke«, sagte ich lächelnd. Nachdem wir das Gespräch beendet hatten, fiel mir ein, dass ich ganz vergessen hatte, sie nach Jack und Greg zu fragen. Aber aus irgendeinem Grund waren die mir nicht so wichtig wie Elliot. Ich wollte es wegen Esther wissen. Und ich war mir sicher, dass sie sich über das Ergebnis gefreut hätte.

Bobby kam um zehn vor neun nach Hause, genau wie er es angekündigt hatte. Bobby war immer pünktlich. Er zog sein blaues Jackett aus und hängte es in den Wandschrank, dann kam er zu mir in die Küche und gab mir einen Kuss zur Begrüßung.

»Du hast mir gefehlt«, sagte er.

Das sagte er jedes Mal.

Ich wärmte ihm sein Essen auf, setzte mich mit ihm an den Tisch, sah zu, wie er aß, und hörte mir an, was er über seinen Tag zu berichten hatte.

So verliefen alle unsere Abende.

Und dann gingen wir ins Bett, und weil Mittwoch war, drehte Bobby sich zu mir und zupfte an meinem Nachthemd. Mittwochs wollte Bobby immer Sex. Aber diesmal zuckte ich nicht zusammen. Ich zählte nicht bis sechzig und betete, dass es schnell vorüber war. Diesmal schloss ich die Augen und stellte mir vor, er wäre Elliot.

Drei Jahre bevor ich Bobby heiratete, war ich mit Elliot verlobt, und eine Zeit lang war die Welt in Ordnung. Ich erinnere mich noch an die kühle Luft am Tag des Muschelfests. Damals wusste ich es nicht, aber sie kündigte den Anfang vom Ende an.

Frances, eine meiner besten Freundinnen, meinte, ich sollte Handschuhe anziehen. Aber Rose, meine andere beste Freundin, rief aus: »Sodass man den Ring nicht sieht? Unsinn. So einen Ring darf man nicht verstecken! Das wäre ein Sakrileg.«

Wir lachten und machten uns fein und puderten uns die Nase. Eine Stunde später gingen wir Arm in Arm zu dem Fest, das jedes Jahr alle Männer, Frauen und Kinder an den Strand von Eagle Harbor zog. Zwischen langen Reihen von Picknicktischen wurden neben großen Töpfen mit Fischsuppe frische Buttermuscheln und Taschenkrebse geröstet.

Kreuz und quer über dem Ganzen waren Girlanden mit weißen Lämpchen gespannt, und entsprechend der Inseltradition gab es Musik und Tanz. Wir drei jubelten laut, als *Moonlight Serenade*, unser Lieblingsstück von Glenn Miller, aus den Lautsprechern erklang. Ich wiegte mich im Takt der Musik, und auf einmal spürte ich Elliots starke Hände an meinem Rücken. Er küsste mich in den Nacken. »Hallo, mein Schatz«, flüsterte er und führte mich auf den Tanzboden. Unsere Körper bewegten sich im Gleichklang, während der Mond vom Himmel schien.

Als das Stück zu Ende war, gingen wir zurück zu unserer Bank, aber Frances saß allein da. »Wo ist Rose?«, fragte ich.

Frances zuckte die Achseln. »Wahrscheinlich auf der Suche nach Will.«

Ich spürte, dass sie gekränkt war, und so ließ ich Elliot los und nahm ihre Hand.

»Kommt, Mädels, wir gehen uns ein bisschen amüsieren!«, sagte Elliot. Er bot jeder von uns einen Arm, und wir hakten uns bei ihm unter. Frances war sofort wieder guter Dinge.

Will und Rose setzten sich zu uns auf die Decke, die Elliot auf dem Strand ausgebreitet hatte. Wir tranken Bier und aßen Muscheln aus Blechschüsseln und genossen die frische, sternenklare Nacht.

Elliot nahm seine Kamera aus seinem Rucksack und fummelte eine Weile am Blitzlicht herum. Dann bat er mich, ihn anzusehen. »Ich möchte niemals vergessen, wie du heute Abend ausgesehen hast«, sagte er, während er erst einmal, dann ein zweites und ein drittes Mal auf den Auslöser drückte. Elliot entfernte sich nie mehr als einen Meter von seiner Kamera. Er konnte eine Szene in Schwarz-Weiß so lebhaft einfangen, dass man weiche Knie bekam.

Im Nachhinein wünschte ich, ich hätte Elliot davon abgehalten, an dem Abend wegzugehen. Ich wünschte, ich hätte die Zeit anhalten können. Aber kurz vor zehn sagte er zu mir: »Ich muss heute Abend noch nach Seattle. Ich muss dort etwas Geschäftliches erledigen. Sehen wir uns morgen Abend?«

Ich wollte ihn nicht gehen lassen, doch ich nickte und gab ihm einen Kuss. »Ich liebe dich«, sagte ich und zögerte den Moment noch ein bisschen hinaus, bis er aufstand, sich den Sand von den Hosenbeinen klopfte und zum Fährenanleger ging, ein Lied vor sich hin pfeifend, wie er es immer tat.

Am nächsten Morgen fuhren Frances, Rose und ich mit der frühen Fähre zum Bummeln nach Seattle. Rose wollte zu Frederick & Nelson, um sich ein Kleid zu kaufen, das sie in der neuesten Ausgabe der *Vogue* gesehen hatte. Frances brauchte neue Schuhe. Ich hatte einfach Lust, in die Stadt zu fahren. Ich mochte die Stadt. Ich hatte Elliot bestimmt hundertmal erzählt, dass ich von einer Wohnung in Seattle mit Blick auf die Bucht träumte. Ich würde die Wände lila streichen und cremefarbene Vorhänge aufhängen, die mit kleinen Schärpen zu Bögen gerafft wurden, genau wie auf den Fotos in den Zeitschriften.

Und dann, auf der Marion Street, vor dem Landon-Park-Hotel – einem großen Backsteinbau mit zwei mächtigen Säulen am Eingang –, entdeckte ich Elliot. Es war jemand bei ihm, aber erst, als sich einige Sekunden später im Straßenverkehr eine Lücke bildete, sah ich, wer es war. Eine Frau, blond und groß, fast so groß wie Elliot. Ich sah, wie er sie umarmte und, wie es schien, eine Ewigkeit festhielt. Ich war so nah, dass ich sogar ihr Gespräch hören konnte – na ja, Fetzen davon, aber mehr war nicht nötig.

»Hier ist der Wohnungsschlüssel«, sagte die Frau zu ihm und reichte ihm etwas, das er sofort in die Tasche steckte.

Er zwinkerte ihr zu, und mir gefror das Blut in den Adern. Dieses Zwinkern kannte ich. »Sehen wir uns heute Abend?«, fragte er.

Der Lärm eines vorbeifahrenden Lasters übertönte ihre Antwort. Dann half er ihr in ein Taxi und winkte ihr nach.

»Sehen wir uns heute Abend?« Plötzlich musste ich an einen Roman denken, den ich ein paar Jahre zuvor gelesen hatte. Noch nie hatte ich mich einer Romanheldin so nah gefühlt wie Jane in *Years of Grace*.

Meine Augen weiteten sich. *Years of Grace!* Ungläubig schüttelte ich den Kopf, während ich mich wieder dem Heft zuwandt.

Die Tatsache, dass sich Jane, die mit Stephen verheiratet war, nach einem anderen Mann verzehrte und sogar so weit ging, sich ihre leidenschaftliche Liebe einzugestehen, hatte meine Mutter dazu veranlasst, das Buch als »Schund« zu bezeichnen. Ich erklärte ihr, dass es immerhin den Pulitzer-Preis gewonnen hatte und dass mein Englischlehrer es mir zur Lektüre empfohlen hatte, aber es war zwecklos. Solche Romane, verkündete sie, würden jungen Frauen nur gefährliche Flausen in den Kopf setzen, und mir blieb nichts anderes übrig, als es unter meiner Matratze zu verstecken.

Als ich an dem Tag dort auf dem Gehweg stand, fiel mir Janes Geschichte wieder ein, die jetzt auf so schmerzhafte Weise mit meiner verwoben war. Elliots Stimme hatte so zärtlich geklungen, als er mit der Frau gesprochen hatte. Ich dachte an die Dinge, die uns aneinanderbinden, an die Gelöbnisse, die wir machen – und die wir brechen. Wenn Jane Stephen heiraten konnte, obwohl sie einen anderen liebte, dann konnte Elliot auch mich heiraten, obwohl er sich nach einer anderen sehnte. Es war möglich. Im Roman hatte ich das als poetisch empfunden – Janes Liebe zu Andre und später zu Jimmy –, aber als sich dasselbe jetzt vor meinen Augen abspielte und ich die Ausgeschlossene war, fühlte es sich nur falsch an. Konnte man einen Menschen nicht auf ewig lieben? Konnte man ein Versprechen nicht halten? Elliot hätte jede Frau haben können, die er wollte, bis zu dem Augenblick, als ich geglaubt hatte, er wollte nur mich. Noch nie hatte ich mich so geirrt.

Der Brief. Ich musste an den verwirrenden Brief denken, den Jane erhalten hatte, Jahre nachdem Andre ihr seine Liebe erklärt hatte. Es stand alles in dem Buch, in allen tragischen Einzelheiten. Er hatte ihr das Herz gebrochen mit seiner Entscheidung, nach Italien zu gehen, anstatt ihretwegen nach Chicago zurückzukehren. Deswegen hatte sie Stephens Heiratsantrag akzeptiert, eine Entscheidung, die beider Lebensweg für immer verändern sollte. Deswegen hatte sie ihm kurz vor Kriegsausbruch den kühlen, schonungslosen Brief geschrieben, mit dem sie ihrer Liebe jede Möglichkeit genommen hatte, obwohl sie noch über Jahre hinweg in ihrem Herzen schwelen sollte. »Wenn man schon etwas tötet«, hatte Jane gesagt, als sie entschlossen auf Andres Entscheidung reagierte, »dann am besten kurz und schmerzlos.« Und in dem Augenblick wusste ich, dass ich genauso handeln musste.

Rose und Frances standen schweigend neben mir und hielten mich an den Armen, um mich zu stützen oder um zu verhindern, dass ich über die Straße rannte, oder beides. Aber ich riss mich von ihnen los und stürzte, ohne auf den Verkehr zu achten, auf die andere Straßenseite, wo Elliot vor einem Zeitungsautomaten stand.

Ich zog den Ring mit dem großen, birnenförmigen Diamanten zwischen zwei kleinen Rubinen, den Elliot mir vor einem Monat geschenkt hatte, von meinem Finger. Er war viel zu edel, und das hatte ich ihm gesagt. Er habe den besten Ring für mich kaufen wollen, hatte er geantwortet, selbst wenn es bedeutet hätte, dass er sich dafür für den Rest seines Lebens verschulden musste, was er, so glaubte ich, tatsächlich getan hatte. Aber all das spielte jetzt keine Rolle mehr, nicht, nachdem ich ihn mit einer anderen Frau gesehen und nachdem ich gehört hatte, was er zu ihr gesagt hatte.

»Hallo, Elliot«, sagte ich kalt, als ich ihm gegenüber stand.

Er wirkte zugleich verblüfft und entspannt, so als hätte er nichts und alles zu verbergen. Meine Wangen glühten. »Wie konntest du nur?«

Er sah mich verwirrt an, dann schüttelte er den Kopf. »Nein, nein, das siehst du ganz falsch«, sagte er. »Sie ist nur eine Bekannte.«

»Eine Bekannte?«, sagte ich. »Warum hast du mich dann angelogen und behauptet, du hättest etwas Geschäftliches zu erledigen? Das hatte doch offensichtlich nichts mit Geschäften zu tun.«

Elliot betrachtete seine Füße. »Sie ist nur eine alte Bekannte, Esther«, sagte er. »Ich schwöre es.«

Ich umklammerte meine Halskette. Es war nur ein kleiner Seestern an einem silbernen Kettchen. Ich hatte sie vor Jahren auf dem Jahrmarkt gewonnen, und sie war mein Talisman. Ich brauchte alles Glück, das ich bekommen konnte, denn ich wusste, dass er log. Ich hatte beobachtet, wie sie ihn angesehen hatte, die Koketterie in ihren Bewegungen, wie die beiden sich umarmt hatten. Seine Hände hatten an ihren Hüften gelegen. Diese

Frau war mehr als eine Bekannte. Das war nicht zu übersehen gewesen.

Ich bereute es im Voraus, aber ich tat es dennoch. Ich warf den Ring, den ich in der Faust hielt, so weit weg, wie ich konnte. Wir sahen beide zu, wie er über den Gehweg hüpfte, bis er kippte und in einen Gully rollte.

»Es ist aus«, sagte ich. »Bitte sprich mich nie wieder an, ich glaube nicht, dass ich es ertragen würde.«

Ich sah, wie Rose und Frances das Geschehen von der anderen Straße aus voller Entsetzen verfolgten. Ich musste all meine Kraft aufbringen, mich von Elliot abzuwenden und zu ihnen zurückzugehen. Denn ich wusste, dass ich einem gemeinsamen Leben mit ihm endgültig den Rücken kehrte.

»Esther! Warte!«, hörte ich ihn durch den Verkehrslärm rufen. »Warte, ich kann es dir erklären! Geh nicht einfach so!«

Aber ich befahl mir weiterzugehen. Ich musste. Ich musste es einfach.

7

Ich las noch eine Stunde weiter, nichts konnte mich von der Geschichte ablenken, nicht einmal das Tuten der Fähre oder die Strandgutsammler mit ihren kläffenden Hunden. Esther verzieh Elliot nicht, genau wie sie es angekündigt hatte. Er schrieb ihr monatelang, aber sie warf seine Briefe alle ungeöffnet in den Müll. Rose heiratete Will und zog nach Seattle. Frances blieb auf der Insel, wo sie sich zu Esthers Bestürzung mit Elliot anfreundete.

Als ich schließlich einen Blick auf meine Uhr warf, stellte ich fest, dass ich viel länger am Strand geblieben war, als ich vorgehabt hatte. Ich steckte das Tagebuch in meine Tasche und eilte zu Bee zurück.

Kaum hatte ich den Windfang betreten, öffnete Bee die Tür. »Gut, dass du wieder da bist«, sagte sie, während ich meine sandigen Gummistiefel abstreifte. »Ich weiß gar nicht, wie ich das mit heute Abend vergessen konnte«, fuhr sie fort, »es steht schon seit letztem Jahr in meinem Kalender.«

»Was ist denn heute Abend?«

»Das Muschelfest«, sagte sie ohne weitere Erklärung. Dann schaute sie mich nachdenklich an. »Kann es sein dass du noch nie auf dem Muschelfest warst?«

Abgesehen von dem einen oder anderen Weihnachten, hatte ich immer nur die Sommermonate auf der Insel verbracht. Die Vorfreude, die sich einstellte, beruhte nicht auf meinen eigenen Erinnerungen, sondern auf Esthers Schilderung dieser märchenhaften Nacht.

»Nein, ich war noch nie da, aber ich habe davon gehört«, sagte ich.

Bee strahlte. »Mal sehen«, sagte sie und stemmte die Hände in die Hüften. »Du brauchst eine warme Jacke. Und wir nehmen Decken mit und Wein. Wein muss dabei sein. Wir treffen uns mit den anderen um sechs.«

Die Szenerie am Strand war genauso, wie Esther sie beschrieben hatte. Die offenen Feuer. Die Lichtergirlanden. Die auf dem Strand ausgebreiteten Decken. Die Tanzfläche und die Sterne am Himmel.

Evelyn winkte uns zu sich. Ihr Pullover wirkte zu dünn, um ihren mageren Körper zu wärmen, und so nahm ich eine Decke aus Bees Korb und legte sie ihr um die Schultern. »Danke«, sagte sie ein bisschen benommen. »Ich war ganz in Erinnerungen versunken.«

Bee sah mich vielsagend an. »Ihr Mann hat damals genau hier am Strand, am Abend vor dem Muschelfest, um ihre Hand angehalten«, sagte sie.

Ich stellte den Korb ab. »Macht ihr beide es euch schon mal bequem, ich hole uns was zu essen.«

»Ich möchte Muscheln mit einer Extraportion Butter«, sagte Bee. »Und Maisbrot.«

»Für mich Spargel, und zu meinen Muscheln nur ein bisschen Zitrone«, sagte Evelyn.

Ich überließ sie ihren Erinnerungen. Auf dem Weg zur Essensausgabe, wo sich schon eine lange Schlange gebildet hatte, kam ich an der Tanzfläche vorbei. In einer Ecke standen ein paar junge Mädchen beieinander und lugten schüchtern zu einer Gruppe Jungs auf der anderen Seite hinüber, die ihrerseits die Mädchen beäugten. Dann erscholl aus den Lautsprechern *When I Fall in Love* von Nat King Cole und übertönte das leise Plätschern der Wellen am Strand.

Ich wiegte mich im Rhythmus der Melodie und gab mich ihrem verträumten Charme hin, bis ich hinter mir eine Stimme hörte.

»Hallo.«

Als ich mich umdrehte, stand Jack hinter mir. »Hallo«, sagte ich.

»Dein erstes Muschelfest?«

»Ja«, sagte ich. »Ich …«

Wir wurden vom DJ unterbrochen. »Sieh mal einer an, wen haben wir denn da!«, rief er von seinem erhöhten Platz aus. Sein Assistent hatte einen Scheinwerfer auf uns beide gerichtet. Ich hielt mir eine Hand gegen das grelle Licht vor die Augen. »Ein junges Paar, das heute Abend den Tanz eröffnen wird!«

Ich sah Jack an. Er sah mich an. Aus allen Richtungen ertönte Applaus.

»Uns wird wohl nichts anderes übrig bleiben«, sagte er und nahm meine Hand.

»Sieht ganz so aus.« Ich lächelte nervös, als er mich an sich zog.

»Ich fasse es nicht«, sagte ich entgeistert.

Jack wirbelte mich über die Tanzfläche wie ein Profi. »Ich auch nicht«, sagte er, »aber wenn wir schon mal dabei sind, können wir ihnen auch was bieten.«

Ich nickte. Die Art, wie er mich in den Armen hielt, hatte etwas vollkommen Natürliches. Während wir uns drehten, sah ich lauter Gesichter, die uns zuschauten. Ein älteres Paar. Kinder. Jugendliche. Und Henry. Henry stand am Rand des Tanzbodens und lächelte uns zu. Ich winkte ihm zu, als Jack mich das nächste Mal drehte, aber da war er schon wieder weg.

Als das Stück zu Ende war und alle applaudierten, hätte ich am liebsten weitergetanzt. Aber Jack zeigte zum Strand, offenbar hatte er anderes im Sinn.

»Da hinten warten ein paar Freunde auf mich«, sagte er. »Du kannst dich gern zu uns gesellen.«

Ich kam mir mit meinen romantischen Anwandlungen ziemlich albern vor. »Nein, nein«, sagte ich. »Das geht nicht. Ich bin mit Bee und ihrer Freundin Evelyn hier. Ich habe versprochen, uns was zu essen zu besorgen, und ich muss jetzt los. Aber wir sehen uns morgen bei dir, oder?«

Einen Moment lang wirkte er verblüfft, als hätte er seine Einladung vergessen. »Ach ja, natürlich, zum Abendessen«, sagte er. »Also dann bis morgen.« Und dann war er weg.

Zehn Minuten später kehrte ich mit einem vollen Tablett zu Bee und Evelyn zurück, die inzwischen beide unter der Decke saßen, die ich Evelyn vorhin um die Schultern gelegt hatte. Wir tranken Wein und aßen Muscheln und genossen den Abend, bis uns die Kälte in die Glieder kroch. Auf dem Heimweg musste ich an Jack denken und an die paar schönen Minuten, die wir gemeinsam verbracht hatten, zerbrach mir jedoch nicht weiter den Kopf darüber. Es fühlte sich einfach nur gut an, mich treiben zu lassen.

»Und?«, fragte Bee, bevor ich ins Bett ging.

»Es war fantastisch«, sagte ich.

»Ihr habt wunderschön getanzt«, sagte sie.

Ich hätte nicht gedacht, dass sie vom Strand aus sehen konnte, was auf der Tanzfläche vor sich ging. Ich lächelte. »Ja, nicht wahr?«

»Gute Nacht«, sagte sie und tätschelte mir die Wange.

»Gute Nacht, Bee.«

5. März

Abendessen mit Jack. Ich konnte am nächsten Tag an nichts anderes denken. Während ich nach dem Frühstück das Geschirr spülte, die Hände im schaumigen Wasser, fragte ich mich, ob er sich über unseren Tanz am vergangenen Abend Gedanken gemacht hatte. Ob er auch gespürt hatte, dass ein Funke übergesprungen war? Eine große Seifenblase platzte, als ich einen Teller mit klarem Wasser abspülte und dann auf dem Abtropfgitter abstellte. Vielleicht deutete ich ja zu viel in all das hinein. Schließlich hatte ich Joel gerade erst Adieu gesagt, es war also gut möglich, sagte ich mir, während ich das Besteck abtrocknete, dass mein derzeitiger Familienstand meine Wahrnehmung von Jack beeinflusste.

Gegen Abend suchte ich in meinem Koffer nach etwas Passendem zum Anziehen. Das Abendessen mit Greg war einfach gewesen, ein Treffen mit einem alten Freund an einem öffentlichen Ort. Aber auch wenn die flüchtigen Begegnungen am Strand mit Jack durchaus angenehm gewesen waren, umgab diesen Mann doch etwas Geheimnisvolles, das mich nervös machte. Außerdem hatte er mich nicht in ein Restaurant, sondern zu sich nach Hause eingeladen, und so wählte ich meine übliche Panikgarderobe: einen Wickelpullover, Chandelier-Ohrringe und meine Lieblingsjeans. Ich zog die Jeans wie die jungen Mädchen ein kleines Stückchen tiefer, schüttelte den Kopf und zog sie wieder hoch.

Ich bürstete mir das Haar, das unbedingt geschnitten werden musste, und rundete das Outfit mit ein bisschen Wimperntusche und einem Hauch Rouge ab. Ein letzter kritischer Blick in den Spiegel, dann schaltete ich das Licht aus. Das musste reichen.

»Du siehst großartig aus«, sagte Bee, die in meiner Zimmertür stand. Ich hatte sie gar nicht bemerkt und hoffte, dass ich daran gedacht hatte, das Tagebuch verschwinden zu lassen. Ein unauffälliger Blick aufs Bett, und ich atmete erleichtert auf.

»Danke«, sagte ich, schnappte mir meine Handtasche und schlüpfte in ein Paar flache, für den Strandspaziergang zu Jack geeignete Schuhe.

Bee sah aus, als wollte sie mir etwas anvertrauen, doch stattdessen gab sie mir eine Warnung mit auf den Weg. »Du solltest lieber nicht zu lange bleiben, Liebes. Die Flut wird heute Nacht sehr hoch steigen. Der Fußweg zurück könnte schwierig werden. Sei vorsichtig.«

Wir wussten beide, dass ihre Worte doppeldeutig waren.

Nachdem ich schon ein gutes Stück den Strand entlanggegangen war, merkte ich, dass ich gut daran getan hätte, mir eine Jacke oder vielleicht sogar einen Wintermantel mitzunehmen. Die Märzbrise fühlte sich zunehmend an wie ein arktischer Wind, und ich hoffte, dass es nicht mehr allzu weit war bis zu Jack. Mein Handy klingelte in meiner Handtasche. Als ich es herausnahm, war auf dem Display eine New Yorker Nummer zu sehen, die mir unbekannt war.

»Hallo?«, sagte ich. Im Hintergrund war ein Rascheln zu hören und lautes Rauschen – Hupen und Verkehrsgeräusche, als ginge jemand mit dem Handy am Ohr an einer stark befahrenen Straße entlang.

Ich schluckte. »Hallo?«, sagte ich noch einmal. Als keine Antwort kam, verstaute ich das Handy achselzuckend wieder in meiner Tasche.

Die Mondsichel stand hell am Himmel. Ich schaute in die Richtung, aus der ich gekommen war, und überlegte, ob ich vielleicht lieber wieder umkehren sollte. Noch wäre es möglich. Aber ein kühler Windstoß erschreckte mich, als hätte mir jemand ein Glas kaltes Wasser ins Gesicht gespritzt. Ich konnte nicht widerstehen weiterzugehen. Reagierte ich auf eine Stimme, die im Wind flüsterte? Auf ein Gefühl? Ich wusste es nicht, aber wie aufgezogen setzte ich einen Fuß vor den anderen, bis ich Jacks Strandhaus erreichte. Es sah genauso aus, wie er es beschrieben hatte, mit grauen Holzschindeln verkleidet und einer umlaufenden Veranda.

Wie alle Häuser an diesem Teil des Strands war es alt und sicherlich geschichtsträchtig. Ich musste an all die Paare denken, die im Lauf der letzten anderthalb Jahrhunderte von dieser Veranda aus den Sonnenuntergang betrachtet hatten. Da entdeckte ich die Wetterfahne mit der Ente, die sich auf dem Dach im Wind drehte, und mein Herz begann heftig zu klopfen. Konnte das das Haus auf Bees Gemälde sein?

Das warme Licht in den Fenstern wirkte einladend. An den Verandastufen lehnte eine Angelrute neben einem Paar Anglerstiefeln. Die Haustür war offen.

»Hallo?«, rief ich vorsichtig, als ich eintrat. Ich hörte Musik – Jazz – und etwas auf dem Herd brutzeln.

»Hallo, komm rein«, rief Jack, wahrscheinlich aus der Küche. »Ich bin gleich fertig.«

Es duftete nach Knoblauch, Butter und Wein – die beste Geschmackskombination der Welt. Mir wurde ganz warm, als hätte ich schon ein paar Schlucke Wein intus. Auf einem kleinen Tisch im Flur neben der Haustür befanden sich ein Schlüsselring und eine große, weiße, mit Kleingeld gefüllte Muschel. Ich stellte die Flasche Pinot Noir, die ich aus Bees Weinschrank stiebitzt hatte, daneben.

Ich schaute mich um. Vom Flur aus konnte ich ins Esszimmer sehen. Die Wände waren weinrot gestrichen, und in der Mitte stand ein wuchtiger Eichentisch. Ich fragte mich, ob Jack häufig Gäste zum Essen hatte, wenn er einen solchen Tisch besaß. Im Wohnzimmer zu meiner Linken standen zwei mit Schonbezügen versehene Sofas und ein aus hellgrauem Treibholz gezimmerter niedriger Tisch. Die Einrichtung war praktisch und maskulin, aber alles wirkte so blitzsauber und ordentlich wie auf einem Foto in einem Schöner-Wohnen-Magazin. Selbst die Zeitschriften auf dem Beistelltisch schienen mit Bedacht angeordnet. Ich ging zum Kamin und betrachtete die Fotos, die auf dem Sims standen. Auf einem war eine Frau mit Sonnenbrille zu sehen. Sie trug ein rotes Bikinioberteil und einen hauchdünnen Sarong um die schmale Taille. Sie stand an einem Strand und schaute den Fotografen – Jack? – liebevoll an. Plötzlich kam ich mir vor wie ein Eindringling. Was lächerlich war, denn diese Frau konnte ja auch seine Schwester sein.

»Hallo«, sagte Jack und kam ins Wohnzimmer. »Tut mir leid, dass ich dich habe warten lassen, aber für eine Béchamelsoße muss die Welt stillstehen.«

Er reichte mir eins von den gefüllten Weingläsern, die er in den Händen hielt. »Ich hoffe, du magst Chardonnay.«

»Sehr sogar.«

»Schön«, sagte er. Er wirkte ruhig und gelassen wie eine alte Fähre, was meine Nervosität nur noch zu unterstreichen schien. Ich hoffte, dass er nichts davon merkte. »Setzen wir uns.« Er zeigte auf das Sofa, das dem Kamin gegenüberstand.

»Freut mich, dass du kommen konntest«, sagte er. Er sah besser aus, als ich ihn in Erinnerung hatte – er war gefährlich attraktiv mit seinem dunklen, welligen Haar, und als er mich anschaute, wurde mir ganz schwindlig.

»Hat es dir gefallen gestern Abend?«, fragte er.

»Ja«, antwortete ich. »Es war ein schöner Abend.« Dummerweise errötete ich.

»Tut mir leid, dass ich so schnell wegmusste«, sagte er mit bekümmerter Miene.

»Ach, das war schon in Ordnung«, winkte ich ab und sah mich im Zimmer um in der Hoffnung, das Thema wechseln zu können. Einige Bilderrahmen mit alten Schwarz-Weiß-Fotos fielen mir auf, vor allem eine Aufnahme von einer Fähre. »Du hast es schön hier«, sagte ich. Wie konnte ich nur so eine Plattitüde von mir geben?

»Wie kommst du mit deiner Geschichte voran?«

»Meiner Geschichte?« Ich musste natürlich sofort an

Esthers Geschichte denken und fragte mich, wie Jack davon wissen konnte.

»Na, dein Buch«, sagte er. »Für das du hier recherchierst.«

»Ach so. Äh, es geht voran. Langsam, aber stetig.«

»Bainbridge ist der ideale Ort für Schriftsteller, oder überhaupt für Künstler«, sinnierte er. »Man braucht nur seinen Stift oder seinen Pinsel in die Hand zu nehmen, und die Bilder, die Geschichten kommen von allein.«

Ich nickte. »Ja, da ist was dran«, sagte ich, wobei ich jedoch eher die Geschichte in dem Tagebuch im Sinn hatte als meine eigene Prosa.

Jack grinste und trank einen großen Schluck Wein. »Hunger?«

»Und wie.«

Ich folgte ihm ins Esszimmer und nahm am Tisch Platz. Jack trug das Essen auf: einen Rucola-Fenchel-Salat mit Parmesan, eine Platte mit einem gebratenen Heilbutt, Spargel in Béchamelsoße und frisch gebackene Brötchen.

»Lass es dir schmecken«, sagte er, während er mein Glas noch einmal füllte.

»Ein Mann, der kochen kann – noch dazu so gut! Ich bin beeindruckt«, bemerkte ich und nahm meine Serviette.

Jack grinste schelmisch. »Das war sozusagen der Zweck der Übung.«

Die Kerzen warfen ihr flackerndes Licht, und wir plauderten die ganze Zeit. Er erzählte mir, wie er einmal in einem Sommerlager schlafgewandelt und aufgewacht war, als er gerade versuchte, zu seiner Gruppenleiterin in den Schlafsack zu kriechen, was ihm fürchterlich peinlich war. Ich erzählte ihm, wie ich einmal in der Schule gedankenverloren auf einem Kuli herumgekaut hatte, ohne zu bemerken, dass die Mine auslief, und wie ich anschließend taglang eine schwarze Unterlippe hatte.

Ich erzählte ihm auch von Joel, verkniff mir jedoch die rührselige, selbstmitleidige Version der Geschichte.

»Ich kapier's nicht«, sagte er kopfschüttelnd, nachdem ich ihm geschildert hatte, wie unsere Ehe in die Brüche gegangen war – Einzelheiten, die ich ihm niemals anvertraut hätte, wenn ich nicht schon ein paar Gläser Wein getrunken hätte. Weißwein löst meine Zunge. »Ich kapiere nicht, wie er dich gehen lassen konnte.«

Ich spürte, wie ich schon wieder rot anlief. »Und was ist mit dir? Warst du schon mal verheiratet?«

Einen Augenblick lang wirkte Jack verlegen. »Nein«, sagte er. »Ich habe nur Russ.«

Ich erinnerte mich an den Golden Retriever vom Strand.

»Russ!«, rief er nach oben, und Sekunden später hörte ich einen Rumms und dann das Geräusch von Pfoten, die langsam die Treppe herunterkamen. Russ kam schnurstracks zu mir, beschnupperte meine Beine und meine Hände und ließ sich dann auf meine Füße fallen.

»Er mag dich«, sagte Jack.

»Wirklich? Woran merkst du das?«

»Er sitzt auf deinem Fuß, oder?«

»Äh, ja.« Ich wusste nicht, ob das normal war oder einfach eine Marotte von Russ.

»Das macht er nur bei jemandem, den er mag.«

»Na, dann. Freut mich, dass ich Gnade in seinen Augen gefunden habe.« Ich kraulte ihm lächelnd die Ohren, als er mir den Kopf auf den Schoß legte. Sofort war mein ganzer Pullover voller Hundehaare, aber das machte mir nichts aus.

Jack räumte den Tisch ab, dann führte er mich zur Hintertür. »Ich möchte dir gern etwas zeigen«, sagte er.

Wir gingen durch den Garten, der aus einer kleinen Rasenfläche mit Trittsteinen bestand, zu einer Art Geräteschuppen.

»Mein Atelier«, verkündete Jack. »Als wir am Strand waren, hast du doch gesagt, du würdest dir gern meine Bilder ansehen.«

Ich nickte eifrig. Der Schuppen wirkte wie ein geweihter Ort. Jack gewährte mir Zugang zu seiner geheimen Welt. Es war etwa so, als würde ich ihm einen ersten Entwurf zu einem Roman zu lesen geben. Und ich hatte noch nie jemanden einen ersten Entwurf lesen lassen, nicht mal einen einzigen Satz.

Der Raum war voller Leinwände – auf Staffeleien oder an den Wänden aufgereiht. Bei den meisten Bildern handelte es sich um Meereslandschaften, aber mein Blick blieb an einem Porträt hängen, dem einzigen: Es zeigte eine bemerkenswert schöne junge Frau mit schulterlangem blonden Haar, die aufs Meer hinausschaute. In ihrem Gesicht lag etwas wie Beunruhigung, eine Spur von Traurigkeit. Das Bild hob sich von allen anderen ab. Als ich die verführerischen und zugleich traurigen Augen der Frau näher betrachtete, fiel mir auf, dass sie der Frau auf dem Foto auf Henrys Kaminsims ähnelte, obwohl nichts an ihr irgendwie altmodisch wirkte. Wer mochte sie sein? Ich hätte gern mehr über sie gewusst und wie es kam, dass Jack sie gemalt hatte, aber es schien mir indiskret, ihn danach zu fragen. Ich hatte das Gefühl, dass das Thema dieses Gemäldes tabu war.

Ich wandte mich den anderen Bildern zu. »Diese Pinseltechnik, das Licht … wirklich atemberaubend.« Dann, darauf bedacht, das Bild auf der Staffelei nicht anzustarren, fügte ich hinzu: »Ausnahmslos. Du bist irre talentiert, Hut ab.«

»Danke«, sagte Jack.

Es war inzwischen dunkel, aber das Mondlicht fiel durch die Fenster ins Atelier. Jack nahm einen Skizzenblock und trat mit geschürzten Lippen auf mich zu.

»Tu mir einen Gefallen und setz dich da hin«, sagte er und zeigte auf einen Hocker in der Ecke.

Das ließ ich mir nicht zweimal sagen.

Jack zog sich auch einen Hocker heran, setzte sich, stand wieder auf und ging mit konzentriertem Blick um mich herum. Ich zupfte befangen an meinen Haaren und an meinem Pullover, als er seinen Skizzenblock nahm und langsam immer näher kam, bis er direkt vor mir stand. Er war so nah, dass ich seine Haut riechen konnte.

Dann nahm er mein Kinn und drehte meinen Kopf sanft, sodass das Mondlicht mein Profil beleuchtete. Als seine Hand über meinen Hals bis zu meinem Pullover glitt, ging ein Prickeln durch meine Arme. Vorsichtig verschob er meinen Ausschnitt, bis mein Schlüsselbein und eine Andeutung der Spitze meines Unterhemds sichtbar waren. Ich spürte die kühle Luft an der Haut, aber mir war überhaupt nicht kalt. Vielleicht zog Jack diese Masche bei allen Frauen ab, die er zu sich einlud – das Essen, der Hund, das Porträt –, aber ich schenkte meiner zynischen inneren Stimme keine Beachtung.

»Perfekt«, sagte er. »Bleib einen Moment genau so sitzen.«

Mir war ganz flau, aber es gelang mir, die Pose beizubehalten, während Jack vor mir saß und wie ein Wilder zeichnete. Nach einer Weile stand er auf und zeigte mir die Skizze.

»Wow!«, rief ich aus. »Das ist ja richtig gut – es ist so … realistisch.« Ein Straßenkünstler in Portland hatte mich einmal porträtiert, als ich noch klein war. Auf der Zeichnung war meine Nase ganz krumm und mein Mund viel zu groß. Aber Jack – er hatte *mich* gezeichnet.

Vorsichtig riss er das Blatt von dem Skizzenblock und stellte es auf die Staffelei.

Wir gingen zurück ins Haus, wo ein Feuer im Kamin brannte. Jack legte Musik auf.

»Da ich gestern so früh wegmusste, dachte ich, wir könnten unseren Tanz heute Abend fortsetzen«, sagte er und reichte mir seine Hand.

Die altmodische Geste rührte mich. Als ich das letzte Mal zum Tanzen aufgefordert wurde, war ich siebzehn und mit einem Typen zusammen, der zwei Jahre älter war als ich und der Gitarrist einer Punkband war. Eng umschlungen hatten wir romantische fünf Minuten lang zur Musik der Ramones getanzt, bis sein Vater von der Arbeit nach Hause kam.

Jack schob den Sofatisch zur Seite und führte mich in die Mitte des Zimmers. Eine Big Band spielte eine wunderschöne Melodie.

»Das ist eine alte Aufnahme von einem meiner Lieblingsstücke«, sagte er, während er mich an sich zog. »Kennst du es?«

Ich zögerte.

»*Body and Soul*«, sagte er. »Eins der schönsten Liebeslieder, die je geschrieben wurden.«

Ich bekam eine Gänsehaut.

»Kennst du das Stück?«, fragte er noch einmal, als er es bemerkte.

Ich nickte. *Body and Soul*? War das nicht das Lieblingsstück von Esther und Elliot gewesen? Ich konnte mich nicht erinnern, ob ich das Stück schon einmal gehört hatte, und doch waren mir die Melodie und der Text sofort vertraut. Natürlich war es ihr Lied. Es war eindringlich und zugleich hoffnungsvoll. Es war wie für die beiden geschrieben.

Jack hielt mich in den Armen, so eng, dass ich seinen Atem am Hals und seine festen Rückenmuskeln spürte. Während wir uns zur Musik wiegten, berührte er meine Stirn mit den Lippen.

»Eine Frau wie du wird nicht oft hier an den Strand gespült«, flüsterte er, als das Stück zu Ende war.

Wir schauten aus dem Fenster, wo die Wellen an den Strand krachten. Plötzlich wirkte Jack beunruhigt. »Die Flut steigt«, sagte er. »Ich sollte dich lieber nach Hause begleiten.«

Ich nickte und ließ mir meine Enttäuschung nicht anmerken. Ich wollte nicht gehen. Noch nicht.

Als wir vor Bees Haustür standen, lächelte er mich an. »Ich muss nach Seattle, aber in ein paar Tagen bin ich wieder zurück. Dann rufe ich dich an.«

»Gute Nacht«, sagte ich.

Missmutig kroch ich ins Bett. Ich sagte mir, dass ich überhaupt keinen Grund hatte, schlecht gelaunt zu sein. Es war ein wunderschöner Abend gewesen. Er hatte mir gesagt, ich sei etwas *Besonderes*. Was hatte ich denn erwartet? Eine Liebeserklärung? Lächerlich, schalt ich mich. Ich nahm das Tagebuch aus dem Nachtschränkchen, aber ich war so müde, dass ich es gleich wieder zurücklegte. Beim Einschlafen hatte ich das Gefühl, Esther im Stich zu lassen, sie dort in den Seiten des Tagebuchs mit ihren Problemen allein zu lassen. Aber auch ich hatte Probleme, mit denen ich mich herumplagen musste, und ich befand mich mitten in einer neuen Geschichte.

8

6. März

»Hättest du Lust, heute einen Ausflug nach Seattle zu machen?«, fragte Bee beim Frühstück. So reden die Leute auf Bainbridge Island über Seattle, als wäre eine Fahrt ans andere Ufer etwas Gott weiß wie Aufregendes.

»Du könntest Evelyn fragen, ob sie mitkommen will«, schlug ich vor. Ihr lief die Zeit davon, was Bee allerdings noch nicht wusste.

Also rief Bee bei Evelyn an. »Wir fahren heute mit der Zehn-Uhr-Fähre nach Seattle und würden uns freuen, wenn du mitkämst.«

Zwei Sekunden später war es abgemacht. Evelyn erwartete uns bereits am Fähranleger, der an einen alten Bahnhof erinnerte, mit einem fantastischen Blick aufs Wasser und einem Kaffeeautomaten, an dem man sein Verlangen nach beispielsweise einem Mocha grande mit Schokostreuseln stillen konnte, wie ich es tat. Die Inselbewohner gingen meist zu Fuß auf die Fähre und ließen ihre Autos auf dem großen Parkplatz stehen. Da die Fähre im Stadtzentrum von Seattle anlegt, braucht man kein Auto mitzunehmen, auch wenn es in der Stadt zu Fuß einige Steigungen zu bewältigen gibt. Aber obwohl Bee und Emily beide über achtzig waren, würden sie einen Stadtspaziergang immer einer Fahrt mit dem Taxi vorziehen.

Evelyn trug eine khakifarbene Caprihose, einen schwarzen Pullover mit U-Boot-Ausschnitt und einfache Ballerinas. »Danke, dass Sie mir einen weiteren langweiligen Tag mit meinen Katzen erspart haben.«

Ich lächelte. Sie sah überhaupt nicht aus wie eine Todkranke. Sie hatte immer noch volles Haar. Oder trug sie eine Perücke? Ihre Wangen waren rosig, was allerdings auch am Rouge liegen konnte. Aber vor allem benahm sie sich nicht, als wäre sie krank. Der Krebs mochte ihren Körper zerstören, aber ihre Lebensfreude würde sie sich nicht nehmen lassen.

»Wie sieht denn die Planung für heute aus?«, erkundigte ich mich, als wir auf die Fähre gingen. Da wir unter den Ersten waren, ergatterten wir Plätze ganz vorn, von wo aus wir den besten Blick auf die Skyline von Seattle haben würden.

»Also«, sagte Bee, während sie es sich auf der Bank bequem machte, »natürlich gehen wir ins Westlake Center, und dann gibt es dieses nette kleine Bistro auf der Marion Street, wo wir zu Mittag essen könnten.«

Marion Street. War das nicht die Straße, wo Esther mit Elliot Schluss gemacht hatte? Ich musste an den teuren Ring denken, den sie in einen Gully geworfen hatte, und schüttelte den Kopf. Was für eine Vergeudung, was für eine unbesonnene Handlung. Andererseits hatte sie ihre Gründe gehabt.

Ich erinnerte mich an den Namen des Hotels, Landon Park, wo sich die tragische Szene abgespielt hatte. Vielleicht hatte Bee, oder wer auch immer das Tagebuch geschrieben hatte, reale Orte als Bezugspunkte benutzt. Ich war gespannt, ob es das alte Hotel immer noch gab, falls es denn je existiert hatte.

»Hat jemand Lust auf Muschelsuppe?«, fragte Bee und stand auf. Sie bestellte sich immer Muschelsuppe auf der Fähre, egal zu welcher Tageszeit und auch wenn die Überfahrt nur eine halbe Stunde dauerte.

»Ich nicht«, sagte Evelyn.

»Ich ja«, sagte ich. Bee nickte zufrieden und ging zur Cafeteria.

Sobald Bee außer Hörweite war, fragte ich Evelyn leise: »Wie geht es Ihnen?«

»Ich hatte schon bessere Tage.«

»Das tut mir leid«, sagte ich und hatte plötzlich ein schlechtes Gewissen, weil Evelyn wegen meiner Einladung nicht dazu kam, sich auszuruhen.

»Das braucht Ihnen nicht leidzutun«, erwiderte sie. »Lieber fühle ich mich schlecht in Seattle und in Gesellschaft als allein zu Hause im Bett.«

Ich nickte. »Wann wollen Sie es ihr sagen?«

Evelyn sah mich bedrückt an. »Bald.«

»Ich sorge mich darum, wie sie es aufnimmt.«

Evelyn betrachtete ihre Hände, die sie so fest verschränkt hielt, dass die Adern sich blau abhoben. »Ich auch, meine Liebe.«

Ich schaute aus dem Fenster, dann wandte ich mich wieder Evelyn zu. »Es ist einfach so, dass Sie, soweit ich weiß, ihre einzige richtige Freundin sind.«

Sie nickte. »Lesen Sie noch in dem Tagebuch?«

»Ja«, sagte ich. »Ich kann es kaum weglegen.«

Sie warf einen Blick in den Gang, um zu sehen, ob Bee schon im Anmarsch war. »Wir haben nicht viel Zeit«, sagte sie. »Ich werde nicht mehr lange da sein. Aber eins müssen Sie wissen: Diese Geschichte, die Sie da lesen, birgt viele Geheimnisse – Geheimnisse, die das Leben verändern können. Ihr Leben. Das Ihrer Tante. Und das anderer Menschen.«

»Können Sie mir denn nicht einfach sagen, um was es geht?«, fragte ich und hoffte, dass das nicht zu ungeduldig klang.

»Tut mir leid, meine Liebe«, sagte sie. »Das ist Ihre Reise.«

Als wir das offene Wasser der Bucht erreichten, hatte ich das Gefühl, als würde die Zeit stillstehen. »Evelyn«, sagte ich und riss mich vom Anblick des Meeres los. »Haben Sie eigentlich meine Großmutter gekannt?«

Sie musterte mein Gesicht einen Moment lang, ehe sie antwortete. »Ja, ich habe sie gekannt.«

»Dann wissen Sie ja vielleicht«, sagte ich, »was Bee meiner Mutter über meine Großmutter Jane gesagt hat und was unsere Familie gespalten hat.«

Evelyn nickte. »Sie hat Ihrer Mutter die verblüffende Wahrheit über Ihre Großmutter erzählt.«

»Verblüffend?«

»Ja«, sagte sie. »Aber das muss ja nicht immer so bleiben in Ihrer Familie.«

»Was meinen Sie damit?«

»Sie können das geraderücken, Emily«, sagte sie. »Sie können dafür sorgen, dass die Geschichte zu einem guten Ende findet.«

Ich fuhr mir mit der Hand durchs Haar und seufzte.

»Ich komme mir vor wie jemand, der ein Puzzle zusammensetzen will, während alle anderen die Teile verstecken.«

»Haben Sie Geduld«, riet mir Evelyn ruhig. »Sie werden Ihre Antworten schon finden. So ist das auf der Insel.«

Ich sah Bee zurückkommen. »So«, sagte sie und setzte sich, »hier ist deine Muschelsuppe.«

»Danke«, sagte ich, riss ein Päckchen Kräcker auf und tunkte einen in die heiße, cremige Suppe.

»Evelyn«, sagte Bee, »wo ist dein Appetit geblieben? Du isst doch sonst immer Muschelsuppe auf der Fähre.«

Ich warf Evelyn einen Blick zu, mit dem ich ihr zu bedeuten versuchte: »Das ist die Gelegenheit. Sagen Sie's ihr.« Aber sie verzog keine Miene. »Ich habe ausgiebig gefrühstückt. Wahrscheinlich verträgt mein alter Magen einfach nicht mehr so viel.«

»Na ja«, antwortete Bee. »In ein paar Stunden gibt's Mittagessen, du wirst schon nicht verhungern.«

Dann wandte Bee sich an mich. »Und? Wie war's gestern Abend bei Jack?«

Evelyns Miene hellte sich auf. »Jack Evanston?«

»Ja, Jack Evanston«, sagte ich.

Evelyn und Bee tauschten bedeutungsvolle Blicke aus.

»Wir sind zwei alte Schachteln, die seit Jahrzehnten kein Rendezvous mehr hatten«, sagte Evelyn. »Erzählen Sie uns ein bisschen.«

»Also, er hat für mich gekocht«, sagte ich. »Ist das zu fassen? Ein Mann, der kochen kann. Und er hat mir seine Bilder gezeigt.«

Bee verzog das Gesicht und schaute aufs Wasser hinaus, aber Evelyn scherte sich nicht darum. »Klingt ja nach einem traumhaften Abend. Haben Sie ihn genossen?«

»Und wie«, antwortete ich. »Aber eins verstehe ich nicht. Ich bin doch als Kind so oft hier auf der Insel gewesen, warum habe ich Jack nie kennengelernt? Ich habe ihn nie am Strand gesehen.«

Evelyn wollte etwas sagen, aber Bee kam ihr zuvor. »Und was ist mit Greg?«, fragte sie.

»Meine Güte«, rief Evelyn aus. »Sie haben schon zwei Verehrer?«

»Allerdings«, sagte Bee.

»Gott, wenn man noch mal jung sein könnte«, sagte Evelyn wehmütig.

In dem Augenblick kündigte das Schiffshorn unsere Einfahrt in den Hafen von Seattle an. Angesteckt von der Ungeduld der anderen Reisenden, die Fähre zu verlassen, eilten wir über die Gangway und dann die Treppe hinunter auf den Gehweg, wo die Taxis und Bettler warteten und Tauben auf der Suche nach Krumen umhertrippelten.

Als wir am Zebrastreifen standen, holte Evelyn tief Luft. »Ah«, rief sie aus. »Dieser Geruch, wie der mir gefehlt hat.«

Es war die Mischung aus Fährabgasen, Meeresluft und Stadt, den ich lieben gelernt hatte, aber in Seattle kam noch der Duft nach Bratfisch hinzu, der aus den Restaurants am Pier drang.

»Hat es dir je leidgetan, dass du wieder auf die Insel gezogen bist, Evelyn?«, fragte Bee unvermittelt.

Evelyn schaute mich an, anstatt Bee, als sie antwortete. »Als mein Mann vor zehn Jahren gestorben ist, bin ich zurück auf die Insel gezogen, Emily. Aber während meiner ganzen Ehe habe ich hier in der Stadt gewohnt, oben auf dem Capitol Hill.«

»Dann muss die Stadt ja voller Erinnerungen für Sie sein«, sagte ich.

»Ja. Aber die Insel ist immer mein Zuhause gewesen.«

Schweigend gingen wir die steilen Straßen hinauf, bis wir auf die Marion Street gelangten. Ich stützte Evelyn am Ellbogen, was Bee sicherlich getan hätte, wenn sie von der Krankheit ihrer Freundin gewusst hätte.

»Ah«, sagte Bee, »wir sind da.« Sie zeigte auf ein Restaurant namens Talulah's auf der anderen Straßenseite. »Gehen wir da rein. Nach diesem Fußmarsch brauche ich eine Pause.«

Ich nickte, und Evelyn war auch einverstanden.

Das Restaurant war freundlich eingerichtet, mit sonnengelben Wänden und frischen Narzissen in kleinen Vasen auf den Tischen. Bis auf einen Mann, der an einem der hinteren Tische saß und Kaffee trank, waren wir die einzigen Gäste.

Es war elf Uhr – ein bisschen früh fürs Mittagessen, aber genau der richtige Zeitpunkt für Sekt mit Orangensaft. Evelyn bestellte eine Runde. Nachdem wir die zweite Runde intus hatten, waren wir alle gut gelaunt und hatten einen Riesenappetit. Obwohl ich auf der Fähre schon eine Muschelsuppe gegessen hatte, bestellte ich mir ohne Schuldgefühle einen Hamburger.

»So«, sagte Bee, nachdem die Kellnerin den Tisch abgeräumt hatte. »Was machen wir jetzt?«

Ich schaute aus dem Fenster. »Wollen wir ein bisschen die Marion Street entlangbummeln, bevor wir zum Westlake Center gehen?«

»Gern«, sagte Bee.

Sie bezahlte, und wir gingen hinaus. Während wir die Straße entlanggingen, hielt ich Ausschau nach dem Hotel, vor dem Esther Elliot mit der anderen Frau gesehen hatte. Es gab mindestens fünfundvierzig Starbucks-Cafés, aber kein Hotel namens Landon Park. Doch dann entdeckte ich ein Backsteingebäude, wie Esther es beschrieben hatte – mit dicken Säulen vor dem Eingang. Und in der Nähe stand sogar ein Zeitungskasten. Zufall? Und dann der Clou: In etwa fünfzehn Metern Entfernung befand sich ein Gully. Ich erstarrte. Es musste die Stelle sein. Das musste ich mir ansehen.

»Emily?«, sagte Bee, als sie bemerkte, dass ich wie angewurzelt stehen geblieben war. »Was ist los? Hast du ein Geschäft entdeckt, in dem du dich ein bisschen umsehen möchtest, Liebes?«

Ohne Bee anzusehen, schüttelte ich den Kopf. »Nein, ich möchte nur eben einen Blick auf die Schlagzeilen in der Zeitung werfen«, log ich und rannte so hastig über die Straße, dass ich ein graues Auto übersah. Der Fahrer hupte wütend.

Dort, auf der anderen Straßenseite, stand das Gebäude. Es musste das Hotel sein. »Verzeihen Sie«, fragte ich den Türsteher, einen älteren Mann. »Ist das das Landon Park Hotel?«

Er sah mich mit großen Augen an. »Landon Park?« Er schüttelte den Kopf. »Nein, das ist der Washington Athletic Club.«

»Ach so, ja«, sagte ich. »Natürlich.«

Ich wandte mich zum Gehen.

»Warten Sie, Miss«, rief der Mann hinter mir her.

»Das hier war früher mal das Landon Park, bis zu dem Brand in den Fünfzigerjahren.«

»Wirklich?«

Er nickte. »Das Gebäude ist damals vollkommen ausgebrannt.«

Ich bedankte mich bei dem Mann und schaute zu Bee und Evelyn hinüber, die auf der anderen Straßenseite auf mich warteten. Sie wirkten beide verwirrt, vor allem Bee.

»Ich komme gleich!«, rief ich ihnen zu und tat so, als würde ich mir die Zeitungen ansehen. Hier an der Stelle zu stehen, an der das Unglück von Esther und Elliot angefangen hatte, ließ die Geschichte viel realer erscheinen, auch wenn sich jemand die beiden nur ausgedacht hatte vor langer Zeit.

Wir ersparten uns das Westlake Center und fuhren mit der Zwei-Uhr-Fähre zurück auf die Insel. Ich hatte Evelyn zuliebe Kopfschmerzen vorgetäuscht, weil ich sah, dass es ihr wirklich nicht gut ging. Sie war blass und wirkte erschöpft. Sie musste sich ausruhen, aber ich wusste, dass sie es nicht zugeben würde.

Bee zog sich zu einem Nachmittagsschläfchen zurück, und ich ging auf mein Zimmer. Aber ich hatte nicht vor zu schlafen.

Ich hörte das Telefon in der Küche klingeln. Da ich gerade dabei war, die Kleine zu baden, beschloss ich, nicht ranzugehen. Aber das Telefon klingelte und klingelte, bis ich den Waschlappen ausgewrungen und die Kleine in ein blaues Badetuch gewickelt hatte, das Bobbys Mutter uns geschenkt hatte. Sie hatte gehofft, es würde ein Junge werden.

»Hallo?«, sagte ich ungehalten, als ich den Hörer abnahm.

Es war Frances. »Hallo, Esther. Du wirst es nicht glauben.« Ihre Stimme klang gepresst, aufgeregt, beinahe panisch.

»Ganz ruhig. Erzähl's mir«, sagte ich und rückte die Kleine so auf meiner Hüfte zurecht, dass ich den Hörer bequem halten konnte.

»Es geht um Elliot«, sagte sie. Als sie seinen Namen aussprach, hätten beinahe meine Knie nachgegeben.

»Nein, Frances, nein«, sagte ich. »Erzähl's mir nicht, ich könnte es nicht ertragen.«

»Nein, nein«, erwiderte sie hastig. »Er lebt. Es geht ihm gut. Und er ist zurück! Er ist aus dem Krieg heimgekehrt!«

Meine Augen füllten sich mit Tränen. »Woher weißt du das?«

Sie zögerte, als überlegte sie, ob sie mir die ganze Wahrheit oder nur einen Teil davon sagen sollte. »Na ja«, sagte sie. »Weil er hier war.«

»Wo?«

»Bei mir. Er ist gerade gegangen.«

»Was in aller Welt wollte er denn bei dir?«

Ich spürte, wie Frances zusammenzuckte, und wurde ganz angespannt. Ich war eifersüchtig auf die Freundschaft der beiden, und ich konnte es nicht verbergen. »Frances«, sagte ich, »was wollte er bei dir?«

»Ich weiß nicht, was du befürchtest, Esther«, antwortete sie abwehrend. »Er weiß, dass ich mich für Fotografie interessiere, und er hat mir ein Album mit Fotos gebracht, die er im Südpazifik aufgenommen hat. Sie sind großartig. Du müsstest sie sehen – Palmen, Strände, die Menschen, denen er begegnet ist.«

Meine rechte Hand ballte sich zur Faust. »Warum macht er dir ein Geschenk?«

»Was ist denn das für eine Frage?«, entgegnete Frances gekränkt. »Vergiss nicht, dass wir alte Freunde sind. Es war einfach nur eine nette Geste.«

»Und was ist mit mir?«, fragte ich. »Bin ich keine Freundin?«

»Esther, du bist verheiratet und hast ein Kind«, erwiderte sie unverblümter, als ich es ihr zugetraut hätte. »Er fühlt sich bei dir nicht unbedingt willkommen.«

Wut stieg in mir auf, Gefühle, die ich jahrelang unterdrückt hatte. »Er ist dir schon immer wichtiger gewesen als unsere Freundschaft«, sagte ich verbittert. »Du wolltest ihn schon immer für dich haben.«

Frances schwieg.

»Tut mir leid«, sagte ich. »Ich hab's nicht so gemeint.«

»Doch, das hast du.«

»Nein, nein. Es ist mir so rausgerutscht. Kannst du mir nochmal verzeihen?«

»Ich muss Schluss machen, Esther.« Es klickte in der Leitung, dann war nur noch das einsame Freizeichen zu hören.

Am nächsten Morgen öffnete ich meinen Kleiderschrank und nahm nach einigem Überlegen ein tailliertes blaues Kleid heraus, das ich mir im vergangenen Jahr in Seattle gekauft hatte. Es hatte einen schwarzen Gürtel und einen V-Ausschnitt mit einer weißen Pfingstrose am Kragen, wie man sie in den Modezeitschriften sah.

Ich rief Rose an. »Hallo«, sagte ich. »Hast du's schon gehört?«

»Das mit Elliot?«, fragte sie. »Ja.«

Ich seufzte. »Ich bin fix und fertig.«

»Aber warum denn? Er lebt doch.«

»Ja, ich weiß, aber diese Insel ist zu klein für uns beide.«

Das wusste Rose so gut wie ich. »Soll ich rüberkommen? Ich könnte die nächste Fähre nehmen.«

»Ja«, sagte ich. »Können wir uns zum Mittagessen treffen? Ich kann nach dem Einkaufen ins Ray's kommen. Ich muss die Kleine mitbringen, aber wenn ich Glück hab, schläft sie im Kinderwagen.«

»Perfekt«, sagte sie.

Seit Rose nach Seattle gezogen war, kam die Insel mir vor wie ein einsamer Ort. Natürlich hatte ich immer noch Frances, aber wir beide hatten uns im Lauf des vergangenen Jahres auseinandergelebt, aus Gründen, die mir bewusst waren, über die ich aber nicht sprechen konnte. Bis jetzt.

»Rose«, sagte ich, »liebt Frances Elliot?« Die Vorstellung, dass eine meiner besten Freundinnen denselben Mann liebte, den ich liebte, schien völlig absurd, aber ich musste sie das fragen. Ich musste es wissen. Und ich wusste, dass Rose mir meine Frage würde beantworten können.

»Das musst du Frances selbst fragen«, antwortete Rose knapp. Aber das brauchte ich nicht. In meinem Herzen wusste ich es bereits.

Im Kaufhaus lugte ich am Ende jedes Gangs um die Ecke, um zu sehen, ob Elliot da war. Aber stattdessen lief ich Janice Stevens über den Weg, meiner Nachbarin, die vor den Konservendosen stand. Sie war Witwe, und deswegen versuchte ich, mich nicht davon irritieren zu lassen, wie sie mich ansah und was sie sagte. Sie backte ständig Plätzchen, Kuchen und Pasteten und brachte ihre Verwunderung darüber zum Ausdruck, dass ich das nicht tat. Frances hatte mir mal erzählt, dass Janice Bobby schöne Augen machte, und vielleicht stimmte das ja sogar. Sie brachte regelmäßig etwas von ihrem Konfekt rüber und sagte Dinge wie: »Sie armer Mann! Da Esther nie für Sie backt, fühle ich mich als Nachbarin verpflichtet, dafür zu sorgen, dass es Ihnen an nichts fehlt!« Sie trug immer roten Lippenstift und blieb länger bei uns an der Tür stehen, als mir lieb war.

Schon in der Highschool hatte ich das Gefühl gehabt, dass sie mir wünschte, ich würde versagen, dass sie immer heimlich darauf wartete, dass ich irgendein Zeichen von Schwäche zeigte, um sich dann wie ein Geier auf mich zu stürzen.

Das war einer der Gründe dafür, dass ich mich wappnete, als ich ihr an dem Morgen begegnete. Sie lächelte mich zuckersüß an und sagte: »Ich habe gehört, dass Elliot aus dem Krieg zurück ist. Haben Sie ihn schon gesehen?«

Janice wusste genau, dass sie nur Elliots Namen zu erwähnen brauchte, um mich aus dem Konzept zu bringen.

»Ich habe ihn heute Morgen gesehen«, sagte sie.

Ich tat so, als würde ich mich für eine Dose Tomaten interessieren. »Ach?«

»Er ist mächtig braun gebrannt nach der langen Zeit im Südpazifik«, fuhr sie fort. »Er sieht einfach umwerfend aus.«

»Wo haben Sie ihn denn gesehen?«, fragte ich wider besseres Wissen.

»Im Ray's. Er frühstückte gerade mit Frances«, sagte sie. »Hat sie Ihnen das nicht erzählt?«

Die Dose Tomaten fiel mir aus der Hand.

Janice hob sie auf und lächelte mich verschlagen an. »Frances und Elliot würden ein hübsches Paar abgeben, finden Sie nicht?«

»Ja, da haben Sie recht«, sagte ich, riss ihr die Dose aus der Hand und schob meinen Einkaufswagen an ihr vorbei.

»Hör auf, Esther«, sagte Rose, als wir im Ray's saßen. »Du darfst da nicht zu viel hineindeuten.«

»Zu viel hineindeuten?«, entgegnete ich. »Seit Elliot zurück ist, sind die beiden unzertrennlich.«

Ich sah Rose an, dass sie genauso enttäuscht von Frances war wie ich, aber sie wollte nicht Partei ergreifen. Rose ergriff nie Partei.

»Sprich doch mit Frances selbst darüber«, schlug sie vor.

Ich nickte. Aber ich fragte mich, worüber die beiden am Morgen gesprochen hatten. Warum interessierte sich Elliot seit seiner Heimkehr so sehr für meine beste Freundin? Gab es nicht ein ungeschriebenes Gesetz, das besagte, dass ein ehemaliger Geliebter sich nicht mit der besten Freundin seiner Ex einließ?

In dem Moment kam der Kellner an unseren Tisch, aber nicht, um unsere Bestellung entgegenzunehmen. Er schaute mich direkt an. »Sind Sie Esther?«

»Ja«, antwortete ich verwirrt.

»Aha«, sagte er. »Ich hätte Sie aufgrund der Beschreibung, die der Gentleman mir gegeben hat, eigentlich gleich erkennen müssen. Er sagte, es wäre die hübscheste Frau im Restaurant.« Er warf Rose einen entschuldigenden Blick zu. »Verzeihen Sie. Sie sind auch sehr hübsch, Miss.« Aber Rose lächelte, als würde ihr das nichts ausmachen, und ich wusste, dass es stimmte.

Der Kellner holte eine einzelne Tulpe hinter seinem Rücken hervor – meine Lieblingsblume –, reinweiß mit einem Hauch von Rot am Rand jedes Blütenblatts. Eine solche Tulpe hatte ich noch nie gesehen, und ihr Anblick raubte mir fast den Atem.

»Für Sie«, sagte er, als er mir die Tulpe zusammen mit einem Brief überreichte. Auf dem Umschlag stand in Elliots Handschrift mein Name. Ich kannte sein E und den Schwung, mit dem er ein S schrieb.

»Geh, und lies ihn allein«, sagte Rose. »Ich kümmere mich solange um die Kleine.«

»Danke«, sagte ich. Sie wusste, dass ich jedes Wort würde auskosten wollen.

Ich lief nach draußen, setzte mich auf eine Bank und riss den Brief auf.

Meine liebste Esther,
ich weiß, es ist nicht recht, dass ich Dir schreibe. Du bist verheiratet, und wie ich höre, hast Du ein Kind. Aber ich möchte Dir etwas Wichtiges sagen. Können wir uns heute Abend am

Strand vor meinem Haus treffen? Ich werde dort auf Dich warten in der Hoffnung, dass Du kommst. Wenn Du kommst, werde ich wissen, dass wir zusammengehören. Wenn Du nicht kommst, werde ich wissen, dass es das Ende für uns bedeutet, dann werde ich die Insel verlassen und mein Herz zwingen, sich von Dir zu verabschieden. Bitte sag, dass Du kommst. Bitte sag mir, dass Du trotz allem kommen wirst. Ich weiß, es ist viel verlangt, aber ich bete und hoffe, dass das Feuer, das noch immer in mir brennt, auch in Dir noch nicht erloschen ist. Ich warte auf Dich.
In Liebe
Dein Elliot

Ich drückte den Brief an meine Brust, und eine Träne lief mir über die Wange. Als ich sie fortwischte, sah ich aus dem Augenwinkel eine Bewegung, aber als ich mich umdrehte, war niemand da.

9

7. März

Den folgenden Morgen verbrachte ich mit Schreiben. Oder zumindest versuchte ich zu schreiben. Die Geschichte in dem Tagebuch hatte mich dazu animiert, wieder Worte zusammenzusetzen, auch wenn nicht viel dabei herauskam. Nach genau einer Stunde und zwölf Minuten hatte ich die zwei Absätze umfassende Einleitung zu einem neuen Roman getippt, die schlicht und einfach Mist war.

Und so war ich, als Bee an die Tür klopfte, reif für eine Pause.

»Lust auf einen Spaziergang?«, fragte sie. »Ach, du schreibst gerade. Ich wollte dich nicht stören, Liebes.«

Ich schaute aus dem Fenster und sah, dass die Sonne durch die Wolken gebrochen war. Der Strand glitzerte. »Nein, nein, du störst nicht. Ich würde gern spazieren gehen«, sagte ich und stellte meine Kaffeetasse ab.

Ich griff mir meinen Pullover und schlüpfte in meine Stiefel, dann gingen wir in Richtung Strand. Seit ich sie kannte, wandte sich Bee immer nach links und nie nach rechts, und jetzt wusste ich auch, warum. Sie wollte nicht an Jacks Haus vorbeigehen, aus was für Gründen auch immer.

»Bist du froh, dass du hergekommen bist?«, wollte sie wissen.

»Ja«, sagte ich und nahm ihre Hand.

»Ich auch«, sagte sie. Dann blieb sie stehen und bückte sich, um einen kleinen orangefarbenen Seestern zu betrachten, der von den Wellenausläufern am Strand hin und her gespült wurde. Bee hob ihn vorsichtig auf und beförderte ihn in tieferes Wasser.

»So, Kleiner«, sagte sie. »Schwimm nach Hause.«

Nachdem wir eine Weile schweigend weitergegangen waren, blieb sie wieder stehen und schaute mich an. »Es ist ziemlich einsam geworden hier«, bemerkte sie.

So etwas hatte ich noch nie von ihr gehört. Onkel Bill war schon zwanzig Jahre tot, vielleicht noch länger. Ich hatte immer gedacht, sie liebte ihre Einsamkeit.

»Komm mich doch mal in New York besuchen«, schlug ich vor. »Du könntest den April bei mir verbringen.«

Bee schüttelte den Kopf. »Nein, ich gehöre hierher«, sagte sie.

Ich fühlte mich ein bisschen gekränkt. Wenn sie sich so einsam fühlte, warum wollte sie dann nicht zu mir kommen?

»Tut mir leid, Liebes«, sagte sie. »Ich werde alt, und … na ja, du wirst schon sehen, wenn du mal in meinem Alter bist. Von zu Hause wegzufahren fühlt sich an, als würde man sich auf Weltreise begeben, und ich fürchte, dafür reicht meine Energie nicht mehr aus.«

Ich nickte, als würde ich verstehen, was sie meinte, aber ich verstand es nicht. Ich hoffte, dass ich mich im Alter nicht an mein Zuhause gebunden fühlen würde, aber vielleicht war das ja unausweichlich.

»Emily«, sagte sie. »Ich muss dich etwas fragen. Ich habe nachgedacht, über deine Lebenssituation und über meine eigene, und, na ja, ich habe mich gefragt, ob du vielleicht in Erwägung ziehen würdest, hierherzuziehen und bei mir auf der Insel zu wohnen.«

Ich war wie vor den Kopf gestoßen. Über lange Jahre war die Insel mein geheimer Ort gewesen, meine Zuflucht. Aber mein Zuhause?

»Ach, Bee«, sagte ich, »es ehrt mich wirklich sehr, dass du …«

Sie schnitt mir das Wort ab, ehe ich ihr Angebot ablehnen konnte. »Ich vermache dir das Haus – in meinem Testament. Das Haus, das Grundstück, alles.«

Ich schüttelte ungläubig den Kopf. »Bee«, sagte ich, plötzlich besorgt, »ist alles in Ordnung?«

»Ich plane nur im Voraus«, sagte sie. »Und du sollst wissen, dass das Haus dir gehören wird, für den Fall, dass du irgendwann darüber nachdenkst, hierherzuziehen. Vielleicht schon bald.«

Das war alles ziemlich viel auf einmal. »Bee«, sagte ich, »ich …«

»Du brauchst nichts zu sagen. Ich weiß, dass die Entscheidung bei dir liegt. Du bist die Einzige, die dieses Haus immer geliebt hat. Deine Mutter würde die Fenster und Türen mit Brettern vernageln. Und deine Schwester würde es verkaufen, sobald ihr Mann einen Käufer auftreiben würde. Natürlich kannst du es auch verkaufen, aber ich weiß, dass ich das Haus in guten Händen zurücklassen werde.« Sie unterbrach sich, um einem Adler nachzuschauen, der über uns hinwegflog. »Ja, es gehört alles dir. Betrachte mich einfach als die alte Dame, die ein Zimmer im Haus bewohnt. Du kannst herkommen, sooft du willst, und bleiben, solange du willst. Und vergiss nicht, dass ich dich eingeladen habe, hier einzuziehen.«

Ich nickte. »Ich werde darüber nachdenken«, sagte ich und drückte ihre Hand.

Mein Handy klingelte, und als ich es aus der Tasche nahm, wurde eine örtliche Nummer auf dem Display angezeigt.

»Hallo?«

»Emily? Ich bin's, Greg.«

Ich fragte mich, woher er meine Handynummer hatte, doch im selben Moment fiel mir wieder ein, dass ich sie ihm, nachdem wir in dem Restaurant all den Wein getrunken hatten, auf eine Serviette gekritzelt hatte. Ein Klassiker.

»Hallo«, sagte ich noch einmal und dachte an den Herzfelsen, an den Kuss, dem nichts weiter gefolgt war.

»Hast du vielleicht demnächst mal wieder einen Abend Zeit? Ich würde dich gern auf ein Glas Wein zu mir einladen. Als Koch bin ich leider nicht zu gebrauchen, aber wir könnten uns etwas kommen lassen oder etwas holen. Was dir lieber ist.«

»Ja«, sagte ich, etwas überrumpelt von der Einladung. »Sicher.«

»Super«, sagte er. Ich konnte mir sein strahlendes Lächeln vorstellen. »Wie wär's denn mit morgen Abend um sieben?«

»Ja, das … würde mir passen.«

»Perfekt«, sagte er. »Wir können uns auf dem Weg was beim Chinesen holen. Dann also bis morgen.«

Bee und ich schauten auf, als wir Henry auf seiner Veranda sahen, der uns zuwinkte. Der Rauch, der aus seinem Kamin aufstieg, mischte sich mit dem Morgennebel, der über dem Wasser lag und so dicht war, dass man darin verschwinden konnte.

»Guten Morgen!«, rief er.

Bee nickte zum Gruß. »Wir sind gerade auf dem Heimweg«, sagte sie.

»Aber für eine Tasse Kaffee werdet ihr doch wohl Zeit haben, oder?«

Ich hatte Bee an dem Abend, als ich angekommen war, nach Henry gefragt. Ihre Antwort war direkt, aber kaum informativ gewesen: »Er ist ein alter Freund«, hatte sie mir erklärt und meiner Neugier einen Dämpfer verpasst.

Bee nickte Henry zu, und ich folgte ihr zum Haus hinauf. Die beiden würden ein seltsames Pärchen abgeben, dachte ich. Ich konnte mir nicht vorstellen, dass sie irgendwann einmal eine Liebesaffäre gehabt hatten, andererseits, warum sollten sich ein kleiner Mann und eine große Frau nicht ineinander verlieben?

Im Haus setzte ich mich an denselben Platz, an dem ich gesessen hatte, als Jack in der vergangenen Woche hereingeschneit war. Dann erinnerte ich mich plötzlich an die Vase.

»Henry«, sagte ich. »Ich muss Ihnen etwas gestehen. Ihre weiße Vase, ich …«

Er zwinkerte mir zu. »Ich weiß«, sagte er und zeigte auf die wieder intakte Vase, die mit einer einzelnen Narzisse auf dem Kaminsims stand. »So gut wie neu«, fuhr er fort. »Jack hat sie heute Morgen vorbeigebracht.«

»Heute Morgen?«, fragte ich verblüfft.

»Ja.« Er schien verwundert. »Stimmt etwas nicht?«

»Nein, nein«, erwiderte ich, »alles in Ordnung. Ich dachte nur, er wäre in Seattle. Er hatte vor, ein paar Tage dort zu verbringen.«

Hatte Jack nicht gesagt, er würde für ein paar Tage fort sein? Ob er es sich anders überlegt hatte? Der Widerspruch machte mir zu schaffen.

Während Henry in der Küche verschwand, um Kaffee aufzusetzen, inspizierte Bee das Wohnzimmer wie eine Detektivin und nahm jeden Gegenstand unter die Lupe.

»Besonders ordentlich ist er nicht«, murmelte sie.

»Tja, das ist wohl der Fluch des Junggesellenlebens«, bemerkte ich. Aber dann musste ich an Jacks Haus denken, das überraschend sauber und ordentlich war.

Bee nickte und setzte sich in einen Sessel am Fenster.

»Ist Henry mal verheiratet gewesen?«, flüsterte ich, weil ich an das Foto von der Frau denken musste, das ich auf dem Kaminsims gesehen hatte.

Bee schüttelte den Kopf, als wäre die Vorstellung, dass Henry jemals verheiratet gewesen sein könnte, vollkommen absurd. »Nein«, sagte sie.

Ich schaute mich in dem kleinen Wohnzimmer um, betrachtete die holzgetäfelten Wände, die alten Bodendielen, bis mein Blick am Kaminsims hängen blieb. Steine und Bilderrahmen. Aber das Foto war verschwunden.

»Moment mal«, sagte ich verdattert. »Letzte Woche stand doch da ein Foto von einer Frau, vielleicht von einer Jugendfreundin. Weißt du, welches Foto ich meine?«

»Nein«, erwiderte Bee abwesend. »Ich bin schon sehr lange nicht mehr hier gewesen.«

»Du würdest sie bestimmt erkennen, wenn du das Foto sehen würdest«, sagte ich. »Sie war blond und schön, und sie stand direkt vor Henrys Haus.«

Bee schaute gedankenversunken aus dem Fenster und aufs Meer hinaus. »Das ist alles so lange her«, murmelte sie. »Ich erinnere mich nicht.«

Henry servierte uns den Kaffee, aber Bee wirkte verlegen und nervös, während sie trank. Ich fragte mich, was mit ihr los war.

Ich machte Konversation für uns beide und ließ mir von Henry alles über seinen Garten erzählen. Bee vermied jeden Blickkontakt mit ihm. Und kaum hatte sie ihren letzten Schluck Kaffee getrunken, stellte sie ihre Tasse ab und stand abrupt auf. »Emily, ich fürchte, ich habe Kopfschmerzen«, sagte sie. »Ich glaube, ich gehe besser nach Hause.«

Henry hob eine Hand. »Noch nicht«, sagte er. »Erst, wenn ihr beide euch meinen Garten angesehen habt. Ich möchte euch etwas zeigen.«

Bee ließ sich widerstrebend darauf ein. Wir gingen durch die Küche zur Hintertür, die direkt in den Garten führte. Kaum waren wir aus dem Haus getreten, schnappte Bee nach Luft und zeigte nach rechts.

»Henry!«, rief sie aus und betrachtete Hunderte von zarten grünen Pflänzchen, die den Boden bedeckten wie ein Teppich aus winzigen, lavendelfarbenen Blüten mit dunkelvioletter Mitte.

Bee konnte es nicht glauben. »Wie sind die … Wo kommen die her?«

Henry schüttelte den Kopf. »Ich habe sie vor zwei Wochen entdeckt. Die sind von ganz allein da gewachsen.«

Bee drehte sich zu mir um, und als sie mein verdattertes Gesicht sah, sagte sie: »Das sind Hornveilchen. Die habe ich nicht mehr auf der Insel gesehen, seit …«

»Sie sind sehr selten«, sagte Henry, als Bee nicht weitersprach. »Man kann sie nicht pflanzen, dann wachsen sie nicht. Sie wählen sich jemanden aus, bei dem sie wachsen.«

Bee schaute Henry lange an, und dann lächelte sie. Es war ein schüchternes, vergebendes Lächeln, und es wärmte mir das Herz. »Evelyn hat eine Theorie, was diese Blumen betrifft«, sagte sie. Dann wanderte ihr Blick in die Ferne, als müsste sie eine lange vergessene Erinnerung hervorholen, die sie mit großer Vorsicht behandelte. »Ja«, fuhr sie schließlich fort. »Sie hat immer gesagt, die Veilchen wachsen da, wo sie gebraucht werden, und dass sie für Heilung und Hoffnung stehen.« Sie wandte sich an Henry. »Ziemlich lächerlich, oder? Die Vorstellung, Veilchen könnten irgendetwas *wissen*.«

Henry nickte. »Komplett verrückt.«

Bee schüttelte ungläubig den Kopf. »Sie hier in voller Blüte zu sehen, ausgerechnet im März …«

Henry nickte wieder. »Ich weiß.«

Sie konnten sich nicht von dem Anblick der Veilchen losreißen, die so zart waren und doch so tapfer und entschlossen wirkten. Ich trat einen Schritt zurück und betrachtete die beiden, wie sie dort nebeneinanderstanden. Und da wusste ich es: Es ging um etwas viel Entscheidenderes als die Veilchen.

Bee und ich schlenderten schweigend nach Hause, sie mit ihren Geheimnissen, ich mit meinen. Und während sie ihren Mittagsschlaf hielt, setzte ich mich an meinen Laptop und nahm mir vor, ihn nicht eher auszuschalten, als bis ich mindestens zwei Absätze geschrieben hatte, aber ich konnte nicht anderes, als dauernd auf die Uhrzeit am oberen Rand meines Bildschirms zu blicken. Als mir nach acht Minuten immer noch nichts eingefallen war, rief ich Annabelle an.

»Hallo«, meldete sie sich ein bisschen lahm.

»Was ist los?«

»Nichts«, erwiderte sie.

Aber ich kannte sie zu gut. »Mach schon, erzähl's mir«, sagte ich. »Ich merk doch genau, dass irgendwas nicht stimmt.«

Sie seufzte. »Ich hatte mir fest vorgenommen, dir nichts davon zu erzählen.«

»Wovon?«

Schweigen.

»Annie?«

»Also gut«, sagte sie. »Ich hab Joel getroffen.«

Ich bekam Herzklopfen. »Wo?«

»In einem Café auf der Fifth Avenue.«

»Und?«

»Er hat sich nach dir erkundigt.«

»Was wollte er denn wissen?«, fragte ich atemlos.

»Ich hab dir ja gleich gesagt, ich hätte dir das gar nicht erzählen sollen.«

»Du hast es aber getan, jetzt kannst du auch mit dem Rest rausrücken.«

»Er wollte wissen, wo du steckst.«

»Hast du ihm etwa gesagt, dass ich hier bin?«

»Natürlich nicht. Aber ich hab ihm erzählt, dass du einen Mann kennengelernt hast.«

»Nein!«

»Doch. Ich meine, wenn er mit einer anderen Frau zusammenwohnt, soll er ruhig wissen, dass du dein Leben lebst.«

»Und wie hat er darauf reagiert?«

»Na ja, wenn du jetzt hören willst, dass er in Tränen ausgebrochen ist, muss ich dich leider enttäuschen. Aber begeistert war er auch nicht gerade. Das hab ich ihm deutlich angesehen.«

»Was hast du ihm angesehen?«

»Dass es ihm wehgetan hat zu hören, dass du einen anderen kennengelernt hast.«

Mein Herz pochte. Ich setzte mich – ich musste mich setzen. Ich fühlte mich schwach, und mir war ein bisschen übel.

»Em? Bist du noch da?«

»Ja.«

»Siehst du? Ich hätte es dir nicht erzählen sollen. Sieh dir bloß an, was es mit deinem Heilungsprozess macht. Vergiss nicht, Joel hat dich verlassen. Und zwar wegen einer anderen, wenn ich das hinzufügen darf.«

Das wusste ich natürlich, aber es aus Annies Mund wieder zu hören, tat weh.

»Ich weiß«, erwiderte ich. »Du hast ja recht.« Ich richtete mich auf. »Ich komme schon damit klar. Es geht mir gut.«

»Na, das will ich doch hoffen.«

Ich grinste. »Und? Hast du noch ein paar Bomben auf Lager?«

»Nein«, sagte sie. »Aber in deiner Wohnung spielt sich eine Tragödie ab.«

»Hä?«

»Das Speiseeis ist fast alle.«

Ich erinnerte mich, dass ich an dem Abend, bevor ich auf die Insel gefahren war, mitten in der Nacht eine Dose Cherry Garcia von Ben & Jerry fast leer gegessen hatte. »Eine wahre Tragödie.«

»Tschüs, Schätzchen«, sagte Annabelle.

Als ich mein Handy weglegte, klingelte Bees Telefon. Nach dem vierten Läuten nahm ich ab.

»Hallo?«

»Emily, bist du das?«

»Mom?«

»Hallo, Liebes«, sagte sie. »Hast du die großartige Neuigkeit schon gehört?«

»Welche denn?«

»Danielle ist schwanger!«

Ich hätte sagen sollen: »Wie aufregend!« oder »Oh, das Wunder des Lebens!«, aber ich zuckte nur die Achseln und sagte: »Schon wieder?« Das war Danielles drittes Kind. Aber wie ich das sah, hätte es genauso gut ihr dreizehntes sein können.

»Ja, und es kommt im November!«, rief meine Mutter aus. »Ist das nicht großartig!«

Das waren ihre Worte, aber was ich hörte war: »Wieso kannst du nicht so sein wie deine Schwester?« Ich sah bereits eine Lobeshymne auf Danielle auf mich zukommen und wechselte schnell das Thema. »Bee sagt, du hast schon mal angerufen. War es das, was du mir sagen wolltest?«

»Eigentlich ja, aber ich habe auch von der Sache mit Joel gehört, Liebes. Ich mache mir Sorgen. Wie geht es dir?«

Ich überging ihre Frage. »Wer hat dir denn davon erzählt?«

»Ach, das ist unwichtig.«

»Nein, Mom, es ist wichtig.«

»Also gut«, sagte sie, dann zögerte sie kurz. »Deine Schwester hat's mir erzählt.«

»Und woher weiß Danielle davon? Ich habe schon seit Monaten nicht mehr mit ihr gesprochen.«

»Na ja, ich glaube, sie hat im Internet gelesen, dass du nicht mehr verheiratet bist«, sagte meine Mutter.

Ich dachte an meine Facebook-Seite. Ja, ich hatte meinen Status auf meiner Profilseite geändert, kurz nachdem Joel dasselbe getan hatte – aber irgendwie war es absurd, dass die eigene Mutter über Facebook von der Scheidung der Tochter erfuhr. »Ich wusste nicht mal, dass Danielle überhaupt bei Facebook ist«, sagte ich, immer noch verblüfft.

»Na ja«, sagte sie. »Vielleicht hat sie es auch gegoogelt.«

Ich seufzte. »Worum es geht: Danielle weiß Bescheid, du weißt Bescheid, alle wissen Bescheid. Ich hatte vor, es dir selbst zu erzählen, Mom. Aber ich glaube, ich war einfach noch nicht so weit, mich der Familie zu stellen. Ich wollte nicht, dass ihr euch Sorgen macht, du und Dad.«

»Ach, Emily«, sagte sie. »Es tut mir so leid, dass du das durchmachen musst. Geht es dir denn einigermaßen?«

»Ja, es geht mir gut.«

»Da bin ich ja froh«, sagte sie. »Hat er dich wegen einer anderen verlassen, Liebes?« Das wollten alle wissen, sobald sie vom Scheitern meiner Ehe erfuhren, ich nahm es meiner Mutter also nicht übel, dass sie danach fragte.

»Nein«, sagte ich. »Ich meine, ja, aber ich möchte nicht darüber reden.«

Ich betrachtete das Telefonkabel, das ich mir irgendwie so fest um den Finger gewickelt hatte, dass es mir das Blut abschnürte. Ich wusste nicht, ob ich mich mehr über meine Mutter ärgerte, weil sie so bohrte, oder über Joel, weil er ihr den Grund dafür geliefert hatte. Aber vor allem tat mir mein Finger weh, also konzentrierte ich mich darauf, während meine Mutter weiterplapperte. Ich sah sie direkt vor mir, wie sie in der Küche vor dem grässlichen Elektroherd stand – avocadogrün mit mehreren aus regenbogenfarbener Wolle gehäkelten Topflappen über dem Ofengriff.

»Ich mache mir Sorgen, dass du jetzt ganz allein bist, Liebes. Du willst doch nicht enden wie deine Tante.«

»Mom«, erwiderte ich ein bisschen strenger als beabsichtigt. »Ich möchte jetzt nicht darüber reden.«

»Na gut, Liebes«, sagte sie, anscheinend ein bisschen gekränkt. »Ich versuche nur zu helfen.« Und auf ihre Weise tat sie das ja auch.

»Ich weiß«, antwortete ich. »Woher weißt du eigentlich, dass ich hier bin?«

»Ich hab bei dir zu Hause angerufen. Annabelle hat mir gesagt, dass du bei deiner Tante bist.«

Meine Mutter nannte Bee nie bei ihrem Namen. Sie sagte immer nur »deine Tante«.

»Ja«, sagte ich. »Sie hat mich für einen Monat zu sich eingeladen. Ich bleibe bis Ende März.«

»Einen *ganzen Monat*?« Sie klang verärgert, oder vielleicht ein bisschen eifersüchtig. Ich wusste, dass sie auch gern auf die Insel kommen würde, aber sie war zu stolz, das zuzugeben. Sie war nicht mehr hier gewesen, seit Danielle und ich aufs College gegangen waren und unsere Familienurlaube aufgehört hatten.

»Mom?«, sagte ich. »Ich würde dich gern was fragen.«

»Ja?«

»Es geht um etwas, worüber ich mit Bee geredet habe«, sagte ich.

»Was denn?«

Ich holte tief Luft, denn ich wusste nicht, welche emotionalen Tretminen auf mich warteten. »Sie hat mir erzählt, dass du vor langer Zeit an irgendeinem Projekt gearbeitet hast – ein Projekt, das dein Verhältnis zu ihr vollkommen verändert hat.«

Schweigen am anderen Ende der Leitung. Also fuhr ich fort: »Sie hat mir erzählt, sie hätte dir die Wahrheit über Grandma gesagt. Ich würde gern wissen, was sie damit gemeint hat.«

Ich hörte sie nicht mehr im Hintergrund mit Töpfen und Pfannen hantieren. Nur Stille.

»Mom? Bist du noch da?«

»Emily«, sagte sie schließlich. »Was hat deine Tante dir erzählt?«

»Nichts«, antwortete ich. »Sie wollte es mir nicht näher erklären, nur dass du damals beschlossen hast, nicht mehr zur Familie zu gehören. Und sie hat gesagt, es hätte zwischen euch beiden alles geändert.« Ich drehte mich kurz um, um mich zu vergewissern, dass Bee nicht in der Nähe war. »Dann hat sie noch gesagt, von da an wärst du nicht mehr auf die Insel gekommen. Warum nicht, Mom? Was ist damals passiert?«

»Also«, antwortete sie, »an Einzelheiten erinnere ich mich nicht mehr. Und falls Bee dir irgendwas erzählt, solltest du ihr kein Wort glauben. Sie wird langsam alt, und ihr Gedächtnis spielt ihr Streiche.«

»Mom, ich möchte doch nur …«

»Emily, es tut mir leid, aber darüber möchte ich nicht sprechen.«

»Mom, ich habe es verdient, davon zu erfahren.«

»Nein«, entgegnete sie knapp.

Ich runzelte die Stirn.

»Sei mir nicht böse, Liebes«, sagte sie, denn sie spürte meine Stimmung, wie nur eine Mutter es kann.

»Ich bin dir nicht böse.«

»Das ist alles Vergangenheit«, fuhr sie fort. »Manches ist besser vergessen und begraben.«

Am Ton in ihrer Stimme hörte ich, dass da nichts zu machen war. Bee, Evelyn und jetzt auch meine Mutter hatten deutlich gemacht, dass sie diese Geheimnisse nicht preisgeben würden. Wenn ich Informationen wollte, musste ich sie mir erarbeiten.

Nachdem Bee ihren Mittagsschlaf beendet hatte, mixte sie uns einen Gin Tonic. Ich lehnte mich auf dem Sofa zurück und genoss das Prickeln des ersten Schlucks, der immer nach Fichtennadeln schmeckt.

»Hast du eigentlich deine Mutter zurückgerufen?«, fragte Bee.

»Sie hat vor einer Stunde noch mal hier angerufen«, sagte ich. »Sie wollte mir mitteilen, dass Danielle schwanger ist.«

»Schon wieder?«

Es gefiel mir, dass Bee genauso reagierte wie ich. Vielleicht lag es daran, dass wir beide kinderlos waren, aber ich glaube, wir waren beide der Meinung, dass jemand, der freiwillig mehr als zwei Kinder in die Welt setzt, verrückt sein muss.

Ich trank noch einen Schluck und ließ meinen Kopf auf das weiche, blaue Samtkissen sinken. »Bee, glaubst du, Joel hat mich verlassen, weil ich nie für ihn gekocht habe?«

»Unsinn, Liebes«, sagte sie und legte ihr Kreuzworträtsel weg.

Ich schlang die Arme um meine Knie. »Meine Mutter ist so …«

»Ihr Leben war schwieriger, als du ahnst, Emily«, fiel Bee mir ins Wort.

Ihre Worte überraschten mich. »Wie meinst du das?«

Bee stand auf. »Komm, ich zeige dir was.«

Ich folgte ihr durch den Flur. An der dritten Tür nach dem Zimmer, in dem ich wohnte, blieb sie stehen. Sie probierte den Knauf, dann zog sie einen Schlüsselring aus der Tasche, wählte einen kleinen, goldenen Schlüssel aus und steckte ihn ins Schloss.

Die Tür ging quietschend auf, und wir traten ein. Ich wischte mir Spinnwebfäden aus dem Gesicht. »Tut mir leid«, sagte Bee. »Ich bin schon lange nicht mehr in diesem Zimmer gewesen.«

Neben einer kleinen weißen Kommode stand ein mit zwei rosafarbenen Tassen gedeckter Kindertisch und darunter ein viktorianisches Puppenhaus. Ich bückte mich, um eine Porzellanpuppe vom Boden aufzuheben. Ihr Gesicht war verschmutzt und ihr braunes Haar verfilzt. Sie sah aus, als hätte ein kleines Mädchen sie eben erst achtlos liegen lassen.

»Wessen Zimmer war das?«, fragte ich verwirrt.

»Es war das Zimmer deiner Mutter«, sagte Bee. »Sie hat eine ganze Weile hier bei mir gewohnt, als sie noch klein war.«

»Und warum? Was war denn mit Grandma und Grandpa?«

»Es war etwas passiert«, antwortete sie. »Deine Großeltern … hatten eine schwierige Zeit miteinander, und da habe ich angeboten, deine Mutter eine Zeit lang zu mir zu nehmen.« Bee seufzte und lächelte in sich hinein. »Sie war ein süßes kleines Mädchen. Wir hatten viel Spaß zusammen, wir beide.«

Als Bee den Wandschrank öffnete, fragte ich mich, was meinen Großeltern wohl derartige Probleme bereitet haben konnte, dass sie so weit gegangen waren, ihr Kind zu Bee zu schicken. Sie nahm einen Schuhkarton vom obersten Regal und blies den Staub vom Deckel. Dann reichte sie mir den Karton. »Hier«, sagte sie. »Vielleicht sagt dir das etwas über deine Mutter.«

Bee nahm ihren Schlüsselbund aus der Tasche und ließ die Schlüssel klimpern. Wir gingen zurück in den Flur.

»Danke«, sagte ich, während ich den Karton erwartungsvoll betrachtete.

»Wir sehen uns beim Abendessen«, sagte Bee und ging in ihr Zimmer.

Ich stellte den Schuhkarton auf meinem Bett ab. Was konnte da drin sein? Würde es meiner Mutter gefallen, wenn ich in ihren Sachen wühlte?

Ich nahm den Deckel ab und lugte hinein. Obenauf lagen drei getrocknete Rosen, die mit einem glänzenden roten Band zusammengebunden waren. Als ich sie herausnahm, fielen drei zarte Blütenblätter auf den Boden. Dann nahm ich ein Bilderbuch heraus, eine lange, graue Feder, wahrscheinlich von einer Möwe, eine Haarspange, ein Paar winzige weiße Handschuhe und ein kleines, in Leder gebundenes Buch. Erst als ich es unters Licht hielt, sah ich, was es war: eine Art Poesiealbum. Ich schlug es auf, und mir wurde sofort ganz warm ums Herz. Auf der ersten Seite stand das Wort *Mutter*, umrankt von winzigen Blumen. Ich blinzelte und begann zu blättern. In das Büchlein geklebt waren Ausschnitte aus Zeitschriften, Bilder von Frauen mit perfekten Frisuren und gebügelten Kleidern, getrocknete Blumen und Schwarz-Weiß-Fotos – eins von einem Baby, eins von einem einfachen, kleinen Haus, vor dem ein altes Auto geparkt stand. Was hatte es damit auf sich? Hatte das Poesiealbum meiner Mutter gehört? Und warum wollte Bee, dass ich es mir ansah?

Bees Schweigsamkeit beim Abendessen sagte mir, dass sie nicht gewillt war, über das Kinderzimmer oder die Schachtel mit den geheimen Schätzen zu reden, also hielt ich mich zurück. Ich räumte den Tisch ab, und als ich das Geschirr gerade in die Spülmaschine packen wollte, klingelte das Telefon.

»Gehst du mal bitte ran«, rief Bee aus dem Flur. »Ich fürchte, ich bin bettreif.«

»Klar«, rief ich zurück und nahm ab. »Hallo?«

»Emily?«

»Ja?«

»Hier ist Evelyn.«

»Oh, hallo, Ev...«

»Nein, nein, Bee darf nicht wissen, dass ich anrufe.«

»Was ist los?«, fragte ich vorsichtig.

»Ich brauche Ihre Hilfe«, sagte sie.

»Wobei denn? Geht es Ihnen gut?«

»Ja – das heißt, nein. Ich muss mit Ihnen reden. Von Angesicht zu Angesicht.«

Ich überlegte. »Soll ich rüberkommen?«

»Ja«, sagte sie. »Es ist nicht weit. Das große, von Glyzinien umrankte Haus ein Stück den Strand runter, ungefähr das sechste nach dem von Henry. Es ist frisch draußen, ziehen Sie sich eine Jacke über.«

Ich sagte Bee nicht, dass ich noch einmal rausging, eine Entscheidung, die ich bereute, als ich den Strand erreichte. Die Flut stieg, und das Wasser wirkte bedrohlich, als streckte es seine schaumigen Krallen aus, um meine Füße zu erwischen. Ich hatte das Gefühl, als würden Fledermäuse über meinem Kopf fliegen, aber wahrscheinlich waren es nur Möwen, die in ihre Nachtquartiere in den Bäumen zurückkehrten. Ich zog den Reißverschluss an meiner Jacke bis oben zu und ermahnte mich, nicht nach rechts und links zu sehen. Als ich an Henrys Haus vorbei war, begann ich zu zählen. Eins, zwei, drei. Die Häuser wirkten sicher und gemütlich. Vier, fünf, sechs, sieben. Ich fragte mich, ob ich die Anweisungen falsch verstanden hatte. Acht, neun. Ich entdeckte Evelyns Haus in einiger Entfernung. Die Glyzinien waren kahl und wirkten verletzlich, so wie sie sich an das Rankgitter klammerten, aber tief drinnen bargen sie die Verheißung auf den Frühling, und beim Näherkommen entdeckte ich einige zarte, blassgrüne Triebe. Ich stieg die Stufen zum Haus hinauf. Evelyn saß in einem Schaukelstuhl auf der Veranda. Sie war im Nachthemd. Ihr Haar, das sie gewöhnlich sorgfältig frisierte, war stumpf und zerzaust.

»Danke, dass Sie gekommen sind«, sagte sie und streckte mir die Hand entgegen.

»Das war doch selbstverständlich.«

Ihr Gesicht war aschfahl. Sie wirkte schwächer und zerbrechlicher als noch vor wenigen Tagen.

»Es ist der Krebs«, sagte ich. »Sie …«

»Ist das nicht ein wunderbarer Abend?«

Ich nickte.

Sie zeigte auf einen Schaukelstuhl neben ihrem, und ich setzte mich.

»Die Insel wird mir fehlen«, sagte sie abwesend.

Ich schluckte.

Sie schaute zum Strand hinunter. »Wussten Sie, dass Ihre Tante Bee und ich früher da draußen nackt geschwommen sind? Wir haben uns einfach ausgezogen und sind ins Wasser gelaufen.« Sie sah mich an. »Das sollten Sie mal ausprobieren. Es gibt nichts Schöneres, als das Meerwasser auf der Haut zu spüren.«

Lachen wäre die angemessene Reaktion gewesen, aber ich brachte nur ein schiefes Lächeln zustande. Was sagt man zu jemandem, der vielleicht zum letzten Mal seinen Jugenderinnerungen nachhängt?

»Sie werden sich doch um sie kümmern, nicht wahr, Emily?«

»Selbstverständlich«, sagte ich und schaute ihr in die Augen. »Ich verspreche es.«

Sie nickte. »Es ist nicht leicht, mit Bee auszukommen, wissen Sie. Aber sie ist genauso Teil meiner Heimat wie diese Insel.«

Ihre Augen füllten sich mit Tränen. »Nachdem mein Mann gestorben war, hat sie zu mir gesagt, ich sei nicht allein – dass ich nie allein sein würde. Und seit Bee zu meinem Leben gehört, bin ich nie allein gewesen.«

Ich nickte.

»Es ist nicht recht, dass ich sie jetzt allein lasse. Es ist einfach nicht recht.« Sie stand auf, trat an den Rand der Veranda und warf ihre kraftlosen Fäuste in die kalte Luft, als wollte sie die Insel herausfordern.

Ich sprang auf und nahm sie in die Arme, und sie vergrub ihr Gesicht an meiner Schulter.

Nach einer Weile wischte sie sich die Tränen fort und setzte sich wieder. »Der Gedanke, sie allein zu lassen, ist mir unerträglich.«

Ich beugte mich vor, damit sie mein Gesicht besser sehen konnte. »Ich werde für sie da sein. Machen Sie sich keine Sorgen.«

Sie seufzte. »Gut. Würden Sie kurz mit reinkommen? Ich möchte Ihnen etwas geben.«

Ich nickte und folgte ihr ins Haus. Die warme Luft tat mir gut.

Evelyns Wohnzimmer sah aus wie das Zimmer einer Kranken, was nicht anders zu erwarten war. Zeitschriften, Bücher, Post stapelten sich zwischen benutzten Gläsern und Tellern auf dem Sofatisch.

»Das ist ein Saustall hier, verzeihen Sie«, sagte sie leise.

Ich schüttelte den Kopf. »Bitte, Sie müssen sich nicht entschuldigen.«

»Ich glaube, es ist in dem anderen Zimmer«, sagte sie. »Ich bin gleich wieder da.«

Ich wusste nicht, was *es* war, aber Evelyn benahm sich, als würde ihr Leben davon abhängen.

»Okay«, sagte ich, »ich warte hier.«

Ich beeilte mich, weil ich nicht viel Zeit hatte. Als Erstes sammelte ich das schmutzige Geschirr ein und packte es in die Spülmaschine. Dann warf ich die zerknüllten Papiertaschentücher, die sich zu einem Haufen angesammelt hatten, in den Müll, und nachdem ich die Post auf den Küchentisch gelegt hatte, wo sie sortiert werden konnte, wischte ich noch schnell den Sofatisch ab. Dann setzte ich mich auf das Sofa am Fenster. An der Wand stand ein Bücherregal, auf dem Nippesfiguren und gerahmte Fotos aufgereiht waren.

Neben einer mit »Sanddollar«-Seeigeln gefüllten Glasvase stand ein Hochzeitsfoto von Evelyn – schön und strahlend neben ihrem groß gewachsenen Mann. Ich fragte mich, was für ein Mensch er wohl gewesen war und warum sie nie Kinder gehabt hatten. Es gab Fotos von Hunden – von einem Jack-Russel-Terrier und einem Dackel, der aussah, als hätte man jeden Abend einen ganzen Kuchen an ihn verfüttert. Dann fiel mein Blick auf das Porträt einer Frau, die ich sofort erkannte. Es war dieselbe Frau, die auf dem Foto bei Henry abgebildet war. Auf diesem Bild lächelte sie, und neben ihr stand noch eine Frau. Ich kniff die Augen zusammen, um die Gesichter besser erkennen zu können. Die Frau neben ihr war Bee.

Ich hörte ein Geräusch hinter mir, und als ich mich umdrehte, stand Evelyn da. Ich hatte sie nicht kommen hören.

»Wer ist diese Frau, Evelyn?«, fragte ich und zeigte auf das Foto. »Bei Henry habe ich auch ein Foto von ihr gesehen. Bee wollte mir nicht sagen, wer sie ist. Aber ich muss es wissen.«

Evelyn setzte sich. Sie hielt etwas in den Händen. »Sie war einmal Henrys Verlobte«, sagte sie.

»Und Ihre Freundin?«

»Ja«, sagte sie. »Eine sehr gute Freundin.«

Sie seufzte und stand auf. Als sie auf mich zukam, sah ich die Erschöpfung in ihrem Gesicht.

»Hier«, sagte sie und reichte mir einen Umschlag, der einmal gefaltet war. »Bitte geben Sie das Bee.«

»Sofort?«

»Nein. Wenn ich nicht mehr da bin.«

Ich nickte. »Natürlich.«

»Danke, Emily«, sagte sie und drückte meine Hand. »Sie sind etwas ganz Besonderes. All das« – sie machte eine ausladende Handbewegung in Richtung des Meeres – »war vorherbestimmt. Das Schicksal hat Sie hierhergeführt. Und Sie lassen sich nicht beirren, meine Liebe, Sie nicht.«

Als ich sie zum Abschied umarmte, fragte ich mich, ob es das letzte Mal war.

»Willst du dich darauf einlassen?«, fragte Rose, nachdem ich zum Tisch zurückgekehrt war und ihr berichtet hatte, was Elliot mir vorgeschlagen hatte: ihn am Abend zu treffen und ein neues Leben mit ihm anzufangen oder mich für immer von ihm zu verabschieden.

Wir wussten beide, dass viel auf dem Spiel stand. Ich umklammerte den Brief, als wäre er seine Hand. Meine Knöchel zeichneten sich weiß ab, und meine Nägel gruben sich in meine Handfläche. Es war, als befürchtete ich, dass ich, wenn ich den Brief losließ, Elliot verlieren würde, und der Gedanke, ihn gehen zu lassen, war mir unerträglich. Nicht noch einmal.

»Ich weiß es nicht«, sagte ich, und es war die Wahrheit. Wie sollte ich mich aus dem Haus schleichen? Die Kleine schlief frühestens nach acht Uhr ein, und wie sollte ich Bobby erklären, dass ich noch einmal wegmusste?

Die Geschäfte waren um die Zeit geschlossen, ich konnte also nicht vorgeben, ich müsste noch etwas besorgen. Und selbst wenn ich eine Möglichkeit fand, was würde ich zu Elliot sagen, wenn ich ihm gegenüberstand? Und was sollte ich tun? Das machte mir am meisten Angst. Was, in Gottes Namen, sollte ich bloß tun?

»Esther«, sagte Rose in ihrer praktischen Art. »Du sollst wissen, dass du meine Unterstützung hast, egal, wie du dich entscheidest.«

Bobby kam mit einer früheren Fähre von der Arbeit zurück und überraschte mich mit einem Strauß frischer Narzissen. »Ich dachte, die würden dir gefallen«, sagte er. »Ich weiß ja, dass Narzissen deine Lieblingsblumen sind.«

Ich sagte ihm nicht, dass er sich irrte, dass meine Lieblingsblumen Tulpen waren. Ich umarmte ihn und bedankte mich für das Geschenk.

»Ich wette, du hast es vergessen vor lauter Arbeit mit der Kleinen und dem Haushalt. Aber ich hab's nicht vergessen.«

Ich sah ihn verdattert an. Weder hatte ich Geburtstag noch war Muttertag.

»Was habe ich vergessen, Bobby?«

»Alles Gute zum Hochzeitstag!«, rief er aus. »Na ja, er ist zwar erst morgen, aber ich konnte es einfach nicht abwarten. Heute Abend gehen wir aus und feiern.«

Warum musste er mich ausgerechnet an diesem Abend überraschen? Das Schicksal hatte mich soeben mit grausamer Hand geohrfeigt.

»Aber was ist mit der Kleinen?«, fragte ich in der Hoffnung, dass sein Plan einen Haken hatte. Die Kleine griff nach dem Anhänger meiner Halskette, einem kleinen Seestern, und krähte vergnügt. Ich gab ihr einen Kuss auf die Wange.

»Ich habe alles organisiert«, sagte Bobby. »Meine Mutter kommt rüber.«

Es hätte nicht schlimmer kommen können. Elliot würde auf mich warten, und ich würde mit Bobby ausgehen.

Bobby führte mich ins Crow's Nest aus, ein schickes Restaurant auf einer Klippe mit Blick aufs Meer. Elliot und ich hatten dort oft zu Abend gegessen, aber für Bobby und mich war es das erste Mal. Bobby war sparsam. Geld für ein Abendessen im Restaurant auszugeben, das passte nicht zu ihm. Und als er die kunstvoll gearbeitete Tür aus Kiefernholz für mich aufhielt, platzte er schier vor Stolz. »Für meine Esther nur das Beste«, sagte er, als wir eintraten.

Um sechs Uhr saßen wir am Tisch, aber das Essen kam erst gegen halb acht. Egal, wie schnell ich mit dem Fuß auf den Boden klopfte, wie fest ich die Zähne zusammenbiss oder wie oft ich auf die Uhr schaute, der Abend wollte einfach nicht vorübergehen.

Bobby fiel meine Anspannung nicht auf. Er war viel zu sehr damit beschäftigt, den Kellner zu befragen. »Ist die Ente in Wein geschmort?« »Sind die Austern auch wirklich frisch?« »Gibt es auch Kartoffelpüree?« »Könnten wir anstatt des Salats eine Suppe bekommen?«

Unter dem Tisch trommelte ich mit den Fingern auf mein Bein, um meinen Missmut zu verbergen. Dann bemerkte ich aus dem Augenwinkel, dass mich jemand anschaute. Ich sah zum Tresen hinüber, wo Billy saß, mein Freund aus Highschoolzeiten, einen Drink in der Hand und mit ziemlich verschleiertem Blick. Billy hatte mir noch vor dem Schulabschluss einen Heiratsantrag gemacht. Er hatte mir einen Ring geschenkt, und ich hatte Ja gesagt – das heißt, ich hatte *Vielleicht* gesagt. Ich mochte Billy, und wir hatten uns damals wunderbar amüsiert, aber das war, bevor Elliot in mein Leben getreten war. Frances sagte immer, Billy sei nie darüber hinweggekommen, dass ich mit ihm Schluss gemacht hatte, und sein Blick an dem Abend sagte mir, dass sie recht hatte. Aber er hatte mir meine Entscheidung nie übel genommen, er hatte nie einen Groll gegen mich gehegt. An dem Abend hatte ich sogar das Gefühl, dass er Mitleid mit mir hatte.

Er winkte mir vom Tresen aus zu, wo er mit einem Bekannten zusammensaß. Sie trugen beide Anzüge. Ich winkte zurück.

»Wer ist das?«, fragte Bobby.

»Ach, das ist Billy«, sagte ich.

Bobby drehte sich um und lächelte Billy zu, eine Geste, die besagen sollte, dass ich ihm gehörte. Manchmal hatte ich das Gefühl, dass Bobby weniger mich liebte als die Vorstellung, mich zu besitzen. Ich war seine Trophäe, eine Art Siegespokal, den er hin und wieder polierte und herumzeigte.

»Esther«, sagte er, nachdem unser Essen serviert worden war und er schon zwei Glas Bier getrunken hatte, »ich habe mir überlegt« – er senkte die Stimme – »dass wir vielleicht versuchen sollten, noch ein Kind zu bekommen.«

Als ich das Wort »Kind« hörte, verschüttete ich fast mein Wasserglas.

»Was hältst du davon, mein Schatz?«

»Na ja, ist es dafür nicht noch ein bisschen zu früh?«, fragte ich. »Ich meine, die Kleine ist doch erst vier Monate alt.«

»Überleg's dir einfach.«

Ich nickte.

Nach dem Essen wollte Bobby Nachtisch bestellen. »Ich habe Lust auf Baklava. Janice hat mir letzte Woche welche ins Büro gebracht, die waren göttlich.«

»Was wollte Janice denn bei dir im Büro?«

»Sie hatte einen Termin im Stockwerk unter uns«, antwortete er, während er sich ein paar Krümel von den Lippen wischte. »Und da ist sie kurz raufgekommen, um mich zu begrüßen.« Er nahm die Speisekarte zur Hand und rückte seine Brille zurecht. »Möchtest du auch einen Nachtisch, mein Schatz?«

»Nein«, sagte ich. »Ich bin ziemlich müde. Ich finde, wir sollten nach Hause gehen.«

Bobby bezahlte, und als wir gingen, ließ ich absichtlich meine Handtasche unter unseren Tisch fallen. Sie würde mir als Alibi dienen.

Zu Hause bedankte Bobby sich bei seiner Mutter und führte sie zur Tür, während ich nach der Kleinen sah, die fest schlafend in ihrem Bettchen lag. Ich spürte, wie die

Sekunden und Minuten vergingen. Bobby zog sich aus und ging zu Bett und wartete darauf, dass ich dasselbe tat.

»Verflixt«, sagte ich. »Ich habe meine Handtasche im Restaurant liegen lassen.«

»O nein«, rief er aus, sprang aus dem Bett und griff nach seiner Hose, die er über den Stuhl gelegt hatte. »Ich gehe sie holen.«

»Nein, nein«, widersprach ich. »Du musst morgen früh aufstehen. Ich gehe schon selber. Außerdem wollte ich Frances noch etwas bringen, das kann ich dann auf dem Rückweg noch erledigen.« Großartig, dachte ich mit klopfendem Herzen. Ich hatte gerade noch eine halbe Stunde herausgeschlagen.

»Aber es ist schon spät, Esther«, gab Bobby zu bedenken. »Um diese Zeit sollte eine Frau nicht allein auf der Straße herumlaufen.«

Bobby glaubte, dass seine Lebensaufgabe darin bestand, mich zu beschützen, und meine darin, beschützt zu werden.

»Mir wird schon nichts passieren«, sagte ich.

Er legte sich gähnend wieder ins Bett. »Also gut«, sagte er, »aber beeil dich. Und weck mich, wenn du zurückkommst, damit ich beruhigt bin.«

»Mach ich«, versprach ich.

Aber ich wusste, dass ich es nicht tun würde. Dafür würde ich viel zu lange weg sein, und als ich die Haustür hinter mir zuzog, hörte ich ihn schon schnarchen.

Ich nahm den Buick und fuhr schnell, viel zu schnell, am Restaurant vorbei, bei Frances vorbei zu der Straße, die zu Elliots Haus führte. Ich schaute immer wieder in den Rückspiegel, um mich zu vergewissern, dass mir niemand folgte.

Es war schon nach elf, als ich vor Elliots Haus parkte. Ich glättete mein Twinset und fuhr mir mit den Fingern durchs Haar, während ich mich dafür schalt, dass ich es nicht gebürstet, ja dass ich nicht einmal in den Spiegel geschaut hatte, bevor ich losgefahren war. Der Weg zum Strand lag im Dunkeln, aber ich kannte jeden Zentimeter der Strecke.

Der Vollmond beleuchtete den Strand, der mir so vertraut war – den Strand, wo ich zum ersten und zum letzten Mal einen Mann geliebt hatte. Ich sah mich um in der Erwartung, Elliot auf einem Baumstamm sitzen oder auf einer Decke liegen zu sehen, so wie er es früher immer getan hatte, wenn er auf mich wartete. Er würde mir ein Stück Strandglas oder eine schöne Muschel schenken, die ich meiner Sammlung zufügen konnte, und wir würden einander in die Arme fallen.

Aber er war nicht da. Ich war zu spät.

Im Haus brannte kein Licht. Konnte es sein, dass er schon fort war? Bei dem Gedanken blieb mir fast das Herz stehen. Wir hatten uns schon so oft verpasst, warum also sollte es an diesem Abend anders sein? Und doch war der Schmerz fast wie ein Stromschlag. Ich ging zurück zum Weg, und ich wäre die Böschung hoch zu meinem Auto gerannt, hätte ich nicht die blassvioletten Blüten entdeckt. Ich schüttelte den Kopf. Hornveilchen?

Ich hatte seit meiner Kindheit keine mehr gesehen, als sie in einem Sommer im Garten meiner Großmutter geblüht hatten. Auf Elliots Grundstück waren sie mir noch nie aufgefallen. Wie kamen sie dorthin?

Viele Leute auf der Insel, mich eingeschlossen, schrieben diesen Veilchen magische Kräfte zu. Es hieß, sie würden Wunden und gebrochene Herzen heilen, Freundschaften kitten und ganz allgemein Glück bringen. Ich hockte mich hin und fuhr mit der Hand über den zarten, violetten Teppich.

Plötzlich hörte ich von irgendwoher Musik und stand auf. Ich erkannte die Melodie sofort, die unverkennbare Stimme von Billie Holiday. *Body and Soul.*

Ich schaute zur Veranda hinüber und hoffte, Elliot dort zu sehen, aber ich konnte nur eine Angelrute ausmachen, die am Geländer lehnte. Alles sah genauso aus, wie ich es in Erinnerung hatte.

Und dann, wie aus dem Nichts, schlangen sich zwei Arme um mich. Ich zuckte nicht zusammen, denn die Berührung war mir vertraut. Ich kannte den Geruch seiner Haut, seinen Atemrhythmus.

»Du bist gekommen«, flüsterte er.

»Wie hätte ich nicht kommen können?« Ich drehte mich zu ihm um.

»Hast du an mich gedacht?«

»Jeden Tag, jede Sekunde«, sagte ich und sank in seine Arme. Er zog mich an wie ein Magnet.

Er küsste mich mit derselben Leidenschaft, genauso ungestüm wie damals. Ebenso wie er wusste ich, dass alles, was zwischen uns existiert hatte, immer noch da war, genauso stark wie damals. Genauso real.

Ich hörte ein Rascheln zwischen den Bäumen, die den Weg zur Straße säumten. Aber ich ließ mich davon nicht abhalten oder beunruhigen – nicht an dem Abend, nicht jetzt, da Elliot mich an der Hand nahm und zum Haus führte.

Wir gingen ins Wohnzimmer. Er schob den Sessel und den Sofatisch zur Seite und legte mich auf das Bärenfell vor dem Kamin.

Als er sich am Reißverschluss meines Rocks zu schaffen machte, dachte ich nicht an Bobby, den Mann, bei dem ich an meinem Hochzeitstag hätte sein müssen, und auch nicht an mein Kind, das schlafend in seinem Bettchen lag, oder an die Lüge, mit der ich mich davongestohlen hatte. Ich spürte nur die Wärme des Feuers im Gesicht und Elliots Atem an meiner Haut. Mehr wollte ich nicht.

8. März

Ich versuchte, nicht über Jacks Worte nachzugrübeln. Aber hatte er nicht gesagt, er würde heute aus Seattle zurück sein? Am nächsten Morgen schaute ich vor dem Frühstück mindestens ein Dutzend Mal auf die Uhr. Ich dachte daran, wie Elliot Esther geküsst hatte. Ich wollte mit derselben Leidenschaft geliebt werden, mit demselben Feuer, das Elliot so selbstverständlich versprühte.

Das Telefon klingelte nicht um elf, und es klingelte auch nicht um zwölf. Warum rief er nicht an?

Um zwei machte ich einen Strandspaziergang, aber das einzige Geräusch, das mein Handy von sich gab, war ein

Piepen, um mir mitzuteilen, dass Annabelle mir eine SMS geschickt hatte.

Um fünf begann Bee, sich einen Cocktail zu mixen, und fragte, ob ich auch einen wollte. Ich legte das Handy weg und sagte: »Einen doppelten.«

Etwa eine Stunde später war Bee wieder im Wintergarten und braute sich einen Zaubertrank aus ihren Schnapsflaschen, aber diesmal bot sie mir nichts an. »Zieh dich an, Emily«, sagte sie. »Greg ist unterwegs hierher.«

Die Verabredung mit Greg hatte ich völlig vergessen. Ich ging in mein Zimmer und zog mich hastig an – ein langärmeliges, blaues Strickkleid mit einem tiefen V-Ausschnitt. Es fühlte sich gut an auf meiner Haut.

Greg kam pünktlich um sieben, er sah frisch geduscht aus, trug saubere Jeans und ein blütenweißes Hemd. Seine sonnengebräunte Haut bildete einen attraktiven Kontrast dazu.

»Hallo«, sagte er, als ich zu seinem Auto ging. »Lust auf Chinesisch?«

»Klingt großartig. Ich hab einen Mordshunger.«

Wir fuhren in die Stadt, vorbei am Town & Country Market, und parkten auf der Main Street. Es war ein lauer Abend, zumindest für Bainbridge Island, und hier und da saßen Leute draußen vor den Restaurants und aßen im Freien.

Im Restaurant winkte Greg der Kellnerin. Mit ihren großen Ohrringen und der krausen Dauerwelle ähnelte sie einem Mädchen, mit dem ich in der Highschool befreundet gewesen war, Mindy Almvig. »Ich habe vor einer Dreiviertelstunde telefonisch bestellt.«

»Ja«, sagte sie Kaugummi kauend. »Ihr Essen ist fertig.«

In dem Laden duftete es köstlich nach Szechuansoße und frischen Frühlingsrollen.

Greg bezahlte und nahm die riesige Papiertüte entgegen. Als wir ins Auto stiegen, fiel mir ein kleines Restaurant auf der anderen Straßenseite auf. Auf dem Gehweg davor standen mehrere Tische unter Heizpilzen. Und da sah ich *Jack*.

Er war mit einer Frau da, daran bestand kein Zweifel. Ich konnte ihr Gesicht nicht sehen, nur ihre Beine, die von dem kurzen, engen schwarzen Kleid, das ihre Oberschenkel umspannte, kaum bedeckt wurden. Die beiden tranken Wein und lachten, und als Jack in die Richtung unseres Autos blickte, klappte ich die Sonnenblende herunter und wandte mich ab.

Wer konnte die Frau sein? Warum hatte er mir nicht gesagt, dass er eine Freundin hatte? Vielleicht war sie ja auch nur eine Bekannte. Aber wenn ja, warum hatte er mir dann nichts von ihr erzählt? Nach ungefähr anderthalb Kilometern bog Greg in eine kiesbedeckte Einfahrt ein. Sein Haus, ein schlichtes, gelbes Holzhaus mit weißem Lattenzaun, schockierte mich. Greg hatte einen Vorgarten mit Lattenzaun?

»Da sind wir«, verkündete er.

»Ich bin überrascht«, sagte ich.

»Überrascht?«

»Ja, ich meine, es ist so *putzig*. Ich hätte nie gedacht, dass du in so einem Haus wohnen würdest.«

Lächelnd zog er den Zündschlüssel aus dem Schloss. Dabei lugte ein Stückchen von einem Tattoo aus seinem Ärmel hervor, das mir noch nie aufgefallen war.

Das Haus war viel zu gut eingerichtet, als dass Greg es selbst gemacht haben konnte. Alles passte zusammen – das

Sofa und die Sofakissen, der Teppichboden und die Wandfarben. An der Haustür hing ein Trockenblumenkranz. Ein *Trockenblumenkranz*. Das konnte nur das Werk einer Frau sein. Welcher Mann kaufte sich eine Ottomane mit grünem Chintzbezug?

Aber wenn es eine Frau in seinem Leben gegeben hatte, stellte ich bei näherem Hinsehen fest, dann war sie schon lange weg. In der Spüle stapelte sich schmutziges Geschirr. Die Anrichte war nicht gewischt, und am Fuß der Treppe stand ein Korb mit schmutziger Wäsche.

»Tja, hier wohne ich also«, sagte Greg ein bisschen verlegen, als würde meine Anwesenheit sein Haus in einem ganz anderen Licht erscheinen lassen.

Die Badezimmertür stand offen, sodass ich einen kurzen Blick hineinwerfen konnte: Die Klobrille war oben, und die Klopapierrolle stand auf dem Boden, anstatt in dem Halter zu hängen, wo sie hingehörte. Dies war das Haus eines Junggesellen.

»So«, sagte Greg, nachdem er den Tisch mit zwei Servietten, zwei Tellern und zwei Paar Essstäbchen gedeckt und unsere Weingläser gefüllt hatte. »Dann guten Appetit.«

Es war nicht vergleichbar mit dem Abendessen bei Jack – keine Stoffservietten und keine Haute Cuisine –, aber es war gemütlich, und nach dem, was ich eben in der Stadt gesehen hatte, war mir Greg sympathischer denn je. Zumindest machte er mir nichts vor.

»Wie lange wohnst du schon hier?« Ich wollte mehr über die Frau in seinem Leben erfahren – oder in seinem früheren Leben.

Er schaute an die Decke, als würde er die Jahre zählen. »Seit ungefähr neun Jahren«, sagte er.

»Und hast du von Anfang an allein hier gewohnt?«

»Nein, ein paar Jahre lang habe ich mir das Haus mit jemandem geteilt.« Er sagte nicht, ob dieser Jemand ein Mann oder eine Frau gewesen war.

»Auf jeden Fall hast du das Haus geschmackvoll eingerichtet.«

Greg nahm sich noch eine Portion. »Ich muss immer wieder daran denken, wie wir uns neulich so ganz unerwartet in der Weinabteilung wiederbegegnet sind.«

»Ich auch. Ehrlich gesagt hätte ich nie im Leben damit gerechnet, dich dort zu treffen.«

Er schaute mich an. »Ich hatte immer gehofft, dich wiederzusehen.«

»Ich auch«, sagte ich. »Ich habe immer ein Spiel mit mir selbst gespielt. Jedes Mal, wenn ich eine Wahrsagekugel in die Finger bekommen habe, habe ich sie geschüttelt und gefragt: ›Werde ich Greg noch einmal küssen?‹ Und weißt du was? Ich habe nie ein Nein als Antwort bekommen. Kein einziges Mal.«

Greg sah mich spöttisch an. »Und was fragst du deine Wahrsagekugel sonst noch so?«

Ich grinste, während ich in meine Frühlingsrolle biss, und beschloss, ihm nicht zu erzählen, dass ich am Abend vor meiner Scheidung tatsächlich bei Annabelle die Wahrsagekugel befragt hatte.

Nach dem Essen füllte Greg mein Weinglas immer wieder nach, sodass ich am Ende nicht mehr wusste, wie viel ich getrunken hatte.

Es war längst dunkel, aber im Mondlicht konnte ich durch die Terrassentür ein Blumenbeet ausmachen. »Zeigst du mir deinen Garten?«, fragte ich.

»Klar«, sagte Greg. »Der ist mein kleines Paradies.«

Mir wurde leicht schwindlig, als ich aufstand, was Greg aufgefallen sein musste, denn er hielt meinen Arm, als wir auf die mit Schiefer geflieste Terrasse hinaustraten. »Das da drüben sind Hortensien«, sagte er und zeigte in die linke hintere Ecke. »Und das hier vorne ist der Schnittblumengarten. Für dieses Jahr habe ich Taglilien, Pfingstrosen und Dahlien gepflanzt.«

Aber der Schnittblumengarten interessierte mich nicht. Gleich unter dem Küchenfenster standen Tulpen in einer Reihe, weiße mit roten Rändern an den Blütenblättern. Sie hoben sich leuchtend vom Gelb der Hauswand ab. Ich ging hinüber, um sie mir genauer anzusehen. Natürlich hatte ich solche Tulpen noch nie gesehen, und doch kam es mir so vor. Es waren die gleichen Tulpen, die Elliot Esther geschenkt hatte.

»Diese Tulpen«, sagte ich ziemlich überrascht, »sind wunderschön.«

»Ja, nicht wahr?«

»Hast du die gepflanzt?«, fragte ich beinahe vorwurfsvoll, als würde ich ihn verdächtigen, dass er Elliot gefesselt und geknebelt in einem Zimmer im ersten Stock in einem Wandschrank versteckte.

»Ich wünschte, ich könnte mich damit brüsten«, erwiderte Greg. »Aber die waren schon da, als ich das Haus gekauft habe. Natürlich haben sie sich über die Jahre vermehrt. Ich glaube, es sind inzwischen mindestens drei Dutzend.«

Ich rief mir in Erinnerung, dass das Tagebuch, das ich gerade las, aller Wahrscheinlichkeit nach nur eine ausgedachte Geschichte war, nicht die Realität. Und doch fragte ich mich unwillkürlich, ob Elliot und Esther vielleicht wirklich einmal auf dieser Insel gelebt hatten, ob sie hier, an diesem Ort gewesen waren.

»Von wem hast du das Haus gekauft?«, fragte ich.

Er überlegte. »Ich kann mich nicht mehr an ihren Namen erinnern«, sagte er dann. »Die Vorbesitzerin war eine ältere Frau, deren Kinder ihr einen Platz in einem Seniorenheim besorgt hatten.«

»Wo? Hier auf der Insel?«

»Nein, ich glaube in Seattle.«

Ich nickte und betrachtete noch einmal die Tulpen. Sie waren atemberaubend.

»Sag mal, warum interessiert dich das überhaupt?«, wollte Greg wissen.

»Nur so«, sagte ich, während ich mich bückte, um eine Tulpe zu pflücken. »Ich liebe einfach alte Geschichten.«

Greg sah mich auf die Weise an, die mich früher ganz verrückt gemacht hatte. »Ich wünschte, unsere Geschichte hätte ein anderes Ende genommen.«

Ich spürte seinen Atem an meiner Haut, verlockend, verführerisch, aber dann meldete sich wieder meine warnende innere Stimme. »Lass uns die Glückskekse öffnen«, schlug ich vor und riss mich von seinem Blick los.

»Nein, ich kann Glückskekse nicht ausstehen.«

»Ach komm«, sagte ich und nahm seine Hand.

Als wir auf dem Sofa saßen, gab ich Greg einen Glückskeks und nahm mir selbst einen. »Mach ihn auf.«

Er brach seinen Keks auf und las vor, was auf dem kleinen Papierstreifen stand: »›Du wirst die Antwort auf deine Frage finden.‹ Siehst du?«, sagte er. »Kompletter Schwachsinn. Das kann man doch sonst wie interpretieren.«

Ich öffnete meinen Keks und starrte wie benommen auf den Text: »Du wirst die wahre Liebe in der Gegenwart finden, indem du in der Vergangenheit suchst.«

»Was steht auf deinem Zettel?«, wollte Greg wissen.

»Nichts Besonderes«, sagte ich. »Du hast recht. Es ist Schwachsinn.« Ich verstaute den Zettel sorgfältig in meiner Tasche.

Greg rückte näher. »Und wenn es doch kein Schwachsinn ist? Wenn es etwas bedeutet? Für uns?«

Reglos ließ ich es zu, als er mein Gesicht streichelte, dann schloss ich die Augen, als seine Hände über meinen Hals und meine Schultern bis zu meiner Taille wanderten.

»Nein«, sagte ich, öffnete die Augen und rückte von ihm weg. »Ich kann nicht, Greg. Tut mir leid.«

»Was ist denn los?«, fragte er gekränkt.

»Ich weiß nicht«, sagte ich verwirrt. »Ich glaube, mein Herz ist woanders.« Ich sagte ihm nicht, dass »woanders« »bei Jack« bedeutete.

»Ist schon in Ordnung«, sagte er und betrachtete seine Füße.

»Ich glaube, ich gehe jetzt besser«, sagte ich verlegen, als er aufstand, um seine Autoschlüssel zu nehmen. Bevor wir losfuhren, ging ich schnell in den Garten und holte die Tulpe, die ich gepflückt hatte.

Greg fuhr mich nach Hause, und bevor ich ausstieg, sagte er: »Er ist ein Glückspilz, wer auch immer er sein mag.«

»Wer ist ein Glückspilz?«

»Der, der dich mal kriegt.«

10

9. März

Am nächsten Morgen klingelte das Telefon in Bees Wohnzimmer so eindringlich und unnachgiebig, dass es mich aus einem wunderbaren Traum riss. Warum ging Bee denn nicht ran?

Als es zum zehnten Mal läutete, stand ich auf und wankte ins Wohnzimmer.

»Hallo?«, sagte ich in einem Ton, der dem Anrufer klarmachte, wie ich es fand, morgens um Viertel vor acht geweckt zu werden.

»Emily, hier ist Jack.«

Meine Augen weiteten sich. Ich erinnerte mich, dass ich ihm meine Handynummer aufgeschrieben hatte, als ich bei ihm zu Hause war. Wieso rief er dann auf der Festnetznummer an?

»Tut mir echt leid, dass ich dich so früh störe«, sagte er. »Ich hab's auf deinem Handy probiert, aber ich kriege immer nur die Mailbox. Jedenfalls, wenn es nicht zu früh ist …«

»Nein, nein«, stammelte ich. »Es ist nicht zu früh.« Ich klang fröhlicher als beabsichtigt.

»Gut«, sagte er, »ich wollte dich nämlich fragen, ob du Lust auf einen Strandspaziergang hast.«

»Jetzt?«

»Ja«, antwortete er. »Du musst dir unbedingt ansehen, was gerade am Strand passiert. Können wir uns in zehn Minuten treffen?«

Als ich zum Strand hinunterstapfte, sah ich Jack schon von Weitem – na ja, ich sah einen kleinen Punkt, und das war Jack. Wir winkten, als wir aufeinander zugingen.

»Morgen!«, rief Jack mir aus fast hundert Metern Entfernung zu.

»Morgen!«, schrie ich zurück.

Als ich ihn endlich erreicht hatte, zeigte er nach vorn. »Was ich dir zeigen will, ist da hinten um die Biegung.«

»Was ist es denn?«

Er lächelte. »Das wirst du schon sehen.«

Ich nickte. »Wie war's in Seattle?«

»Alles gut gelaufen«, erwiderte er, mehr nicht. »Tut mir leid, dass ich mich nicht eher gemeldet habe«, fügte er ohne weitere Erklärung hinzu.

Wir umrundeten die Biegung und gingen noch ein Stück weiter am Strand entlang. Dann blieb Jack stehen und schaute aufs Meer hinaus.

»Da«, sagte er leise.

»Wo?«, fragte ich, und dann sah ich es. Eine Fontäne schoss in die Luft, und dann bewegte sich etwas Riesiges im Wasser.

Ich lächelte wie ein Kind, das gerade von einem Kistenteufel überrascht wurde. »Was ist das?«

»Ein Orca«, sagte Jack voller Stolz.

Bee erzählte immer wieder davon, dass vor der Insel Orcas gesichtet wurden, aber während all der Sommer, die ich hier verbracht hatte, hatte ich keinen einzigen mit eigenen Augen gesehen.

»Sieh mal!«, rief Jack aus. Jetzt waren es zwei, die nebeneinanderherschwammen.

»Sie kommen jedes Jahr um diese Zeit hier vorbei«, erklärte er. »Das hat mich schon immer fasziniert. Als Junge habe ich immer hier gesessen, genau da« – er zeigte auf einen Felsbrocken, der aus dem Sand ragte – »und habe die Wale beobachtet.«

Ich konnte meinen Blick gar nicht mehr vom Wasser losreißen. »Die sind ja unglaublich«, sagte ich. »Sieh dir bloß an, wie die schwimmen. So eine Kraft, so eine Entschlossenheit. Die wissen ganz genau, wo sie hinmüssen, ohne Karte und Kompass.« Dann kam mir plötzlich ein Gedanke. »Jack?«

»M-hmm?«

»Du sagst, du bist als Junge hier gewesen. Warst du auch manchmal im Sommer hier?«

»Na klar«, erwiderte er und lächelte in sich hinein. »Jeden Sommer. Das Haus, in dem ich jetzt wohne, war das Ferienhaus unserer Familie.«

»Und warum bin ich dir dann nie am Strand begegnet?«

»Weil ich da nicht runtergehen durfte. In die Richtung, wo das Haus deiner Tante steht.«

Ich grinste. »Und ich durfte nie in diese Richtung hier gehen«, sagte ich. »Aber man sollte doch meinen, dass ich dir wenigstens einmal über den Weg gelaufen wäre.«

Er schaute mich an. »Du erinnerst dich nicht, was?«

»Woran?«

Er schüttelte grinsend den Kopf.

»Tut mir leid«, sagte ich, während ich mir vergeblich den Kopf zerbrach. »Ich erinnere mich wirklich nicht.«

»Du warst damals vierzehn – und sehr hübsch übrigens«, sagte er. »Mein Hund hatte sich von der Leine gerissen und ist bis zum Haus deiner Tante gerannt. Du lagst mit einer Freundin am Strand. Du hattest einen Bikini an. Einen pinkfarbenen. Und Max, also mein Hund, ist zu dir gelaufen und hat dir das Gesicht abgeleckt.«

»Das warst du?«

»Ja.«

»Ich glaub's nicht.«

»Glaub's ruhig.«

»Mannomann«, sagte ich, »auf jeden Fall erinnere ich mich, wie der Hund mich abgeleckt hat.«

»Na also«, sagte er, »und du warst nicht gerade begeistert.«

»Und dann ist er auch noch mit einer von meinen Sandalen im Maul davongelaufen«, sagte ich, und da fiel mir alles wieder ein.

»Was man nicht alles tut, um ein Mädchen zu beeindrucken …«

Ich legte den Kopf schief und betrachtete ihn mit ganz neuen Augen. »Jetzt erinnere ich mich auch wieder an *dich*«, sagte ich. »Warst du ziemlich dünn damals?«

»Ja.«

»Zahnspange?«

Er nickte.

»*Das* warst du?«

»Ja, leibhaftig.«

Ich musste lachen.

»Wie?«, fragte Jack gespielt gekränkt. »Soll das etwa heißen, du fandest einen großen, dürren Jungen mit Zahnspange und Akne nicht attraktiv?«

»Nein«, sagte ich. »Ich meine, das ist es nicht, worüber ich lachen muss, es ist einfach nur, dass du jetzt so ganz *anders* bist.«

»Eigentlich bin ich gar nicht anders«, entgegnete er. »Ich bin genauso wie früher. Außer dass die Akne verheilt ist. Du hast dich auch nicht sehr verändert. Außer dass du noch schöner bist, als ich es mir hätte träumen lassen.«

Ich wusste nicht, was ich sagen sollte, also lächelte ich einfach. Es war ein Lächeln, das aus meinem tiefsten Innern kam und den ganzen Tag auf meinem Gesicht blieb.

»Kommst du mit zu mir?«, fragte Jack. »Ich mach uns Frühstück.«

»Gern«, erwiderte ich. Ohne nachzudenken nahm ich seine Hand, und er verschränkte seine Finger mit meinen, als hätten wir das schon hundertmal gemacht. Was hatte es schon zu bedeuten, dass er neulich abends mit einer Frau ausgegangen war? Ich war ja auch mit einem Mann verabredet gewesen. Wir waren also quitt. Jetzt zählte nur, dass wir zusammen waren.

Ich saß auf einem Hocker an Jacks Kücheninsel und sah ihm dabei zu, wie er Kaffeebohnen mahlte und fünf Apfelsinen halbierte und auspresste. Dann nahm er eine Schüssel aus dem Schrank und schlug Eier hinein. Es faszinierte mich, wie er sich in der Küche bewegte. Schnell, effizient. Ich fragte mich, ob Elliot seiner Esther je ein Frühstück bereitet hatte.

»Ich hoffe, du magst Armer Ritter«, sagte er.

»Mögen wäre untertrieben. Ich stehe total darauf!«

Er grinste und machte sich daran, die Eier zu verquirlen. »Und«, sagte er, »hat deine Tante dir irgendwelche schlimmen Geschichten über meine Familie erzählt?«

»Nein. Sie hält sich bedeckt. Vielleicht kannst du mich ja aufklären.«

»Ich bin wirklich der Letzte, der etwas über die Leichen im Keller unserer Familie weiß«, sagte er. »Aber mein Vater hat mir von Anfang an klargemacht, dass wir bei Bee Larson nicht willkommen waren. Und das hat mir als Kind richtig Angst gemacht. Für mich war sie immer die Hexe aus Hänsel und Gretel. Meine Schwester und ich waren überzeugt, dass sie uns, falls sie uns auf ihrem Grundstück erwischte, in ein Verlies sperren würde.«

Ich musste lachen.

Er nickte. »Wir dachten damals, das Haus sei verwunschen.«

»Na ja, auf die Idee kann man leicht kommen«, sagte ich und musste an die Zimmer im ersten Stock denken, die fast alle abgeschlossen waren, und an die knarzenden Holzböden. »Manchmal kommt es sogar mir so vor.«

Jack nickte, maß einen Teelöffel Zimt ab und mischte ihn unter die Eier. »Ich wünschte, ich wüsste mehr über die Hintergründe, die zu alldem geführt haben«, sagte er. »Ich hätte meinen Großvater neulich danach fragen sollen.«

»Ach, du hast ihn getroffen?«

»Ja, er wohnt in Seattle. Ich war gestern da. Ich fahre mindestens einmal im Monat rüber und verbringe ein paar Tage bei ihm.«

»Du kannst ihn ja danach fragen, wenn du ihn das nächste Mal besuchst«, sagte ich. »Denn bei Bee beiße ich auf Granit, das kann ich dir sagen.«

»Mach ich«, sagte er.

Ich musste an meinen Großvater denken. Als Kind durfte ich stundenlang bei ihm im Arbeitszimmer spielen. Dann hockte ich an dem kleinen Schreibtisch, den ich mir aus einem Pappkarton gebastelt hatte, und sah fasziniert zu, wie er an seinem riesigen Eichensekretär saß und Überweisungen ausfüllte, während ich so tat, als würde ich Briefe tippen. Und dann durfte ich immer die Briefumschläge anlecken, bevor er sie zuklebte und zur Post brachte.

Meine Grandma Jane war ganz plötzlich und unerwartet an einem Herzinfarkt gestorben, und als meine Mutter mich fragte, ob ich während der Totenfeier auf die Kanzel steigen und etwas über meine Großmutter sagen wollte, erklärte ich ihr, ich würde mich nicht trauen, vor der Öffentlichkeit zu sprechen. Aber die Wahrheit war etwas komplizierter. Als wir in der Kirche saßen, in der Mitte der Sarg, schaute ich mich um. Meine Mutter weinte. Danielle auch. Warum empfand ich nichts? Warum war ich nicht traurig, wie es sich gehörte, wenn die Großmutter starb?

»Du hast Glück«, sagte ich zu Jack.

»Wieso?«

»Weil du deinem Großvater nahestehst.«

»Ja, ich weiß«, sagte er, während er dicke Brotscheiben in die Eimischung tauchte. Es brutzelte in der gusseisernen Pfanne, als er die Scheiben in die heiße Butter legte. »Er würde dir gefallen. Er ist ein echtes Original. Vielleicht lernst du ihn ja irgendwann kennen. Er wäre bestimmt begeistert von dir.«

Ich lächelte. »Woher willst du das wissen?«

»Ich weiß es einfach.«

Die Kaffeemaschine piepte, und Jack füllte meine Tasse.

»Milch, Zucker?«

»Nur Milch«, sagte ich und wartete darauf, dass er sich auch Kaffee einschenkte, aber stattdessen nahm er sich ein Glas Orangensaft.

Annabelle hatte ein paar unwissenschaftliche Nachforschungen in Bezug auf die Kaffeevorlieben von Paaren angestellt. Ihren vorläufigen Ergebnissen zufolge, wenn man sie denn als Ergebnisse bezeichnen konnte, führten Paare mit denselben Vorlieben haltbarere Ehen.

Mit der Kaffeetasse in der Hand ging ich ins Wohnzimmer, wo Russ es sich vor dem Kamin gemütlich gemacht hatte. Er sah aus wie ein Teddybär, wie alle Golden Retriever. Als ich mich hinhockte, um ihn zu streicheln, sah ich, dass ein kleines Stückchen grünes Papier an seinem Maul klebte. Die Überreste eines zerkauten grünen Aktenordners lagen neben ihm. Und um ihn herum waren lauter einzelne Blätter verstreut.

»Russ«, sagte ich, »du böser Hund. Was hast du da angerichtet?« Er rollte sich auf den Rücken und gähnte, und unter ihm kamen noch mehr Papiere zum Vorschein, die er sich wahrscheinlich zum Frühstück hatte einverleiben wollen. Ich hob ein speichelgetränktes Blatt auf und betrachtete es mit zusammengekniffenen Augen. Das meiste von dem mit Schreibmaschine getippten Text war verwaschen, aber am oberen Rand las ich: »Police Department von Seattle, Abteilung für vermisste Personen«. Verblüfft legte ich das Blatt wieder weg und hob ein anderes auf. Es handelte sich um die Fotokopie eines Artikels aus der Tageszeitung von Bainbridge Island. Dem Schrifttyp nach zu urteilen, musste der Artikel schon ziemlich alt sein, und das Blatt war kaum noch zu retten.

»Emily?«, rief Jack aus der Küche.

Erschrocken ließ ich das Blatt fallen. »Äh, ich bin hier bei Russ. Er hat etwas zerkaut.«

Jack erschien mit einem Teller Armer Ritter in der Tür, den er hastig abstellte.

»Russ, ab in deinen Korb!«, befahl er.

»Ich helfe dir«, sagte ich.

»*Nein*«, erwiderte er barsch. »Ich meine, nein, danke, nicht nötig, das ist doch eine Sauerei. Ich mache das schon.«

Ich trat einen Schritt zurück und fragte mich, ob ich etwas gesehen hatte, was nicht für meine Augen bestimmt war. Jack schob den zerfetzten Ordner und die aufgeweichten Blätter unter einen Stapel Zeitschriften auf dem Sofatisch.

»Tut mir leid«, sagte er. »Das Frühstück sollte eigentlich perfekt sein.«

»Kein Problem«, sagte ich. »So sind Hunde nun mal.«

Ich sah zu, wie Jack die Scheiben Armer Ritter auf eine Platte stapelte und sie anschließend mit Puderzucker bestäubte.

»Hier«, sagte er und hielt mir einen Teller hin. »Dein Frühstück.«

Als ich gerade meine Gabel in die Hand genommen hatte, klingelte das Telefon in der Küche.

»Ich habe einen Anrufbeantworter«, bemerkte Jack. Ich schob mir einen Bissen in den Mund und schloss beglückt die Augen, doch dann wurde ich abgelenkt, als ich eine Frauenstimme hörte, die etwas auf den Anrufbeantworter sprach.

»Hallo, Jack. Hier ist Lana. Das Abendessen mit dir gestern war toll. Ich wollte …«

Jack war aufgesprungen und schaltete das Gerät ab, ehe sie fortfahren konnte.

»Sorry«, sagte er verlegen. »Das war, äh, eine Kundin. Wir haben uns gestern Abend getroffen, um über ein Bild zu reden.«

Der Ton in ihrer Stimme gefiel mir überhaupt nicht. Er klang allzu persönlich, allzu vertraut. Am liebsten hätte ich Jack mit Fragen gelöchert. Stattdessen lächelte ich höflich und aß weiter. Ich bezweifelte nicht, dass die Frau eine Kundin war, aber wenn das alles war, warum hatte er dann so nervös reagiert? Was versuchte er vor mir zu verbergen?

Als er sich wieder gesetzt hatte und sich einen Bissen in den Mund schieben wollte, klingelte das Telefon erneut. »Herrgott noch mal«, sagte er.

Ich schaute ihn an, um ihm zu bedeuten, dass es in Ordnung war, dass er ruhig rangehen sollte, aber am liebsten hätte ich den Telefonstecker aus der Wand gerissen, damit diese Frau nicht wieder anrief.

»Entschuldige«, sagte Jack und lief in die Küche, um das Gespräch entgegenzunehmen.

»Hallo?«

Stille.

»O nein«, stöhnte er.

Es dauerte lange, bis er wieder etwas sagte. »Natürlich. Sie ist hier. Ich hole sie an den Apparat.«

Jack kam ins Wohnzimmer. »Es ist deine Tante.«

Mir schlug das Herz bis zum Hals, als ich den Hörer in die Hand nahm.

»Emily?« Bee klang verwirrt und verzweifelt.

»Ja«, sagte ich. »Was ist passiert, Bee? Ist alles in Ordnung?«

»Tut mir leid, dich zu stören, aber Henry war heute Morgen am Strand, und er hat gesagt, er hat dich zu Jack gehen sehen, und da …« Ihr versagte die Stimme.

»Bee, was ist passiert?«

»Evelyn«, sagte Bee tonlos. »Sie war zum Frühstück hier. Und sie ist … zusammengebrochen. Ich hab den Notarzt gerufen. Sie bringen sie gerade ins Krankenhaus.«

»Ich komme rüber«, sagte ich, ohne zu zögern.

»Nein, nein«, entgegnete sie. »Die Zeit reicht nicht. Ich fahre jetzt los.«

Ich brauchte nicht zu fragen, ob Evelyn noch Stunden oder Minuten zu leben hatte. Ich wusste es bereits. Und ich spürte, dass Bee es ebenfalls wusste, instinktiv, wie unter Zwillingen oder Seelenverwandten oder ganz alten Freunden.

Ich legte auf. »Evelyn ist im Krankenhaus«, sagte ich kopfschüttelnd.

»Ich fahre dich hin«, sagte Jack.

Ich warf einen Blick auf den Tisch und auf den Stapel Armer Ritter, der plötzlich keinen mehr interessierte.

»Lass einfach alles stehen«, sagte Jack. »Wenn wir sofort losfahren, können wir es in weniger als einer halben Stunde schaffen.«

11

Das nächste Krankenhaus lag eine halbe Stunde entfernt in Bremerton, einer Kleinstadt im Westen. Kaum hatten wir die Brücke zu der Halbinsel überquert, spürte ich, wie die Aura der Insel sich auflöste, als würde ich aus irgendeiner höheren Region zurück auf die Erde kommen.

Im Krankenhaus fragten wir an der Rezeption nach Evelyns Zimmernummer.

Die weißhaarige Frau war so langsam, dass ich am liebsten über den Tresen gesprungen wäre, mich an ihren Computer gesetzt und die Nummer selbst gesucht hätte. Ungeduldig trommelte ich mit den Fingern auf den Tresen.

»Ah«, sagte sie schließlich. »Da haben wir sie ja. Fünfter Stock.«

An der Zimmertür blieb Jack stehen. »Ich warte hier draußen«, sagte er.

Ich schüttelte den Kopf. »Nein, komm ruhig mit rein.« Ich wollte nicht, dass er sich ausgeschlossen fühlte. Die Zeiten waren vorbei. Was für Ressentiments auch immer Bee gegen seine Familie hegte, mit unserer Generation würden sie enden, das stand für mich fest.

»Nein«, sagte er. »Ist schon in Ordnung. Ich bin hier, falls du mich brauchst.«

Ich drängte ihn nicht, sondern nickte einfach und öffnete die Tür. Bee saß an Evelyns Bett und hielt ihre Hand.

»Emily«, sagte sie an mich gewandt. »Uns bleibt nicht mehr viel Zeit.«

»Hör auf damit«, sagte Evelyn. Ich freute mich, den Kampfgeist in ihrer Stimme zu hören. »Ich lasse nicht zu, dass du dich so aufführst und rumheulst wie ein kleines Baby. Könnte mir jemand aus diesem grauenhaften Nachthemd und in was Salonfähiges helfen, und könnte mir um Himmels willen jemand einen Cocktail besorgen?«

Ich verstand gut, warum Bee so sehr an ihr hing. Mir war sie auch ans Herz gewachsen. »Hallo, Evelyn«, sagte ich.

Als sie mich anlächelte, sah ich die Erschöpfung in ihren Augen. »Hallo, meine Liebe«, sagte sie. »Verzeihen Sie den Schlamassel. Meine altersschwache Freundin hat Sie wahrscheinlich von einem Rendezvous mit einem interessanten Mann weggeholt.«

Ich lächelte. »Ich habe ihn einfach mitgebracht.«

Bee warf mir einen erschrockenen Blick zu, als würde sie der Gedanke, dass Jack sich in ihrer Nähe aufhielt, in tiefe Verwirrung stürzen.

Evelyn scherte sich nicht um Bees Befindlichkeit. »Sie strahlen immer so, wenn Sie von ihm sprechen.«

Niemand hatte mir je gesagt, dass ich strahlte, wenn ich von Joel sprach. Eigentlich war eher das Gegenteil der Fall gewesen. Die Leute bescheinigten mir dauernd, dass ich müde und abgekämpft wirkte, wenn wir zusammen ausgingen.

»Reden wir nicht über mich«, sagte ich. »Wie fühlen Sie sich?«

»Wie eine alte, krebskranke Frau«, sagte sie. »Aber ein Martini würde mir guttun.«

Bee richtete sich auf ihrem Stuhl auf, als wüsste sie genau, was sie zu tun hatte. »Dann sollst du auch einen Martini bekommen«, sagte sie und stand auf. »Emily, bleibst du hier bei Evelyn? Ich bin gleich wieder da.«

»Keine Angst, ich habe nicht vor wegzugehen«, versicherte ich ihr. Ich fand es rührend, dass sie entschlossen war, den Wunsch ihrer sterbenden Freundin zu erfüllen, aber ich war mir nicht sicher, wie sie es anstellen wollte. Zu einem Spirituosenladen fahren? Einen Cocktailshaker kaufen? Und dann würde sie das Zeug ja auch noch an den Schwestern vorbei ins Krankenhaus schmuggeln müssen.

Nachdem Bee sich auf den Weg gemacht hatte, beugte Evelyn sich vor. »Wie kommen Sie mit dem Tagebuch voran?«, fragte sie. Sie war an so viele Drähte und Monitore angeschlossen, dass es mir merkwürdig vorkam, über etwas anderes als ihre Krankheit zu sprechen, aber genau das hatte sie vor.

»Ich kann es kaum weglegen«, sagte ich.

»Wie weit sind Sie schon gekommen?«

»Bis zu der Stelle, wo Esther sich mit Elliot in dessen Haus trifft.«

Evelyn kniff die Augen fest zu und öffnete sie wieder. »Ja«, sagte sie.

Eine Schwester kam herein und machte sich an den Schläuchen zu schaffen. »Zeit für die nächste Dosis Morphium«, erklärte sie Evelyn.

Evelyn beachtete sie gar nicht, sondern sah mich unverwandt an. »Und? Was halten Sie davon?«

»Wovon?«

»Von der Geschichte. Der Liebesgeschichte.«

»Woher kennen Sie diese Geschichte überhaupt, Evelyn?«

Sie lächelte in sich hinein und schaute an die Decke, bis ihre Lider schwer wurden. »Sie war immer so rätselhaft.«

Ich musste schlucken. »Wer?«

Sie atmete schwer und langsam, offenbar begann die Infusion zu wirken. »Esther«, sagte sie leise. »Gott, wie lieb wir sie hatten. Alle mochten sie.«

Evelyn wirkte erschöpft, und ich unterdrückte mein Bedürfnis, sie weiter auszufragen.

»Sie werden alles wiedergutmachen, meine Liebe, das weiß ich«, sagte sie kaum hörbar und schleppend. »Sie werden es wiedergutmachen. Für Esther und für uns alle.«

Ich nahm ihre Hand und schmiegte meine Wange an ihre. Ihr Brustkorb hob und senkte sich mit jedem anstrengenden Atemzug. »Keine Sorge, Evelyn«, sagte ich. »Sie brauchen sich keine Sorgen mehr zu machen. Ruhen Sie sich einfach aus.«

Etwa eine halbe Stunde später kam Bee mit einer braunen Papiertüte zurück. Sie wirkte ebenfalls erschöpft. »Evelyn, ich habe dir deinen Martini mitgebracht.«

»Schsch«, sagte ich. »Sie schläft.« Ich überließ Bee den Platz an Evelyns Bett, damit sie jede verbleibende Sekunde mit ihrer besten Freundin auskosten konnte.

Jack saß seit mindestens einer Stunde im Wartezimmer, und als ich eintrat, sprang er nervös auf. »Ist sie …?«

»Nein«, sagte ich. »Noch nicht. Bee ist bei ihr. Aber es dauert nicht mehr lange.«

»Kann ich irgendetwas tun?«

Er versuchte, in meinem Gesicht zu lesen. Und dann, mitten im Wartezimmer, nahm er mich in die Arme und hielt mich ganz fest, fester, als mich je ein Mensch gehalten hatte. Über seine Schulter hinweg schaute ich aus dem Fenster. Es gab nicht viel zu sehen – eine große, asphaltierte Fläche und hier und da ein Löwenzahn, der sich durch einen der Risse gearbeitet hatte –, aber dann fiel mein Blick auf ein altes Kino, dessen Fenster mit Brettern zugenagelt war. Über dem Eingang stand in großen Buchstaben ET, und ich fragte mich, ob das Kino in den Achtzigerjahren schon da gewesen war.

Ich schaute Jack tief in die Augen. Er zog mich noch fester an sich und küsste mich. Obwohl alles ungeklärt und undurchsichtig war, fühlte es sich trotzdem richtig an.

Evelyn starb wenige Stunden, nachdem ich das Zimmer verlassen hatte, aber nicht, bevor Bee ihr den Martini gemixt und mit ihr angestoßen hatte. Blitzschnell hatte sie Gin und Martini über die Eiswürfel gegossen und das Ganze mit einer Anzahl Oliven garniert, die Glück bringen sollte. Evelyn hatte kurz die Augen geöffnet und mit ihrer besten Freundin einen letzten Cocktail getrunken. Es war ein Abschied, der perfekt zu den beiden passte, und als wir am Abend wieder zu Hause waren, mixte Bee uns noch eine Runde, und wir stießen auf Evelyn an.

Ich fragte Bee, ob sie wollte, dass ich mit ihr aufblieb, ob sie eine Schulter zum Weinen brauchte, aber sie sagte nein, sie wolle nur schlafen.

Auch ich legte mich schlafen, aber Evelyns Worte gingen mir noch lange durch den Kopf. Wieso hatte sie Esther gekannt? Wie war das Tagebuch in das Nachtschränkchen gekommen? Warum war Evelyn davon überzeugt gewesen, dass das Schicksal es wollte, dass das Tagebuch gefunden und gelesen wurde? Und warum ausgerechnet von mir?

12

10. März

Am nächsten Morgen hatte ich keine Lust aufzustehen, aber ich konnte auch nicht mehr schlafen, und so las ich einfach weiter in dem Tagebuch.

Bobby schlief, als ich nach Hause kam. Ich wusste es, als ich in die Haustür trat, denn ich hörte ihn schnarchen wie vorher, als ich gegangen war. Ich schlüpfte aus meinen Kleidern, zog die Bettdecke vorsichtig Zentimeter um Zentimeter zurück und betete, dass er nicht wach wurde. Lange lag ich da und starrte an die Decke, dachte darüber nach, was ich getan hatte, fragte mich, wie es jetzt weitergehen sollte, doch ich fand keine Antworten. Und dann drehte Bobby sich um, schlang einen Arm um mich und zog mich an sich. Als er anfing, meinen Nacken zu küssen, wusste ich, was er wollte, aber ich drehte mich um und tat so, als würde ich schlafen.

Nachdem Bobby am nächsten Morgen zur Arbeit gefahren war, hätte ich am liebsten sofort bei Frances angerufen und ihr alles erzählt. Ich sehnte mich danach, ihre Stimme zu hören, mir von ihr sagen zu lassen, dass ich das Richtige getan hatte. Aber stattdessen rief ich Rose in Seattle an.

»Ich habe mich gestern Abend mit ihm getroffen«, stieß ich hervor.

»Ach, Esther«, sagte sie. Es klang weder vorwurfsvoll noch ermunternd. Sie schien die Aufregung und die Angst zu spüren, die ich angesichts der Entscheidungen empfand, die vor mir lagen. »Was hast du jetzt vor?«

»Das weiß ich noch nicht.«

Nach kurzem Zögern fragte sie: »Was sagt dir denn dein Herz?«

»Mein Herz ist bei Elliot. Da, wo es immer sein wird.«

»Dann weißt du ja, was du zu tun hast«, sagte sie.

Als Bobby an dem Abend von der Arbeit nach Hause kam, kochte ich ihm sein Lieblingsessen: Hackbraten, Kartoffeln und grüne Bohnen mit Butter und Thymian. Es war, als hätte sich nichts geändert. Wir waren ein glücklich verheiratetes Paar, das seinen Hochzeitstag feierte. Aber ich trug eine schwere Bürde auf den Schultern, die Bürde einer gewaltigen Schuld.

Mit jedem Blick von Bobby, mit jeder Frage, jeder Berührung, fühlte es sich immer mehr so an, als müsste mein Herz zerspringen. »Was ist heute anders an dir?«, fragte er beim Essen.

»Nichts«, erwiderte ich hastig und hoffte inständig, dass er mich nicht durchschaute.

»Es ist einfach, na ja, du wirkst irgendwie verändert«, fuhr er fort. »Schöner denn je. Der März tut dir gut.«

Ich konnte es nicht länger ertragen und beschloss, in die Kirche zu gehen und mein Geheimnis in einem Beichtstuhl zu offenbaren.

Ich zog der Kleinen die Sonntagssachen an und fuhr mit ihr zur St.-Mary-Kirche. Meine Absätze klapperten auf dem Holzboden, als ich zu den Beichtstühlen an der rechten Seite ging. Ich betrat den ersten und kniete mich hin, die Kleine im Arm.

»Vater«, sagte ich, »ich habe gesündigt.«

»Sprich, mein Kind.«

Wahrscheinlich rechnete der Priester damit, dass ich irgendetwas sagte wie »Ich habe falsch Zeugnis geredet« oder »Ich habe begehrt« oder etwas ähnlich Harmloses. Aber ich machte den Mund auf und sprach das Unaussprechliche aus.

»Ich habe mit einem Mann geschlafen, der nicht mein Ehemann ist.«

Der Priester schwieg, und so fuhr ich fort.

»Vater, ich liebe Elliot Hartley, nicht meinen Ehemann. Ich bin unwürdig.«

Ich lauschte auf ein Zeichen, dass der Priester noch da war, dass er mir zuhörte. Ich wollte von ihm hören, dass er mir vergab. Ich wollte, dass er mir sagte, ich solle tausend Ave Marias beten. Ich wollte, dass er mir die Last von den Schultern nahm, weil ich sie nicht länger tragen konnte.

Aber er räusperte sich nur und sagte: »Du hast Ehebruch begangen, und ein solches Verhalten duldet die Kirche nicht. Ich schlage vor, dass du nach Hause gehst und deinen Mann um Vergebung bittest, und wenn er dir vergibt, dann wird auch Gott dir vergeben.«

Sind nicht alle Sünden in den Augen Gottes gleich? Hatte ich das nicht schon als Kind in der Sonntagsschule gelernt? Ich kam mir vor wie eine Heidin, unfähig, den Weg zurück zum Himmel zu finden.

Ich nickte und stand auf, legte mir die Kleine an die Schulter und ging hinaus, voller Scham und mit einer noch größeren Last. Die großen Messingtüren schlugen laut hinter mir zu.

»Hallo, Esther«, sagte eine Frau hinter mir auf dem Parkplatz. Als ich mich umdrehte, kam Janice auf mich zu, ein merkwürdiges Lächeln im Gesicht, das beinahe schadenfroh wirkte, doch ich ging einfach weiter, ohne ein Wort zu sagen.

Ein weiterer Tag verging. Als Bobby abends nach Hause kam, wollte ich ihm alles beichten, aber ich brachte es nicht fertig, die vulgären Worte auszusprechen, die ich hätte benutzen müssen, um ihm alles zu erklären. Egal, wie ich es vorbrachte, die Tatsache blieb bestehen, dass ich mich einem anderen hingegeben hatte. Bobby war immer so heiter, so gut gelaunt, selbst wenn ich missmutig war. Er war einfach zu gut für mich. Ich brachte es nicht über mich, ihn so tief zu enttäuschen. Und ich würde es nicht tun.

Dann, am nächsten Morgen, nachdem Bobby zur Arbeit gefahren war, kam der Anruf – der Anruf, der mich jede Entscheidung infrage stellen ließ, die ich bis dahin getroffen hatte, alles, was ich empfunden hatte.

»Mrs. Littleton?«, sagte die Frau am anderen Ende der Leitung.

»Ja«, sagte ich.

»Hier spricht Susan aus dem Harrison-Memorial-Krankenhaus; ich rufe wegen Ihres Mannes an. Er wurde bei uns eingeliefert.«

Sie erklärte mir, dass Bobby am Morgen beim Betreten der Fähre zusammengebrochen war und von einem Krankenwagen in die Klinik in Bremerton gebracht worden war. Als ich das Wort »Herzinfarkt« hörte, wollte ich fast verzweifeln vor Scham, so wie es einem geht, wenn man jemandem Unrecht getan hat, den man eigentlich lieben müsste. Das hatte Bobby nicht verdient. Er hatte überhaupt nichts von alldem verdient, und ich nahm mir vor, alles wiedergutzumachen.

Was sollte ich bloß mit der Kleinen tun? Ich konnte sie unmöglich mit ins Krankenhaus nehmen, nicht an dem Tag, nicht unter den Umständen. Also klopfte ich in meiner Verzweiflung bei Janice an die Tür und gab ihr die Kleine, die ich in eine rosa Decke gewickelt hatte. Es gefiel mir nicht, wie Janice sie ansah, mit diesem Blick, der sagte, dass sie mein Kind, mein Haus, meinen Platz in Bobbys Bett übernehmen würde, sobald sie die Gelegenheit dazu bekam.

»Wo fahren Sie denn hin?«, fragte sie mit dieser typischen missbilligenden Miene.

»Es ist etwas passiert«, sagte ich. »Ein Notfall.« Ich wagte nicht, ihr zu sagen, dass es um Bobby ging. Sie würde an seinem Bett erscheinen, ehe ich bis drei gezählt hatte.

»Natürlich«, sagte sie. »Und Bobby? Wann kommt er nach Hause?«

»Er kommt heute spät«, antwortete ich. »Danke, dass Sie auf die Kleine aufpassen.«

Auf dem Krankenhausparkplatz stieß ich beim Einparken gegen ein anderes Auto, aber ich nahm mir nicht die Zeit, den Schaden zu begutachten. All das spielte jetzt keine Rolle. Bobby brauchte mich.

»Ich möchte zu Bobby Littleton.« Ich fuhr die Frau an der Rezeption regelrecht unwirsch an. Sie schickte mich in den fünften Stock, wo Bobby gerade für die Operation vorbereitet wurde, und ich schaffte es noch rechtzeitig in sein Zimmer.

»Bobby!«, rief ich. »Ich bin fast durchgedreht, als ich den Anruf bekam!«

»Sie sagen, ich schaffe das schon«, erwiderte er und zwinkerte mir zu.

Ich beugte mich über das Bett, nahm ihn in die Arme und blieb so bei ihm liegen, bis die Schwester kam und sagte: »Es ist so weit.« Ich wollte ihn nicht mehr loslassen, und als er in den OP geschoben wurde, hatte ich das Gefühl, an alldem schuld zu sein.

Das Warten, bis die Operation vorbei war, war eine einzige Qual. Unablässig ging ich auf den Fluren auf und ab, es kam mir so vor, als wäre ich mindestens fünf Kilometer gelaufen. Hin und wieder schaute ich aus dem Fenster zu dem Kino hinunter, um zu sehen, welcher Film gerade lief. Über dem Eingang wurde *Blue Skies* mit Bing Crosby angekündigt. Ich sah Paare Arm in Arm hineingehen, die meisten waren junge Männer und Frauen, und ich wünschte, ich wäre eine von ihnen. Am liebsten hätte ich die Zeit zurückgedreht und alles noch einmal gemacht, ohne die Reue, ohne den Schmerz.

Als ich gerade wieder am Fenster stand und die Leute in der Schlange betrachtete, entdeckte ich Elliot.

Groß wie er war, fiel er in jeder Menge auf. Und er war nicht allein. Neben ihm stand Frances.

»Mrs Littleton«, sagte die Schwester hinter mir.

»Ja?« Widerstrebend wandte ich mich vom Fenster ab. Ich fühlte mich zwischen zwei Welten gefangen. »Geht es ihm gut?«

Sie lächelte. »Ihr Mann ist eine Kämpfernatur. Er hat die Operation gut überstanden. Aber er hat eine schwere Zeit vor sich. Er wird Sie rund um die Uhr brauchen.«

Ich nickte.

»Apropos«, sagte sie. »Ich brauche Ihren Ausweis für die Entlassungspapiere.«

Ich griff nach meiner Handtasche, aber sie war nicht da. Dann fiel mir ein, dass ich sie an dem Abend, als ich mich mit Elliot getroffen hatte, im Restaurant gelassen und nie wieder abgeholt hatte. All das schien mir auf einmal unfassbar.

»Tut mir leid, ich muss meine Handtasche zu Hause gelassen haben«, log ich.

»Macht nichts«, erwiderte sie lächelnd. »Das kriegen wir schon hin.«

»Danke«, sagte ich. »Kann ich jetzt zu ihm?«

»Ja«, antwortete sie. »Aber er ist sehr geschwächt, vergessen Sie das nicht.«

Ich folgte ihr ins Aufwachzimmer, und da lag er mit geschlossenen Augen.

»Hallo, Bobby«, sagte ich und streichelte ihm die Stirn.

Er öffnete die Augen und schenkte mir ein angedeutetes Lächeln. »Ich hab dir doch gesagt, dass ich das überstehe«, sagte er.

Im Gegensatz zu mir hielt Bobby seine Versprechen.

Es war bestimmt schon zehn Uhr, als Bee und ich uns schließlich am Frühstückstisch einfanden. Es lag Trauer in der Luft.

»Guten Morgen«, sagte Bee leise. Sie war in Nachthemd und Morgenmantel. In dieser Aufmachung wirkte sie noch älter als sonst.

»Ich hole dir die Zeitung«, sagte ich, ging auf die Veranda und fand die *Seattle Times* im Matsch unter einem Rosenstrauch neben dem Haus. Zum Glück steckte sie in einer Plastiktüte.

»Die Beerdigung findet übermorgen statt«, sagte Bee, ohne mich anzusehen. Es war, als hätte sie die Worte nur probeweise ausgesprochen, so als hoffte sie, dass Evelyns Tod nur ein böser Traum gewesen war.

»Kann ich irgendwie helfen?«, fragte ich.

Bee schüttelte den Kopf. »Nein. Die Familie ihres Mannes kümmert sich um alles.«

Ich machte Rührei, während Bee aufs Meer hinausschaute. Ich dachte an Joel und an den Morgen, als er mir von Stephanie erzählt hatte. Ich hatte einen Teller fallen lassen, ein Detail, das ich ganz vergessen hatte. Es war ein Teller von unserem Hochzeitsgeschirr – Waterford, weiß mit einem breiten Silberrand und so teuer, dass die Verkäuferin bei Macy's vor Freude gequiekt hatte, als wir zwölf Gedecke bestellten. Das kostbare Stück war in tausend Teile zersprungen.

»Komisch«, sagte ich, während ich die Eier in der Pfanne umrührte.

»Was?«

»Ich habe einen Teller zerschlagen.«

»Du hast einen Teller zerschlagen?«

»Ja, zu Hause, als Joel mir eröffnet hat, dass er mich verlassen würde.«

Bee starrte nur ausdruckslos vor sich hin.

»Und es war mir egal. Wenn ich mich jetzt daran erinnere, tut es mir mehr leid um den Teller als um Joel.«

Bees Mundwinkel hoben sich kaum merklich zu einem angedeuteten Lächeln. »Fortschritt.«

Ich lächelte in mich hinein und setzte Bee einen Teller vor. »Rührei mit Toast.«

»Danke«, sagte sie. Aber sie aß keinen Bissen. Sie bekam einfach nichts hinunter. »Tut mir leid«, sagte sie. »Es hat nichts mit deiner Kochkunst zu tun …«

»Kein Problem«, sagte ich. »Ich versteh das schon.«

»Ich lege mich noch ein bisschen hin.«

Ich nickte. Als ich ihr nachschaute, wie sie langsam den Flur hinunterging, hatte ich einen Kloß im Hals.

Ich beschloss, mich anzuziehen und Bees Haus in Ordnung zu bringen. Es gibt nichts Deprimierenderes als ungespültes Geschirr in der Küche und Zeitungsstapel im Wohnzimmer. Um elf war alles blitzsauber. Als ich gerade dabei war, die Anrichte in der Küche zu polieren, klingelte das Telefon, aber ich gönnte mir noch einen bewundernden Blick auf mein Werk, ehe ich abnahm.

»Hallo?«

»Hallo, Emily, hier ist Jack.«

»Hallo«, sagte ich, erfreut, seine Stimme zu hören.

»Ich wollte nur mal hören, wie es bei euch aussieht. Wie geht's deiner Tante?«

»Sie hält sich tapfer«, sagte ich.

»Und du?«

»Mir geht's einigermaßen.«

»Ich würde dich gern wiedersehen. Wann immer es dir recht ist.«

»Also, Bee schläft gerade. Du könntest vorbeikommen.«

»Bist du sicher?«

»Ja.«

Eine halbe Stunde später war er da. Er schien beeindruckt von Bees Haus – aber auch ich war ein wenig eingeschüchtert.

»Wie schön«, sagte er, als er sich umsah. »Ich bin noch nie hier drin gewesen. Ich habe mich immer gefragt, wie es von innen aussehen mochte.«

»Wahrscheinlich hast du dir Monster und Gespenster vorgestellt«, scherzte ich.

»Und Kobolde«, sagte er.

Wir gingen in den Wintergarten, und ich machte die Tür zu, um Bee nicht zu stören, oder vielmehr, damit sie, falls sie aufwachte, keinen Schreck bekam, wenn sie Jack erblickte.

»Vielleicht sollten wir uns lieber im Wandschrank verstecken«, frotzelte Jack.

»Keine schlechte Idee«, erwiderte ich grinsend, als wir uns auf das kleine Sofa setzten.

Er nahm meine Hand, und ich schmiegte mich an ihn. Eine Weile saßen wir schweigend da und beobachteten ein Rotkehlchen, das einen winzigen Zweig aus dem Gras zerrte und damit in einen Baum flog.

»Die Insel ist der perfekte Ort zum Schreiben, nicht wahr?«, sagte Jack.

Ich nickte. »Sie ist auf jeden Fall von Geschichten umrankt.«

»Ich habe nachgedacht«, sagte er. »Du hast doch gesagt, du suchst nach Inspiration für dein nächstes Buch … Hast du schon mal in Erwägung gezogen, eine Geschichte über die Insel zu schreiben? Eine, die hier auf Bainbridge Island spielt?«

Ich richtete mich auf und betrachtete sein nachdenkliches Gesicht. Er liebte die Insel genauso wie ich, das bewiesen seine Bilder. Aber in seinen Worten lag ein tieferer Sinn, etwas Unausgesprochenes, das ich in seinen Augen zu lesen versuchte.

»Es gibt eine Geschichte in meinem Herzen«, sagte ich, während ich den alten Kirschbaum vor den Fenstern betrachtete, der sich gegen den scharfen Nordwind zur Wehr setzte. Als Kind war ich oft in diesen Baum geklettert, hatte stundenlang in seinen Zweigen gehockt, die süßen Kirschen gegessen und mir Geschichten über kleine Mädchen ausgedacht, die lange vor mir in dem Baum gesessen hatten. Ich schüttelte den Kopf. »Ich glaube, ich traue mich nicht.«

Jack schaute mich an. »Wovor hast du denn Angst?«

»Dass ich nicht in der Lage bin, die Geschichte so schön und überzeugend zu schreiben, wie sie es verdient«, antwortete ich. »Mein erstes Buch war … anders. Ich war stolz darauf, das schon. Aber …«

Jack sah mich an, als wüsste er genau, was ich meinte. »Die Geschichte kam nicht von Herzen, stimmt's?«

»Genau«, sagte ich.

»Hast du eigentlich schon gefunden, wonach du suchst?«, fragte er, während er die Vögel im Baum beobachtete.

Ich dachte an das Tagebuch in der Schublade des Nachtschränkchens. Wenn ich vielleicht auch nicht das gefunden hatte, wonach ich zu suchen glaubte, so hatte ich doch etwas viel Besseres gefunden, sowohl in dem Tagebuch als auch in Jacks Armen.

Ich verschränkte meine Finger mit seinen. »Ich glaube ja.«

»Ich möchte, dass du nie mehr von hier fortgehst«, sagte er. Seine Stimme klang stark und sicher.

Wir saßen noch lange dort und schauten auf die Wellen, die sich am Strand brachen.

Jack lud mich zum Abendessen in einem Restaurant in der Stadt ein. Ich wäre gern mitgegangen, aber ich konnte Bee nicht allein lassen. Nicht an dem Abend. Das konnte er verstehen.

»Ich würde dir anbieten, für dich zu kochen«, sagte ich zu Bee, »aber ich fürchte, dein kulinarisches Gen habe ich nicht geerbt.«

»Unsinn«, entgegnete sie. »Ich habe erst mit sechzig Kochen gelernt. Das kommt später im Leben.«

Ich nickte, froh zu hören, dass es Dinge gibt, die sich mit dem Alter bessern. »Wie wär's, wenn ich uns was aus einem Imbiss hole?«, fragte ich.

»Also, Evelyn und ich mochten immer das kleine Bistro gegenüber vom Town & Country Market«, sagte sie. »Das Brathähnchen war ihr Lieblingsgericht.«

»Okay«, sagte ich. Ich freute mich, dass sie wieder Appetit hatte, und noch mehr, dass ich ihr etwas Gutes tun konnte.

Auf der Fahrt in die Stadt ließ ich die Fenster offen, um die frische, feuchte Inselluft zu genießen, die nach Meer und Pinien duftete. Ich parkte direkt vor dem Bistro.

Es war ein gemütlicher kleiner Laden mit smaragdgrünen Wänden und dunkler Mahagoni-Täfelung. Die Tische sahen einladend aus, als könnte man sich hier eine Flasche Wein bestellen und sie in Ruhe austrinken, bis der Imbiss zumachte. Ich fragte mich, ob Esther hin und wieder hier zu Abend gegessen hatte.

»Ich würde gern etwas zum Mitnehmen bestellen«, sagte ich zu der Kellnerin. Sie reichte mir die Speisekarte, und ich wählte etwas aus.

»Dauert ungefähr eine halbe Stunde«, sagte sie.

»Kein Problem.«

Ich ging nach draußen, überquerte die Straße und setzte mich auf eine Bank mit Blick aufs Wasser. Von hier aus konnte man die Fähren sehen, die in den Hafen einliefen, und in der Ferne konnte man sogar die Skyline von Seattle ausmachen.

Irgendwie kam mir diese Stelle vertraut vor, und im nächsten Augenblick wusste ich es: Hier hatte ich mit Greg gesessen. Er hatte mich zum Abendessen in einem mexikanischen Restaurant eingeladen, im letzten Sommer, den ich hier verbracht hatte. Damals war ich sechzehn. Nach dem Abendessen hatten wir die Straße überquert und uns auf genau diese Bank gesetzt. Inzwischen war es dunkel geworden, und wir knutschten, bis er mich nach Hause zurückfuhr. Meine Mutter hatte mich ausgeschimpft, weil ich zehn Minuten zu spät nach Hause kam, aber Bee hatte nur gelächelt und gefragt, ob ich einen schönen Abend gehabt hätte. Und das hatte ich.

Nachdem die halbe Stunde vergangen war, ging ich zurück ins Bistro, um mein Essen abzuholen. Die Kellnerin reichte mir eine große Papiertüte. Sie hatte einen Verlobungsring mit einem Diamanten am Finger, der ganz neu aussah. Er erinnerte mich an meinen Ehering, der Joels Großmutter gehört hatte. Als er eine Woche, nachdem er mir von seiner Affäre erzählt hatte, nach Hause kam, um ein paar Sachen zu holen, hatte ich ihm den Ring vor die Füße geworfen. Womöglich lag der Ring immer noch dort, dachte ich, im Staub unter der Schlafzimmerkommode. Ich wusste es nicht, und es war mir egal.

Ich bedankte mich bei der Kellnerin und vergrub die linke Hand in meiner Jackentasche.

»Jack hat angerufen«, sagte Bee. In ihrer Stimme lag weder Freude noch Missfallen.

Ich lächelte und deckte den Tisch. Wir aßen schweigend und lauschten dem Knistern des Feuers.

»Ich gehe ins Bett«, verkündete Bee um kurz vor neun.

»Okay.«

Nachdem sie ihre Zimmertür geschlossen hatte, griff ich zum Telefon.

»Hallo«, sagte ich zu Jack.

»Hast du Lust rüberzukommen?«

»Ja.«

Ich riss einen Zettel von einem Notizblock und kritzelte eine Nachricht für Bee:

Bin bei Jack. Es wird bestimmt spät.
Alles Liebe, Emily

Ich sah ihn schon vom Strand aus. Er stand auf der Veranda und trug Jeans und ein weißes T-Shirt.

»Danke, dass du gekommen bist«, sagte er lächelnd, als ich die Stufen hinaufstieg.

Ich war ein bisschen verlegen, und ich hatte den Eindruck, er auch.

Drinnen half er mir aus meiner Jacke. Als er die Knöpfe öffnete, spürte ich, wie mein Atem schneller ging. Seine Berührung elektrisierte mich.

Er zeigte ins Wohnzimmer, wo zwei gefüllte Weingläser auf dem Sofatisch standen.

Wir ließen uns aufs Sofa sinken.

»Emily«, sagte er, während er langsam mit den Fingern durch meine Haare fuhr, »ich möchte dir etwas sagen.«

Ich wappnete mich. »Was denn?«

Jack sah sich im Zimmer um, als müsste er sich zuerst sammeln. »Vor vier Jahren habe ich geheiratet«, sagte er. »Sie hieß Allison.«

Ich sah ihn forschend an.

»Sie ist drei Tage vor Weihnachten gestorben. Bei einem Autounfall. Sie fuhr gerade am Town & Country Market vorbei und rief mich auf dem Handy an. Sie wollte wissen, ob ich etwas brauchte. Ich sagte Nein. Lange Zeit habe ich mich mit dem Gedanken gequält, dass, wenn ich sie gebeten hätte, Äpfel, Brot, Wein, *irgendetwas* zu kaufen, alles anders gekommen wäre. Dass es ihr das Leben gerettet hätte.«

»Ach, Jack, das tut mir leid.«

Er legte mir eine Hand auf die Lippen. »Du brauchst nichts zu sagen. Ich habe meinen Frieden gefunden. Ich wollte nur, dass du es weißt. Es ist Teil meiner Geschichte.«

Ich schaute zum Kaminsims hinüber, wo das Foto der Frau stand. »Ist sie das?« Mein Herz zog sich zusammen. Ob er schon wieder bereit war für die Liebe?

Er nickte. »An dem Tag bei Henry«, sagte er, »da habe ich etwas empfunden, was ich nicht mehr empfunden habe, seit …«

Ich drückte seine Hand. »Ich auch.«

11. März

Am nächsten Morgen wachte ich mit dem Gefühl auf, dass jemand mich anschaute. Als ich die Augen öffnete, sah ich Jack.

»Guten Morgen«, sagte er.

Ich schaute mich um und stellte fest, dass ich immer noch bei ihm war. Ich musste an seiner Schulter eingeschlafen sein.

»Ich könnte dir ewig beim Schlafen zusehen«, sagte er und küsste meinen Nacken.

Ich rieb mir die Augen und gab ihm einen Kuss. Dann sah ich mich hektisch nach einer Uhr um. »Wie spät ist es?«

»Halb acht«, sagte er.

Ich dachte an Bee und wusste, dass ich sofort losmusste. Sie war bestimmt längst auf und machte sich Sorgen.

Jack nahm seine Jacke. »Ich begleite dich nach Hause«, sagte er und nahm meine Hand.

»Eigentlich will ich gar nicht nach Hause«, sagte ich und zog ihn an mich.

Er grinste. »Dann bleib doch einfach.«

Zum ersten Mal seit langer Zeit hatte ich das Gefühl, als würde mir das Herz zerspringen. Es war wunderbar.

Eine Stunde später schlüpfte ich leise ins Haus. Bees Schlafzimmertür war noch zu, und der Zettel, den ich ihr geschrieben hatte, lag immer noch auf dem Tisch. Ich steckte ihn rasch ein. Dann setzte ich mich an meinen Laptop und schrieb ein paar Absätze, die jedoch bestenfalls mittelmäßig ausfielen. Schließlich verlor ich die Lust und begann zu lesen.

Bobby wollte mir keine Last sein, und doch war er es. Tag für Tag musste ich ihn mit dem Löffel füttern, baden und ihm sogar auf die Toilette helfen. Eines Morgens schaffte er es nicht, mich rechtzeitig zu wecken, um ihn aufs Klo zu bringen, es ging alles zu schnell.

»Gott, es tut mir so leid«, sagte er beschämt.

»Ist schon in Ordnung«, versicherte ich ihm. »Ich werde dich erst mal baden, dann ziehe ich frisches Bettzeug auf.«

Es war meine Strafe, sagte ich mir, der Preis, den ich zahlen musste für die Entscheidungen, die ich getroffen hatte. Ich wusste, dass ich es nicht besser verdient hatte.

Ich hatte Bobby meinen Fehltritt immer noch nicht gebeichtet, und ich entschloss mich, mein Geheimnis mit ins Grab zu nehmen. Mein Herz gehörte Elliot, aber unsere Liebe würden wir in einem anderen Leben ausleben müssen.

An dem Morgen hatte ich den Vera-Lynn-Song *We'll Meet Again* im Radio gehört, und die Melodie verfolgte mich. Ich war davon überzeugt, dass wir uns wiedersehen, dass wir uns wieder lieben würden – nur wann? In Monaten? In Jahren?

Und als es, mehrere Tage, nachdem Bobby aus dem Krankenhaus gekommen war, an der Tür klopfte, war Elliot der Letzte, den ich zu sehen erwartete. Aber da stand er vor meiner Tür – vor dem Haus, in dem ich mit Bobby wohnte.

Sosehr ich mich auch danach gesehnt hatte, ihn zu sehen, sosehr ich mich auf diesen Augenblick gefreut hatte – dass er aus heiterem Himmel an meiner Haustür erschien, schockierte mich. Sein Anblick ließ mich erschaudern: Er war unrasiert, und seine Augen flackerten nervös.

»Ich habe das von Bobby gehört«, sagte er. »Es tut mir leid.«

»Wie kannst du so etwas sagen?«, fragte ich, während ich mich umschaute, um zu sehen, ob irgendwelche Nachbarn uns beobachteten. »Nach allem, was du getan hast?« Dann flüsterte ich: »Nach allem, was *wir* getan haben?« Plötzlich überkamen mich alle möglichen Gefühle, Wut, Traurigkeit, Reue. Es war absurd, Elliot für Bobbys Herzinfarkt verantwortlich zu machen, aber ich konnte nicht anders.

Elliot schaute auf seine Füße.

»Warum bist du hergekommen?«, flüsterte ich. Ich

bedauerte, was ich gesagt hatte, und einen Moment lang wünschte ich, ich könnte ihn umarmen.

»Ich musste dich sehen«, sagte er.

»Du kannst nicht einfach an meine Tür klopfen.« Er wirkte dünn – geradezu ausgezehrt – und müde. Um seine Augen und seine Mundwinkel hatten sich winzige Fältchen gebildet.

»Glaubst du wirklich, dass das leicht für mich ist, Esther?«

Auf den Gedanken war ich noch gar nicht gekommen. Für mich war er immer derjenige gewesen, der frei war, während ich gefangen war. Plötzlich rief Bobby nach mir. »Emily, ist das der Briefträger? Kannst du ihm die Briefe mitgeben, die hier an meinem Bett liegen?«

»Nein, es ist nur … ein Nachbar. Ich komme gleich.« Dann flüsterte ich: »Elliot, ich muss mich um Bobby kümmern.«

Er wirkte verzweifelt. »Wann werde ich dich wiedersehen?«

»Ich weiß nicht, ob wir uns überhaupt noch einmal sehen sollten«, antwortete ich. Noch nie war es mir so schwergefallen, etwas über die Lippen zu bringen, aber noch schlimmer war es zu sehen, welche Auswirkung meine Worte hatten. Es war, als hätte ich ihm einen Dolch ins Herz gestoßen.

»Das kannst du nicht ernst meinen, Esther«, sagte er. »Lass uns zusammen von hier fortgehen. Wir können ein neues Leben anfangen. Die Kleine kannst du mitnehmen. Ich werde sie lieben, als wäre sie mein eigen Fleisch und Blut. Sag, dass du mit mir kommst. Du musst einfach mit mir kommen.«

Ich hörte, wie Janice von nebenan ihre Tür öffnete, und als ich zu ihrer Veranda hinüberschaute, sah ich, dass sie den Kopf reckte, um mitzubekommen, was sich vor meiner Haustür abspielte.

Ich schüttelte den Kopf. »Nein«, sagte ich entschlossen und wischte mir eine Träne von der Wange. »Ich kann nicht, Elliot.«

Er trat einen Schritt zurück und sah mich durchdringend an, als versuchte er, sich mein Gesicht zum letzten Mal einzuprägen, bevor er ging. Es war mir egal, dass Janice uns beobachtete. Ich schaute Elliot nach, bis er außer Sichtweite war. Ich konnte meinen Blick einfach nicht von ihm losreißen.

Tage und Wochen vergingen. Bobby war immer noch bettlägerig, und ich pflegte ihn. Eines Morgens war mir nach dem Aufwachen speiübel. Ich rannte ins Bad und übergab mich. Die nächsten Tage verbrachte ich im Bett, und am dritten Tag überredete Bobby mich, zum Arzt zu gehen.

Nachdem er mich untersucht und einige Tests durchgeführt hatte, kam Dr. Larimere zurück ins Sprechzimmer und strahlte mich an. »Tja, Mrs Littleton«, sagte er, »anscheinend haben Sie sich einen Grippevirus eingefangen, der zurzeit in der Stadt umgeht.«

Ich nickte. »Dann ist es also nichts Ernstes?«

»Nein, Ma'am«, erwiderte er. »Aber da ist noch etwas.« Er zog ein Blatt aus meiner Krankenakte. »Das hier ist aus dem Labor zurückgekommen. Es freut mich, Ihnen mitteilen zu können, dass Sie ein Kind erwarten.«

»Was?«, entfuhr es mir. Ich war überhaupt nicht auf die Idee gekommen, dass ich schwanger sein könnte. »Das kann nicht sein«, sagte ich schockiert.

»Oh doch.«

Ich schüttelte den Kopf. »Wie weit bin ich denn?«

»In den ersten Wochen«, sagte er immer noch lächelnd. »Aber es besteht kein Zweifel. Ich würde sagen, am besten fahren Sie ganz schnell nach Hause und überbringen Ihrem Mann die gute Nachricht, das wird ihn bestimmt aufmuntern.«

Ich konnte nur vor mich hin starren.

»Mrs Littleton«, sagte der Arzt. »Stimmt irgendetwas nicht?«

»Nein, es ist alles in Ordnung«, sagte ich und rang mir ein Lächeln ab, als ich zur Tür ging. Aber es war gar nichts in Ordnung. Von nun an würde nie wieder alles in Ordnung sein, und zwar aus einem einfachen Grund: Das Kind war nicht von Bobby. Das konnte nicht sein. Es war von Elliot.

13

12. März

Ich rief Annabelle an, bevor ich mit Bee zu Evelyns Beerdigung aufbrach. Auf der Insel hatte ein Ereignis das andere gejagt, und ich hatte New York und Annabelle völlig vergessen.

»Annabelle?«

»Hallo, Em!«

»Du fehlst mir«, sagte ich. »Tut mir leid, dass ich so lange nicht angerufen hab. Hier ist einfach so viel passiert.«

»Ist alles in Ordnung?«

»Mehr oder weniger. Aber sag mir erst mal: Wie geht es dir?«

»Gut«, erwiderte sie knapp, dann ließ sie die Bombe platzen. »Es ist offiziell. Ich akzeptiere mein narzisstisches romantisches Naturell und gestehe: Ich habe mich wieder in Evan verliebt.«

»Wirklich?«

»Ja«, sagte sie. »Wir haben uns zum Abendessen getroffen und lange geredet, und ich glaube, wir sind wieder da, wo wir waren.«

»Ich freue mich so«, sagte ich. Annabelle hatte mehr als

alle anderen, die ich kannte, Liebe verdient, vielleicht sogar mehr als ich.

»Und was ist mit dem Jazz-Problem?«

Sie lachte. »Ich bearbeite ihn noch.«

Ich berichtete ihr von Greg und Jack und Evelyn.

Evelyns Tod machte sie offenbar schrecklich traurig, andererseits hat Annabelle so nah am Wasser gebaut, dass sie sogar bei Kleenex-Werbung heult.

Bee zeigte auf die Uhr. Wir mussten uns auf den Weg machen. Sie war eine der Sargträgerinnen und wollte nicht zu spät kommen, was bedeutete, dass sie eine Stunde früher losfahren wollte, für den Fall, dass wir im Verkehr stecken blieben – ungeachtet der Tatsache, dass es auf der Insel nie viel Verkehr gab.

»Tut mir leid, Annie, ich muss los«, sagte ich. »Wir fahren zur Beerdigung.«

»Kein Problem. Ruf mich wieder an, wenn du Zeit hast.«

Der Trauergottesdienst fand in St. Mary statt, was mich an Esthers Beichte erinnerte. St. Mary gleicht eher einer Kathedrale als einer normalen Kirche. Die reichen Ornamente, das viele Blattgold und die mit Engeln bemalte Decke zeugen davon, dass es auf der Insel viel Geld gibt.

Bee sagte, ich solle mir einen Platz suchen, sie würde sich später, nachdem sie dabei geholfen hatte, Evelyns Sarg nach vorn zu tragen, zu mir setzen. Sie hatte Tränen in den Augen, als sie sich in der Kirche umsah, aber dann hielt sie inne, als sie Jack erblickte, der einen alten Mann hereinführte.

Ich winkte Jack zu, aber Bee wandte sich ab und gesellte sich zu den anderen Sargträgern.

Evelyn hatte verfügt, auf einem kleinen Friedhof in einem stillen Eckchen der Insel beigesetzt zu werden, und als wir dort eintrafen, verstand ich auch, warum. Der Ort wirkte nicht wie ein Friedhof, sondern eher wie ein Park, den man gern aufsuchte, vielleicht mit einer Picknickdecke oder einem guten Buch oder mit einem Freund und einer guten Flasche Wein. Außerdem hatte man von hier aus auch noch einen guten Blick auf die Skyline von Seattle.

Mindestens zweihundert Menschen hatten am Trauergottesdienst teilgenommen, aber zur Beerdigung kamen nur wenige Freunde und Verwandte, Rosen und Papiertaschentücher in den Händen. Henry war da, ebenso wie die Angehörigen von Evelyns verstorbenem Ehemann und einige ihrer Nichten und Neffen.

Der Priester sagte ein paar Worte, dann wurde der Sarg langsam in das Grab gelassen. Nach und nach traten die Trauergäste vor, um eine Rose ins Grab zu werfen und sich von Evelyn zu verabschieden. Und da entdeckte ich Jack. Er befand sich nicht unter den Leuten, die sich um Evelyns Grab versammelt hatten, sondern stand zusammen mit dem alten Mann, den er in die Kirche geleitet hatte, vor einem Grabstein in einiger Entfernung. War der Mann sein Großvater? Von dort, wo ich stand, konnte ich nicht erkennen, ob die beiden sich ähnelten. Ich sah, wie der alte Mann Jack etwas gab. Mit zusammengekniffenen Augen versuchte ich zu erkennen, was Jack in den Händen hielt. Es war eine kleine Schachtel, so klein, dass er sie in seine Jackentasche stecken konnte. Als Jack in meine Richtung schaute, wandte ich mich wieder Evelyns Grab zu, und da fiel mir auf, dass Bee nicht mehr neben mir stand. Besorgt entfernte ich mich von der Trauergemeinde und fand sie im Auto, wo sie in sich zusammengesunken auf dem Beifahrersitz saß.

»Bee?« Ich klopfte ans Fenster.

Sie kurbelte die Scheibe herunter. Ihr Gesicht war tränennass. »Tut mir leid, Liebes«, sagte sie. »Ich kann das einfach nicht.«

»Ich weiß«, beruhigte ich sie. »Du brauchst nicht tapfer zu sein. Evelyn hätte gewollt, dass du einfach du selbst bist.«

Ich nahm den Brief aus meiner Jackentasche, den Evelyn mir für Bee gegeben hatte. »Hier«, sagte ich. »Das ist von Evelyn.«

Einen Moment lang hellte Bees Miene sich auf, als sie den Brief an ihre Brust drückte. Ich wusste, dass sie ihn erst öffnen und lesen würde, wenn sie allein war.

»Gib mir die Autoschlüssel«, sagte ich. »Ich fahre dich nach Hause.«

Bee lehnte sich in ihrem Sitz zurück, während ich auf die Schnellstraße fuhr, die den Norden der Insel mit dem Süden verbindet. Es herrschte nur wenig Verkehr, und die Leere auf der Straße passte zu dem Gefühl der Einsamkeit nach der Beerdigung. Doch plötzlich ertönte hinter uns eine Polizeisirene, und dann noch eine. Ich ging vom Gas und fuhr an den Rand, als die Streifenwagen, gefolgt von einem Notarztwagen, in den Fay Park einbogen.

»Was mag denn da los sein?«, murmelte ich und schaute Bee an. Ich konnte mich nicht erinnern, jemals einen Streifenwagen oder einen Notarztwagen auf der Insel gesehen zu haben.

Bee schaute schweigend aus dem Fenster.

Als ich weiterfahren wollte, wurden wir von einem Polizisten aufgehalten. Ich kurbelte das Fenster herunter.

»Tut mir leid, Ma'am«, sagte er. »Wir leiten den Verkehr über die Day Road um. Sie brauchen nur zu wenden, dann biegen Sie rechts ab. Hier werden polizeiliche Ermittlungen durchgeführt.«

Ich nickte. »Was ist passiert?«

»Ein Selbstmord«, sagte der Polizist. »Eine junge Frau, wahrscheinlich nicht älter als zwanzig. Sie ist im Park von der Klippe gesprungen.«

Mir stockte der Atem. »Gott, wie traurig«, sagte ich. Dann wendete ich den Wagen.

Eine Weile schwiegen wir. Ich dachte an die junge Frau, die sich dort im Park das Leben genommen hatte. Wovor war sie davongelaufen? Was hatte sie zurückgelassen? Als wir schließlich in die Hidden Cove Road einbogen, richtete Bee sich auf. »Immer die jungen Frauen«, sagte sie abwesend, den Blick auf das Seitenfenster geheftet.

An dem Nachmittag machten wir einen Strandspaziergang, hörten Musik und betrachteten alte Fotos von Evelyn. Die Stimmung war gedrückt. Bee gab sich ihren Erinnerungen hin und ich mich der Lektüre. Am nächsten Tag würden wir wieder in der Lage sein, uns der Welt zu stellen, jede auf ihre Weise.

»Du brauchst eine Atempause«, sagte Bobby eines Morgens zu mir. »So wie du mich seit Wochen pflegst und dich aufopferst. Willst du nicht Rose und Frances anrufen und dich mit ihnen zum Mittagessen treffen oder zum Bummeln nach Seattle fahren? Ich kann meine Mutter bitten, sich solange um die Kleine zu kümmern.«

Es war ein großzügiges Angebot, und ich nahm es nur zu gern an. Ich rief Rose an.

»Hallo«, sagte ich. »Was hast du heute vor?«

»Nichts«, antwortete sie. »Soll ich mit der nächsten Fähre rüberkommen?«

»Das wäre schön«, sagte ich.

»Bobby hat mir vorgeschlagen, einen Tag freizunehmen. Ich dachte, wir könnten zusammen zu Mittag essen. Und dann auf den Jahrmarkt auf der Main Street gehen.«

»Gute Idee. Ich rufe Frances an und frage sie, ob sie mitkommt.«

»Ich weiß nicht«, sagte ich zögernd. »Wir haben uns schon eine Weile nicht gesehen.«

»Na ja«, erwiderte Rose. »Was du heute kannst besorgen, das verschiebe nicht auf morgen. Ich rufe sie an. Ihr beide werdet euch schon wieder vertragen.«

Ich konnte nur hoffen, dass sie recht behielt.

Ich war froh, dass Rose als Erste im Restaurant eintraf. Ich hatte das Gefühl, es nicht ertragen zu können, mit Frances allein zu sein.

Ich hatte Rose noch nichts von meiner Schwangerschaft erzählt – das heißt, ich hatte noch niemandem davon erzählt. Aber bald würde es nicht mehr zu übersehen sein.

Dann kam Frances und setzte sich zu uns an den Tisch. »Hallo«, sagte sie zu uns beiden. Ihre Stimme klang ausdruckslos.

An mich gewandt fügte sie hinzu: »Das mit Bobby tut mir leid.«

»Danke«, sagte ich. Mehr brachte ich nicht heraus.

»Seht mal«, rief Rose aus und brach das Schweigen am Tisch. Sie zeigte aus dem Fenster auf zwei Schulmädchen mit bunt geschminkten Gesichtern, die sich eine große Tüte geröstete Erdnüsse teilten. Arm in Arm sprangen sie vom Gehsteig vor dem Restaurant. »Der Jahrmarkt! Kommt, gehen wir uns amüsieren! Wie in alten Zeiten.«

Der Markt kam jedes Jahr in die Stadt, normalerweise im April, wenn der Winter nur noch eine ferne Erinnerung war, aber in diesem Jahr waren die Buden und Fahrgeschäfte überraschenderweise früher eingetroffen. Seit wir Kinder waren, gingen wir jedes Jahr auf den Markt, aßen Zuckerwatte, fuhren mit dem Riesenrad und ließen uns die Zukunft aus der Hand lesen. Diesmal verzichteten wir auf das Riesenrad und die Zuckerwatte und gingen auf direktem Weg zum Zelt der Wahrsagerin.

Aber etwas, oder besser, jemand, hielt uns auf.

»Esther«, rief ein Mann aus der Menge. Ich drehte mich um. Es war Billy.

»Hallo«, sagte ich.

»Hallo«, sagte er lächelnd und schaute mir ein bisschen zu lange in die Augen. »Deine Handtasche«, sagte er und reichte sie mir. »Die hast du vor einer Weile im Restaurant liegen lassen. Ich habe die ganze Zeit darauf gewartet, dass ich dir über den Weg laufen würde, um sie dir zurückzugeben.«

Er wirkte gekränkt, auch wenn ich mir nicht erklären konnte, warum.

»Danke, Billy«, sagte ich in entschuldigendem Tonfall. Es war Jahre her, dass wir miteinander gegangen waren, aber jedes Mal, wenn ich ihm begegnete, musste ich daran denken, wie Frances einmal gesagt hatte, dass es ihm das Herz brach, wenn er mich sah.

»Kommst du, Esther?«, rief Rose. Sie stand mit Frances vor dem Zelt der Wahrsagerin. Ich nickte und verabschiedete mich von Billy.

Im Zelt, das mit exotischen Teppichen ausgelegt war, trat eine etwa fünfzigjährige Frau mit dunklem Haar auf uns zu. Ich erkannte sie nicht von den früheren Jahren. »Was kann ich für Sie tun?«, fragte sie mit einem Akzent, den ich ebenfalls nicht wiedererkannte.

»Wir möchten uns die Zukunft voraussagen lassen«, sagte ich.

Sie nickte zur Bestätigung und führte uns durch einen Perlenvorhang. »Fünfzig Cent pro Person«, erklärte sie. Das erschien uns jedes Mal ziemlich teuer, doch wir bezahlten den Preis Jahr für Jahr in der Hoffnung auf ein Körnchen Wahrheit.

Wir setzten uns auf Kissen, die auf dem Boden verteilt lagen. Die Frau legte drei Karten vor uns aus. »Wer möchte anfangen?«

Rose hob eine Hand.

»Schön«, sagte die Frau. »Bitte wählen Sie eine Karte.«

Rose wählte eine blaue Karte, auf der ein Elefant abgebildet war. Die Frau bedeutete ihr, die Hand auszustrecken, die sie dann mindestens eine Minute lang eingehend betrachtete. Schließlich blickte sie auf, lächelte und sagte nur: »Ja.«

Sie deponierte die Karte, die Rose ausgesucht hatte, auf einem Stapel neben sich und legte drei weitere Karten aus. »Aha«, sagte sie. »Ganz, wie ich erwartet hatte. Ein glückliches Leben, Wohlstand, Freude. Ich sehe keine Regenwolken in Ihrer Zukunft – nicht einen einzigen Regentropfen.«

Rose lächelte wissend. »Danke«, sagte sie.

»Wer ist die Nächste?«

Frances nickte. »Ich. Dann hab ich's hinter mir.« Es hatte ihr schon immer widerstrebt, sich die Zukunft voraussagen zu lassen, und doch ging sie jedes Jahr mit.

»Bitte wählen Sie eine Karte aus«, bat die Wahrsagerin.

Frances entschied sich für eine violette Karte, auf der ein Vogel abgebildet war. »Diese«, sagte sie vorsichtig.

»Ja«, sagte die Frau, betrachtete Frances' Handfläche und fuhr mit der Fingerspitze darüber.

»Was ist?«, fragte Frances ungehalten und zog ihre Hand zurück. »Was sehen Sie?«

»Ich sehe nicht klar«, antwortete die Frau. »Ich muss die anderen Karten zurate ziehen.«

Sie legte die drei Karten auf den Stapel, wie sie es mit denen von Rose gemacht hatte, und breitete drei neue aus.

Nachdem sie sie nacheinander umgedreht hatte, verdüsterte sich ihr Blick. »Sie werden ein langes, erfülltes Leben haben«, erklärte sie. »Aber Ihre Liebeslinie ist problematisch. So etwas habe ich noch nie gesehen.«

»Wie meinen Sie das?«, fragte Frances.

»Es sieht so aus, als würde es zwei große Lieben in Ihrem Leben geben.«

Frances errötete. Rose und ich kicherten.

»Warten Sie«, fuhr die Frau fort. »Ich sehe auch tiefes Leid. Und jemanden im Zentrum dieses Leids.«

»Hören Sie auf«, sagte Frances. »Das reicht. Mehr möchte ich nicht wissen.«

»Alles in Ordnung, Liebes?«, fragte Rose.

»Ja«, sagte Frances steif und rieb sich die Handfläche, als versuchte sie, die Zukunft wegzuwischen, die ihr soeben daraus gelesen worden war.

»Tja, schätze, jetzt bin ich dran«, sagte ich zu der Wahrsagerin.

Bevor sie mir eine Karte zur Auswahl anbot, schaute sie mir in die Augen und runzelte die Stirn.

»Ich nehme diese«, sagte ich bestimmt und zeigte auf eine rosafarbene Karte, auf der ein Drache abgebildet war.

Die Frau wirkte erschrocken, als hätte ich gegen alle Regeln der Wahrsagerei verstoßen, aber trotzdem nahm sie meine Hand.

Bei mir brauchte sie länger als bei den anderen beiden. Ich wartete geduldig, während sie immer wieder mit den Fingern über die Linien in meiner Handfläche fuhr, als versuchte sie, sich einen Reim auf das zu machen, was sie dort sah. Nach mehreren Minuten ließ sie meine Hand plötzlich los, als hätte sie etwas erschreckt. Dann befragte sie die Karten, die vor uns lagen.

Sie betrachtete sie lange und ausgiebig, schließlich blickte sie auf und sagte: »Tut mir leid, ich gebe Ihnen Ihr Geld zurück.«

»Nein«, entgegnete ich. »Ich verstehe nicht. Warum können Sie mir nicht sagen, was Sie sehen?«

Sie zögerte einen Augenblick, dann antwortete sie: »Ich kann nicht.«

Ich beugte mich vor und packte ihre Hand. »Ich muss es wissen«, sagte ich so eindringlich, dass Rose und Frances zusammenzuckten. »Ich muss es wissen.«

»Also gut«, sagte sie. »Aber es kann sein, dass Ihnen nicht gefällt, was ich sage.«

Ich wartete schweigend auf das Schreckliche, was sie mir sagen würde, das Schreckliche, das die Zukunft für mich bereithielt.

»Ihnen bleibt nicht viel Zeit«, sagte sie. »Sie müssen Ihrem Herzen folgen.« Sie suchte nach den richtigen Worten. »Bevor es zu spät ist.«

»Was meinen Sie damit, bevor es zu spät ist?«

»Ich sehe Probleme für Sie. Probleme mit Ihrer Lebenslinie.«

Wir wussten alle genau, was sie meinte. Aber Frances war die Einzige, die reagierte.

»Genug«, sagte sie. »Wir gehen.«

»Wartet«, sagte ich. »Ich will den Rest auch noch hören.«

Die Frau schaute erst Frances, dann mich an. »Sie müssen schreiben.«

»Was muss ich schreiben?«

»Sie müssen Ihre Geschichte aufschreiben.«

Frances warf die Hände in die Luft und lief aus dem Zelt und überließ es Rose und mir, aus den kryptischen Worten der Wahrsagerin schlau zu werden.

»Welche Geschichte?«

»Die Geschichte Ihres Lebens«, sagte sie.

Ich schüttelte den Kopf. »Warum?«

Sie nickte. »Es muss sein. Sie müssen sie aufschreiben. Ihre Worte, meine Liebe, werden von großer Bedeutung sein für … die Zukunft.«

Ich setzte mich im Bett auf und las die letzte Zeile noch einmal.

Konnte sich das etwa auf die seltsame Andeutung beziehen, die Evelyn gemacht hatte – dass dieses Tagebuch für mich bestimmt sei? Aber was in aller Welt konnte das alles mit der Wirklichkeit zu tun haben, mit dem Hier und Jetzt? Warum sollte eine Geschichte aus den Vierzigerjahren, die Geschichte einer Frau, über die ich nicht das Geringste wusste, eine Bedeutung für mein Leben haben? Wie sollte das möglich sein? All das ergab überhaupt keinen Sinn, und doch begann ich tief in meinem Innern zu ahnen, dass es genauso war.

14

13. März

Am nächsten Tag ging es Bee schon besser. Sie schlief weniger, aß mehr und konnte wieder lachen. Und als ich ihr vorschlug, Scrabble zu spielen, sagte sie nicht nur Ja, sondern: »Und du glaubst im Ernst, du könntest mich schlagen?«

Ich freute mich, ihre Augen wieder funkeln zu sehen, auch wenn sie mich mit dem Wort *Zinnwaren* schlug. Ich behauptete, es sei ein erfundenes Wort, aber sie schwor, dass es existierte.

Ich sagte: »Also wirklich – Spielwaren, Glaswaren, Rauchwaren – das sind echte Wörter. Aber *Zinnwaren*?«

Sie zog ein Wörterbuch aus dem Regal, und siehe da, sie erweiterte meinen Wortschatz.

»Spielen wir noch eine Partie?«, fragte ich.

»Nein«, erwiderte sie. »Ich würde doch nur wieder gewinnen.«

»Schön, dich wieder lächeln zu sehen.«

Sie nickte. »Evelyn hätte nicht gewollt, dass ich in Trauer versinke. Ich kann sie direkt hören: ›Herrgott noch mal, steh auf, zieh dich an und hör auf, dich selbst zu bemitleiden.‹«

»Ja«, sagte ich. »Klingt nach Evelyn.«

Sie setzte ihre Lesebrille ab und öffnete die Schublade am Sofatisch. »Ehe ich's vergesse«, sagte sie. »Ich habe etwas für dich – von Evelyn.«

»Was soll das heißen?«, fragte ich. »Hat sie dir etwas für mich gegeben?«

Bee schüttelte den Kopf. »Ich war heute in ihrem Haus«, sagte sie. »Ihre Angehörigen sind dabei, es auszuräumen. Dabei haben sie das hier gefunden.«

Sie reichte mir einen großen, braunen Umschlag, auf dem mein Name stand. Er war mit Paketband zugeklebt.

Ich schaute Bee verblüfft an. »Und was ist das?«

Sie zuckte die Achseln. »Keine Ahnung. Mach den Umschlag doch einfach auf.« Dann ging sie in ihr Zimmer und schloss die Tür hinter sich.

In dem Umschlag befand sich ein vertrautes Schwarz-Weiß-Foto. Die Szene war fast identisch mit der auf dem Foto, das in meinem Elternhaus im Flur gehangen hatte – Bee auf einem Strandbadetuch, umgeben von Freundinnen. Aber offenbar war das Foto kurz nach dem aufgenommen worden, das ich kannte. Die Frau, die Bee etwas ins Ohr geflüstert hatte, schaute jetzt in die Kamera. Man sah ihr Gesicht, ihr Lächeln, ihre schönen Augen mit dem intensiven Blick. Ich wusste sofort, dass es dieselbe Frau war, die ich auf den Fotos bei Henry und bei Evelyn gesehen hatte. An dem Foto war mit einer Büroklammer ein Zettel befestigt, den ich vorsichtig auseinanderfaltete.

Liebe Emily, ich dachte, Sie würden sich über ein Foto von Esther freuen. Alles Liebe, Evelyn.

Ich holte tief Luft und ging in mein Zimmer. Ich hatte die ganze Zeit geahnt, dass diese Frau Esther sein musste.

Als ich den Umschlag auf meinen Nachttisch legte, merkte ich, dass sich noch etwas darin befand. Ich griff hinein und brachte ein zartes Halskettchen mit einem Anhänger in Form eines Seesterns zum Vorschein. Esthers Halskette. Es brach mir fast das Herz, als ich sie in der Hand hielt.

Wir sprachen nie wieder über unseren Besuch bei der Wahrsagerin – weder ich noch Rose, und Frances erst recht nicht. Aber ich nahm mir den Rat der Frau zu Herzen und begann, meine Geschichte aufzuschreiben.

Eine Zeit lang schien alles wieder seinen normalen Gang zu gehen. Bobby ging es allmählich besser, meine Schuldgefühle ließen nach, und auch wenn ich nicht aufhören konnte, Elliot zu lieben, so gelang es mir doch, nicht ständig an ihn zu denken. Und vielleicht gelang es Frances auch. Sie bot mir ein Zimmer in ihrem Haus an, falls ich Bobby verlassen und ein neues Leben anfangen wollte. Aber ich versicherte ihr, ich würde schon zurechtkommen. Eine ganze Weile dachte ich, ich hätte die Situation im Griff – bis zu dem Abend, an dem sich alles änderte.

Bobby hatte mir nicht gesagt, dass Father O'Reilly uns besuchen würde. Und als ich die Tür aufmachte, spürte ich, wie meine Hände feucht wurden. Als ich das letzte Mal mit ihm gesprochen hatte, hatte ich ihm meine Untreue gebeichtet, und er hatte mir aufgetragen, Bobby alles zu gestehen, was ich nicht getan hatte.

»Guten Abend, Mrs Littleton«, begrüßte er mich knapp. »Ich möchte zu Ihrem Mann.«

Am liebsten hätte ich ihm gesagt, er solle wieder verschwinden, zurück zu seiner Gemeinde gehen, denn ich hatte Angst vor dem, was er sagen könnte, wenn ich ihn ins Haus ließ.

»Father O'Reilly«, rief Bobby vom Sofa aus. »Wie schön, dass Sie kommen konnten.« Bobby erklärte mir, dass der Priester angeboten hatte, für ihn zu beten und Gottes Segen für seine Genesung zu erbitten.

»Herzlich willkommen«, sagte ich und rang mir ein Lächeln ab.

»Esther«, sagte der Priester, »wenn es Ihnen nichts ausmacht, würde ich mich gern mit Bobby unter vier Augen unterhalten.«

Ich nickte und verzog mich widerwillig ins Schlafzimmer.

Nach wenigen Minuten hörte ich die Haustür zufallen und ein Auto wegfahren. Ich holte tief Luft und ging ins Wohnzimmer, um mich meinem Mann und meiner Untreue zu stellen. »Bobby?«

Er lächelte mich an. »Hallo, Liebling«, sagte er und bedeutete mir, mich neben ihn zu setzen. »Father O'Reilly ist gerade gegangen. Wie freundlich von ihm, herzukommen und mit mir zu beten.«

»Ja«, sagte ich erleichtert.

Dann klopfte es an der Tür.

»Ich mache auf«, sagte ich.

Ich warf einen Blick auf die Uhr. »Wer kann das sein? Nach acht?«, fragte ich Bobby, während ich die Tür aufschloss. Janice stand auf der Veranda. Ihre Augen waren gerötet. Sie hatte geweint.

Sie schüttelte den Kopf. »Er hat es ihm nicht gesagt, nicht wahr?« Sie klang verzweifelt, unberechenbar.

Mein Herz raste. Ich erinnerte mich, dass ich Janice

auf dem Parkplatz vor der Kirche gesehen hatte. Konnte sie meine Beichte gehört haben? Nein. Unmöglich. »Ich weiß nicht, was Sie meinen, Janice.«

»Natürlich wissen Sie das«, entgegnete sie. Ihre Augen funkelten, sie wurde lauter. »Spielen Sie nicht die Naive. Sie haben Ihren Mann betrogen. Ich weiß es, weil ich Sie in der Nacht am Strand auf Elliot Harleys Veranda gesehen habe. Er hat Sie überall angefasst. Das war unchristlich.«

Ich drehte mich um und sah zu Bobby hinüber, der vom Sofa aus alles mitgehört hatte. Er war aufgestanden. »Esther, was erzählt Janice da? Sag mir, dass das nicht wahr ist.«

Ich schaute auf meine Füße. »Bobby«, stammelte ich. »Ich …«

»Wie konntest du nur?«, fragte er. Er war sichtlich erschüttert.

Ich stürzte zu ihm. »Ich wollte es dir sagen, aber dann warst du plötzlich im Krankenhaus, und ich … Bobby, ich wollte dir nicht wehtun. Ich wollte dir nicht wehtun.«

»Ich habe dich geliebt, ich habe dir alles gegeben, was eine Frau sich wünschen kann, und du bietest dich an wie eine billige Hure?« Seine Worte trafen mich, aber sein Ton, so wütend und so verzweifelt, traf mich noch mehr.

Ich streckte meine Hand nach ihm aus, aber er stieß mich von sich weg. »Ich habe mir immer gewünscht, dass du mich genauso liebst, wie ich dich liebe. Wie konntest du mich so betrügen, Esther? Wie konntest du nur?«

Bobby setzte sich und vergrub seinen Kopf in meinem Schoß. Ich streichelte ihn, aber er zuckte nur zurück. »Nein«, sagte er wütend. »Ich will dein Mitleid nicht. Wenn du mit diesem Hurensohn zusammen sein willst, bitte, geh zu ihm, mach, dass du wegkommst. Ich will nicht mit einer Hure verheiratet sein! Einer, die mich noch dazu belügt!«

Meine Hände zitterten. Dann wurde mir bewusst, dass Janice immer noch da war und die hässliche Szene von der Tür aus beobachtete.

Bobby stand auf und begann, auf und ab zu gehen. Zum ersten Mal hatte ich Angst vor ihm, Angst vor dem, was er tun könnte. Er packte mich am Ellbogen und zerrte mich ins Schlafzimmer. Ich ballte die Fäuste, als er mich aufs Bett zwang. Ich sah zu, wie er einen Koffer auf den Boden warf und ein paar von meinen Kleidern hineinstopfte. »Die wirst du brauchen«, schrie er, »um hübsch auszusehen für ihn.«

Dann riss er die Kommodenschublade auf und nahm meine Nachthemden heraus. »Und die auch, für romantische Abende.« Er machte den Koffer zu und stellte ihn vor mich hin. »Hier«, sagte er. »Geh.«

»Aber Bobby«, stammelte ich mit Tränen in den Augen, »ich habe nicht gesagt, dass ich dich verlassen will. Ich will dich doch nicht verlassen.«

»Das hast du schon getan, als du mit Elliot Hartley geschlafen hast«, entgegnete er.

»Aber die Kleine!«, sagte ich. »Unsere Kleine! Die kann ich doch nicht verlassen!«

»Ich ziehe sie allein groß«, sagte er, »und wenn sie alt genug ist, werde ich ihr erzählen, dass ihre Mutter eine

Hure war, eine Hure, die ihren Mann und ihr Kind wegen eines anderen verlassen hat.«

Wieder dieses Wort – dieses schreckliche Wort.

»Nein, Bobby!«, schrie ich, aber er packte mich am Arm und zerrte mich und den Koffer zur Haustür. Ich schaffte es gerade noch, meine Handtasche zu schnappen, in der sich mein Tagebuch befand, bevor Bobby mich aus dem Haus warf.

»Adieu, Esther«, sagte er. Dann schlug er die Tür zu und verriegelte sie.

Ich sah, wie Janice mir von einem Fenster in meinem Haus aus nachschaute, aber obwohl ich zitterte, gab ich ihr nicht die Genugtuung, vor ihren Augen zu weinen. Das Weinen hob ich mir für später auf. Fieberhaft überlegte ich, was jetzt zu tun wäre. Ich betrachtete die leere Straße. Sollte ich zurückgehen und Bobby anflehen, mich wieder aufzunehmen? Mir eine zweite Chance zu geben? Aber als ich sah, wie er sein Gesicht an Janice' Schulter vergrub, wusste ich, dass ich es nicht tun würde. Also warf ich meinen Koffer auf den Rücksitz des Buick und ließ den Motor an. Es brach mir das Herz, als ich aus der Einfahrt setzte. Ich trauerte um meine Tochter, um Bobby, um das Leben, das ich zerstört hatte. Ich konnte nichts anderes tun als fahren. Ein letztes Mal schaute ich in den Rückspiegel und betrachtete das blaue Haus, in dem ein kleines Mädchen tief und fest schlief und ein Mann, der mich einmal geliebt hatte, am Feuer saß und um mich weinte. Dann gab ich Gas. Ich fühlte mich zutiefst beschämt und verloren.

Es gab nur einen Ort, wo ich hinkonnte. Ich hoffte nur, dass Elliot auf mich wartete, wenn ich eintraf.

Ich raste durch die Straßen, ohne mich um Ampeln und Verkehrsschilder zu scheren, vorbei am Fay Park, vorbei an der Weinhandlung, die Straße hinunter, die zu Elliots Haus führte. Ich parkte und klopfte an seine Haustür. Obwohl ich ihn weggeschickt hatte, war ich mir sicher, dass er mich noch liebte. Bestimmt würde er mich mit offenen Armen aufnehmen, wenn ich ihm sagte, dass ich ein Kind von ihm erwartete.

Doch es machte niemand auf. Ich wartete eine Weile, sagte mir, dass er vielleicht gerade telefonierte oder schlief. Nichts rührte sich, nur die Fliegengittertür klapperte so laut im Wind, dass ich erschrak.

Ich überlegte, mich ins Auto zu legen und zu schlafen, bis er nach Hause kam, aber es war kalt, und ich hatte keine Decke dabei. Dann fiel mir ein, dass Frances mir ein Zimmer angeboten hatte, und ich stieg wieder ins Auto.

Sie wohnte nur ein Stück weit den Strand hinunter. Ich hätte zu Fuß zu ihr gehen können, wenn ich nicht einen schweren Koffer hätte schleppen müssen. Außerdem blies ein kalter Wind. Als ich ihre lange Einfahrt hinauffuhr, sah ich zu meiner Erleichterung Licht in den Fenstern, und als ich ausstieg, hörte ich Musik.

Ich ließ den Koffer im Auto und ging an die Tür. Durch das Fenster sah ich Frances im Wohnzimmer mit jemandem reden. Sie wirkte angeregt, aufgedrehter als sonst. Dann entdeckte ich den Grund dafür: Elliot war bei ihr.

Frances hantierte gerade am Plattenspieler. Auf einmal stand Elliot auf, ging zu ihr und nahm ihre Hand. Ich stand draußen in der Kälte und schaute zu, wie die beiden tanzten und lachten und Martinis tranken. Ungläubig rieb ich mir die Augen, hoffte, dass ich mir das alles nur einbildete. Natürlich hatte ich insgeheim schon länger so etwas vermutet, aber es jetzt unmittelbar zu erleben, war unfassbar. Das konnte einfach nicht wahr sein.

Am liebsten hätte ich die Tür aufgerissen und wäre ins Haus gestürmt, um sie beide zu beschämen. Ich griff nach dem Türknauf, öffnete die Tür ganz langsam und schloss sie etwas lauter als beabsichtigt. Nein. Das war zu viel für mich. Ich musste weg von hier – weit weg. Ich rannte zurück zum Auto und fuhr mit quietschenden Reifen los. Ich blickte noch einmal zurück und sah Frances und Elliot auf der Veranda stehen. Sie winkten und bedeuteten mir, ich solle zurückkommen. Aber es war zu spät. Es war alles zu spät.

Ich fuhr zum Fay Park und weinte wie noch nie in meinem Leben. An einem einzigen Abend hatte ich ein Kind, einen Ehemann, einen Geliebten und eine Freundin verloren. Und mir war nichts geblieben als ein Koffer voller Kleider, die nicht zusammenpassten, und ein Kind in meinem Bauch.

Ich dachte an mein Tagebuch, an meine Geschichte, die ich auf Anraten der Wahrsagerin aufzuschreiben begonnen hatte. Aber für wen tat ich das überhaupt? Und wozu? Ich las die Seiten noch einmal und fragte mich: Was habe ich gelernt? Dass ich in der Liebe und im Leben versagt habe? Am liebsten hätte ich es auf der Stelle verbrannt. Doch ich beherrschte mich. Vielleicht war es ja aus irgendeinem Grund wichtig, so wie die Wahrsagerin behauptet hatte.

An dem Abend musste ich einige wichtige Entscheidungen treffen. Eine hatte mit Bobby und der Kleinen zu tun. Es würde keinen letzten Abschied von Bobby geben – das hatte er mir klargemacht –, aber ich wollte meine süße kleine Tochter noch einmal in den Armen halten, ihr sagen, dass ich sie liebte, und ihr erklären, dass es keine andere Möglichkeit für mich gab.

Und hier endet meine Geschichte. Ich habe geliebt und verloren. Aber wenigstens habe ich geliebt. Und das gibt mir in dieser dunklen, einsamen Nacht, in der alles zusammenbricht, ein bisschen Trost.

Was jetzt? Tief in meinem Herzen weiß ich, was ich tun muss.

Ich blätterte um, aber die nächste Seite war leer. Und die nächste ebenfalls.

Wie bitte? Warum hörte die Geschichte so abrupt auf? So konnte sie doch nicht enden! Das war überhaupt kein Ende. Das war ein Nicht-Ende. Ich öffnete die Schublade meines Nachtschränkchens in der Hoffnung, eine lose Seite zu finden, die sich aus dem Buch gelöst hatte, aber ich fand nur eine feine Staubschicht.

Traurig klappte ich das Tagebuch zu, streichelte liebevoll den abgegriffenen Samteinband und legte es in die Schublade zurück, in der ich es gefunden hatte. Das Leben ohne Esther fühlte sich jetzt schon einsamer an.

14. März

»Du fehlst mir«, sagte Jack am nächsten Morgen am Telefon zu mir.

»Du mir auch«, antwortete ich, während ich mir das Telefonkabel um den Finger wickelte und mir wünschte, es wäre seine Hand. »Ich war so mit Bee und den Nachwirkungen von Evelyns Tod beschäftigt.«

»Ist schon in Ordnung«, sagte er. »Ich wollte dich fragen, ob du Lust hättest, heute mit mir zu picknicken. Ich würde dir gern ein schönes Plätzchen zeigen.«

Ein Picknick. Wie romantisch. In meinem ganzen Leben hatte mich noch nie ein Mann zu einem Picknick eingeladen. Ich schaute aus dem Fenster. Graue Wolken zogen herauf, das Wasser war aufgewühlt und wirkte richtig zornig, wie es gegen die Wellenbrecher rollte und spritzte und schäumte. Das war weiß Gott kein Picknickwetter, aber das war mir egal.

»Was soll ich mitbringen?«, fragte ich.

»Nur dich.«

Nach dem Frühstück zog ich mich mit meinem Laptop in den Wintergarten zurück mit dem Gefühl, näher am Anfang von etwas zu sein – einer Geschichte oder auch nur einer Idee – als die ganzen letzten Jahre. Lange starrte ich auf den leeren Bildschirm und dachte an Esther. War sie in den Sonnenuntergang gefahren und hatte in Seattle ein neues Leben angefangen, um nie wieder auf die Insel zurückzukehren? War sie zu Frances und Elliot zurückgekehrt und hatte ihnen vergeben? Hatte sie ihm vergeben? Und Frances? Sosehr ich mir wünschte, dass diese Geschichte glücklich endete, irgendetwas sagte mir, dass es nicht der Fall gewesen war. Etwas Düsteres hatte an jenem letzten Abend in der Luft gelegen. Das war ganz deutlich in den Seiten des Buchs zu spüren.

An dem Morgen tippte ich kein einziges Wort, aber es machte mir nichts aus. In meinem Herzen braute sich eine Geschichte zusammen, eine, die noch Zeit brauchte, um sich zu entwickeln und zu reifen. Ich würde warten. Ich würde geduldig sein.

Kurz vor Mittag zog ich mich für das Picknick mit Jack um. Er hatte mir nicht gesagt, ob wir uns am Strand treffen oder ob er mich abholen würde, doch dann klingelte es, und ich hörte, wie Bee die Tür öffnete. »Jack ist hier«, rief sie.

»Danke«, antwortete ich, »ich komme gleich.«

Ich zog einen Pullover über, schnappte mir für alle Fälle meine Jacke und ging ins Wohnzimmer, wo Jack auf mich wartete. Er wirkte kein bisschen befangen, wie er da neben Bee stand, und das freute mich.

»Hallo«, sagte ich und nahm meine Handtasche vom Sofatisch.

Er reichte mir die Hand. »Fertig?«

»Ja.«

»Ach«, sagte er und zog etwas hervor, das er unter den Arm geklemmt hielt. Es war ein in braunes Papier gewickeltes, mit Kordel verschnürtes Päckchen, wie man es in alten Schwarz-Weiß-Filmen manchmal sieht. »Das hätte ich beinahe vergessen«, sagte er zu Bee. »Mein Großvater hat mir das für Sie gegeben.«

Bee wirkte verblüfft, fast verlegen, als Jack ihr das Päckchen reichte. Sie nahm es so vorsichtig entgegen, als könnte es eine Bombe enthalten.

Ich hätte allzu gern gewusst, was sich in dem Päckchen befand, aber Bee legte es auf dem Sofatisch ab und sagte: »Tja, lasst euch von mir nicht aufhalten, ihr zwei.«

Im Auto fragte ich Jack nach dem Päckchen. »Hast du eine Ahnung, was dein Großvater Bee geschickt hat?«

»Nein«, sagte er. »Er wollte es persönlich abliefern, bei der Beerdigung von Evelyn, aber er fand keine Gelegenheit, mit ihr zu sprechen.«

»Das war ein schwerer Tag für sie«, sagte ich und musste daran denken, wie sie sich in ihrem Auto verkrochen hatte. »Es tut mir leid, dass ich die Chance verpasst habe, deinen Großvater kennenzulernen.«

»Er hätte dich auch gern kennengelernt«, sagte Jack lächelnd. »Auf dem Heimweg hat er von nichts anderem gesprochen. Er fand dich sehr hübsch. Ich würde dich gern mal zu ihm mitnehmen.«

»Das wäre großartig«, sagte ich. »Aber wann?«

»Ich habe morgen einen Termin mit einem Kunden, aber wie wär's mit übermorgen? Übermorgen Nachmittag fahre ich ihn besuchen, da könntest du einfach mitkommen.«

»Abgemacht«, sagte ich.

Jack fuhr an die Westküste der Insel, wo ich noch nie gewesen war, nicht in all den Sommern, die ich hier verbracht hatte. Er bog auf einen Platz ein, der aussah wie ein Parkplatz, nur dass rundherum Brombeersträucher wucherten und auf dem Kies Platz für höchstens zwei Autos war. Wir stiegen aus, und er holte einen Picknickkorb aus dem Kofferraum, so einen altmodischen aus Weidengeflecht mit einem rot-weiß karierten Tuch zum Zubinden. *Perfekt.*

»Rat mal, wohin wir gehen«, sagte er mit einem spitzbübischen Grinsen.

»Ehrlich gesagt, ich habe keine blasse Ahnung«, erwiderte ich. Wir gingen über einen schmalen, fast zugewucherten Pfad.

»Ich hätte eine Machete mitnehmen sollen«, scherzte Jack. »Sieht so aus, als würde hier niemand mehr herkommen.«

»Wo führt der Weg denn hin?«

»Das wirst du schon sehen.«

Wir gingen unter einem dichten Blätterdach entlang, durch das kaum Sonnenlicht drang. Wie in einem Tunnel sah ich am Ende Licht.

»Wir sind fast da«, sagte Jack und drehte sich lächelnd zu mir um, wie um mir zu versichern, dass unsere Wanderung durch den Dschungel bald zu Ende sein würde. Aber mir machte die Kraxelei überhaupt nichts aus. Die Landschaft war malerisch – uralte Bäume, umgeben von einem dicken Moosteppich.

Jack hielt ein paar Zweige beiseite und ließ mich vorausgehen. »Du zuerst«, sagte er.

Ich schlüpfte durch die winzige Öffnung, die Jack für mich geschaffen hatte, und gelangte in eine kleine, von Felsen umgebene Bucht. Das Wasser schimmerte smaragdgrün. Ich fragte mich, wie das möglich war, wo doch das Wasser in der Bucht eindeutig grau war. Von einer der Felswände plätscherte leise ein schmaler, weißer Wasserfall. Vögel zwitscherten um uns herum.

Es gab sogar ein Stückchen Sandstrand, und dort breitete Jack die Picknickdecke aus. »Na, was sagst du dazu?«, fragte er voller Stolz.

»Es ist unglaublich«, sagte ich kopfschüttelnd. »Woher in aller Welt hat das Wasser diese grüne Farbe?«

»Von den Mineralien in den Felsen.«

»Und wie hast du dieses Fleckchen entdeckt?«

»In diese kleine Bucht hat mein Großvater als junger Mann die Mädels abgeschleppt«, sagte er grinsend. »Als ich sechzehn war, hat er mir die Bucht gezeigt – es war so eine Art Initiationsritus. Er ließ mich schwören, keiner Menschenseele von diesem Fleckchen zu erzählen, es sei denn, die Menschenseele wäre weiblich.«

»Warum denn diese Geheimnistuerei?«, fragte ich.

Er zuckte die Achseln. »Er und sein Freund haben die Bucht entdeckt, als sie noch Kinder waren, und sie haben nie jemandem davon erzählt. Ich nehme an, sie wollten sie für sich allein haben.«

Ich nickte und betrachtete das unglaublich grüne Wasser. »Das kann ich verstehen.«

Jack öffnete den Picknickkorb, und ich setzte mich neben ihn. »Deine Familiengeschichte fasziniert mich«, sagte ich. »Ich wünschte, meine Verwandten würden nicht so ein Geheimnis aus unserer machen.«

»Ach, in meiner Familie gibt es auch Geheimnisse«, beeilte er sich zu antworten. »Ich versuche schon seit einiger Zeit, eins davon aufzudecken.«

»Wirklich?«

»Kurz bevor meine Großmutter starb, habe ich in einer Kiste auf dem Dachboden ein paar alte Zeitungsausschnitte gefunden«, sagte er.

»Was denn für Zeitungsausschnitte?«, fragte ich. Ich musste an die Akte denken, die Russ zerkaut hatte.

»Da, sieh mal«, sagte Jack und zeigte in den Himmel.

Offenbar wollte er das Thema wechseln. Ich protestierte nicht. Was auch immer er über seine Familie herauszufinden versuchte, ich hatte das Gefühl, dass er es mir irgendwann erzählen würde.

Dunkle Wolken ballten sich überall um uns herum, aber direkt über uns brach einen Sonnenstrahl durch die dicke Wolkendecke, als hätte ihn jemand geschickt, um unser Picknick zu beleuchten.

»Hunger?«, fragte Jack.

»Und wie!«

Er stellte zwei Teller auf die Decke, legte Messer und Gabeln und zwei Servietten daneben, dann nahm er mehrere Plastikdosen aus dem Korb. »Also, es gibt Kartoffelsalat, Hähnchenschenkel, Krautsalat und Obstsalat mit Minze – das Zeug wächst in meinem Garten wie Unkraut – und dazu Maisbrot.«

Es war ein Festmahl, und ich schlug mir schamlos den Bauch voll. Schließlich seufzte ich zufrieden und streckte mich auf der Decke aus.

Jack schenkte uns Roséwein ein, und ich lehnte mich mit dem Rücken an seine Brust wie in einen bequemen Sessel.

»Jack?«, sagte ich, nachdem wir mehrere Minuten schweigend so dagesessen hatten.

Er schob meine Haare beiseite und küsste mich auf den Hals. »Ja?«

Ich drehte mich zu ihm um. »Als ich neulich in der Stadt war, habe ich dich mit einer Frau gesehen.«

Sein Lächeln verschwand.

Ich räusperte mich. »Vor dem Bistro. An dem Abend, als du mich eigentlich anrufen wolltest.«

Jack erwiderte nichts, und ich betrachtete meine Hände. »Tut mir leid. Ich rede schon wie eine eifersüchtige Ehefrau.«

Er nahm meine Hände. »Nein«, sagte er. »Du klingst überhaupt nicht eifersüchtig. Und ich versichere dir, dass es keine andere gibt.«

Ich nickte, aber er sah mir an, dass ich mit der Erklärung nicht ganz zufrieden war.

»Hör zu«, sagte er. »Sie ist eine Kundin. Sie hat ein Bild in Auftrag gegeben, das sie ihrer Mutter schenken will. Das ist alles.«

Ich musste an die Frau denken, die auf seinen Anrufbeantworter gesprochen hatte, und daran, wie er sich danach aufgeführt hatte. Jack hatte Geheimnisse, kein Zweifel. Aber ich beschloss, ihm dennoch zu vertrauen. Als er den Mund öffnete, legte ich ihm einen Finger auf die Lippen, dann drückte ich ihn auf die Decke, beugte mich über ihn und küsste ihn so, wie ich ihn schon lange küssen wollte.

Er knöpfte meine Bluse auf, und als sie von meinen Schultern rutschte, spürte ich, wie er mit seinen warmen Händen meine Jeans öffnete.

»Lass uns schwimmen gehen«, flüsterte er mir ins Ohr.

»Jetzt?« Allein der Gedanke ließ mich vor Kälte zittern.

»Komm schon«, sagte er. »Ich wärme dich.«

Lächelnd schaute ich ihm zu, wie er sich bis auf die Boxershorts auszog, während ich mich aus meinen engen Jeans schälte. Er nahm mich an der Hand und führte mich bis ans Wasser. Vorsichtig steckte ich erst mal einen Zeh hinein.

»Brrr«, murmelte ich. »Viel zu kalt. Das kann nicht dein Ernst sein.«

Aber Jack umschlang mich von hinten fest mit den Armen, und so gingen wir ganz langsam immer tiefer ins Wasser. Mit jedem Schritt fühlte es sich weniger kalt und immer einladender an, und als das Wasser mir bis zur Brust und Jack bis an die Taille reichte, drehte er mich um und zog mich an sich.

»Ist dir kalt?«, flüsterte er.

»Überhaupt nicht.«

Als Jack mich nach Hause fuhr, war es schon dunkel, und meine Haare waren noch feucht und voller Sand, als ich ins Haus trat. Bee blickte von ihrem Buch auf.

»Ah, er hat dich wohl in die kleine Bucht ausgeführt!« Sie sagte das weder vorwurfsvoll noch spöttisch, sondern ganz sachlich, als hätte sie gesagt: »Es war frisch heute, nicht wahr?«

»Ja«, sagte ich. »Woher weißt du das?«

Bee lächelte nur und legte ihr Buch weg. »Du siehst aus, als könntest du ein heißes Bad gebrauchen. Ich lasse schon mal das Wasser ein.«

15

15. März

Ich saß noch am Frühstückstisch, las die Zeitung und aß frische Waffeln, die in viel zu viel Ahornsirup schwammen, als Bee aus dem Garten hereinkam, die Wangen von der kalten Luft gerötet und einen Strauß frisch gepflückten Salbei in der Hand. »Morgen«, sagte sie.

Ich hatte mich entschlossen, an diesem Morgen die Karten auf den Tisch zu legen – ihr von dem Tagebuch zu erzählen und sie zu fragen, was sie über Esther wusste.

»Bee«, sagte ich zaghaft. »Es gibt etwas, worüber ich mit dir reden muss.«

Sie legte den Salbei auf der Spüle ab und drehte das Wasser auf. »Ja, Liebes?«

»Ich möchte dich nach jemandem fragen«, sagte ich. »Nach einer Frau.« Ich holte tief Luft. »Es geht um eine Frau, die 1943 hier auf der Insel gelebt hat. Sie hieß Esther.«

Ich beobachtete Bee. Sie drehte sich nicht um, während sie ihre Hände mit der Lavendelseife wusch, die sie immer neben dem Wasserhahn liegen hatte. Minuten vergingen, in denen sie die Seife wie in Trance immer und immer wieder in den Händen umdrehte.

»Bee?«, sagte ich. »Hast du sie gekannt?«

Sie legte die Seife ab, hielt die Hände unter den warmen Wasserstrahl und spülte sie, wie mir schien, eine Ewigkeit lang ab. Endlich drehte sie den Hahn zu und hielt die Hände gegen das Licht.

»Ich finde einfach keine Handschuhe, die verhindern, dass ich Dreck unter die Nägel kriege«, sagte sie.

»Bee«, sagte ich, als sie aus der Küche ging. »Hast du gehört, was ich dich gefragt habe?«

Sie drehte sich noch einmal um, ehe sie den Flur hinunterging. »Erinnere mich daran, dass ich mir ein Paar neue Handschuhe kaufe, wenn wir das nächste Mal in der Stadt sind.«

Am späten Vormittag klopfte es an der Tür. Als ich aus dem Fenster schaute, sah ich Greg draußen stehen.

»Hallo«, sagte er verlegen. »Tut mir leid, dass ich so unangekündigt hier erscheine, aber ich bin zufällig vorbeigekommen und ...« Er nahm etwas aus der braunen Papiertüte, die er in den Händen hielt. *Billy*. Plötzlich musste ich an Esthers Schulschwarm denken, und mir wurde bewusst, dass meine Gefühle für Greg so ähnlich waren wie Esthers für Billy.

»Ich wollte dir das hier geben«, fuhr er fort und reichte mir einen großen, unbeschrifteten Umschlag.

»Was ist das?«, fragte ich verblüfft.

»Du hast mich doch neulich nach dem ehemaligen Eigentümer meines Hauses gefragt, und als ich gestern Abend meinen Papierkram sortiert habe, sind mir diese alten Unterlagen hier in die Hände gefallen. Ich habe sie alle für dich kopiert.«

»Das ist aber nett von dir, Greg«, sagte ich. »Vielen Dank.«

»Keine Ursache«, erwiderte er und wandte sich zum Gehen. »Ich hoffe, du findest darin, was du suchst.«

»Ich auch«, sagte ich.

Ich nahm die Unterlagen aus dem Umschlag und blätterte sie durch. Es waren die Grundbuchauszüge, die Gregs Haus betrafen. Ich überflog die Seiten auf der Suche nach den entscheidenden Informationen: Das Haus war 1901 gebaut und 1941 an eine Frau namens Elsa Hartley verkauft worden. Hartley, dachte ich, das war doch Elliots Familienname! Konnte das seine Frau gewesen sein? Hatte es die Liebesaffäre zwischen Elliot und Esther in Wirklichkeit nie gegeben?

Ich nahm mir die nächste Seite vor und stellte fest, dass das Haus erst 1998 wieder verkauft worden war, und zwar an Greg. Und der Name des Verkäufers lautete William Miller. Ich war enttäuscht. Was war mit Elsa Hartley passiert? Was war mit Elliot passiert?

Ich rannte zur Tür und sah, wie Greg gerade losfuhr. »Warte!«, rief ich und winkte aufgeregt.

Er kurbelte sein Fenster herunter. »Könntest du mich in die Stadt mitnehmen?«, fragte ich ihn.

»Klar.«

»Danke«, sagte ich und stieg ein. »Ich muss ein paar Nachforschungen anstellen.«

Greg ließ mich vor dem Rathaus in der Nähe der Main Street aussteigen. Am Empfangstresen saß eine Frau von etwa siebzig Jahren, vielleicht auch älter, die eine Brille mit dunklem Rand trug. »Ja?«, fragte sie tonlos.

»Guten Tag«, sagte ich. »Ich suche nach Informationen über eine Person, die früher einmal hier auf der Insel gelebt hat.«

Sie sah mich merkwürdig an, als argwöhnte sie, ich wäre nicht ganz bei Trost und wüsste nicht, dass Informationen über Inselbewohner nicht an jede dahergelaufene Verrückte herausgegeben wurden. »Wonach genau suchen Sie denn?«, fragte sie misstrauisch.

Das wusste ich eigentlich selbst nicht so ganz genau. »Na ja«, sagte ich, »ich versuche herauszufinden, ob eine Person, die einmal auf der Insel gewohnt hat, noch lebt.« Als ich mich die Worte aussprechen hörte, bekam ich eine Gänsehaut.

»Füllen Sie dieses Formular hier aus«, sagte die Frau seufzend. »Sollten sich Informationen über die Person finden, werden sie Ihnen in sechs bis acht Wochen zugeschickt.«

Mir sank der Mut. »Sechs bis acht Wochen? So lange kann ich nicht warten. Es muss doch noch eine andere Möglichkeit geben.«

Die Frau zuckte die Achseln. Sie war wie eine Steinmauer. »So wird das hier gehandhabt«, erwiderte sie knapp.

Ich seufzte, sagte mir, dass es besser war zu warten, als es nie zu erfahren, und füllte das Formular aus. Ich schrieb die Namen »Elliot Hartley« und »Esther Littleton« in die dafür vorgesehene Zeile und gab meine New Yorker Adresse an, damit man mir die Informationen zuschicken konnte.

»Danke«, sagte ich, als ich in Richtung Tür ging. Die Frau nickte nur.

Kaum war ich ein paar Schritte weit gegangen, hörte ich die Frau hinter mir nach Luft schnappen.

»Warten Sie!«, rief die Frau aufgeregt. »Miss, warten Sie!«

Ich drehte mich um und sah sie hinter dem Tresen gestikulieren.

»Ich glaube, ich kann Ihnen tatsächlich weiterhelfen«, sagte sie.

Meine Augen weiteten sich.

»Tut mir leid«, sagte sie ein bisschen verlegen. »Ich habe mir gerade angesehen, was Sie in das Formular eingetragen haben. Und, na ja, ich habe Elliot Hartley gekannt.«

Ich stellte meine Handtasche auf dem Tresen ab und beugte mich vor. »Wirklich?«

»Ja«, sagte sie wehmütig. »Er war ein attraktiver Kerl. Alle jungen Frauen auf der Insel schwärmten für ihn. Wir alle hofften, dass Elliot uns beachten würde.«

»Und? Hat er Sie beachtet?«, fragte ich. »Sind Sie mal mit ihm gegangen?«

Sie schüttelte den Kopf. »Leider nicht. Es gab nur eine Frau, der Elliots Herz gehörte. Das wussten alle. Aber sie hatten Probleme und …«

»Was denn für Probleme?«

»Das weiß ich nicht genau, aber sie haben sich viel gestritten. Sie haben sich immer wieder getrennt und wieder zusammengetan. Aber irgendwann war endgültig Schluss. Es hat Elliot das Herz gebrochen. Er hat angefangen zu trinken. Er ist mit allen möglichen Frauen ausgegangen – ich habe sogar mal mit ihm getanzt. Gott, war das ein Abend! Aber dann ist er in den Krieg gegangen.«

»Und ist er wieder zurückgekehrt?«

Die Frau schwieg, als wäre sie tief in Gedanken versunken. Ich betete, dass sie Ja sagen würde, dass er heimgekehrt war, so wie es in dem Tagebuch stand, dass er wieder mit

Esther zusammengekommen war, dass die zweite Hälfte der Geschichte stimmte. »Ja, er ist zurückgekehrt, aber da war er nicht mehr derselbe. Vor allem, weil die Frau, die er liebte, inzwischen einen anderen geheiratet hatte.«

»Und diese Frau«, hakte ich atemlos nach, »die, die er liebte, die hieß Esther, nicht wahr?«

Die Frau schüttelte den Kopf. »Tut mir leid«, sagte sie, »aber an ihren Namen kann ich mich nicht mehr erinnern. Es kann Esther gewesen sein, aber das ist alles so lange her. Mein Gedächtnis ist nicht mehr das, was es mal war.«

Ich nickte. »Erinnern Sie sich an irgendetwas, was diese Frau angeht?«

Sie lehnte sich in ihrem Stuhl zurück und schaute an die Decke, als versuchte sie, sich an einen Gedanken, ein Gespräch von damals zu erinnern. »Sie war sehr schön«, sagte sie. »Das weiß ich noch. Alle Frauen auf der Insel haben sie beneidet.«

»Wissen Sie, was aus ihr geworden ist?«

»Nein, leider nicht«, sagte die Frau. »Kurz nachdem ich aus der Highschool kam, bin ich mit meinen Eltern in den Mittelwesten gezogen. Ich bin erst vor fünfzehn Jahren auf die Insel zurückgekehrt. Seitdem hat sich so vieles geändert. Wussten Sie, dass es jetzt sogar ein McDonald's hier gibt?«

Ich zupfte nervös an den Fransen meiner Handtasche, begierig, das Gespräch wieder auf Esther und Elliot zu bringen. »Ja, schrecklich«, sagte ich. Ich erinnerte mich, die zwei gelben Bögen gesehen zu haben, als Bee mich von der Fähre abgeholt hatte. Ich hatte mich ziemlich darüber gewundert.

Ich räusperte mich. »Wüssten Sie vielleicht jemanden, mit dem ich mich unterhalten könnte? Gibt es vielleicht jemanden auf der Insel, der mir mehr über die beiden erzählen könnte?«

»Na ja, Sie könnten mal im Zeitungsarchiv in der Bibliothek nachsehen«, sagte sie. »Die müssten etwas über Elliot haben.«

»Danke«, sagte ich ein bisschen enttäuscht. Alte Zeitungen zu durchforsten erschien mir nicht gerade wie der kürzeste Weg von A nach B.

»Ach ja«, sagte ich, als mir die Unterlagen einfielen, die Greg mir gebracht hatte. »Kennen Sie zufällig eine Frau namens Elsa Hartley?«

»Ja«, sagte sie. »Sie war Elliots Schwester.«

Das passte, dachte ich. Er hatte die Tulpe für Esther im Garten seiner Schwester gepflückt. Ich würde versuchen, ihre Adresse ausfindig zu machen, und sie besuchen.

»Moment. Sagten Sie, sie *war* Elliots Schwester?«

Die Frau nickte. »Sie ist vor ein paar Jahren gestorben, kurz vor ihrem Mann William. Mein Enkel hat bei ihnen immer den Rasen gemäht.«

»Tja.« Ich seufzte. Noch eine Steinmauer. »Vielen Dank noch mal.«

»Gern geschehen«, sagte die Frau. »Ich habe schon lange nichts mehr von Elliot gehört.« Sie schüttelte den Kopf, als erinnerte sie sich an den Geschmack eines guten Weins. »Aber ich werde mich ein bisschen umhören. Kann ich Sie irgendwo anrufen, falls ich etwas herausfinde?«

Ich schrieb ihr meine Handynummer auf einen Zettel. »Übrigens«, fragte sie, »woher kennen Sie Elliot eigentlich?«

»Ach, das ist eine lange Geschichte«, antwortete ich und verabschiedete mich.

Auf Bainbridge Island gibt es eine einzige Bibliothek, ein großes, schönes Gebäude, das Anfang des zwanzigsten Jahrhunderts von der Carnegie Foundation gestiftet wurde. Als ich die Tür öffnete, stürmten drei Kinder heraus, die mir beinahe die Handtasche von der Schulter gerissen hätten.

»Finny, hab ich dir nicht gesagt, du sollst auf mich warten?«, rief eine ziemlich gestresst wirkende Frau etwa in meinem Alter ihrem Vierjährigen hinterher.

Ich lächelte, aber in Wirklichkeit dachte ich, hoffentlich erschießt mich jemand, falls ich mal auf die Idee kommen sollte, einem Kind den Namen Finny zu geben. Dann ging ich hinein und sprach eine der Bibliothekarinnen an. »Hallo«, sagte ich, »ich würde mir gern Ihr Zeitungsarchiv auf Mikrofilm ansehen.«

»Da haben Sie aber Glück«, erwiderte die Frau. »Wir haben die Zeitungen aus Seattle und den *Bainbridge Island Digest* erst diesen Monat neu katalogisiert und digitalisiert. Um welches Jahr geht es Ihnen denn?«

»Ich bin mir nicht ganz sicher. Aber ich dachte mir, ich fange einfach mal bei 1943 an.«

Sie wirkte beeindruckt. »Was gab es denn Interessantes auf der Insel in den Vierzigerjahren?«

»Ach«, sagte ich, »ich versuche nur, eine Art Geheimnis zu enträtseln, auf das ich zufällig gestoßen bin.«

Plötzlich weiteten sich ihre Augen. »Sagen Sie mal, Sie sind doch Schriftstellerin, nicht wahr?«

»Äh, ja«, antwortete ich, »aber …« Ich war drauf und dran, ihr zu erklären, dass das hier nichts mit meinem Beruf zu tun hatte, sondern dass es sich um etwas Persönliches handelte, aber sie fiel mir ins Wort.

»Moment mal, wie heißen Sie noch? Ich erkenne Ihr Gesicht. Ich bin mir sicher, dass ich es schon mal auf einem Buchumschlag gesehen habe.«

»Äh, Emily Wilson.«

»Ahhh«, kreischte sie. »*Die* Emily Wilson, die Autorin von *Anruf für Ali Larson*?«

Ich nickte. Ich konnte solche Reaktionen nicht ausstehen, auch wenn sie nur selten vorkamen.

»O Gott, ich fasse es nicht. Sie hier – auf Bainbridge Island! Das ist ja großartig. Ich hole die Bibliotheksleiterin, damit sie Sie kennenlernt, vielleicht können wir ja eine Lesung organisieren.«

Ich zupfte verlegen an meinem Pullover, aber sie schien es nicht zu bemerken. »Sehen Sie mal, wer hier ist!«, sagte sie zu einem Mann, der rechts von uns an einem Tisch saß. »Eine berühmte Autorin aus New York!« Sie kriegte sich gar nicht mehr ein, und ich wollte ihr die Freude nicht verderben, aber eine Lesung war ganz und gar nicht das, was mir vorschwebte. Und ehrlich gesagt fühlte ich mich gar nicht wie Emily Wilson, die Autorin von *Anruf für Ali Larson* – nicht mehr. Mein Aufenthalt auf Bainbridge Island hatte alles verändert. Dieses Buch geschrieben zu haben, war längst nicht mehr der Höhepunkt meines Lebens. Vor mir lag etwas Wichtigeres, das spürte ich.

»Tut mir leid«, sagte ich. »Es ist wirklich nett von Ihnen, aber es ist ein schlechter Zeitpunkt für mich. Ich muss mit meinen Recherchen vorankommen. Vielleicht ein andermal?«

Sie lächelte. »Selbstverständlich. Das verstehe ich voll und ganz. Ich zeige Ihnen, wo die Computer stehen.«

Wir gingen eine alte Treppe hinunter ins Untergeschoss. Die Wände waren mit Holz vertäfelt, und in den Geruch nach Büchern mischte sich der Geruch von Schimmel. Die Frau führte mich zu einem Computer und zeigte mir, wie ich mich in der Datenbank zurechtfinden konnte.

»Danke«, sagte ich.

»Sagen Sie mir einfach Bescheid, wenn Sie Hilfe brauchen.«

Ich blickte zweimal über die Schulter, und meine Hände zitterten ein bisschen vor Aufregung, als ich Elliots Familiennamen eintippte. Als ich sah, dass ich vier Treffer gelandet hatte, hätte ich am liebsten laut gejubelt. Der erste Treffer, ein Artikel aus der *Bainbridge Island Sun*, berichtete darüber, dass Elliot bei einem Footballspiel der Bainbridge Island Highschool ein Touchdown gelungen war. Es gab sogar ein Foto von Elliot in seinem Footballtrikot, umgeben von seinen Teamkameraden und einer Cheerleaderin, die ihn schmachtend ansah. Er sah gut aus, genauso, wie Esther ihn beschrieben hatte – das war trotz der Grobkörnigkeit des Fotos nicht zu übersehen.

Ich klickte den nächsten Treffer an, eine kurze Notiz, die besagte, dass er sein Studium an der University of Washington erfolgreich abgeschlossen hatte, dann den nächsten: sein Name auf einer langen Liste von GIs, die aus dem Krieg heimgekehrt waren.

Eine Geschichte blieb noch übrig, und ich betete, dass das der Treffer war, der den entscheidenden Hinweis enthielt, den ich brauchte.

Es war tatsächlich ein Hinweis: eine Heiratsanzeige vom 2. Juni 1949. »Elliot Hartley und Lillian Appleton haben sich im engen Familien- und Freundeskreis in Seattle das Jawort gegeben. Die Braut, eine Tochter von Susan und Theodore Appleton, hat an der University of Washington studiert und ist Angestellte der Investmentgesellschaft Hadley, Banks & Morgan. Das Paar lässt sich in Seattle nieder.«

Was? Das ergab doch alles keinen Sinn. Wie konnte er eine andere heiraten? So sollte die Geschichte doch nicht enden. Es war ganz falsch. Wie konnte er eine andere als Esther geheiratet haben? Und was war aus Esther geworden? Ihr Schicksal lag immer noch im Dunkeln. Ich las noch einmal das Hochzeitsdatum, 1949, und mir zog sich der Magen zusammen. Was war in den sechs Jahren passiert, nachdem Esther ihre Geschichte aufgeschrieben hatte? Hatte er auf sie gewartet? Und wenn ja, wo war sie hingegangen?

In der Hoffnung, etwas – irgendetwas – über Esther in dem Archiv zu finden, gab ich »Esther Littleton« als Suchbegriff ein, landete jedoch keinen einzigen Treffer. Hieß sie vielleicht in Wirklichkeit ganz anders als in dem Tagebuch? Und wenn ja, warum hatte sie Elliots realen Namen verwendet und ihren eigenen verändert? Ich fuhr mir mit den Fingern durchs Haar, so wie immer, wenn ich nervös war oder an einer Stelle im Text nicht weiterkam, was derzeit ziemlich häufig passierte.

Und dann fiel der Groschen. Ich dachte an das Foto von Elliot mit den Footballspielern. Darauf war auch ein junges Mädchen zu sehen, die Cheerleaderin mit dem schmachtenden Blick. Könnte das Esther sein? Stand ihr Name unter dem Foto?

Ich gab Elliots Namen noch einmal ein und klickte das Foto in dem Artikel an. Darunter stand: »Von links nach rechts: die Footballspieler Bobby McFarland, Billy Hinson, Elliot Hartley und Cheerleaderin Esther Johnson.«

Mir standen die Haare zu Berge. Esther. Das musste sie sein. Je länger ich das grobkörnige Foto betrachtete, umso überzeugter war ich, dass sie die Autorin des roten Samttagebuchs war.

Aber wer war sie?

Ich gab »Esther Johnson« als Suchbegriff ein und landete mindestens zwei Dutzend Treffer: Frau aus Bainbridge vermisst; Polizei durchsucht vergeblich Haus und Auto; Ehemann im Fall der Vermissten verhört; Gedenkgottesdienst für Vermisste angesetzt.

Ich las alle Artikel. Jedes Wort. Esther war am Abend des 30. März 1943 auf mysteriöse Weise verschwunden. Ihr Auto wurde auf der Insel gefunden, es war zu Schrott gefahren, mit einem Koffer darin. Es gab keine Augenzeugen, keine Hinweise, und ihre Leiche wurde nie gefunden.

Aber so beunruhigend all das auch war, eine Tatsache, vielleicht die erschreckendste, traf mich bis ins Mark. Esthers Ehemann war, wie ich einem der Artikel entnommen hatte, Robert Hanson gewesen, und das war der Name … *meines Großvaters.*

Ich rannte förmlich nach draußen, nicht nur, um frische Luft zu schnappen, sondern vor allem, um in der Bibliothek keinen Schreikrampf zu bekommen. Außerdem musste ich unbedingt mit jemandem reden. Ich rief Annabelle an.

Es klingelte und klingelte. *Bitte, geh ran. Geh ran!* Der Anrufbeantworter schaltete sich ein.

Ich wählte die Nummer erneut. *Annabelle, geh ans Telefon! Bitte!* Wir hielten uns beide an die Zwei-Anrufe-Regel: Wenn wir noch einmal anriefen, war es wichtig. Sie nahm ab, genau wie ich erwartet hatte.

»Hallo«, sagte sie. »Was gibt's?«

»Tut mir wirklich leid, aber ich muss mit dir reden«, sagte ich atemlos. »Störe ich dich?«

»Evan ist hier«, flüsterte sie.

»O Gott, verzeih mir, Annabelle. Aber ich glaube, ich bin gerade auf das bestgehütete Geheimnis meiner Familie gestoßen.«

»Moment, Moment, immer langsam. Wovon redest du überhaupt?«

»Mein Großvater«, sagte ich. »Er war mit einer anderen Frau verheiratet, ehe er meine Großmutter Jane geheiratet hat, und ich ...« Großer Gott ... konnte es sein, dass Grandma Jane Janice war?

Ich musste mich erst mal wieder fangen. Ich dachte an Esthers Nachbarin Janice und überlegte. »Und ich glaube, diese erste Frau war vielleicht die leibliche Mutter meiner Mutter. Und, oh mein Gott, Annie, es kann sein, dass sie umgebracht wurde.«

»Emily, bist du dir sicher? Wie kommst du denn auf so einen Gedanken?«

Plötzlich ergab alles einen Sinn. Nicht Grandma Jane war meine leibliche Großmutter gewesen, sondern Esther. Und das, was Bee meiner Mutter vor langer Zeit erzählt hatte – war das die Eröffnung gewesen, dass Grandma Jane nicht ihre leibliche Mutter war? Und hatte sie womöglich meinen Großvater des Mordes verdächtigt? War das der Grund, warum meine Eltern die Insel damals verlassen hatten?

»Na ja«, antwortete ich ein bisschen zittrig, »ich habe doch dieses Tagebuch in meiner Nachttischschublade gefunden, erinnerst du dich?«

»Ja.«

»Also, ich glaube, ich habe gerade rausgefunden, wer es geschrieben hat.«

»Wer denn?«

»Meine Großmutter, die ich nie gekannt habe.«

»Em, das ist völlig verrückt.«

»Ich weiß.«

»Was hast du jetzt vor?«

Ich berichtete ihr, so gut ich konnte, was in dem Tagebuch stand und wie ich die Anhaltspunkte gefunden und zusammengefügt hatte – mithilfe der Frau im Rathaus und der Zeitungsartikel.

»Und was ist mit diesem Elliot?«, fragte Annie. »Kann der sie nicht um die Ecke gebracht haben?«

»Nein, nein«, erwiderte ich. »Unmöglich. Der hat sie viel zu sehr geliebt. Außerdem war sie von ihm schwanger.« Doch dann fiel mir ein wichtiges Detail ein: Elliot hatte gar nicht gewusst, dass Esther von ihm schwanger war.

»Himmel, ist das ein Durcheinander«, sagte ich, setzte mich auf den Rasen vor der Bibliothek, ohne zu merken, dass er nass war, und ohne mich darum zu scheren. »Was soll ich bloß machen?«

Annabelle räusperte sich. »Du hattest doch einen Grund, warum du auf die Insel gefahren bist, und am besten tust du genau das, was du dir vorgenommen hast«, sagte sie.

Ich fuhr mir mit den Fingern durch die Haare. »Ich kann mich nicht mal erinnern, warum ich hergekommen bin.«

»Um Heilung zu finden, Em.«

Ich nickte. »Und was mach ich mit all dem, was ich rausgefunden hab? Vielleicht schnüffle ich ja in Dingen rum, die besser in Ruhe gelassen werden sollten. Vielleicht sollte ich das alles einfach vergessen.«

Annabelle schwieg einen Moment lang. »Sagt dir das dein Herz?«

Ich schüttelte den Kopf und dachte an die Wahrsagerin in dem Tagebuch, an die Frau, die Esther eingeschärft hatte, ihre Geschichte hätte eine Bedeutung für die Zukunft. »Nein«, sagte ich. »Und weißt du was, Annie, zum ersten Mal seit langer Zeit weiß ich, was mein Herz mir sagt.«

Noch nie hatte ich ein so dringendes Bedürfnis gehabt, mit Bee zu reden. Jetzt, wo ich die Fakten hatte, wollte ich unbedingt die Einzelheiten erfahren, die ich brauchte, um das Gesamtbild zusammenzusetzen. Evelyn hatte mir geraten, den richtigen Zeitpunkt abzuwarten, um mit Bee über das Tagebuch zu sprechen, und dieser Zeitpunkt war jetzt gekommen.

Ich fuhr mit dem Taxi nach Hause, und nachdem ich den Fahrer bezahlt hatte, rannte ich die Stufen zur Haustür hinauf, die Bee nie abschloss.

»Bee?«, rief ich laut.

Ich fand sie weder in der Küche noch im Wohnzimmer. Ich klopfte an ihre Zimmertür, und als sie nicht reagierte, öffnete ich die Tür vorsichtig einen Spaltbreit und lugte hinein. Sie war nicht da.

»Bee!«, rief ich noch einmal in der Hoffnung, dass sie im Wintergarten war.

Schließlich fand ich einen Zettel auf dem Küchentisch:

Liebe Emily,

eine alte Freundin von Evelyn und mir hat angerufen und mich eingeladen, sie in Seattle zu besuchen und über Nacht zu bleiben. Wir wollen uns alte Fotos ansehen und in Erin-

nerungen schwelgen. Ich habe versucht, Dich auf dem Handy zu erreichen, aber anscheinend hattest Du keinen Empfang. Ich hätte Dich gern mitgenommen, leider hat es nicht geklappt. Ich hoffe, es macht Dir nichts aus, den Abend allein im Haus zu verbringen. Der Kühlschrank ist gefüllt. Morgen Nachmittag bin ich wieder zurück.
Alles Liebe,
Bee

Ich schaltete den Fernseher ein. Ich hörte Musik. Ich rief meine E-Mails ab. Aber nichts konnte die Gedanken verscheuchen, die mir durch den Kopf gingen. Sie waren wie ein Lied, das immer wieder von vorn anfing. Ein sehr schlechtes Lied.

Es war der falsche Abend, um allein zu sein, und als die Sonne unterging und das Haus anfing zu knarzen, wie alte Häuser es an sich haben, wenn es dunkel und windig ist und man ganz allein ist, rief ich Jack an.

Eigentlich rechnete ich gar nicht damit, ihn zu Hause anzutreffen, denn er hatte gesagt, er habe zu tun. Aber es wurde abgenommen. Bevor die Frau sich meldete, hörte ich im Hintergrund jemanden lachen – Jack. Und es lief leise, romantische Musik.

»Hallo, hier bei Jack«, sagte die Frau. Sie klang sehr selbstsicher, als wäre sie es gewohnt, bei Jack ans Telefon zu gehen. Ich schaute auf die Uhr: 21.47 Uhr. Was machte sie um kurz vor zehn noch bei Jack?

»Äh, Verzeihung«, sagte ich. »Ich wollte eigentlich Jack sprechen.«

Sie kicherte. »Tja, hm, er ist gerade beschäftigt. Kann ich ihm was ausrichten?«

»Nein«, sagte ich. »Nein, danke, nicht nötig.«

In dem Moment war ich genauso wütend auf Jack, wie Esther damals auf Elliot gewesen war, und genauso wütend, wie Jane in *Years of Grace* auf Andre gewesen war. Jetzt wusste ich, warum Esther Elliot den Ring vor die Füße geworfen hatte. Jetzt wusste ich, warum sie einen anderen geheiratet hatte. Die Wut wühlte mein Herz auf wie der Wind die Wellen in der Bucht. Ich wollte nicht wie Esther enden, aber ich wollte verdammt sein, wenn ich tatenlos hinnahm, dass mich schon wieder ein Mann betrog.

16

16. März

Am nächsten Morgen wachte ich früh auf, viel zu früh, wenn man bedenkt, dass ich die halbe Nacht aufgeblieben war und auf Gespenster gelauscht hatte. Als kurz nach acht das Telefon klingelte, bekam ich fast einen Herzinfarkt.

»Hallo?«, sagte ich.

»Hallo, mit wem spreche ich?« Es war eine tiefe, leicht heisere Männerstimme – die Stimme eines älteren Mannes, die ich nicht kannte.

»Wer ist da bitte?«, entgegnete ich. Ich kann es nicht leiden, wenn ein Anrufer fragt, mit wem er spricht, ehe er sich selbst vorstellt. Das finde ich einfach unhöflich.

»Ich versuche, Ms Emily Wilson zu erreichen«, sagte der Mann.

»Am Apparat«, sagte ich. »Wer sind Sie?«

Er räusperte sich. »Elliot Hartley.«

Mir blieb fast das Herz stehen. Ich klammerte mich an den Hörer, als ginge es um mein Leben, als könnte Elliot, wenn ich nichts tat, wieder zwischen den Seiten des Tagebuchs verschwinden. »Ja«, stieß ich hervor, »hier spricht Emily.«

»Ich hoffe, ich störe nicht, aber …«

»Nein, nein«, fiel ich ihm ins Wort. »Sie stören ganz und gar nicht …«

»Schön«, sagte er. »Ich rufe an, um zu fragen, ob wir uns treffen können. Ich würde mich gern persönlich mit Ihnen unterhalten.«

Wie hatte er mich gefunden? Und von wo aus rief er an? Konnte es sein, dass Esther auch noch lebte? Hatte er irgendwie erfahren, dass ich ihr Tagebuch gelesen hatte? Hatte Evelyn es ihm erzählt?

Es schien mir unpassend, ihn am Telefon mit Fragen zu bedrängen. »Das wäre nett«, sagte ich. »Ich meine, das wäre großartig. Ich hatte insgeheim gehofft, dass unsere Wege sich irgendwann kreuzen würden.«

»Wäre es Ihnen möglich, heute nach Seattle zu kommen?«, fragte er. »Es gibt einige Dinge, die ich gern mit Ihnen besprechen würde.«

»Ja«, antwortete ich hastig.

Er gab mir seine Adresse.

»Ich nehme die nächste Fähre«, sagte ich.

»Warten Sie, Emily«, sagte er. »Sie wissen doch, wer ich bin?«

»Ja, das weiß ich, Elliot. Sie sind der Mann, den meine Großmutter geliebt hat.«

Ich nahm ein Taxi zum Fähranleger, und erst an der Anlegestelle fiel mir ein, dass ich vergessen hatte, Jack Bescheid zu sagen, dass ich heute nicht mit zu seinem Großvater fahren konnte. Aber nach dem, was ich am Abend zuvor am Telefon gehört hatte, schien mir das nicht mehr so wichtig zu sein.

Während der Überfahrt dachte ich die ganze Zeit über Esther nach. War sie einfach abgehauen? Und wenn ja, wohin? Und wenn nicht, wenn sie ermordet worden war, warum war ihre Leiche nie gefunden worden?

Ich ging die Personen durch, die in Esthers Leben eine Rolle gespielt hatten. Mein Großvater hätte zweifellos ein Motiv gehabt: Wut, Rache, Eifersucht. Aber egal, wie ich es drehte und wendete, ich traute es ihm einfach nicht zu. Und was war mit dem Kind passiert – also meiner Mutter, wenn ich das richtig verstanden hatte. Hatte er die Kleine allein gelassen, während er sich auf die Suche nach Esther gemacht hatte? Es schien unwahrscheinlich, aber unmöglich war es nicht.

Frances und Rose kamen als Täterinnen nicht infrage. Oder vielleicht doch? Die Beziehung zwischen Frances und Esther war gegen Ende schwierig geworden, vor allem an dem letzten Abend, als Esther Frances mit Elliot zusammen beobachtet hatte – vielleicht war dort im Mondlicht etwas Schreckliches geschehen. Konnte es sein, dass Frances durchgedreht war?

Wir liefen in den Hafen ein, und ich stellte mich in die Schlange der Passagiere. Beim Verlassen der Fähre spürte ich ein Kribbeln im Bauch.

Ich hielt ein Taxi an und gab dem Fahrer die Adresse. Elliot hatte gesagt, das Queen-Anne-Seniorenheim liege in der Nähe des Stadtzentrums, und es stimmte. Keine fünf Minuten später bezahlte ich das Taxi und stand vor dem Gebäude. In dieses Viertel hatte mich Greg früher hin und wieder ausgeführt. Nur eine Straße weiter hatte er mir meinen ersten Caffè latte spendiert.

»Ich möchte Mr Hartley besuchen«, sagte ich zu dem Mann, der in der Eingangshalle am Empfangstresen saß.

Er beugte sich über ein Klemmbrett, dann sah er mich

verwirrt an. »Tut mir leid, Ma'am, hier wohnt kein Elliot Hartley.«

Ich spürte, wie meine Hände feucht wurden und mein Herz schneller zu schlagen begann. »Wie bitte? Da muss ein Irrtum vorliegen. Ich habe eben erst mit ihm telefoniert. Er hat mir gesagt, dass er hier wohnt, und zwar« – ich warf einen Blick auf den Zettel, auf dem ich mir die Adresse notiert hatte – »in Apartment 308.«

Der Mann zuckte die Achseln. »Ich wünschte, ich könnte Ihnen weiterhelfen«, sagte er. »Aber sein Name steht nicht auf meiner Liste.«

Spielte mir da irgendjemand einen üblen Streich?

»Moment«, sagte ich. Noch war ich nicht bereit aufzugeben. »Könnten Sie noch mal nachsehen?«

In dem Augenblick trat eine Frau aus einem angrenzenden Büro. »Gibt es Probleme, Ed?«, fragte sie.

Er hob noch einmal die Schultern. »Sie will zu jemandem, der nicht hier wohnt.«

Die Frau kam an den Tresen und sah mich fragend an. »Wen suchen Sie denn?«

»Elliot Hartley«, sagte ich.

»Moment, ich sehe mal nach.« Sie nahm Ed das Klemmbrett ab, überflog die Liste, runzelte die Stirn und blickte auf. »Ah, jetzt weiß ich, wo das Problem liegt«, sagte sie. »Da hat sich mal wieder jemand an meinen Excel-Dateien zu schaffen gemacht. Hier fehlt die letzte Seite. Wahrscheinlich liegt sie noch im Drucker.«

Ich seufzte erleichtert. »Danke, dass Sie noch mal nachgesehen haben«, sagte ich.

Wenige Sekunden später kam die Frau lächelnd zurück, ein Blatt Papier in der Hand. »Ja, er wohnt hier«, sagte sie.

»Apartment 308. Ed ist neu hier, und er kennt noch nicht alle Namen der Bewohner. Aber Elliot Hartley hat mir zuerst auch nichts gesagt, wahrscheinlich, weil ihn hier alle Bud nennen.«

»Bud?«

»Eine Pflegerin hat ihm irgendwann den Spitznamen gegeben, und der ist hängen geblieben«, sagte die Frau.

»Ich kann Sie zu seinem Apartment führen, wenn Sie möchten«, erbot sich Ed, wahrscheinlich, weil er ein schlechtes Gewissen hatte.

»Das wäre nett«, sagte ich.

Wir gingen einen langen Korridor hinunter, an dessen Ende sich ein Aufzug befand. Ed drückte den Knopf mit der Drei, und der alte Aufzug rumpelte nach oben. Als die Tür sich öffnete, stieg er aus, während ich wie angewurzelt stehen blieb.

»Ma'am«, sagte er. »Wir sind da.«

»Ja, ich weiß«, sagte ich. »Ich bin nur ein bisschen nervös.«

Er sah mich verständnislos an. »Warum macht es Sie denn nervös, Ihren Großvater zu besuchen?«

Kopfschüttelnd stieg ich so vorsichtig aus dem Aufzug, als könnte auf dem Korridor Gefahr lauern. Es roch nach Büchern und angebrannter Bratensoße. »Er ist nicht mein Großvater, wäre es aber beinahe geworden.«

Ed zuckte wieder die Achseln. Wahrscheinlich hielt er mich für übergeschnappt. Na ja, allmählich kam ich mir tatsächlich so vor. »308«, sagte er und zeigte auf eine Tür. »Viel Glück.«

Eine Weile blieb ich vor der Tür stehen, unfähig anzuklopfen. Ich konnte nichts anderes denken als: *Ich stehe bei*

Elliot Hartley vor der Tür. Wie wird er aussehen? Als ich kurz die Augen schloss, sah ich Jacks Gesicht vor mir, und da fiel mir auf, dass ich beim Lesen des Tagebuchs immer Jack vor mir gesehen hatte, wenn ich versucht hatte, mir Elliot vorzustellen. Ich schüttelte mich und klopfte schließlich an.

Ich hörte, wie sich Schritte näherten. Dann ging die Tür langsam auf, und ein Mann stand vor mir. Er sah gut aus – nicht nur für einen Achtzigjährigen immer noch gut, sondern schlicht und einfach attraktiv, trotz des schütteren grauen Haars und der Falten im Gesicht. »Freut mich, dass Sie kommen konnten«, sagte er.

Er schaute mich mit warmen, dunklen Augen an, vielleicht genauso, wie er meine Großmutter früher angeschaut hatte. »Als ich Sie auf dem Friedhof gesehen habe, wusste ich sofort, dass Sie ihre Enkelin sind«, sagte er. »Jack brauchte mir nicht zu sagen, wer Sie sind. Ich wusste es auf der Stelle.«

Ich spürte, wie meine Wangen zu glühen begannen. Elliot war Jacks Großvater, natürlich! Wieso war ich nicht gleich darauf gekommen? Wie unheimlich und wunderbar und verwirrend zugleich.

»Die Ähnlichkeit ist verblüffend«, sagte er. »Es ist, als würde sie vor mir stehen.«

Ich lächelte verlegen, sagte jedoch nichts.

»Wie unhöflich von mir, Sie hier an der Tür stehen zu lassen«, sagte er. »Kommen Sie doch rein.«

Sein Apartment war klein und sehr ordentlich. Es gab eine kleine Küche mit einem winzigen Essbereich und ein Wohnzimmer, das gerade genug Platz bot für ein schmales Sofa und zwei Sessel. Zwei Türen führten jeweils ins Schlafzimmer und ins Bad.

»Fühlen Sie sich wie zu Hause«, sagte Elliot und zeigte auf den Sessel am Fenster.

Aber anstatt mich zu setzen, trat ich an eine Wand, an der lauter gerahmte Fotos hingen, hauptsächlich Kinderbilder und Porträts von Familienangehörigen. Mein Blick fiel auf ein Schwarz-Weiß-Foto, ein Hochzeitsfoto, das Elliot und eine Braut zeigte, die, soweit ich das erkennen konnte, nicht Esther war.

»Lebt Ihre Frau noch?«, fragte ich.

Er schüttelte den Kopf. »Sie ist vor elf Jahren gestorben.«

Nichts in seinem Ton deutete darauf hin, dass er sie geliebt hatte oder dass sie ihm fehlte. Andererseits war es eine einfache Frage gewesen, und er hatte mir eine einfache Antwort gegeben.

»Wahrscheinlich fragen Sie sich, ob ich sie geliebt habe«, sagte er. »Meine Frau. Ob ich sie so geliebt habe wie Ihre Großmutter.«

Das hatte ich mich tatsächlich gefragt, aber nicht gewagt, es laut auszusprechen.

Er nickte. »Ich habe Lillian geliebt. Aber mit ihr war es anders. Sie war meine Gefährtin. Ihre Großmutter war meine Seelenverwandte.«

Es erschien mir unrecht – beinahe blasphemisch –, so über eine verstorbene Ehefrau zu sprechen. Ich fragte mich, ob Lillian es akzeptiert hatte, an zweiter Stelle hinter Esther zu stehen. Wenn ich nicht das Tagebuch gelesen und begriffen hätte, wie tief die Liebe war, die die beiden verbunden hatte, hätte ich es nicht verstanden.

Als ich mich gerade setzen wollte, fiel mein Blick auf etwas im Bücherregal. Zwischen einer Bibel und einem

Roman von Tom Clancy war ein dunkelblauer Buchrücken zu sehen. Mein Herz machte einen Satz, als ich zögernd meine Hand danach ausstreckte. »Darf ich?«, fragte ich und schaute Elliot an.

»Aber bitte«, sagte er.

Noch ehe ich die goldenen Buchstaben auf dem Rücken gelesen hatte, wusste ich, dass es sich um *Years of Grace* handelte.

»Das war ihr Lieblingsbuch«, sagte Elliot leicht abwesend. »Nachdem … na ja, nach all den Ereignissen habe ich es viele Male gelesen. Ich dachte, wenn ich die Figuren in dem Buch verstand, würde ich Esther vielleicht verstehen können.« Er seufzte. »Aber irgendwann begann alles zu verschwimmen, so wie es mit einer Geschichte passiert, wenn man sie zu oft gelesen hat.«

»Elliot«, sagte ich und setzte mich auf das Sofa. »Was genau ist eigentlich passiert? Was ist mit meiner Großmutter geschehen?«

»Mir ist klar, dass Sie das wissen wollen«, sagte er. »Deswegen habe ich Sie heute hergebeten.«

Er stand auf und ging in die Küche. »Tee?«

»Ja, bitte.«

Er füllte einen Wasserkocher und stöpselte ihn ein. »Als Erstes möchte ich Ihnen sagen, dass Ihre Großmutter nie auf irgendjemandes Rat gehört hat. Sie war leidenschaftlich und starrköpfig. Entschlossen. Wenn sie sich erst einmal etwas in den Kopf gesetzt hatte, gab es nichts mehr daran zu rütteln.«

Ich richtete mich auf. Plötzlich musste ich an Jack denken. Ich fragte mich, ob ich die Szene neulich vielleicht falsch gedeutet hatte. Hatte ich voreilige Schlüsse gezogen, so wie Esther damals? War ich erblich vorbelastet, sodass ich die Geschichte wiederholen musste?

»Wir waren verlobt«, fuhr Elliot fort, »Ihre Großmutter und ich. Ich hatte gespart und mich verschuldet, um ihr diesen Ring zu kaufen. Aber es gab ein Missverständnis. Sie dachte, ich hätte ein Verhältnis mit einer anderen, hier in Seattle.«

»Und? Hatte sie recht?«

Er sah mich entgeistert an. »Natürlich nicht. Die Frau, mit der sie mich gesehen hat, war eine alte Freundin, die eine Wohnung in der Stadt besaß. Sie hatte sich vor Kurzem verlobt und mir die Wohnung weit unter dem Marktpreis angeboten. Ihre Großmutter hatte immer von einer Wohnung mit großen Fenstern und Speiseaufzug in der Marion Street geträumt. Die Wohnung war wirklich großartig. Ich wollte sie damit zu unserer Hochzeit überraschen, aber sie hat mir einen gewaltigen Strich durch die Rechnung gemacht.«

»Warum haben Sie es ihr nicht erklärt? Das mit der Überraschung?«

»Ich hab's ja versucht«, sagte er. »Aber mit Esther war nicht zu reden.«

Ich musste an die Szene in dem Tagebuch denken, an die Wut in Esthers Stimme. An die Verzweiflung in ihren Augen, als sie dort am Straßenrand stand – zumindest stellte ich mir die Szene so vor. »Sie hat also die Verlobung gelöst und fertig?«

»Ja, so in etwa.« Er wirkte bedrückt, so als würde die Wunde immer noch schwären, als hätte er selbst fünfundsechzig Jahre später noch nicht begriffen, was an dem Tag falsch gelaufen war oder ob er etwas hätte tun können, um den Lauf der Dinge zu ändern.

»Und dann hat sie einen anderen geheiratet?«

»Ja«, sagte er und betrachtete seine Hände, die er im Schoß übereinandergelegt hatte. »Ich bin lange sehr wütend auf sie gewesen und habe es ihr nach Kräften heimgezahlt. Ich bin mit allen möglichen Frauen in Seattle ausgegangen und mit ihnen auf der Insel herumspaziert in der Hoffnung, dass Esther uns sehen würde. Und als sie keine Notiz davon nahm, bin ich in den Krieg gezogen. Aber auch dort konnte ich ihr nicht entkommen. Selbst im Südpazifik konnte ich an nichts anderes denken und von nichts anderem träumen. Sie war allgegenwärtig.«

»Aber Sie haben ihr von dort aus geschrieben, nicht wahr?«

»Nur einmal«, antwortete er mit belegter Stimme. »Ich hatte zu viel Angst, ihr Mann könnte die Briefe entdecken. Einerseits wollte ich mich nicht in ihr Leben einmischen, andererseits hatte ich das Bedürfnis, ihr meine Gefühle mitzuteilen für den Fall, dass ich nicht aus dem Krieg zurückkam.«

»Ich weiß, was passiert ist, als Sie heimgekehrt sind«, sagte ich.

»Ach?«

»Ja«, sagte ich. »Ich habe die Geschichte gelesen.«

Er sah mich verwirrt an. »Welche Geschichte?«

»Sie hat ihre Lebensgeschichte aufgeschrieben, in einem in roten Samt eingebundenen Tagebuch. Wissen Sie denn nichts davon?«

»Nein«, antwortete er. »Aber es wundert mich nicht. Esther hat immer wunderschöne Geschichten geschrieben. Sie wollte eigentlich Schriftstellerin werden.« Er schwieg eine Weile. »Dieses Tagebuch«, sagte er dann, »darf ich es sehen?«

»Ich habe es nicht bei mir«, antwortete ich. »Aber ich kann Ihnen eine Kopie davon machen.«

»Würden Sie das tun?«

»Selbstverständlich. Ich kann mir nicht vorstellen, warum sie nicht gewollt hätte, dass Sie es lesen. Sie hat Sie geliebt, selbst nachdem …« Ich zögerte, war mir nicht sicher, ob ich ihn mit Einzelheiten aus dem Tagebuch konfrontieren sollte. »Vielleicht können Sie mir helfen, die Menschen in der Geschichte zuzuordnen.«

»Ich werde es versuchen, Esther.«

Ich zuckte zusammen. »Elliot, Sie haben mich gerade Esther genannt.«

Er schüttelte den Kopf. »Verzeihen Sie«, sagte er. »Das liegt daran, dass all die Erinnerungen wieder hochkommen.«

»Ist schon in Ordnung«, erwiderte ich. »In dem Tagebuch nennt sie ihre besten Freundinnen Frances und Rose. Könnte es sich bei den beiden …?«

»Evelyn ist Rose«, erwiderte Elliot ohne zu zögern. »Ist Ihnen das nicht auf dem Programm für den Trauergottesdienst aufgefallen? Ihr zweiter Vorname ist Rose. Damals nannten sie alle Rose.«

Ich nickte.

»Und Frances ist …«

»Meine Tante«, sagte ich. »Sie ist doch meine Tante, oder?«

»Ja«, sagte er. »Damals kannten sie alle nur als Frances, das ist ihr richtiger Name. Erst viele Jahre später fingen die Leute an, sie Bee zu nennen.«

»Und Sie …« Ich überlegte, ob ich es wagen sollte. »Sie waren mal …?«

Er wusste genau, was ich meinte, und er versuchte nicht, den Gedanken von sich zu weisen. Während er sich sammelte, begriff ich, dass die Geschichte zwischen den beiden kompliziert war. Ganz allmählich wurde mir klar, welche schwere emotionale Last meine Tante über all die Jahre mit sich herumgetragen hatte, es stand in Elliots Augen geschrieben.

Er seufzte, als hätte er gehofft, dass das Gespräch nicht bei Bee landen würde, aber nachdem es so weit gekommen war, musste er mir die ganze Geschichte erzählen.

»Für mich hat es nie eine andere als Esther gegeben. All die anderen Frauen waren nur Ablenkung. Aber Frances …« Er hielt inne. »Mit Frances war es nicht dasselbe. Sie war so anders als Esther, und eine Zeit lang war mir das ein Trost. Sie wollte sich nie in mich verlieben, und ich hatte es auch nicht vor. Sie hat mir immer wieder gesagt, dass sie sich große Vorwürfe machte, weil sie Gefühle für den Geliebten ihrer besten Freundin entwickelt hatte. Sie hat Ihre Großmutter sehr geliebt«, sagte er unendlich traurig. »Wir beide haben sie geliebt.«

Eine Weile betrachtete er seine Hände, dann schaute er mich an. »Ihre Tante hat all die Höhen und Tiefen mit durchlitten, und sie hat sich nie etwas anderes gewünscht, als dass Esther und ich miteinander glücklich wurden. Auf ihr eigenes Glück hat sie verzichtet. So war sie. Aber einmal …«

»Wann war das?«

»Nachdem Esther sich für immer von mir verabschiedet hatte – ich glaubte zumindest, dass es für immer war. Und Frances war da, und ich habe Dinge zugelassen, die ich nicht hätte zulassen dürfen.«

In der Stille, die auf seine Worte folgte, hörte ich, wie er sich das stoppelige Kinn rieb. »Das war an dem Abend, als sie verschwunden ist«, sagte er. Seine Augen füllten sich mit Tränen. »Sie ist zu Frances gefahren und hat uns durchs Fenster zusammen gesehen.« Er schloss die Augen. »Ich sehe sie heute noch da stehen. Ich sehe immer noch ihr Gesicht vor mir. Ihre Augen. Ihre Traurigkeit. Wie sehr sie sich verraten fühlte.«

»Ich weiß, was passiert ist«, sagte ich.

»Woher?«

»Es steht alles in dem Tagebuch.« Ich ging zu ihm und kniete mich vor ihn. »Machen Sie sich keine Vorwürfe«, sagte ich.

»Ich kann nicht anders«, sagte er mit Tränen in den Augen. »Ich habe sie verraten. Aber, glauben Sie mir, wenn ich auch nur die geringste Hoffnung gehabt hätte, dass sie zu mir zurückkommen würde, dass sie mit mir zusammenleben wollte … ich wäre niemals zu Frances nach Hause gegangen. Was für ein schrecklicher Abend. Alles wäre anders gelaufen. Aber wir haben uns verpasst. Wie immer.« Er vergrub das Gesicht in den Händen.

»Elliot«, sagte ich leise. »Ich muss wissen, was in jener Nacht mit ihr passiert ist.«

Er schüttelte den Kopf. »Tut mir leid«, sagte er. »Ich dachte, ich könnte über all das sprechen. Ich dachte, ich könnte es mir alles von der Seele reden, aber ich weiß nicht. Ich weiß nicht, ob ich es kann.«

Ich betrachtete meine Hände in meinem Schoß und stellte fest, dass sie zu Fäusten geballt waren. »Etwas Schlimmes ist in jener Nacht passiert, nicht wahr?«

Er nickte.

»Sie müssen es mir sagen«, drängte ich. »Um Esthers willen.«

Er schwieg.

»Elliot«, sagte ich. »Antworten Sie mir einfach. Ist ihr in jener Nacht etwas zugestoßen? Hat jemand meine Großmutter umgebracht?«

»Ja!«, stieß er hervor. »Ich habe sie umgebracht! Ich und Frances.«

17

Wahrscheinlich hätte ich in diesem Moment aufstehen und gehen sollen – oder vielleicht hätte ich weglaufen und die Polizei anrufen sollen, sobald ich auf der Straße und in Sicherheit war. Ich fragte mich, wie sich das angehört hätte, wenn ich dem Diensthabenden auf der Polizeidienststelle sagte: »Ich möchte einen Mord melden, den Mord an meiner Großmutter im Jahr 1943.«

Aber was Elliot über seine und Bees Rolle beim Tod meiner Großmutter erzählt hatte, ergab einfach keinen Sinn. Wie konnte es sein, dass er die Frau umgebracht hatte, die er über alles liebte? Oder vielleicht war ich auch nur zu schockiert über die Endgültigkeit seiner Erklärung, Esther sei tatsächlich tot. *Tot.* Das Wort passte nicht zu dem, was ich mir für Esthers Zukunft ausgemalt hatte, und tief in meinem Innern klammerte ich mich an die Hoffnung, dass sie irgendwo weit weg von hier immer noch lebte, dass Elliot womöglich mit ihr in Kontakt stand und sie sich weiterhin heimlich trafen, auch wenn das Tagebuch darüber keine Auskunft gab.

Falls sie noch lebte.

»Moment mal, Elliot«, sagte ich. »Haben Sie gerade gesagt, Sie haben sie umgebracht?«

Er schwieg eine ganze Weile. »Nein«, sagte er schließlich. »Aber es kommt aufs Gleiche heraus. Ihnen sagen zu müssen, dass ich für Esthers Tod verantwortlich bin, meine liebe Emily, ist der traurigste Moment meines Lebens. Wir sind verantwortlich für ihren Tod, Ihre Tante und ich.«

Ich runzelte die Stirn.

Elliot nickte. »Nachdem sie davongefahren war, waren wir starr vor Angst davor, wo sie hinfahren würde, schlimmer noch, was sie sich antun könnte.«

»Also sind Sie ihr gefolgt?«

»Ja«, sagte er.

»Aber warum?«

»Frances wollte sich bei ihr entschuldigen, und ich – na ja, ich wollte sie in die Arme nehmen und ihr sagen, wie sehr ich sie liebte, dass ich nur sie liebte. Das wollte ich ihr unbedingt sagen, bevor es zu spät war.«

»Zu spät?«

Seine Augen verdunkelten sich. »Frances saß am Steuer. Wir wussten nicht, wohin Esther wollte. Zuerst sahen wir am Fährhafen nach, aber dort fanden wir ihr Auto nicht. Daraufhin haben wir die Main Street abgesucht. Und dann fiel bei mir der Groschen. Plötzlich wusste ich, wo sie war. Im Park. Wir waren so oft zusammen dort gewesen. Sie liebte den Fay-Park.«

»Und dort haben Sie sie gefunden?«

»Ja«, sagte er und schüttelte den Kopf, als wollte er die schmerzliche Erinnerung verscheuchen. »Es ist alles so schnell gegangen.«

»Was?«

»Ich sah ihre Augen ganz kurz in ihrem Rückspiegel. Ihren Gesichtsausdruck. Diesen letzten Blick. Das Bild hat sich in meine Erinnerung eingebrannt. Jeden Abend, bevor ich die Augen schließe, jeden verdammten Abend seit sechzig Jahren, sehe ich ihr Gesicht vor mir. Ihre Augen – so traurig und einsam.«

Elliots Hände begannen zu zittern.

»Erzählen Sie mir, was dann passiert ist, Elliot«, sagte ich leise. »Ich muss es wissen.«

Er holte tief Luft. »Sie saß in ihrem Wagen, mitten auf dem Parkplatz. Wir sind ausgestiegen. Ich flehte Frances an, im Wagen zu bleiben. Ich wollte kurz mit Esther allein sein, aber sie wollte nichts davon wissen. Sie folgte mir zu Esthers Auto, aber als wir vor der Fahrertür standen, hat Esther den Motor angelassen … und dann ist sie …«

»Was, Elliot? Was hat sie getan?«

Tränen liefen ihm über die Wangen. »Es war dunkel. Es war so dunkel, und dann der Nebel. Der Nebel.«

»Elliot, erzählen Sie weiter«, drängte ich.

»Die Scheinwerfer«, schluchzte er. »Wir wurden von dem grellen Licht geblendet, und dann ist sie einfach über die Klippe gefahren. Direkt vor unseren Augen.«

Ich schnappte nach Luft. Und was war mit der Schwangerschaft? Mit dem ungeborenen Kind?

»Ich bin hinter ihr hergerannt bis zum Rand der Klippe«, fuhr er fort, bemüht, die Fassung wiederzugewinnen. »Ich dachte, ich könnte sie retten, falls sie den Sturz überlebt hatte. Ich war drauf und dran, hinter ihr her von der Klippe zu springen, aber Ihre Tante hat mich zurückgehalten. Wir standen da und starrten auf das Wrack hinunter. Ihr Auto war völlig zertrümmert, und der Motor hatte Feuer gefangen. Frances konnte nur sagen: ›Sie ist tot, Elliot. Sie ist tot. Lass sie los.‹«

»Haben Sie denn nicht die Polizei benachrichtigt oder einen Krankenwagen gerufen?«

Er schüttelte den Kopf. »Frances meinte, wir sollten es nicht tun. Sie hatte Angst, man würde uns des Mordes verdächtigen und behaupten, wir hätten sie gezwungen, über die Klippe zu fahren.«

»Und was haben Sie stattdessen getan?«

Er zog ein Taschentuch heraus. »Wir sind einfach weggefahren. Wir standen unter Schock. Ich konnte nichts anderes denken, als dass ich ins Gefängnis gehörte. Ich fühlte mich verantwortlich für ihren Tod.«

»Und wenn sie den Absturz überlebt hat? Wenn sie verletzt am Strand lag? Wenn Sie sie hätten retten können? Elliot, was ist, wenn sie deswegen über die Klippe gefahren ist? *Weil sie gerettet werden wollte*?«

Er schaute mich an, als würde er mich um Vergebung anflehen. »Diese Fragen werden mich bis ins Grab verfolgen. Aber das Bild von dem völlig zertrümmerten Auto, so grausig es ist, gibt mir ein bisschen Seelenfrieden. So einen Sturz überlebt niemand. Frances hatte recht. An dem Abend blieb uns nichts anderes übrig als wegzufahren. Man hätte uns ohne Beweise verurteilt. So war das damals. Wir waren dort, und jede Jury wäre zu dem Schluss gelangt, dass wir sie in den Tod getrieben hätten.«

Ich seufzte. »Und Bee? Glauben Sie, dass sie auch Schuldgefühle hat?«

»Ja«, sagte er. »Ein Teil von ihr ist an dem Abend gestorben. Sie ist nie wieder die Alte gewesen. Deswegen können wir einander nicht mehr in die Augen sehen, selbst nach all den Jahren nicht. Zu viel steht zwischen uns, zu viel Schmerz. Wir können einander nicht ansehen, ohne an den Abend zu denken, ohne an Esther zu denken.«

In dem Moment fiel mir etwas ein, was ich in einem der Zeitungsartikel gelesen hatte. Das Wrack hatte am Fuß der Klippe gelegen, aber Esthers Leiche nicht.

»Ich habe irgendwo gelesen, dass Esthers Leiche nie gefunden wurde«, sagte ich. »Wie kann das sein?«

»Ja«, sagte er, »das habe ich auch gelesen.«

Ich fragte mich, ob er mir etwas verschwieg. Wie konnte ihre Leiche nach einem solchen Absturz auf wundersame Weise verschwinden? Hatte sie etwa jemand gerettet? War sie unverletzt von der Unfallstelle weggegangen? Unmöglich, dachte ich.

»Was ist Ihrer Meinung nach passiert?«

»Ich wünschte, ich könnte Ihnen sagen, dass ich glaube, dass sie überlebt hat. Da das Autowrack erst am nächsten Tag gefunden wurde, ging man davon aus, dass ihre Leiche in die Bucht hinausgespült worden war, die sie so sehr geliebt hat.« Er schüttelte sich bei dem Gedanken. »Andere glaubten, sie hätte überlebt. Und ich müsste lügen, wenn ich behauptete, dass ich mich nicht an diese Hoffnung geklammert hätte, aber es ist zu lange her. Wenn sie überlebt hätte, wäre sie dann nicht auf die Insel zurückgekehrt? Wäre sie nicht zurückgekommen, um ihre Tochter zu holen? Wäre sie nicht zurückgekommen … zu mir?«

Da wurde mir klar, dass Elliot nicht wusste, dass Esther damals von ihm schwanger war. Aber es erschien mir grausam, ihm das jetzt, fünfundsechzig Jahre später, zu eröffnen, und so behielt ich es für mich. Er würde es in dem Tagebuch lesen, und vielleicht war es besser, wenn er es auf diese Weise erfuhr.

»Aber da ist noch etwas«, sagte er, und ein Funken Hoffnung lag in seinen Augen.

»Was denn?«

»Na ja, vielleicht ist es ja auch unwichtig. Aber nur der Vollständigkeit halber: Als Frances und ich an dem Abend vom Park wegfuhren, haben wir ein Auto gesehen, das auf den Parkplatz einbog.«

»War es jemand, den Sie kannten?«

»Ich bin mir nicht sicher«, antwortete er. »Aber ich hatte immer das Gefühl, dass es Billy war, Billy Henry Mattson. Heute nennt er sich Henry.«

»Moment mal«, sagte ich. »Meinen Sie etwa den Henry, der in der Nähe von Bee wohnt?«

»Ja. Kennen Sie ihn?«

Ich nickte. Billy war also Henry. Ich musste daran denken, wie er reagiert hatte, als ich ihn auf das Foto von meiner Großmutter und der anderen Frau angesprochen hatte, das auf seinem Kaminsims stand, das Foto, das dann auf mysteriöse Weise verschwunden war. Esther hatte ihn in ihrem Tagebuch als Freund bezeichnet, aber er schien immer wieder wie aus dem Nichts aufzutauchen, was mir merkwürdig vorkam. Hatte er sie verfolgt? Ich schauderte. Nein, sagte ich mir. Selbst wenn er verrückt nach ihr gewesen war, hätte er ihre Leiche nicht einfach weggeschafft. Doch dann ging meine Fantasie mit mir spazieren. *Die Leute sind nicht immer das, was sie zu sein scheinen.* Ich erinnerte mich an ein Gespräch zwischen eleganten Frauen in einem teuren New Yorker Restaurant, das Annabelle und ich zufällig mitgehört hatten. Sie waren mit Klunkern behängt wie Christbäume und gehörten eindeutig zur Schickeria. Dann hatte eine von ihnen gesagt: »Ich habe schon alle möglichen Marken ausprobiert, aber für mich geht nichts über ›Copenhagen‹. Ich sitze immer noch gern ein bisschen auf der Terrasse, wenn die Kinder im Bett sind, und nehme einen Priem.«

Wir beide trauten unseren Ohren nicht. Die Lady nahm tatsächlich Kautabak – wie die Bauarbeiter, die uns auf dem Broadway nachpfiffen. Es war so ähnlich, als würde man erfahren, dass der Vater der besten Freundin, ein Footballcoach, heimlich in Frauenkleidern ausging. Es passte einfach nicht.

Aber nein, nicht Henry, sagte ich mir. Ich versuchte, den Gedanken wegzuschieben, aber er blieb hartnäckig. Die Insel meiner Kindheit hatte Stürmen und Regen standgehalten, aber jetzt war sie von düsteren Geheimnissen überschattet.

»Elliot«, sagte ich, »ich weiß, wie es sich anfühlt, wenn man es einfach nicht schafft, den Dingen auf den Grund zu gehen.« Ich schaute ihm in die traurigen Augen. »Was sagt Ihnen Ihr Herz, wenn Sie sich fragen, was vor all den Jahren mit Esther passiert ist?«

Er wandte sich ab. »Darüber zerbreche ich mir seit damals den Kopf. Ich weiß nur, und vielleicht werde ich nie mehr als das wissen, dass Esther an jenem Abend mein Herz mitgenommen hat. Für immer.«

Ich nickte und befürchtete schon, dass ich ihn überanstrengt hatte. »Ich werde alles tun, was ich kann, um die Antworten zu finden«, versprach ich ihm. »Um Ihretwillen und um Esthers willen.« Ich warf einen Blick auf die Uhr und stand auf. »Es war mir eine Ehre, Sie kennenzulernen. Danke für alles, was Sie mir erzählt haben.«

»Es war mir ein Bedürfnis«, sagte er. »Übrigens kommt

Jack mich heute Nachmittag besuchen. Sie können bleiben, wenn Sie möchten.«

»Jack?«

»Ja. Hat er Ihnen das nicht gesagt?«

»Äh, doch«, antwortete ich ein bisschen verlegen. »Aber ich muss die Fähre bekommen. Bee erwartet mich.«

»Ich verstehe«, sagte er. »Schade, dass Sie schon gehen müssen.«

Ich überlegte, ob ich noch bleiben sollte, aber dann fiel mir die Frau wieder ein, die am späten Abend bei Jack ans Telefon gegangen war. »Tut mir leid«, sagte ich. »Es geht leider nicht.«

Elliot wirkte enttäuscht, aber er akzeptierte meine Entscheidung.

»Moment«, sagte ich. Dann fuhr ich vorsichtig fort: »Ich möchte ja nicht neugierig erscheinen, aber wissen Sie, ob Jack eine Frau zu Besuch hat? Vielleicht eine Freundin oder eine Verwandte?«

Er sah mich verblüfft an.

»Es ist nur …« Ich fummelte an meinem Pullover herum. »Es ist nur so, dass ich gestern Abend bei ihm angerufen habe, und da ist eine Frau ans Telefon gegangen. Das fand ich irgendwie merkwürdig.«

Er nickte. »Ja, ich glaube, er hat von einer Frau gesprochen, die er neulich kennengelernt hat.«

»Ach so«, stotterte ich.

Er zwinkerte mir zu. »Ich weiß nicht, wie der Junge zur Ruhe kommen soll, bei all den hübschen Frauen, die er immer um sich hat.«

»Tja«, sagte ich. Er mochte das vielleicht als Kompliment gemeint haben, aber seine Worte versetzten mir einen

Stich. Plötzlich kamen mir die Wochen mit Jack vor wie ein billiger Liebesroman, in dem ich hinters Licht geführt worden war. Wie hatte ich nur so naiv sein können? Warum hatte ich das nicht kommen sehen? Wieso deutete ich immer so viel in alles hinein?

Ich bedankte mich noch einmal, verabschiedete mich und ging – mit schwerem Herzen und einer langen Liste unbeantworteter Fragen.

Es gibt eben keine wahre Liebe, dachte ich während der Taxifahrt zum Fährhafen. Jedenfalls nicht in meinem Leben.

Ich war zugleich freudig erregt und nervös, als ich bei Bee ankam. Egal wie behutsam ich das Thema anging, es würde so ehrfurchtsvoll und erschreckend sein, als ob man eine sehr alte, sehr wertvolle Weinflasche öffnete und sie vor den Augen der Leute, die sie für ihre goldene Hochzeit aufbewahrt hatten, fallen ließ.

»Hallo, Liebes«, begrüßte mich Bee. »Hast du einen Stadtbummel gemacht?« Sie saß in ihrem Sessel und löste gerade ein Kreuzworträtsel.

»Nein«, sagte ich und setzte mich ihr gegenüber auf das Sofa. »Ich war in Seattle.«

»Ach so. Hast du dir was Schönes gekauft?«

»Nein. Ich habe jemanden besucht.«

Sie blickte überrascht auf. »Ich wusste ja gar nicht, dass du in Seattle eine Freundin hast. Das hättest du mir sagen sollen, als wir das letzte Mal dort waren, dann hätten wir uns mit ihr treffen können.«

Ich schüttelte den Kopf. »Er wäre bestimmt nicht gekommen.«

»Er?«

»Ja, er. Elliot Hartley.«

Bee ließ ihren Stift fallen, als hätte ich gerade etwas Unverzeihliches gesagt.

»Bee«, sagte ich. »Es gibt einige Dinge, über die ich mit dir reden muss.«

Sie nickte, als hätte sie geahnt, dass der Tag irgendwann kommen würde. Und als ich den Mund aufmachte, sprudelte alles nur so aus mir heraus.

»Ich weiß, wer meine Großmutter war«, sagte ich. »Meine leibliche Großmutter. Ich habe ihr Tagebuch gefunden, Bee, und ich habe es gelesen. Es ist die Geschichte des letzten Monats ihres Lebens – bis zum Ende. Aber erst heute Morgen habe ich erfahren, wer die Figuren sind, die darin vorkommen, dass du dabei warst und Evelyn und Henry. Elliot hat mir alles erzählt.«

Ich sprach hastig, wie in Panik, als versuchte ich, die Geheimnisse eines ganzen Lebens in einen einzigen Absatz zu zwingen. Ich wusste, dass ich nur wenig Zeit hatte, bis Bee sich verschließen und sich zurückziehen würde, so wie sie es jedes Mal tat, wenn ein unangenehmes Thema angeschnitten wurde.

»Und du glaubst ihm?«

»Warum sollte ich das nicht tun, Bee? Meine Großmutter hat ihn geliebt.«

In Bees Augen braute sich ein Gewitter zusammen. »Ich auch«, sagte sie. »Und sieh dir nur an, was dabei herausgekommen ist.«

»Bee«, sagte ich sanft. »Ich weiß, was an jenem letzten Abend auf der Insel passiert ist. Ich weiß, dass sie euch zusammen gesehen hat und dass ihr hinter ihr hergefahren seid.« Ich zögerte. »Ich weiß auch, dass ihr nicht versucht habt, sie zu retten, Bee. Wie konntet ihr sie nur so da liegen lassen? Was, wenn sie noch gelebt hat?«

Bee war kreideweiß geworden, und als sie zu sprechen begann, erkannte ich ihre Stimme kaum wieder. »Es war ein grauenhafter Abend«, sagte sie mit schwacher Stimme. »Als Elliot zu mir kam, wusste ich, dass es nicht recht war. Das wussten wir beide. Aber deine Großmutter hatte sich endgültig von ihm getrennt, und ich sehnte mich danach zu spüren, wie es war, wenn er mich in den Armen hielt. Ich hatte es mir tausendmal ausgemalt, seit ich ihn auf der Highschool kennengelernt hatte, aber er hatte immer nur Augen für Esther gehabt, bis zu jenem Abend, als es so aussah, als wollte er *mich*.« Sie schüttelte den Kopf, als wäre allein der Gedanke naiv. »Kannst du dir vorstellen, wie das für mich war?«

Ich schwieg.

»Ich habe mir eingeredet, es sei in Ordnung«, fuhr sie fort. »Ich habe mir eingeredet, dass sie es in Ordnung finden würde.«

»Aber als sie euch gesehen hat …«

»Wir wussten beide, dass es ein Fehler war.«

»Und dann seid ihr ihr gefolgt.«

Sie nickte und vergrub das Gesicht in den Händen. »Nein«, sagte sie und stand auf. »Ich kann nicht. Ich will nicht. Ich will nicht darüber reden.«

»Bee, warte. Das Tagebuch – hast du es gelesen?«

»Nein.«

»Aber wie ist es hierhergekommen?«

Sie fuhr herum und sah mich mit funkelnden Augen an. »Was meinst du damit – *hierher*?«

»Hier in dieses Haus«, sagte ich. »Ich habe es in meinem Zimmer gefunden. Im Nachtschränkchen.«

Sie schüttelte den Kopf. »Ich weiß es nicht. Ich hatte das Zimmer seit dreißig Jahren nicht betreten. Es war immer ihr Lieblingszimmer. Ich hatte es rosafarben streichen lassen, für sie und das Baby. Sie wollte ihn verlassen. Deinen Großvater.«

»Aber warum hast du mich ausgerechnet in dem Zimmer untergebracht, Bee? Wenn du nicht vorhattest, mir von meiner Großmutter zu erzählen?«

Sie wirkte ratlos. »Ich weiß es nicht«, sagte sie. »Ich glaube, ich hatte einfach das Gefühl, dass du es verdient hattest, ihre Gegenwart zu spüren.«

Ich nickte. »Ich finde, du solltest Esthers Tagebuch lesen«, sagte ich. »Dann wirst du sehen, dass sie dich geliebt hat. Dass sie dir verziehen hat.«

»Wo ist es?«, fragte sie ängstlich.

»Ich bringe es dir.« Ich holte das Tagebuch aus meinem Zimmer und gab es ihr. »Hier.«

Sie nahm es in die Hände, aber in ihrem Blick lag keine Wärme, nur Zorn. Und dann kamen die Tränen.

»Du verstehst das nicht«, sagte sie.

»Was verstehe ich nicht, Bee?«

Sie wischte sich die Tränen fort. »Was sie uns angetan hat. Was wir ihretwegen durchgemacht haben.«

Ich legte ihr eine Hand auf die Schulter. »Erzähl's mir, Bee. Es wird Zeit, dass ich die Wahrheit erfahre.«

»Die Wahrheit ist vergessen und begraben«, erwiderte sie und holte tief Luft. Wut glühte in ihren Augen auf. »Ich sollte dieses Buch zerreißen«, sagte sie und ging zu ihrem Zimmer.

»Bee, warte!«, rief ich und lief hinter ihr her, doch sie schlug mir die Tür vor der Nase zu und sperrte sie ab.

Lange wartete ich vor Bees Tür, hoffte, dass sie wieder herauskommen würde, und betete, dass sie ihren Schmerz überwand, sodass wir zum ersten Mal offen und ehrlich über meine Großmutter reden konnten.

Aber sie kam nicht heraus. Sie blieb den ganzen Nachmittag in ihrem Zimmer. Und als die Möwen zu kreischen anfingen, wie immer gegen Abend, rechnete ich damit, dass sie in die Küche kommen und das Abendessen zubereiten würde, aber sie kam nicht. Als die Sonne unterging, dachte ich, sie würde endlich aufgeben und in den Wintergarten kommen, um sich einen Cocktail zu mixen. Aber sie kam nicht.

Ich wärmte mir eine Dosensuppe auf, überflog die Tageszeitung und schaute mir einen Fernsehfilm an, aber ich konnte mich nicht darauf konzentrieren, und gegen neun begann ich zu gähnen. Ich war jetzt seit fast drei Wochen auf der Insel, und so viel war passiert, so viel war schiefgegangen.

Ich hatte Elliot und meiner Großmutter versprochen, die Antworten zu finden. Aber ich war noch nicht auf den Gedanken gekommen, dass meine Großmutter vielleicht den Wunsch gehabt hatte, diese Welt zu verlassen. Stand es mir zu, in ihrer Vergangenheit herumzuschnüffeln?

Ich fühlte mich zu entmutigt, um noch weiter darüber nachzudenken. Jack hatte zwei Nachrichten auf meiner Sprachbox hinterlassen, aber ich rief ihn nicht zurück. Ich war zu erschöpft – von seinen Geheimnissen, von Bees und von Esthers. Schließlich rief ich die Fluggesellschaft an und buchte meinen Rückflug um. Es war Zeit für mich, nach New York zurückzukehren. Tief in meinem Herzen wusste ich, dass ich, wenn ich etwas aus Esthers Geschichte lernen wollte, bleiben und kämpfen musste – für die Wahrheit und für die Liebe. Aber dafür war ich im Moment viel zu ausgelaugt.

18

17. März

Ich komme nach Hause«, teilte ich Annabelle am nächsten Morgen am Telefon mit. Meine Worte klangen enttäuschter und kraftloser, als ich gehofft hatte.

»Emily«, erwiderte Annie. »Du wolltest dir einen ganzen Monat gönnen.«

»Ich weiß«, sagte ich. »Aber hier hat sich alles ziemlich zugespitzt. Bee redet nicht mehr mit mir, und Jack habe ich nichts mehr zu sagen.«

»Was ist denn mit Jack?«

Ich erzählte ihr von meinem Besuch bei seinem Großvater und was er mir über die andere Frau gesagt hatte.

»Bist du schon mal auf die Idee gekommen, dir die Situation von ihm selbst erklären zu lassen?«

Ich schüttelte den Kopf. »Nein, nicht nach allem, was ich mit Joel durchgemacht hab. Ich bin ein gebranntes Kind, Annie. Das könnte ich nicht noch mal ertragen.«

»Ich meine nur, dass du vielleicht überreagierst. Vielleicht ist gar nichts dahinter.«

»Also, was Elliot gesagt hat, würde ich nicht gerade als *nichts* bezeichnen.«

»Stimmt«, sagte sie. »Das klingt nicht gut. Aber was ist mit der Geschichte von deiner Großmutter? Willst du einfach so aufgeben?«

»Nein«, sagte ich, obwohl ich wusste, dass ich irgendwie schon aufgegeben hatte. »Aber das kann ich immer noch von New York aus weiterverfolgen.«

»Ich finde, du solltest noch bleiben«, sagte Annabelle. »Da wartet noch Arbeit auf dich.«

»Arbeit?«

»Ja, Arbeit für sie und Arbeit für dich.« Sie schwieg einen Moment. »Ich weiß, dass du noch keine Ruhe gefunden hast. Ich weiß, dass du noch nicht geweint hast.«

»Stimmt, ich hab noch nicht geweint«, gestand ich. »Aber vielleicht brauch ich das auch nicht.«

»O doch«, sagte sie.

»Annie, ich bin auf die Insel gekommen, um etwas über meine Familie rauszufinden, um nach der Wahrheit zu suchen. Aber bisher habe ich nur Herzen gebrochen – meins und das von anderen.«

Sie seufzte. »Ich glaube, du läufst vor etwas davon, dem du dich stellen musst. Em, du gibst auf dem letzten Kilometer des Marathons auf.«

»Vielleicht«, sagte ich. »Aber ich kann einfach nicht mehr.«

Als ich aus meinem Zimmer trat, sah ich, dass Bees Tür immer noch zu war, und so überraschte es mich, sie in der Küche anzutreffen, wo sie gerade dabei war, einen Blumenstrauß in einer Vase zu ordnen.

»Sind diese Narzissen nicht herrlich?«, sagte sie fröhlich, als wäre am Abend zuvor nichts gewesen.

Ich nickte und setzte mich an den Tisch. Ich traute mich noch nicht, etwas zu sagen.

»Narzissen waren die Lieblingsblumen deiner Großmutter«, sagte sie. »Und Tulpen. Sie liebte den Frühling, ganz besonders den März.«

»Bee«, sagte ich mit belegter Stimme. Ich trauerte um das Einzige, was mich mit meiner Großmutter und ihrem Schreiben verbunden hatte. »Hast du es zerrissen?«

Sie sah mich durchdringend an. »Henry hat recht. Du siehst genauso aus wie sie, vor allem, wenn du wütend bist.«

Sie ging zu ihrem Sessel im Wohnzimmer und kam zurück mit dem Tagebuch in der Hand. »Hier«, sagte sie und reichte es mir. »Natürlich habe ich es nicht zerrissen. Ich habe die ganze Nacht darin gelesen – bis zur letzten Zeile.«

»Wirklich?« Ich lächelte so glücklich, dass Bee unwillkürlich auch lächeln musste.

»Ja.«

»Und, was hältst du davon?«

»Es hat mich daran erinnert, was für eine wilde, impulsive, wunderbare Frau deine Großmutter war, und daran, wie sehr ich sie geliebt habe und wie sehr sie mir fehlt.«

Ich nickte und genoss das Wohlbehagen, das ich empfand und immer empfinden würde, selbst wenn Bee nie wieder ein Wort über meine Großmutter verlieren sollte.

»Ich wollte es dir erzählen, Liebes«, sagte sie. »Ich wollte dir alles erzählen, so wie ich es deiner Mutter damals erzählt habe. Aber jedes Mal, wenn ich es mir vorgenommen habe, war der Schmerz einfach zu groß. In all den Jahren habe ich mich immer gesträubt, an das Jahr 1943 zu denken. Habe ich mich gegen die Erinnerung gewehrt.«

Plötzlich fiel mir etwas ein. »Diese Veilchen in Henrys Garten«, sagte ich und betrachtete Bees Gesicht. »Die haben dich an Esther erinnert, nicht wahr?«

Bee nickte. »Ja, das stimmt. Sie haben uns beide an sie erinnert. Es war, als wäre …«, sie sah sich in der Küche um und holte tief Luft, »… als wäre sie da bei uns gewesen und hätte gesagt, es ist in Ordnung.«

Ich nahm ihre Hand und streichelte ihr zärtlich den Arm. Die Schleusen waren geöffnet, und die Erinnerungen konnten ungehindert passieren. Plötzlich hatte ich das Gefühl, sie alles fragen zu können. »Bee, das Bild von dem Pärchen, das du mir mal geschenkt hast, das bist du mit Elliot, nicht wahr?«

»Ja«, sagte sie einfach. »Deswegen habe ich es dir geschenkt. Ich konnte es nicht ertragen, es immer zu sehen. Es war ein Fenster zu dem Leben, das ich nie haben konnte, und es verkörperte alles, was damals mit deiner Großmutter falsch gelaufen war.«

Ich seufzte unter der Last der Trauer im Zimmer. »Deswegen konntest du es auch nur schwer ertragen, dass ich mich mit Jack angefreundet habe, stimmt's?«

Sie beantwortete meine Frage nicht, aber ihr Blick sagte mir genug.

»Ich verstehe dich, Bee, wirklich.«

Sie wirkte gedankenverloren. »Wahrscheinlich möchtest du, dass ich dir mein Verhalten erkläre – an jenem Abend.«

Ich nickte.

»Es war ein Irrtum zu glauben, dass ich Esthers Platz in Elliots Herz würde einnehmen können«, sagte sie. »Ich war dumm. Ich werde mir nie verzeihen, dass wir weggefahren sind, ohne nachgesehen zu haben, ob wir ihr helfen konnten, ob wir sie hätten retten können. Jeden Tag fühle ich mich aufs Neue schuldig an ihrem Tod.«

»Nein, Bee«, sagte ich. »Es ist so schnell gegangen. Du hast nur versucht, Elliot zu schützen. Das kann ich verstehen.«

»Aber ich habe Elliot aus egoistischen Gründen geschützt«, fuhr sie fort, ohne mich anzusehen. »Ich habe meine eigenen Interessen geschützt. Ich hatte solche Angst, die Polizei würde ihn wegen Mordes verhaften und ihn *mir* wegnehmen. Also bin ich losgefahren, so schnell ich konnte. Wenn Esther sich von der Klippe stürzen wollte, war das ihre Entscheidung, habe ich mir eingeredet. Ich war wütend auf sie, weil sie etwas so Schlimmes getan hatte, nur um ihm wehzutun. Elliot war total schockiert, und ich wollte ihn schützen. Das ist keine Erklärung, die der Vergebung würdig ist, weder von Esther noch von dir. Aber eins sollst du wissen – wenn es jemanden gibt, der die Schuld an dem trägt, was nach dem Abend passiert ist, dann bin ich es.«

Mehrere Minuten lang saßen wir schweigend da. »Findest du es eigentlich nicht merkwürdig, dass ihre Leiche nie gefunden wurde?«

»Darüber habe ich viel und lange nachgedacht«, sagte sie. »Aber jetzt nicht mehr. Ihre Leiche muss aufs Meer hinausgespült worden sein. Die Bucht ist ihre letzte Ruhestätte, so musste es sein. Selbst heute noch denke ich an sie, wenn ich höre, wie die Wellen ans Ufer schlagen. Sie gehörte zum Wasser. Sie ist dort, wo sie sein wollte, Emily. Sie liebte das Meer und seine zarten Geschöpfe. Ihre Geschichten, ihre Gedichte waren fast immer von der Küste inspiriert.« Sie zeigte aus dem Fenster in Richtung Strand.

»Nur so ist es mir gelungen, nach all den Jahren ein bisschen Seelenfrieden zu finden.«

»Nur noch eins, Bee«, sagte ich. »Elliot hat gesagt, er hätte an dem Abend gesehen, wie Henry in den Park gefahren ist.«

Sie sah mich verblüfft an. »Was?«

»Hast du ihn nicht dort gesehen?«

»Nein«, sagte sie leicht gereizt. »Nein, er kann nicht dort gewesen sein.«

»Und wenn doch, Bee?«, fragte ich und musterte ihr Gesicht. »Wenn er wirklich dort war, meinst du nicht, er könnte etwas wissen?«

»Er weiß nichts«, erwiderte sie hastig. »Ich weiß nicht, was Elliot dir über Henry gesagt hat. Henry mag in deine Großmutter verliebt gewesen sein, aber er war ebenso schockiert wie wir alle, als die Nachricht von ihrem Tod sich auf der Insel verbreitete.«

»Hm. Ich würde mich gern mit ihm darüber unterhalten. Vielleicht weiß er ja doch etwas.«

Bee schüttelte den Kopf. »Ich an deiner Stelle würde nicht an seine Erinnerungen rühren, Liebes.«

»Warum nicht?«

»Es würde ihn schmerzen«, sagte sie. Ich fragte mich, ob sie Henry zu schützen versuchte, so wie sie damals Elliot geschützt hatte.

»Esther hat ihm wehgetan, Emily«, sagte sie. »Er würde es nur schwer ertragen, die Vergangenheit wieder heraufzubeschwören. Vielleicht ist es dir ja noch nicht aufgefallen, aber jedes Mal, wenn du in seiner Nähe bist, führt er sich auf wie ein scheues Pferd. Du erinnerst ihn an sie.«

»Ich verstehe«, sagte ich. »Aber – das wird dir wahrscheinlich verrückt vorkommen – irgendwie habe ich das Gefühl, dass meine Großmutter wollen würde, dass ich mit Henry rede. Ich glaube, er weiß mehr, als er sich anmerken lässt.«

»Nein«, entgegnete Bee. »Lass ihn in Ruhe.«

Ich schüttelte den Kopf. »Tut mir leid, Bee. Ich muss es tun.«

Sie zuckte die Achseln. Letztendlich war Bee doch einsichtig.

»Emily«, sagte sie. »Denk immer daran: Was geschehen ist, ist geschehen. Die Vergangenheit lässt sich nicht ändern. Es würde mir leidtun zu sehen, wie du bei alldem dein eigenes Leben aus den Augen verlierst.« Sie schaute mich an. »Bist du nicht hergekommen, um Heilung zu finden?«

Ich nickte.

Schweigend saßen wir da und lauschten auf das Kreischen der Möwen, die über dem Haus kreisten. Schließlich brachte ich den Mut auf, ihr zu sagen, dass ich abreisen würde. »Ich fliege nach New York zurück.«

Bee wirkte gekränkt. »Aber warum denn? Ich dachte, du wolltest bis zum Ende des Monats bleiben.«

»Ja, das hatte ich auch ursprünglich vor«, sagte ich, schaute aufs Meer hinaus und fragte mich, ob meine Entscheidung richtig gewesen war. Hatte ich mir genug Zeit gelassen? »Aber alles ist so, na ja, so kompliziert geworden.«

»Tja«, sagte Bee verständnisvoll, »es war alles ein bisschen anstrengend, nicht wahr?«

»Es waren drei wundervolle Wochen, Bee, eine Zeit des Wandels, und das verdanke ich deiner Gastfreundschaft und deiner Liebe«, sagte ich. »Aber ich glaube, es ist Zeit für mich, nach Hause zu fahren. Ich brauche Zeit, um alles, was ich hier erlebt habe, zu verdauen.«

Sie sah mich an, als fühlte sie sich verraten. »Und das kannst du hier nicht?«

Ich schüttelte den Kopf, und mein Entschluss stand fest, als ich an Jack dachte. »Tut mir leid, Bee.«

»Also gut«, sagte sie. »Aber vergiss nicht, dass du hier zu Hause bist. Vergiss nicht, was ich dir gesagt habe. Das Haus ist deins, und es wird dir offiziell gehören, wenn ich nicht mehr da bin …«

»Was nie geschehen wird«, sagte ich mit einem gequälten Lächeln.

»Es wird geschehen, früher, als wir beide vielleicht glauben«, entgegnete sie knapp. Der Stich, den mir ihre Worte versetzten, sagte mir, dass sie die Wahrheit sagte.

19. März

Den ganzen nächsten Tag verbrachte ich mit Grübeln – über Esther und Elliot, Bee und Jack. Auch über meine Mutter dachte ich nach, und am nächsten Tag setzte ich mich aufs Sofa im Wintergarten und rief sie an.

»Wie schön, deine Stimme zu hören, Liebes«, sagte sie.

Wahrscheinlich würde ich meine Mutter nie wirklich verstehen, aber Esthers Geschichte ausgegraben zu haben, hatte einen positiven Nebeneffekt: Ich konnte meine Mutter jetzt mit anderen Augen sehen. Schließlich hatte sie als ganz kleines Kind ihre Mutter verloren.

»Mom, ich muss mit dir über etwas reden«, sagte ich.

»Über Joel?«

»Nein«, sagte ich und überlegte, wie ich es anstellen sollte. »Über … deine Mutter.«

Sie schwieg.

»Ich weiß über Esther Bescheid, Mom.«

»Wo kommt das denn her, Emily? Hat deine Tante dir etwas erzählt? Denn wenn …«

»Nein. Ich habe etwas gefunden, das deiner Mutter gehört hat – ein Tagebuch, in dem sie ihre Geschichte aufgeschrieben hat. Ich habe es gelesen, und ich weiß, was mit ihr passiert ist, zumindest bis zu einem bestimmten Zeitpunkt.«

»Na, dann weißt du ja wohl auch, dass sie uns verlassen hat, dass sie mich im Stich gelassen hat«, sagte sie verbittert.

»Nein, Mom, sie hat dich nicht im Stich gelassen – jedenfalls glaube ich das nicht. Grandpa hat sie rausgeworfen.«

»Was?«

»Ja, er hat sie rausgeworfen zur Strafe für das, was sie getan hatte. Und an dem Abend hat sich eine Tragödie abgespielt, Mom, an dem Abend, als sie verschwunden ist. Ich versuche, die Wahrheit herauszufinden, für dich, für mich, für Elliot und für …«

»Warum, Emily? Warum tust du das? Warum kannst du das nicht alles einfach ruhen lassen?« Sie reagierte genauso wie Bee, vielleicht aus denselben Gründen. Sie hatten beide Angst.

»Das kann ich nicht«, sagte ich. »Ich glaube, dass es meine Aufgabe ist, die Wahrheit herauszufinden.«

Schweigen.

»Mom?«

»Emily«, sagte sie schließlich. »Vor sehr langer Zeit habe ich auch versucht, die Wahrheit herauszufinden. Mehr als alles in der Welt wollte ich meine Mutter finden, sie kennenlernen und sie vor allem fragen, warum sie gegangen ist – warum sie *mich* verlassen hat. Ich habe es versucht, glaub's mir. Aber ich habe nichts gefunden, und es hat mir nur das Herz gebrochen. Ich musste schließlich aufgeben. Ich musste sie loslassen. Und als ich das getan habe, musste ich auch die Insel loslassen.«

Ich wünschte, ich könnte ihr in die Augen sehen, denn ich wusste, dass ich dann den Teil von ihr sehen würde, den ich nie gekannt hatte. »Mom, das ist es ja gerade«, sagte ich. »Du magst die Suche aufgegeben haben, aber ich kann da weitermachen, wo du aufgehört hast.«

Sie atmete hörbar aus. »Ich wollte nie, dass du von alldem erfährst, Emily. Ich wollte dich davor schützen. Und es hat mir Sorgen bereitet zu sehen, dass du ihr mit der Zeit immer ähnlicher wurdest – dein Schreiben, dein Charakter, selbst deine äußere Erscheinung. Ich wusste, dass Grandma Jane genau wie ich sehen konnte, dass du ihr wie aus dem Gesicht geschnitten bist.«

Die Worte meiner Mutter waren wie Nadel und Faden, die die verstreuten Teile meines Lebens zusammennähten. Ich musste an den schrecklichen Nachmittag denken, als Grandma Jane mir die Haare gefärbt hatte, und zum ersten Mal begriff ich, dass sie nicht *mich* hasste, sondern meine Ähnlichkeit mit Esther. Es hatte ihr solche Angst gemacht und sie so durcheinander gebracht, dass sie versucht hatte, mein Aussehen zu ändern. Gott, wie viel Macht Esther über sie alle hatte.

»Der Brautschleier«, sagte ich, als mir wieder einfiel, wie

gekränkt ich gewesen war, als meine Mutter nicht zugelassen hatte, dass ich den Schleier meiner Großmutter zu meiner Hochzeit trug. »Warum wolltest du ihn mir nicht überlassen?«

»Weil es einfach nicht recht gewesen wäre«, antwortete sie. »Bei Danielle war das etwas anderes. Ich konnte dich einfach nicht mit Grandma Janes Schleier zum Altar gehen lassen, wo du das Ebenbild von Esther warst. Tut mir leid, Liebes.«

»Ist schon in Ordnung«, sagte ich.

»Ich wollte immer nur, dass du glücklich bist.«

Ich legte mir meine nächsten Worte sorgfältig zurecht. »Esther war schwanger, als sie verschwunden ist.«

»Das glaube ich nicht«, sagte sie mit tränenerstickter Stimme.

»Sie erwartete ein Kind – von Elliot, dem Mann, den sie geliebt hat. Es steht alles in dem Tagebuch. Ich weiß, dass das schwer zu ertragen ist, Mom, tut mir leid.«

Sie schnäuzte sich die Nase. »Mein Leben lang bin ich wütend auf meine Mutter gewesen, auf die Frau, die mich angeblich als kleines Kind im Stich gelassen hat – wer tut denn so etwas? Aber jetzt will ich eigentlich nur noch eins wissen: ob sie mich geliebt hat. Ob meine Mutter mich geliebt hat.«

»Sie hat dich geliebt«, sagte ich, ohne zu zögern. Esther hätte gewollt, dass ich es sagte, dachte ich, und für meine Mutter war es wichtig, es zu hören.

»Glaubst du das wirklich, Liebes?«

Der Ton, in dem sie das fragte – direkt, ehrlich, ohne jeden Vorbehalt –, änderte für immer meine Meinung über meine Mutter. Tief im Innern war sie immer noch das kleine Mädchen, das seine Mutter vermisste. Ich werde nie begreifen, wie sie den Schmerz und das Gefühl, verlassen worden zu sein, ihr Leben lang verbergen konnte, aber jetzt kamen all ihre Gefühle hoch, und ich bewunderte sie auf einmal auf eine Weise, die ich nie für möglich gehalten hatte.

»Ja«, sagte ich und fasste mir in den Nacken. »Und ich habe etwas gefunden, von dem sie ganz bestimmt wollen würde, dass du es bekommst.« Ich öffnete die Halskette mit dem Seesternanhänger. Esther würde gewollt haben, dass ihre Tochter sie trug.

Mir blieb noch eine Stunde, bis Bee mich zum Fähranleger bringen und ich nach Seattle fahren würde, um von dort nach New York zu fliegen. Ich packte meine Sachen in meinen Koffer, einschließlich der Schätze, die ich auf der Insel gefunden hatte. Aber als ich das Poesiealbum meiner Mutter auf meine Kosmetiktasche legte, schüttelte ich den Kopf. Das gehörte nicht nach New York. Es gehörte hierher, auf die Insel, wo meine Mutter es vielleicht eines Tages finden würde. Sie würde wieder auf die Insel kommen, da war ich mir ganz sicher – und wenn sie das tat, sollte sie das Poesiealbum hier vorfinden.

Dann fiel mir das Foto ein, das Evelyn mir hinterlassen hatte, und ich fand, dass es am besten in dem Poesiealbum aufgehoben wäre. Ich setzte mich aufs Bett, lehnte mich zurück und schlug das kleine Buch auf der letzten Seite auf. Sie war leer bis auf vier schwarze Fotoecken und das handgeschriebene, blumenumrankte Wort *Mutter*. Vorsichtig schob ich das Foto in die Ecken, klappte das Poesiealbum zu und legte es in die Nachttischschublade. Am liebsten hätte ich es meiner Mutter persönlich gegeben, aber tief im

Innern wusste ich, dass es besser war, wenn sie es selbst entdeckte.

»Bin in zwanzig Minuten wieder da«, rief ich Bee kurz danach zu. Bevor sie protestieren konnte, machte ich die Tür hinter mir zu.

Meine Gedanken passten zu den dicken, grauen Wolken, die über dem Strand hingen. Wie würde Henry auf meine Fragen reagieren? Hatte er meine Großmutter an jenem schicksalhaften Abend vielleicht noch lebend gesehen? Was hatte sie ihm gesagt, bevor sie sich von der Klippe gestürzt hatte?

Ich ging die knarzenden Stufen zu Henrys Veranda hinauf. Beim letzten Mal waren mir die Spinnweben an den Fenstern nicht aufgefallen und auch nicht der schiefe, gesplitterte Türrahmen. Ich holte tief Luft und klopfte. Und wartete. Und wartete.

Nach dem zweiten Klopfen meinte ich von drinnen ein Geräusch zu hören. Ich trat näher an eins der Fenster und lauschte: Schritte. Eilige Schritte.

Durch das Fenster konnte ich ins Wohnzimmer sehen, das leer war, und in den Flur, der zur Hintertür führte. Als ich die Augen zusammenkniff, sah ich, wie sich im hinteren Teil des Hauses etwas bewegte, dann hörte ich, wie eine Tür geschlossen wurde. Ich rannte ums Haus herum. Dort, im Garten, standen die Veilchen, sahen zu und warteten in ihrer unermesslichen Weisheit, während Henrys Auto aus der Garage schoss und die Einfahrt hinunterraste. Ich winkte und rief, in der Hoffnung, er würde anhalten, aber er fuhr weiter und zog eine riesige Staubwolke hinter sich her. Unsere Blicke begegneten sich kurz in seinem Rückspiegel, aber er hielt nicht an.

»Mach's gut, Liebes«, sagte Bee mit tränennassen Wangen, als sie sich am Kai von mir verabschiedete. »Ich wünschte, du hättest noch bleiben können.«

»Ich auch«, sagte ich. Obwohl ich zwei unvollendete Geschichten auf der Insel zurückließ, meine und Esthers, musste ich einfach abreisen. Es lagen so viele Erinnerungen und Geheimnisse in der Luft, dass es mir fast den Atem raubte.

»Du kommst doch bald wieder, nicht wahr?«, fragte Bee traurig.

»Natürlich«, antwortete ich. Auch wenn ich mir nicht ganz sicher war, aber ich wollte Bee beruhigen. Ich drückte sie fest an mich, dann machte ich mich auf den Weg zur Fähre. Kurz vorher hatte ich noch eine Kopie von Esthers Tagebuch, die ich für Elliot angefertigt hatte, in einen Briefkasten geworfen.

Ich verließ die Insel, die ich liebte, ohne zu wissen, ob ich jemals zurückkehren würde, vielleicht genauso wie meine Großmutter vor all den Jahren.

19

20. März

Am nächsten Morgen wachte ich in meinem Bett in New York auf, in meinem New Yorker Leben mit meinen New Yorker Problemen – die mir geradezu lächerlich erschienen im Vergleich zu denen, die ich auf Bainbridge Island zurückgelassen hatte: ein ungelöstes Familienrätsel und eine nicht beendete Liebesaffäre. Nein, das stimmte nicht. Ich hatte keine einzige Nachricht von Jack auf dem Anrufbeantworter – eine *beendete* Liebesaffäre.

Wenn ich geglaubt hatte, dass Annabelle mich freudig begrüßen würde, so wurde ich enttäuscht. »Du hättest auf der Insel bleiben sollen, Em«, sagte sie auf eine Weise, wie keine andere Freundin es hätte tun können. »Du musst wieder zurückfliegen.«

»Ich dachte, ich könnte hier ein bisschen nachdenken«, sagte ich. »Vielleicht ein bisschen schreiben.«

»Um es mal ganz deutlich auszusprechen, Schätzchen«, erwiderte sie sarkastisch. »So etwas hast du in den letzten, sagen wir, fünf Jahren noch kein einziges Mal gesagt.«

Ich betrachtete meine Hände und knibbelte an meinem kleinen Finger, wie immer, wenn ich nervös bin.

»Nimm's mir nicht übel«, sagte sie. »Ich möchte nur, dass es dir wieder gut geht, das weißt du.«

»Natürlich weiß ich das.«

»Schön.« Sie schaute mich mit einem spitzbübischen Grinsen an. »Denn meine Brautjungfern sollen alle glücklich lächeln.«

Ich starrte sie an. »Annabelle! Nein! Du und Evan?«

»Ich und Evan und Herbie Hancock«, sagte sie und zeigte mir stolz ihren Verlobungsring. »Ich weiß wirklich nicht, was passiert ist, Em. In den vergangenen Wochen hat es einfach richtig gefunkt zwischen uns. Dann hat er mich auch noch zu einem Herbie-Hancock-Konzert eingeladen und mir in der Pause einen Heiratsantrag gemacht. Und ich hab Ja gesagt!«

Ich freute mich sehr für sie, aber innerlich spürte ich ein Frösteln. Annabelles Glück beleuchtete meine Einsamkeit wie ein Scheinwerfer.

Ich lächelte. »Und wie gehst du mit der Tatsache um, dass Evan eigentlich kein Typ fürs Heiraten ist?«

»Ach, vergiss es«, erwiderte sie. »Das Risiko geh ich ein. Außerdem kann er immer noch seinen Namen in Bruce umändern.«

Sie nahm ihre Jacke. »Tut mir furchtbar leid, aber ich muss nach Hause. Ich treffe mich mit Evan im Vive zum Abendessen.«

Ich wünschte, ich wäre auch im Vive zum Abendessen verabredet, egal mit wem.

»Viel Spaß«, sagte ich.

»Ach, ehe ich's vergesse, auf dem Küchentisch steht ein Karton mit deiner Post.«

»Danke«, sagte ich und schloss die Tür hinter ihr.

Aber nachdem sie gegangen war, schaltete ich weder meinen Laptop ein, noch sah ich meine Post durch. Die Stunden vergingen. Ich rollte mich auf dem Sofa zusammen, ohne mir die Jacke oder die Schuhe auszuziehen. Ich war fix und fertig. Ich zog mir eine wollene Decke über, die Decke, die Joels Tante gestrickt und uns zur Hochzeit geschenkt hatte, die Decke, die ich nie hatte ausstehen können, die wegzugeben ich mich aber auch nie getraut hatte. Sie war zu klein und aus einer Wolle, die kratzte, aber mir war kalt. Ich zog sie mir bis unters Kinn, legte den Kopf auf das kalte Lederkissen und dachte an Jack und daran, wie schön es gewesen wäre, wenn er jetzt hätte bei mir sein können.

21. März

Am nächsten Morgen klingelte in aller Frühe das Telefon. Es hörte sich an wie eine Mischung aus einem Kreischen und einer Feuerwehrsirene. Ich schaute auf meinen Wecker: 8.02 Uhr.

»Hallo?«

»Em, ich bin's.«

Die Stimme klang irgendwie vertraut. Verschlafen, wie ich war, konnte ich sie zuerst nicht einordnen. Wo hatte ich die Stimme schon einmal gehört? In einem Café? Im Kino? Dann wurde mir klar, wer es war, und mir blieb fast das Herz stehen. Im Nachhinein glaube ich tatsächlich, dass die Erde eine Sekunde lang aufhörte, sich zu drehen, als ich seine Stimme erkannte.

»Joel?«

»Ich hab gehört, dass du wieder da bist«, sagte er vorsichtig.

»Was soll das heißen, du hast es gehört? Wer hat es dir erzählt?«

»Hör zu«, sagte er, ohne meine Frage zu beantworten. »Ich weiß, dass das verrückt klingt. Ich weiß, dass du am liebsten sofort auflegen würdest. Aber, Emily, ich habe einen schrecklichen Fehler gemacht. Ich muss dich sehen. Unbedingt.«

Er klang aufrichtig, aber auch traurig. Ich kniff mich in den Arm, um mich zu vergewissern, dass ich nicht träumte. Joel liebte mich immer noch, aber warum empfand ich überhaupt nichts?

Ich setzte mich auf und schüttelte den Kopf. »Nein, das kann ich nicht«, sagte ich und dachte an die Tussi, deretwegen er mich verlassen hatte. »Erstens wirst du bald *heiraten.*« Das Wort ließ mich erschaudern. »Und vielen Dank übrigens für die tolle Hochzeitseinladung. Wie nett von dir, an mich zu denken.«

Aber mein Sarkasmus löste nur Verwirrung aus. »Hochzeitseinladung?«

»Spiel nicht den Dummen«, sagte ich. »Du weißt doch genau, dass du sie mir geschickt hast.«

»Nein«, erwiderte er. »Das muss ein Irrtum sein. Ich habe dir keine Einladung geschickt.« Er schwieg einen Moment. »Stephanie«, sagte er dann. »Das muss Stephanie gewesen sein. Wer sonst? Ich fasse es nicht, dass sie so tief sinken konnte, aber eigentlich hätte ich's mir denken können. Sie ist nicht die, für die ich sie gehalten habe, Em. Seit wir zusammengezogen sind, ist sie auf alles eifersüchtig. Vor allem auf dich. Sie glaubt, dass ich dich immer noch liebe, und, na ja, ich …«

»Joel, hör auf.«

»Gib mir wenigstens eine halbe Stunde«, flehte er. »Nur ein Drink. Um sieben heute Abend in der kleinen Kneipe um die Ecke von …«, er schluckte, »… von zu Hause.«

Ich umklammerte den Telefonhörer. »Warum in aller Welt sollte ich das tun?«

»Weil ich … weil ich dich immer noch liebe«, sagte er, und er klang so verletzlich, dass ich ihm tatsächlich glaubte.

Ich zupfte an meiner Bettdecke. Alles in mir schrie, ich sollte es nicht tun, ich sollte der Versuchung widerstehen, aber etwas in meinem Herzen riet mir, Ja zu sagen. »Also gut«, sagte ich.

Ich duschte, zog mir ein Paar schicke Schuhe an und machte mich auf, um *einen Cocktail* mit ihm zu trinken. Nur einen.

Als ich die Kneipe betrat, in der wir uns verabredet hatten, kam ich mir so schön vor wie schon lange nicht mehr. Vielleicht hatte die Insel das mit mir gemacht, oder vielleicht lag es daran, dass Joel mich wiederhaben wollte. Jedenfalls hatte sich eine Menge geändert, seit ich ihn das letzte Mal gesehen hatte, und ich fragte mich, ob es ihm auffallen würde.

Ich sah ihn am Tresen stehen, so wie er dagestanden hatte, als wir uns vor Jahren zum ersten Mal begegnet waren: lässig auf einen Ellbogen gestützt, lächelnd. Er sah noch genauso gut, genauso gefährlich aus wie damals. Als unsere Blicke sich begegneten, wappnete ich mich und ging auf ihn zu. Ich konnte diesen Mann immer noch haben, und einen Augenblick lang machte der Gedanke mir Angst.

»Hallo«, sagte er, legte einen Arm um meine Taille und küsste mich auf die Wange. So wie er mich küsste, so wie ich da neben ihm stand, kam es mir vor, als funktionierten wir per Autopilot oder per Muskelerinnerung.

»Du siehst umwerfend aus«, sagte er. Dann zeigte er auf einen Tisch in der Ecke der Kneipe, die eigentlich keine Kneipe war, sondern einer von diesen schicken Nachtclubs, in die Joel mich immer hatte ausführen wollen, wenn ich viel lieber zu Hause geblieben wäre und gemeinsam mit ihm im Bett gelegen und mir einen schönen Film angesehen hätte.

»Hast du Hunger?«, fragte er vorsichtig, als fürchtete er, er könnte das Falsche sagen und mich verscheuchen.

»Nein«, antwortete ich, ein bisschen verblüfft über meine Direktheit. »Aber ich trinke einen Cocktail mit dir, wie versprochen.«

Er lächelte und bestellte mir einen Martini. Nachdem wir uns gesetzt hatten, sah ich mich um. Überall waren Frauen – schöne, perfekt gestylte Frauen mit perfekten Haaren und perfekten Körpern. Aber zum ersten Mal seit ich weiß nicht, wie lange, hatte Joel nur Augen für mich.

Die Getränke kamen, und ich nippte an meinem Glas. Wenn das unser letzter gemeinsamer Drink war, wollte ich mir Zeit dafür lassen.

»Und? Wie geht's Stephanie?«, fragte ich.

Er betrachtete seine Hände, dann schaute er mich an. »Es ist aus zwischen uns, Emily.« Er achtete sorgfältig darauf, nur ja kein Wort auszusprechen, das mich verletzen könnte. »Es war idiotisch von mir, das für Liebe zu halten. Ich habe sie nicht geliebt und hätte sie nie lieben können. Ich wusste nicht, was ich tat. Das ist mir inzwischen klar. Ich habe einen schrecklichen Fehler gemacht.«

Ich wusste nicht, was ich sagen sollte, und schwieg zunächst, aber dann spürte ich, wie die Wut in mir hochstieg. Ich schlug die flachen Hände auf den Tisch. »Was erwartest du, das ich dazu sage, Joel? Du hast mich ihretwegen sitzen lassen und glaubst, du kannst einfach so wieder zurückkommen und sagen: 'tschuldigung, ich hab's vermasselt? Ich hatte meinen Spaß, aber jetzt bin ich wieder da? So funktioniert das nicht.«

Er wirkte zutiefst bedrückt. »Ich werde mir nie verzeihen, was ich getan habe, bis an mein Lebensende nicht.« Er räusperte sich. »Stephanie ist Vergangenheit. Ich will *dich*. Ich brauche dich. Noch nie in meinem Leben bin ich mir einer Sache so sicher gewesen.«

Das war nicht die Bitte eines Mannes, der seine Meinung aus einer Laune heraus geändert hatte, das war mir in dem Moment klar. Das war die Bitte eines Mannes, der wusste, dass er das verloren hatte, was ihm am wichtigsten war. Und deshalb hörte ich ihm zu.

»Verstehst du?«, fuhr er fort. »Das könnte unsere zweite Chance sein, unser zweiter Akt. Unsere Beziehung könnte noch stärker werden, wir könnten uns mehr lieben denn je – wenn du mir verzeihen kannst.«

»Hey«, sagte ich, als ich sah, dass er Tränen in den Augen hatte. »Ist ja gut.« Ich legte den Kopf schief und lächelte ihn an. »Ich habe dir schon vergeben, bevor ich hier war.«

Seine Augen leuchteten auf. »Wirklich?«

»Ja«, sagte ich. Er nahm meine Hand, und ich ließ es zu.

»Was meinst du, Em?«, sagte er und sah mich mit großen, verletzlichen Augen an. »Darf ich wieder nach Hause kommen?«

Ich dachte daran, wie Esther und Elliot vor all den Jahren auf dem Gehweg vor dem Landon-Park-Hotel gestanden hatten, wie sie ihn aufgegeben hatte. Was konnte ich daraus lernen? Dass ich einen neuen Versuch wagen sollte? Als ich sah, wie Joel mich anschaute, wusste ich: Wir würden diesen Sturm überstehen. Wir konnten weitermachen. Wir konnten es noch einmal miteinander versuchen. Viele Paare blieben zusammen, nachdem einer von beiden untreu gewesen war. Wir würden nicht die ersten sein. Aber dann wurde mir plötzlich etwas klar, was mir meinen Frieden gab: *Ich wollte nicht.* Im Lauf der drei Wochen auf der Insel hatte ich irgendwie Heilung gefunden, ohne mir dessen bewusst zu sein. Aber jetzt wusste ich es.

»Ich habe dir verziehen, Joel«, sagte ich. »Aber unsere Ehe ist zu Ende.«

Er sah mich verwirrt an. »Aber …«

»Ich habe mich weiterentwickelt«, sagte ich. »Es war zwangsläufig.« Ich betrachtete mein Glas. Es war leer. Ich hatte ihm einen Drink versprochen, mehr nicht. »Ich muss gehen«, sagte ich leise. »Tut mir leid.«

»Noch nicht«, sagte er. »Nur noch einen Drink.« Er hob die Hand, um der Kellnerin zu winken.

»Nein«, sagte ich und stand auf. »Es ist Zeit, mich zu verabschieden.«

Er warf einen Fünfzigdollarschein auf den Tisch und folgte mir nach draußen.

»Ich habe das Buch gelesen«, sagte er, als wir vor der Kneipe standen.

Ich drehte mich zu ihm um. »Welches Buch?«

»*Years of Grace*«, sagte er. »Ich habe es endlich gelesen. Ich wünschte, ich hätte es schon vor Jahren getan. Dann hätte ich verstanden, warum du es so liebst. Dann hätte ich gewusst, wie … ich unsere Beziehung wieder hätte in Ordnung bringen können.«

Es versetzte mir einen Stich, wie er so vor mir stand, sein schönes Gesicht von der Straßenlaterne beleuchtet. Das markante Kinn mit dem Hauch von einem Bartschatten – der ihn immer besonders attraktiv machte –, den großen Augen und den leicht geröteten Wangen. Es war ein wunderbarer Märzabend in New York, so still. Auf dem Gehweg waren nur wir und die Ulmen.

»Wir wurden immer mehr wie Jane und Stephen in dem Buch«, fuhr er fort und nutzte mein Schweigen geschickt aus. »Ich dachte, du liebtest mich nicht. Ich dachte, du hättest dich verändert. Deswegen habe ich …«

Schon wieder Stephanie. *Stephanie*. Die Hürde, die ich nicht nehmen konnte. Aber Stephanie spielte keine Rolle im letzten Akt unserer Geschichte, das war mir mit einem Mal klar.

»Ich hätte es eher verstehen müssen«, sagte er. »Ich hätte …«

Ich legte ihm zärtlich eine Hand auf die Schulter. »Joel«, sagte ich. »Nicht. Mach dir keine Vorwürfe.«

Er sah mich ernst an. »Wir hätten alles haben können – Kinder, ein Haus auf dem Land, wir hätten gemeinsam alt werden können. Wir hätten es schaffen können, genauso wie Jane und Stephen. Wir können es immer noch.«

Ich schüttelte den Kopf. Joel und ich waren nicht Stephen und Jane. Sicher, die Ehe der beiden war in eine Krise geraten, sie hatten gekämpft und durchgehalten, indem sie sich wunderbar und aufopferungsvoll auf Tugenden wie Kameradschaft, Respekt und gegenseitige Wertschätzung verlassen hatten. Nein, Joel und ich waren nicht Jane und Stephen, wir waren Jane und *Andre*, deren Liebe den Dauertest nicht überstanden hatte. »Ja, Jane und Stephen haben es geschafft«, sagte ich. »Aber uns … uns ist es nicht bestimmt, Joel. Siehst du das denn nicht? Unserer Geschichte ist es nicht bestimmt, so zu enden.«

Er sah mich mit traurigen Augen an. »Was soll ich dazu sagen? Was kann ich tun, damit du es dir noch einmal anders überlegst?«

Ich schüttelte den Kopf. »Tut mir leid, aber du kannst nichts tun.«

Er schlang seine Arme um meine Taille und zog mich fest an sich. Ich spürte die Wärme seines Körpers, als er mich küsste. Ich schloss die Augen und zollte dem Augenblick den Respekt, den er verdiente. Als ich es tat, sah ich Jane und Stephen und Esther und Elliot vor mir. Sie waren alle bei mir. Doch dann tauchte Jacks Gesicht plötzlich auf, und mein Herz machte einen Satz.

»Es tut mir leid«, sagte ich und löste mich aus seiner Umarmung. Er nickte und schaute mich an, als wäre ich die einzige Frau auf der Welt, die für ihn eine Rolle spielte. So wollte ich ihn in Erinnerung behalten.

»Ich werde dich niemals aufgeben«, sagte er. Die Worte ließen mich erschaudern. Es waren die Worte gewesen, die Andre am Anfang des Romans Jane gegenüber geäußert hatte – Worte, die er voller Aufrichtigkeit und Liebe ausgesprochen hatte. Aber anstatt mein Herz zu berühren, wie Joel es gewollt hätte, bestärkten sie mich nur in meinem Entschluss.

»Leb wohl, Joel«, sagte ich. Meine Stimme wurde gedämpft vom Wind, der durch die Ulmen fuhr. Sie wiegten ihre Äste wie zum Abschied. Wir wussten beide, dass er endgültig war.

Auf dem Heimweg fühlte ich mich so leicht, so beschwingt, wie schon seit Jahren nicht mehr, denn ich hatte mich endlich von einer schweren Last befreit. Ich sah im Briefkasten nach, ehe ich nach oben ging – nichts –, dann fiel mir ein, dass Annabelle etwas von einer Schachtel auf dem Küchentisch erwähnt hatte.

Ich ging in die Wohnung und legte meine Jacke auf einem Sessel ab. Dann setzte ich mich an den Küchentisch und sortierte meine Post, die Rechnungen auf einen Stapel, die Wurfsendungen auf einen anderen, die private Post an mich und die an Joel fein säuberlich getrennt. Zwischen zwei Prospekten für Kreditkarten lag ein vergilbter Brief. Neben einer neuen Briefmarke klebte eine Drei-Cent-Marke, die aussah wie ein Relikt aus vergangenen Zeiten. Es war kein Absender vermerkt, und meine Adresse war erst kürzlich mit Kugelschreiber auf den Umschlag geschrieben worden.

In meiner Hast, den Umschlag zu öffnen, zerriss ich ihn fast in Fetzen. Er enthielt ein einziges Blatt Papier, beschrieben mit der schönsten Handschrift, die ich je gesehen hatte:

31. März 1943

Meine Liebe,
ich schreibe Ihnen, ohne zu wissen, wer Sie sind, wo Sie sich befinden oder in welcher Verbindung wir zueinander stehen. Und doch weiß ich, dass unsere Herzen aus unerklärlichen Gründen miteinander in Kontakt getreten sind und dass das Schicksal uns zueinandergeführt hat, auch wenn viele Jahre

vergangen sein mögen. Sie werden inzwischen das Tagebuch gelesen haben, das die Ergüsse meines Herzens enthält. Ich weiß nicht, was es Ihnen oder sonst irgendjemandem bedeutet, aber ein weiser Mensch hat mir gesagt, dass es eines Tages für jemanden wichtig sein wird, dass es eines Tages jemand lesen muss, und ich hoffe, dass Sie das sind. Tun Sie damit, was Sie für richtig halten, denn ich bin vielleicht längst nicht mehr da, wenn Sie es finden.

Ich verabschiede mich von Ihnen mit einem Gedanken, einer Wahrheit über die Liebe, die ich erst nach vielen Fehlschlägen erkannt habe: Große Liebe überdauert die Zeit, überwindet jeden Kummer und jede Entfernung. Und selbst wenn alles verloren scheint, besteht die wahre Liebe weiter. Das weiß ich jetzt, und ich hoffe, Sie wissen es auch.

Mit Liebe aus einer längst vergangenen Zeit,
Esther Johnson

Ich legte eine Hand auf mein Herz. *Wahre Liebe überdauert.* Das stimmte für Jane in *Years of Grace*, und es hatte für Esther gestimmt, meine Großmutter. Ich spürte an der Wange einen Luftzug vom Fenster, und ein Schauder überlief mich. Die Zeit war etwas Merkwürdiges, dachte ich. Eine Lebensspanne war vergangen, seit Esther diesen Brief geschrieben hatte – an mich. Sie hatte daran geglaubt, dass es mich viele Jahre später geben würde, dass ich das Tagebuch lesen würde, und sie hatte dafür gesorgt, dass ich es fand. Mein Herz quoll über vor Dankbarkeit und Liebe zu der Großmutter, die ich nie gekannt hatte.

Aber wer hatte mir diesen Brief geschickt? Und was war mit Esthers Tochter, meiner Mutter? War sie einfach ein Opfer? Ein Opfer der Liebe?

Ich dachte daran, was Esther über die Liebe geschrieben hatte, dass wahre Liebe alles überdauert, und daran, dass Elliot beinahe dasselbe gesagt hatte. Aber wie konnten sie einander nach all den Jahren des Getrenntseins immer noch lieben? Nach all den Missverständnissen? Nach allem, was vorgefallen war?

Ich nahm mir noch einmal meine Post vor und fand am Boden des Kartons einen dicken, großen, an mich adressierten Brief. Er war auf Bainbridge Island abgestempelt. Ich nahm den Inhalt heraus und faltete den Brief auf, der obenauf lag.

Liebe Emily,

Sie werden inzwischen wieder in New York sein, und ich wollte, dass Sie diese Briefe vorfinden, wenn Sie zu Hause ankommen. Sie sind von Ihrer Großmutter Esther. Ich hatte gehofft, sie Ihnen persönlich übergeben zu können, aber ich wusste nicht, ob Sie das Tagebuch schon zu Ende gelesen hatten. Evelyn hatte mir erzählt, dass Sie es lasen. Ich bin froh, dass Sie es gefunden haben. Ich habe immer gewusst, dass es so kommen würde. Seit ich Sie an dem Tag Ihrer Ankunft am Pier gesehen hatte, wusste ich, dass Sie diejenige waren, der es bestimmt war, Esthers Tagebuch zu lesen. Nachdem ich all die Jahre auf ein Zeichen gewartet hatte, waren Sie endlich da. Also bin ich am nächsten Morgen zu Bee gegangen. Sie schliefen auf dem Sofa, und Bee werkelte im Garten herum. Ich nutzte die Gelegenheit, mich heimlich ins Haus zu schleichen und das Tagebuch in Ihrem Zimmer zu verstecken. Hätte Bee etwas davon geahnt, hätte sie es verhindert. Also habe ich ihr nichts gesagt.

Ich hätte über all das mit Ihnen persönlich sprechen sollen, und ich hoffe, Sie verzeihen mir meine Schwäche. Sie sehen ihr so ähnlich, Emily, und als Sie auf der Insel waren, haben Sie mich so sehr an sie erinnert, daran, wie sehr ich sie geliebt habe, und vor allem daran, dass sie diese Liebe nie erwidert hat.

Sicherlich fragen Sie sich, was an dem Abend, als sie verschwand, geschehen ist, und wenn Sie erfahren, dass ich an jenem Abend bei ihr war, werden Sie sich fragen, ob Blut an meinen Händen klebt. Es wird Zeit, reinen Tisch zu machen. Ich habe es niemandem erzählt, nicht Ihrer Tante, nicht Evelyn und erst recht nicht Elliot, aber Sie müssen es wissen. Ich werde alt – wie wir alle –, und ich habe mich entschlossen, dieses Geheimnis nicht mit ins Grab zu nehmen, auch wenn Ihre Großmutter es so wollte. Aber es wird Zeit, dass die Wahrheit ans Licht kommt. Esther hätte gewollt, dass ihre Geschichte weiterlebt.

An jenem Abend im Jahr 1943 hatte ich einen Freund besucht, der in der Nähe von Esther und Bobby wohnte. Auf dem Weg zu meinem Wagen hörte ich lautes Geschrei, und dann sah ich, wie Bobby die Haustür zuschlug und sie auf dem Gehweg stand. Sie wirkte so verloren, dass es mir das Herz brach. Als sie wegfuhr, lag Verzweiflung in ihren Augen, und sie raste so schnell, dass ihr Auto in die Kurven schlitterte. Ich machte mir Sorgen, und deshalb bin ich ihr gefolgt, erst zu Elliot, dann zu Frances und schließlich in den Park. Sie sagte mir, sie wolle die Insel verlassen, und zwar endgültig, sodass niemand sie je wiederfinden würde.

Sie hatte vor, ihren Tod auf dramatische Weise zu inszenieren, damit niemand, vor allem nicht das glückliche Paar Elliot und Frances, nach ihr suchen würde. Esther wollte für immer verschwinden. Ein waghalsiges Spiel namens »Feig-

ling«, das die Jugendlichen auf der Insel betrieben, hatte sie auf die Idee gebracht. Es bestand darin, mit alten Autos aufeinander zuzurasen und um Haaresbreite einen Zusammenstoß zu vermeiden. Sie wollte mit ihrem Auto auf die Klippe zurasen und im letzten Moment, bevor das Auto abstürzte, hinausspringen. Ich flehte sie an, es nicht zu tun. Wenn sie es gewollt hätte, wäre ich an jenem Abend mit ihr durchgebrannt, so sehr habe ich sie geliebt.

Aber sie hatte andere Pläne: Ein dramatischer Abgang von der Insel – einer, der denen, die sie liebte, Schmerz bereiten würde – und ein Neuanfang, allein.

Ich saß nervös in meinem Wagen am Eingang zum Park, als sie den Motor aufheulen ließ, und wartete. In dem Augenblick kamen Elliot und Frances. Ich fürchtete mich vor dem, was Esther tun könnte, wenn sie die beiden erblickte.

Was dann passierte, habe ich nur noch verschwommen in Erinnerung, zumal dunkle Nacht war. Elliot stieg aus und stand einfach nur mit offenem Mund da. Was Esther dann tat, ließ mir das Mark in den Knochen gefrieren. Sie raste mit dem Auto über die Klippe. Einfach so. Und dann war sie weg.

Elliot schrie wie ein Verrückter. Das werde ich nie vergessen. Aber wie sehr Frances auch um Esther getrauert haben mag, sie hat ihre Trauer Elliot zuliebe nicht gezeigt. Ihre Tante ist eine verantwortungsvolle Frau, das werden Sie sicherlich wissen. Und an jenem Abend gab es nichts Wichtigeres für sie, als Elliot davor zu bewahren, dass man ihn wegen Mordes anklagte. Also hat sie ihn ins Auto gezerrt und ist mit ihm davongefahren. Ich werde Elliots erschüttertes Gesicht nie vergessen. Ich habe lange gebraucht, das Geschehene zu verdauen, und ich bin zu dem Schluss gekommen, dass er mir leidtut. Zusehen zu müssen, wie die Geliebte sich das Leben nimmt, und nichts tun zu können, um sie zu retten? Ich weiß, dass er die Szene jede Nacht vor sich sieht, und das ist Strafe genug.

Denn Esther hat überlebt.

Als ich ausstieg, an den Rand der Klippe rannte und das Wrack unten liegen sah, hörte ich links von mir ein Rascheln im Gebüsch. Ich schaute hin, und da sah ich Ihre Großmutter, mit ein paar blauen Flecken und Kratzern, aber am Leben. Sie hatte genau das getan, was sie sich vorgenommen hatte. Sie können sich meine Freude und Erleichterung vorstellen.

Ich flehte sie an zu bleiben, aber sie sagte, ihr Entschluss stehe fest, und wenn Sie Esther gekannt hätten, dann wüssten Sie, dass an ihrer Entscheidung nicht zu rütteln war.

Monate vergingen, bis ich wieder von ihr hörte, und ich muss gestehen, dass ich das Schlimmste befürchtete. Aber dann kamen die Briefe, erst aus Florida, dann aus Spanien, Brasilien, Tahiti. Sie schrieb mir, dass sie ihren Namen geändert und sich das Haar gefärbt hatte, aber am meisten schockiert hat mich der Brief, in dem sie von Lana erzählte, der Tochter, die sie zur Welt gebracht hatte.

Ich ließ den Brief sinken. Mein Herz raste. *Lana.* Ich erinnerte mich sofort an den Namen. Sie war die Frau, von der Jack gesprochen hatte. Die Kundin. Das erklärte ihr Interesse an Jack und seiner Kunst. Sie musste mit Jack Kontakt aufgenommen haben, um Elliot zu finden. Die Puzzleteile passten zusammen, und das Gesamtbild entstand. Ich las den Brief zu Ende:

Natürlich hat sie sich immer wieder nach ihrer Tochter erkundigt, Ihrer Mutter, und weil ich immer noch mit Ihrem Großvater in Kontakt stand, zumindest bis er die Insel mit seiner neuen Frau Jane verließ, konnte ich Esther über ihre Tochter auf dem Laufenden halten, was ihr ein großer Trost war.

Niemand sollte erfahren, dass sie lebte, aber dann bat sie mich irgendwann doch, Bee und Elliot und Evelyn zu grüßen und ihnen ihre guten Wünsche zu übermitteln und dass sie über all die Jahre immer an sie gedacht hatte. Zu meiner Schande muss ich gestehen, dass ich die Grüße nie ausgerichtet habe. Ich habe es einfach nicht fertiggebracht. Ich glaubte, dass sie nach all den Jahren die Wahrheit nicht verkraften würden, und ich fürchtete, sie würden es mir übel nehmen, dass ich das Geheimnis so lange gehütet habe. Sie hatten Esther in ihren Herzen längst begraben. Aber wenn ich ganz ehrlich bin, muss ich Ihnen sagen, dass Esthers Briefe meine einzige Verbindung zu ihr waren, und die wollte ich mit niemandem teilen. Nicht mit Bee, nicht mit Evelyn und erst recht nicht mit Elliot. Ich wollte sie für mich allein.

Seit einigen Jahren kommen keine Briefe mehr, und sie fehlen mir schrecklich. Ich frage mich, wo sie ist, ob es ihr gut geht, ob sie noch lebt. Am Ende hat sie keine Absenderadresse mehr auf den Briefen vermerkt, und alle meine Versuche, sie zu finden, sind fehlgeschlagen. Es tut mir leid, das sagen zu müssen, aber ich glaube, sie ist gestorben.

Jetzt übergebe ich Ihnen Esthers Briefe. Ich hoffe, sie werden Ihnen genauso viel Freude bereiten, wie sie mir über die Jahre bereitet haben, und ich hoffe, sie werden Ihnen dabei helfen, Esther kennen und lieben zu lernen, so wie ich sie immer geliebt habe. Sie sind voller Leben und Hoffnung und

Zukunftsplänen, aber zwischen den Zeilen entdeckt man auch Reue und Traurigkeit. Sie werden sehen, sie war etwas ganz Besonderes. Genau wie Sie es sind.
Herzlichst,
Henry

Ich lehnte mich seufzend zurück und drückte den Brief an meine Brust. Sie war also an jenem Abend nicht ums Leben gekommen. Sie hatte das alles inszeniert, und Henry hatte ihr dabei geholfen. Ich konnte es nicht erwarten, Elliot davon zu berichten. Doch dann fragte ich mich, ob er wirklich würde wissen wollen, dass sie Henry über all die Jahre regelmäßig geschrieben hatte und ihm nicht. Würde er das verstehen? Würde er ihr das verzeihen können?

Ich schaute noch einmal in dem großen Umschlag nach und sah, dass sich noch etwas darin befand. Ein zusammengefaltetes Stück Pappe. Als ich es herausnahm, sah ich, dass das Foto darinsteckte, das ich auf Henrys Kaminsims gesehen hatte, versehen mit einem selbstklebenden Notizzettel:

Ich dachte, Sie würden sich über dieses Foto von Ihrer Großmutter freuen. Genau so habe ich sie in Erinnerung.

Ich legte das Foto auf den Tisch und nahm mir den Stapel Briefe vor. Ich würde sie alle lesen.

25. März

»Sie waren eine Weile weg«, sagte meine Therapeutin Bonnie ein paar Tage später zu Beginn unserer Sitzung. Sie wollte, dass ich sie mit Bonnie anredete, anstatt mit Dr. Archer, was ich widerstrebend akzeptiert hatte.

»Ja«, sagte ich und grub meine Knöchel in den blauen Sessel, weil ich, wie immer, wenn ich bei ihr war, Schuldgefühle hatte. »Tut mir leid, dass ich die Stunden verpasst habe. Ich bin ziemlich plötzlich aufgebrochen.« Dann erzählte ich ihr von der Insel, von Bee und Evelyn, von dem Tagebuch, von Greg, Jack und Henry, von meinem Besuch bei Elliot und auch von meinem Treffen mit Joel. Und dass ich die ganzen letzten Tage damit zugebracht hatte, über alles nachzudenken.

»Ihnen ist doch sicher klar«, sagte sie, nachdem ich geendet hatte, »dass Sie mich nicht mehr brauchen.«

»Wie meinen Sie das?«

»Sie haben Ihre Antworten gefunden.«

»Wirklich?«

»Wirklich.«

»Aber ich kann immer noch nicht schreiben«, sagte ich. »Ich bin noch nicht geheilt.«

»Doch, das sind Sie«, entgegnete sie. »Gehen Sie nach Hause. Sie werden schon sehen.«

Sie hatte recht. Als ich am späten Vormittag nach Hause kam, klappte ich meinen Laptop auf und begann zu schreiben. Ich schrieb, ohne auch nur einmal ans Essen zu denken, bis in den Nachmittag, während des Feierabendverkehrs und bis in die späten Abendstunden. Ich hörte erst auf, als ich Esthers Tagebuch bis zum letzten Wort abgetippt hatte.

Bevor ich mitten in der Nacht meinen Laptop zuklappte, betrachtete ich lange den letzten Satz. Es war das Ende des Tagebuchs, aber es war nicht das Ende von Esthers Geschichte. Das wusste ich tief in meinem Herzen. Ich holte Luft und öffnete eine leere Seite. Zwar wusste ich noch nicht, wie die Geschichte enden würde, aber ich war entschlossen, sie aufzuschreiben, sobald ich alles in Erfahrung gebracht hatte. Für Esther. Für Elliot. Für Bee, Evelyn, Henry, meinen Großvater, meine Großmutter, meine Mutter und mich.

30. März

Seit meiner Rückkehr nach New York versuchte ich, nicht an Jack zu denken, aber wohin ich mich auch wandte, er war immer da. Ständig spürte ich seine Gegenwart, und ich fragte mich, ob es das war, was Elliot und meine Großmutter gemeint hatten, als sie von wahrer Liebe sprachen.

Aber Esthers Geschichte hatte nicht so geendet, wie sie es geplant hatte. Und vielleicht war das die Lehre, die ich daraus ziehen konnte: Ich konnte das Scheitern meiner Liebe akzeptieren und mein Leben weiterleben und die Erinnerung in meinem Herzen bewahren.

Am nächsten Tag gegen Mittag rief ich Annabelle an fragte, ob sie sich in ihrer Mittagspause mit mir zum Essen treffen wollte. »Wir haben deine Verlobung noch gar nicht richtig gefeiert«, sagte ich.

Wir verabredeten uns um eins in einem Restaurant in der Nähe meiner Wohnung. Ich saß bereits am Tisch, als Annabelle zehn Minuten zu spät erschien. »Tut mir leid«, sagte sie. »Evans Mutter hat angerufen. Die quatscht mir immer ein Ohr ab.«

Ich grinste. »Schön, dich zu sehen, Annie.«

»Wie war's auf der Insel?«, fragte sie. »Ich meine, ich

weiß, wie viel da passiert ist, aber bist du froh, dass du hingefahren bist?«

Ich nickte. »Ja.«

»Und was hast du jetzt vor?«

»Ich weiß genau, was ich tun muss«, sagte ich.

»Was denn?«

»Das Buch«, sagte ich. »Ich schreibe es fertig.«

»Wie meinst du das?«

»Ich werde Esthers Geschichte an ihrer Stelle zu Ende schreiben. Ich werde das letzte Kapitel schreiben.«

Annabelle lächelte.

»Die Geschichte ist so lange unter Verschluss gehalten worden«, sagte ich. »Irgendwie fühle ich mich dafür verantwortlich, sie zu Ende zu bringen.«

Sie legte ihre Hand auf meine. »Und damit bringst du gleichzeitig deine eigene Geschichte zu Ende.«

Ich nickte. »Das verdanke ich dir.«

»Quatsch«, sagte sie. »Ich hab nur dafür gesorgt, dass du ins Flugzeug gestiegen bist. Den Rest hast du allein geschafft.«

»Annie, ich war drauf und dran, eine Katzenlady zu werden. Ich mit neunzehn Katzen in der Wohnung – kannst du dir das vorstellen?«

»Kann ich«, sagte sie grinsend. »Irgendjemand musste dich ja vor diesem Schicksal bewahren.«

Wir lachten. Dann fragte Annabelle: »Wann fliegst du?«

»Was?«

»Wann fliegst du zurück auf die Insel?«

Tief in meinem Herzen wusste ich, dass ich auf die Insel ziehen würde, und Annabelle wusste es auch. Aber wann und unter welchen Umständen, musste sich erst noch zeigen. »Ich weiß es noch nicht«, sagte ich.

Aber das Datum stand bereits fest, ich wusste es nur noch nicht.

Es war schon nach drei, als ich nach Hause kam. Das Lämpchen an meinem Anrufbeantworter blinkte, und ich hörte die Nachricht ab.

»Hallo Emily, hier ist Jack.«

Mir standen die Haare zu Berge.

»Ich hab eine Weile gebraucht, um deine Nummer rauszufinden und zu begreifen, dass du weg warst. Es hat mich völlig verwirrt, dass du abgereist bist, ohne dich zu verabschieden, aber dann hab ich mit meinem Großvater gesprochen. Er hat mir von deinem Besuch erzählt, und da war mir auf einmal alles klar. Sein Gedächtnis ist auch nicht mehr, was es mal war, wenn er dir also irgendwas Komisches über mich erzählt hat, nimm's nicht so ernst.«

Die Nachricht war zu Ende. Ich rief die nächste ab. »Tut mir leid, ich bin's noch mal. Ich wollte noch was zu dem Anruf sagen, neulich abends. Das warst du, stimmt's? Ich hoffe, du hast keine falschen Schlüsse gezogen. Ich war gerade dabei, an einem Bild für eine Kundin zu arbeiten und hatte die Finger voll mit gelber Farbe, also ist sie rangegangen. Glaub mir, Emily, da läuft nichts zwischen ihr und mir. Sie ist Anfang sechzig. Beruhigt dich das?« Er schwieg einen Augenblick. »Aber es gibt etwas, das ich dir nicht erzählt habe, etwas, worüber wir reden müssen.« Er holte tief Luft. »Du fehlst mir, Emily. Ich brauche dich. Ich … liebe dich. So, jetzt ist es raus. Bitte, ruf mich zurück.«

Ich suchte seine Nummer unter »eingegangene Anrufe« und tippte sie hastig ein. Er liebte mich! Aber es klingelte und klingelte, und niemand meldete sich. Also legte ich auf, rief bei der Fluggesellschaft an und buchte den nächsten Flug nach Seattle.

»Hin- und Rückflug?«, fragte die Frau.

»Nur Hinflug«, sagte ich, ohne zu zögern.

In aller Eile packte ich meine Sachen, aber als ich den Koffer zumachte, hatte ich das Gefühl, irgendetwas Wichtiges vergessen zu haben. Ich lief durch die Wohnung und ging in Gedanken alles durch, was ich brauchte, und da plötzlich wusste ich, was es war: *Years of Grace*. Seit ich wieder in New York war, hatte ich die ganze Zeit an das Buch gedacht, und jetzt, wo ich Esthers Geschichte kannte, wollte ich es unbedingt noch einmal lesen.

Das Buch wartete geduldig auf mich im Wohnzimmerregal. Ich nahm es heraus und ließ mich aufs Sofa sinken, um noch ein paar Seiten zu lesen. Als ich die Titelseite aufschlug, fiel mir etwas auf, was ich bisher nie gesehen hatte, obwohl ich das Buch schon so oft gelesen hatte: eine handschriftliche Notiz in schwarzer Tinte, stark verblasst, aber immer noch lesbar. Ich kniff die Augen zusammen und entzifferte die Worte: »Dieses Buch gehört Esther Johnson«.

20

31. März

Ich erinnerte mich an eine Geschichte, die ich in der Highschool gehört hatte. Ein Mädchen war mit Freunden nach Seattle gefahren und hatte die Fähre verpasst, mit der sie vor der Sperrstunde zurück auf die Insel gelangt wäre. Sie wusste, dass die nächste Fähre erst eine Stunde später ging und dass ihr strenger Vater ihr Stubenarrest oder Schlimmeres aufbrummen würde. Sie geriet in Panik, und als sie sah, wie die Fähre ablegte, ließ sie ihre Tasche fallen und sprang. Aber anstatt auf der Fähre, landete sie im Wasser. Sie wurde ins Krankenhaus gebracht und kam mit einem gebrochenen Handgelenk und einem Bluterguss am Kinn nach Hause. Krystalina, so hieß sie. Die Geschichte fiel mir ein, als ich im Fähranleger eintraf und das Schiffshorn hörte. Mir rutschte das Herz in die Hose.

Ich war mit diversen Zwischenlandungen seit dreizehn Stunden unterwegs (das kommt davon, wenn man in letzter Minute bucht) und war drauf und dran, es wie Krystalina zu machen und zu springen, als mir klar wurde, dass ich die Fähre um ein Haar verpasst hatte. Ich betrachtete das aufgewühlte Wasser am Kai und beschloss, dass die Insel noch ein bisschen warten musste. Jack musste warten. Konnte er das?

Die Fähre legte um 20.25 Uhr auf der Insel an. Niemand außer einem einsamen Taxi wartete auf mich.

»Zur Hidden Cove Road, bitte«, sagte ich dem Fahrer.

Er nickte und nahm meinen Koffer. »Sie haben wenig Gepäck«, sagte er. »Bleiben Sie nur ein paar Tage?«

»Das weiß ich noch nicht«, antwortete ich.

Er nickte noch einmal, als wüsste er genau, was ich meinte.

Als wir vor Jacks Haus hielten, war dort alles dunkel. Zu dunkel.

»Sieht nicht so aus, als wäre jemand zu Hause«, bemerkte der Taxifahrer überflüssigerweise. Es ärgerte mich, als er vorschlug, mich in ein Hotel zu bringen.

»Moment«, sagte ich. »Warten wir noch ein bisschen.«

Das war die Stelle, an der im Kino die beiden Liebenden wieder zusammenfinden – an der sie aufeinander zurennen, sich in die Arme fallen und sich küssen.

Ich klopfte und wartete eine, zwei Minuten. Dann klopfte ich noch einmal.

»Keiner da?«, rief der Fahrer.

Ich ignorierte ihn und klopfte wieder, während mein Herz immer lauter pochte. Komm schon, Jack, mach die Tür auf.

Kurz darauf war mir klar, dass er nicht aufmachen würde. Oder er war nicht zu Hause. Und ganz plötzlich war mir alles zu viel. Ich setzte mich auf die Veranda und legte das Gesicht auf die Knie.

Was machte ich überhaupt hier? Wieso liebte ich diesen Mann? Ich dachte an einen Absatz in *Years of Grace*, der mir immer besonders gefallen hatte: »Die Liebe ist kein Treibhausgewächs, das zum Blühen gezwungen wird. Die Liebe ist eine Pflanze, die unerwartet am Straßenrand blüht.«

Aber ich hatte diese Liebe nicht künstlich gezüchtet. Sie war auf natürliche Weise gewachsen. Sie war nicht aufzuhalten. Dieser Gedanke tröstete mich, als ich auf Jacks kalter Verandastufe saß.

»Miss«, sagte der Taxifahrer, »alles in Ordnung? Wenn Sie nicht wissen, wohin, rufe ich meine Frau an. Sie kann Ihnen ein Bett richten. Es ist nicht viel, aber dann haben Sie wenigstens was für die Nacht.« Es berührte mich zutiefst: Die Menschen auf der Insel sind ausgesprochen großherzig und gastfreundlich.

Ich blickte auf und fasste mich. »Danke, das ist sehr freundlich von Ihnen. Aber meine Tante wohnt unten am Strand. Ich kann bei ihr übernachten.«

Er fuhr mich zu Bee. Nachdem ich das Taxi bezahlt hatte, blieb ich einen Moment mit dem Koffer in der Hand stehen, betrachtete das Haus und fragte mich, ob die Entscheidung zurückzukommen richtig gewesen war. Im Haus brannte Licht. Ich trat ein.

»Bee?« Sie saß in ihrem Sessel, wie immer. Nach allem, was geschehen war, war das ein beruhigender Anblick.

»Emily?« Sie stand auf und umarmte mich. »Was für eine Überraschung!«

»Ich konnte einfach nicht anders«, sagte ich.

»Ich wusste, dass du zurückkommen würdest. Ist Jack einer der Gründe?«

Ich nickte. »Ich war bei ihm, aber er war nicht zu Hause.«

Bee wurde ernst. »Es ist Elliot«, sagte sie. Die Art, wie sie seinen Namen aussprach, ließ mich erschaudern. »Er ist krank. Jack hat mich angerufen und es mir gesagt. Er wollte, dass ich weiß …«, sie musste schlucken, weil ihr die Stimme versagte, »… dass es Elliot … dass es ihm nicht gut geht. Er fürchtet, er stirbt, Liebes.«

Ich schluckte.

»Jack ist auf dem Weg ins Krankenhaus. Er ist gerade losgefahren, um die Fähre noch zu kriegen. Wenn du dich beeilst, schaffst du es vielleicht noch.«

Ich betrachtete meine Füße. »Ich weiß nicht«, sagte ich. »Meinst du denn, er will mich sehen?«

Bee nickte. »Da bin ich mir ganz sicher«, sagte sie. »Fahr zu ihm. Sie würde es so wollen.«

Natürlich sprach sie von Esther, und das war der Grund, warum ich zum Fähranleger fuhr. Bees Worte änderten meinen Lebensweg von Grund auf. Und mit diesen Worten beglich sie ihre Schuld. Sie wusste es. Ich wusste es. Und ich hatte das Gefühl, dass Esther, wäre sie da gewesen, zustimmend genickt hätte.

»Kann ich dein Auto nehmen?«, fragte ich.

Sie warf mir die Schlüssel zu. »Beeil dich.«

Mein Herz raste. »Und was ist mit dir?«, fragte ich, als ich an ihre Beziehung zu Elliot dachte. »Möchtest du ihn nicht auch noch einmal sehen?«

Sie schaute mich an, als wollte sie Ja sagen, doch dann schüttelte sie den Kopf. »Es steht mir nicht zu«, sagte sie. Ihre Augen füllten sich mit Tränen.

»Du liebst ihn immer noch, nicht wahr?«

»Unsinn«, erwiderte sie und wischte sich hastig eine Träne fort.

»Dieses Päckchen«, sagte ich, »das Elliot dir gegeben hat – was war darin?«

Sie lächelte. »Das Fotoalbum, das er mir geschenkt hatte, als er aus dem Krieg heimgekehrt ist. Nach allem, was mit deiner Großmutter geschehen war, hatte ich es ihm zurückgeschickt. Aber er hat es all die Jahre über aufgehoben.«

Ich drückte sie noch einmal und schnappte mir meine Handtasche.

»Los jetzt«, sagte sie. »Fahr zu Jack.«

Ich fuhr so schnell, als ginge es um mein Leben. Ich dachte weder an die Polizei noch an einen Unfall noch an irgendetwas – nur an Jack. Jede Sekunde zählte.

Ich jagte den Käfer über die Insel bis zum Hafen, und als ich in den Parkplatz einbog, hörte ich das Schiffshorn. Mir blieb fast das Herz stehen. Ich rannte zur Anlegestelle und war darauf gefasst zu springen. Aber die Fähre war schon zu weit weg. Ich hatte sie verpasst. Ich hatte Jack verpasst.

Fluchend klammerte ich mich ans Geländer. Es war klar, dass es so kommen musste. Seit Jahren bestand mein Leben aus verpassten Gelegenheiten. Mit schleppenden Schritten ging ich zur Kaimauer, wo die Leute gewöhnlich auf Freunde oder Verwandte aus Seattle warteten. Die Fähre war noch gut zu sehen. Mit zusammengekniffenen Augen suchte ich nach Jack, aber auf die Entfernung konnte man keine Gesichter mehr erkennen.

Dann hörte ich Schritte hinter mir. Ich drehte mich um, und da sah ich ihn. Einen Koffer in der Hand, rannte er in

Richtung Anlegestelle. Die Angst stand ihm ins Gesicht geschrieben – bis er mich entdeckte.

»Emily!«

»Jack«, sagte ich. Wie schön es war, seinen Namen auszusprechen.

Er ließ seinen Koffer fallen und kam auf mich zugelaufen. »Ich hatte ja keine Ahnung, dass du hier bist«, sagte er und schob sich das Haar aus dem Gesicht. Dann streichelte er meine Wange.

»Ich habe deine Nachricht abgehört«, sagte ich, »und wollte dich überraschen.«

Er grinste. »Das ist dir gelungen!« Ich hatte den Eindruck, dass er noch etwas sagen wollte, aber er wurde abgelenkt, als in der Ferne ein Schiffshorn ertönte. Eine andere Fähre lief früher als geplant in den Hafen ein.

»Ich bin auf direktem Weg zu dir gefahren«, sagte ich und sah ihn fragend an.

Als er meine Hand nahm, wärmte seine Berührung jede Faser meines Körpers.

»Bee hat mir gesagt, dass dein Großvater im Krankenhaus ist«, fuhr ich fort. »Wie traurig. Du wolltest zu ihm, nicht wahr?«

Er nickte. »Ich wollte gleich heute Abend rüberfahren und über Nacht bei ihm bleiben, damit er nicht allein ist. Er wird morgen operiert.«

»Wird er wieder gesund?«

»Wir wissen es nicht«, sagte er. »Man hat ihm in den letzten fünf Jahren zweimal einen Bypass gelegt, und die Ärzte sagen, wenn es diesmal nicht besser wird, war das womöglich der letzte Versuch.«

Ich fragte mich, ob Esther wusste, dass das Herz der

Liebe ihres Lebens dabei war, im wahrsten Sinne des Wortes zu brechen.

»Fahr zu ihm«, sagte ich. »Wir sehen uns dann morgen, wenn er die Operation überstanden hat.« Ich zeigte auf die Fähre, die gerade angelegt hatte. »Nimm die Fähre. Ich warte hier auf dich.«

Er schüttelte den Kopf. »Und ich soll dich hier allein lassen? Nein, das würde mein Großvater mir bestimmt übel nehmen. Komm mit.«

Ich schmiegte meinen Kopf an seine Schulter, so wie ich es an dem Nachmittag in Bees Wintergarten getan hatte. »Okay.«

»Ich muss immer wieder an den Morgen denken«, sagte er, »als wir uns bei Henry zum ersten Mal begegnet sind.«

»Wieso?«, fragte ich und schaute ihn an in der Hoffnung, dass er sagen würde, was ich mir wünschte.

»Da schon hatte ich gehofft, dass wir zusammenkommen würden.«

Ich fühlte mich wie noch nie in meinem Leben. Ich fühlte mich geliebt, mehr noch, ich fühlte mich vergöttert.

Jack langte in seine Tasche, dann nahm er meine Hand.

»Emily«, sagte er und räusperte sich. »Ich habe etwas für dich.« Er hielt eine kleine schwarze Schachtel in der Hand, die mich unwillkürlich an das Päckchen erinnerte, das Elliot ihm auf Evelyns Beerdigung gegeben hatte. Was mochte sie enthalten? Als ich die Schachtel mit zitternden Fingern aufklappte, sah ich etwas im Licht der Straßenlaterne glitzern.

Jack räusperte sich erneut. »Mein Großvater hat mir den Ring gegeben, den er der Frau geschenkt hatte, die er vor langen Jahren einmal geliebt hat. Ich möchte ihn dir schenken.«

Mir blieb die Luft weg. Ich sah einen großen, birnenförmigen Diamanten zwischen zwei Rubinen, und ich erkannte den Ring sofort. Es war Esthers Verlobungsring. Er musste es sein. Ich steckte ihn mir an den Finger.

Jack sah, dass ich den Ring wiedererkannt hatte. »Du kennst die Geschichte, nicht wahr?«

Ich nickte. »Ja.«

»Woher?«

»Ich habe im Lauf der vergangenen Wochen ein paar Nachforschungen angestellt«, antwortete ich geheimnisvoll.

»Ich auch«, sagte er. »Um meinem Großvater eine Freude zu bereiten, habe ich versucht herauszufinden, wo Esther steckt. Ich wollte so gern, dass sie sich noch einmal wiedersahen.« Er trat nach einem Kieselstein. »Aber jetzt ist es zu spät.«

»Wie kommst du darauf?«

Er sah mich traurig an. »Sie lebt nicht mehr.«

Seine Worte versetzten mir einen Stich. »Woher weißt du das?«

Er rieb sich die Augen, vielleicht vor Müdigkeit, aber vielleicht auch, weil er traurig war. »Ihre Pflegerin hat es mir gesagt. Sie hat sich die letzten fünfzehn Jahre um sie gekümmert – das war die Frau, mit der du mich in der Stadt gesehen hast, und die Frau, die ans Telefon gegangen ist, als du angerufen hast.«

»Das ist ja merkwürdig«, sagte ich. »Wie hast du sie gefunden?«

»Sie hat sich bei mir gemeldet«, sagte er. »Sie hat gesagt, Esther hätte sich auf dem Sterbebett gewünscht, dass sie herausfindet, wo mein Großvater ist.«

Ich seufzte. »Sie ist also gestorben.«

»Ja.«

Ich schüttelte den Kopf. »Nein«, sagte ich. »Das kann einfach nicht stimmen.« Mein Herz weigerte sich zu glauben, dass die Geschichte so endete. »Was hast du gesagt, wie hieß die Pflegerin?«

»Lana«, sagte er.

Ich lächelte. »Das erklärt alles.«

Jack sah mich verwirrt an. »Wie?«

»Jack, Lana ist nicht Esthers Pflegerin. Lana ist ihre Tochter. *Elliots* Tochter.«

Jack rieb sich die Stirn. »Aber das ergibt doch überhaupt keinen Sinn.«

»Ja, ich weiß. Aber es stimmt. Und wenn Lana Kontakt zu dir aufgenommen, dir aber nicht erzählt hat, dass sie Esthers Tochter ist, vielleicht sagt sie dann auch nicht die Wahrheit über Esther, zum Beispiel darüber, dass sie noch am Leben ist. Ich glaube, sie versucht, ihre Mutter zu schützen … Warte«, fuhr ich fort, ehe Jack antworten konnte. »Du hast doch gesagt, dass diese Lana ein Bild bei dir in Auftrag gegeben hat, nicht wahr? War das das Porträt, das ich in deinem Atelier gesehen habe, das Bild von der Frau am Strand?«

»Ja«, erwiderte er. »Sie sagte, es sei für ihre Mutter. Ich habe es nach einem alten Foto gemalt.«

»Jack«, sagte ich, »hast du schon mal darüber nachgedacht, dass die Frau auf dem Foto Esther sein könnte, dass Lana ihrer Mutter ein Bild schenken will, das Elliots Enkel gemalt hat, Elliots *Fleisch und Blut*?«

Jack überlegte einen Moment, dann schüttelte er den Kopf. »Sie hat gesagt, ihre *Eltern* leben in einem Seniorenheim in Arizona. Wenn das stimmt, was du sagst, warum sollte sie mir dann so ein kompliziertes Lügenmärchen auftischen?«

»Weil sie nicht will, dass ihrer Mutter noch einmal wehgetan wird«, erwiderte ich.

Jack zuckte die Achseln. »Ich wünschte, es wäre so, Emily, aber ich glaube es einfach nicht. Sie hat mir von Esthers Leben erzählt und wie sie gestorben ist – das klang alles sehr realistisch.«

Der Wind nahm zu, und instinktiv legte Jack mir einen Arm um die Schultern. »Ich wünschte, es wäre anders ausgegangen für die beiden«, sagte er, während er mich fest an sich drückte. »Aber wir können unsere eigene Geschichte schreiben. Unsere muss nicht tragisch enden.«

Er küsste mich sanft auf die Stirn, als das Schiffshorn erneut ertönte.

»Wenn ich mir vorstelle, dass ich um ein Haar vor dir weggelaufen wäre, vor alldem«, sagte ich.

Er drückte meine Hand. »Ich bin so froh, dass du es nicht getan hast.«

Hand in Hand gingen wir auf die Fähre und kuschelten uns auf eine Bank, von der aus wir einen Blick auf die Bucht hatten. Je mehr wir uns Seattle näherten, umso mehr spürte ich Jacks Sorge um seinen Großvater. In welchem Zustand würde Elliot sein, wenn wir eintrafen? Würde er ansprechbar sein? Würde meine Anwesenheit ihn noch trauriger machen, vor allem, nachdem er das Tagebuch gelesen hatte, das ich ihm geschickt hatte?

Im Krankenhaus fuhren wir in den dritten Stock und erkundigten uns an der Schwesternstation nach Elliot. »Es geht ihm leider nicht gut«, sagte eine Schwester beinahe im

Flüsterton. »Er ist schon den ganzen Nachmittag gereizt und verwirrt. Wir tun alles für sein Wohlergehen, aber ihm bleibt nicht mehr viel Zeit. Vielleicht wollen Sie sich von ihm verabschieden, solange Sie die Gelegenheit haben.«

Jacks Gesicht war kreideweiß, als wir zum Zimmer seines Großvaters gingen. »Ich schaff das nicht allein«, sagte er.

Ich legte ihm eine Hand auf den Arm. »Ich bin ja bei dir.«

Gemeinsam betraten wir das Zimmer, und da lag er, an tausend Schläuche und Geräte angeschlossen. Seine Haut war bleich, und sein Atem ging flach.

»Ich bin's, Grandpa«, sagte Jack leise und beugte sich zu ihm hinunter, »Jack.«

Langsam öffnete Elliot die Augen ein bisschen. »Sie ist gekommen«, flüsterte er. »Sie war hier. Ich hab sie gesehen.«

»Wer, Grandpa?«

Die Augen fielen ihm wieder zu, und seine Lider flatterten. »Diese blauen Augen«, sagte er. »Genau wie früher.«

»Grandpa«, fragte Jack sanft, und in seinen Augen flackerte ein Fünkchen Hoffnung auf. »Wer war hier?«

»Sie hat gesagt, sie heiratet bald«, sagte er und machte die Augen wieder auf, aber es war klar, dass er in seinen Erinnerungen versunken war, und ich sah die Enttäuschung in Jacks Gesicht. »Sie hat mir gesagt, dass sie diesen Trottel von Bobby heiratet. Warum macht sie das? Sie liebt ihn doch gar nicht. Sie hat ihn nie geliebt. Sie liebt mich. Wir gehören zusammen.« Plötzlich setzte er sich auf und fing an, an dem Infusionsschlauch in seinem Arm zu zerren. »Ich muss ihr das ausreden. Ich muss es ihr sagen. Wir gehen zusammen fort. So machen wir es.«

Jack wirkte besorgt. »Er halluziniert«, sagte er. »Die Schwester hat mir gesagt, dass das passieren kann. Es liegt an den Medikamenten.«

Elliot war außer sich und fegte einen Pulsmesser zu Boden, ehe Jack ihn beruhigen konnte. »Ganz ruhig, Grandpa. Du kannst jetzt nirgendwo hingehen.« Er drehte sich zu mir um. »Hol eine Schwester, Emily.«

Ich drückte auf den roten Knopf neben Elliots Bett, und gleich darauf eilten zwei Krankenschwestern herbei. Eine half uns dabei, Elliot wieder ordentlich ins Bett zu legen, während die andere ihm etwas in den linken Arm injizierte. »Das wird Sie beruhigen, Mr Hartley«, sagte sie.

Nachdem Elliot eingeschlafen war, sagte ich zu Jack: »Ich hole uns etwas zu trinken. Was möchtest du?«

»Einen Kaffee«, flüsterte er, ohne den Blick von Elliot abzuwenden.

Ich nickte.

Ich ging in die Cafeteria, dankbar, dass sie noch offen war, füllte zwei Tassen mit Kaffee und steckte mir ein Päckchen Zucker und zwei Döschen Kaffeesahne ein. Wie trank Jack seinen Kaffee? Ich musste an Annabelles Forschungsergebnisse denken, aber ich schob den Gedanken hastig beiseite und bezahlte die beiden Tassen Kaffee.

Im Aufzug dachte ich an Elliot. Er war vollkommen überzeugt davon gewesen, dass er Esther gesehen hatte. Es brach mir das Herz mitzubekommen, wie sehr er sie liebte, selbst jetzt noch, am Ende seines Lebens. Kurz bevor ich Elliots Zimmer erreichte, hörte ich Schritte hinter mir.

»Verzeihen Sie, Ma'am«, sagte eine Frau.

Als ich mich umdrehte, kam eine Schwester auf mich zu,

die einen Zettel in der Hand hielt. »Sie haben nicht zufällig ein Halstuch in Elliots Zimmer gefunden?«

Ich schüttelte den Kopf. »Nein.«

Die Schwester zuckte die Achseln. »Na ja«, sagte sie, »eine Frau hat angerufen. Sie sagt, ihre Mutter hätte einen …« – sie warf einen Blick auf den Zettel – »… blauen Seidenschal liegen lassen, als sie Mr Hartley heute Morgen besucht hat.«

Meine Augen weiteten sich. »Hat sie Ihnen ihren Namen genannt? Hat sie eine Nummer hinterlassen?«

Die Schwester sah mich an. »Kennen Sie die Frau?«

»Vielleicht«, sagte ich und schluckte.

Sie schaute noch einmal auf ihren Zettel. »Merkwürdig«, sagte sie. »Die Schwester von der Frühschicht hat die Nachricht entgegengenommen.« Sie schüttelte den Kopf. »Sie hat keinen Namen aufgeschrieben.«

Ich seufzte.

»Nun, falls Sie das Halstuch finden, bringen Sie es einfach zur Schwesternstation«, sagte sie. »Vielleicht ruft sie ja noch mal an.«

»Wie geht es ihm?«, fragte ich Jack leise, als ich wieder im Zimmer war. Ich reichte ihm seinen Kaffee und hielt ihm den Zucker und die Kaffeesahne hin.

»Er schläft«, antwortete er und nahm sich ein Döschen Kaffeesahne, das er in seine Tasse leerte. Ich machte es genauso.

Ich küsste ihn auf die Wange.

»Womit hab ich das verdient?«, fragte er.

»Einfach so.«

Auf Zehenspitzen ging ich zu Elliots Bett und zog ihm die Decke über die Schultern. Dabei fiel mein Blick auf etwas Dunkles zwischen den Laken. Ich schaute noch einmal hin und sah, dass er etwas umklammert hielt. Ein blaues Seidenhalstuch.

Ich blinzelte eine Träne fort, denn in dem Augenblick wusste ich es.

»Du weinst ja«, sagte Jack.

»Ja, ich weine«, sagte ich und lächelte durch die Tränen hindurch, die mir über die Wangen liefen. Endlich weinte ich. Es gab so viel, was ich ihm sagen wollte, aber das konnte warten. In dem Moment wusste ich nur, dass endlich die Tränen kamen, dicke Tränen, die mir in Sturzbächen über die Wangen liefen. Und mit jedem Tropfen fühlte ich mich leichter, glücklicher, heiler.

Jack zog mich an sich. »Danke, dass du hier bei mir bist.«

In dem Moment kam eine Schwester ins Zimmer und flüsterte mir zu: »Ich habe den Namen der Anruferin in Erfahrung gebracht, Ma'am. Sie hat sich an der Rezeption in die Besucherliste eingetragen.« Jack trat an Elliots Bett, und ich folgte der Schwester auf den Korridor.

»Lana«, sagte sie und zeigte mir das Klemmbrett, auf dem der Name stand. »Sie heißt Lana.«

»Lana«, sagte ich unter Tränen. »Natürlich.« Ich bekam eine Gänsehaut.

Ich würde nie erfahren, welche Worte sie gewechselt hatten, als sie sich nach all den Jahren wiedergesehen hatten. Hatten sie sich umarmt? Hatten sie um die Jahre geweint, die sie verloren hatten? Aber das spielte eigentlich keine Rolle. Er hatte seine Tochter gesehen. Und er hatte seine Esther wiedergesehen.

»Alles in Ordnung?«, fragte die Schwester und legte mir eine Hand auf die Schulter.

Ich nickte. »Ja«, sagte ich lächelnd. »*Ja*.«

Ich setzte mich auf einen Klappstuhl vor Elliots Zimmer. Die Neonlampen knisterten über mir, und die Luft roch nach Kaffee und Desinfektionsmittel. Ich öffnete meine Tasche und nahm meinen Laptop heraus. Ich spürte eine Entschlossenheit und Klarheit wie seit Jahren nicht mehr. Ich betrachtete den zuckenden Curser auf dem Bildschirm, aber diesmal war es anders. Jetzt wusste ich, wie ich Esthers Geschichte zu Ende schreiben würde. Ich wusste, wie sie angefangen hatte, und ich wusste, wie sie endete. Wort für Wort.

Aber als die Digitaluhr im Korridor von 11.59 Uhr auf 12.00 Uhr sprang, wurde mir bewusst, dass ich zuerst eine andere Geschichte schreiben musste. Es war der erste April – ein neuer Tag, ein neuer Monat, und der Beginn einer neuen Geschichte, meiner Geschichte, und ich konnte es nicht erwarten, sie aufzuschreiben.

Danksagung

Dieses Buch wäre kein Buch geworden ohne den klugen Blick von Elisabeth Weed, meiner Agentin, die das Besondere an der Geschichte entdeckt hat und mit mir durch den Schlamm von tausend Überarbeitungen gewatet ist, bis das Manuskript funkelte. Ich danke Elisabeth dafür, dass sie an dieses Projekt geglaubt und mich den unglaublich fähigen Händen von Denise Roy beim Verlag Plume anvertraut hat. Elisabeth sagte mir, Denise sei die perfekte Lektorin für mich, und sie hatte recht. Denise verblüffte mich mit ihrem Scharfblick und ihren kreativen Vorschlägen. Eine bessere Lektorin hätte ich mir nicht wünschen können.

Außerdem danke ich meiner Familie für ihre Liebe und Unterstützung – meiner Schwester Jessica Campbell, meinen Brüdern Josh und Josiah Mitchell und vor allem meinen Eltern Terry und Karen Mitchell, die mich in meiner Leidenschaft zu schreiben immer unterstützt haben (und mich sogar gelobt haben für die peinliche, handgeschriebene »Zeitung«, die ich in der Nachbarschaft verteilt habe, als ich in der sechsten Klasse war). Und ich danke der Familie Jio für ihren großartigen Sohn Jason und dafür, dass ich ihren Namen auf den Umschlag dieses Buchs setzen durfte.

Großen Dank auch an die Lektoren und Schriftstellerkollegen, die mich angefeuert und auf unterschiedlichste Weise unterstützt haben: Allison Winn Scotch, Claire Cook, Sarah Pekkanen und die anderen Frauen bei Debutante Ball; Camille Noe Pagán, Jael McHenry, Sally Farhat Kassab, Cindi Leive, Anne Sachs, Lindsey Unterberger, Margarita Bertsos und all die anderen Frauen (und Männer) bei *Glamour* sowie Heidi Cho und Meghan Ahearn bei *Woman's Day*.

Ich danke Nadia Kashper und all den großartigen Mitarbeitern hinter den Kulissen bei Plume, die so hart für mich gearbeitet haben. Herzlichen Dank an Stephanie Sun von Weed Literary, für das Lesen des fertigen Manuskripts, und an Jenny Meyer, meine Agentin für Auslandsrechte – es freut mich riesig, dass mein Roman auch in Buchläden in Deutschland und anderswo ausliegen wird.

Ganz besonderen Dank an die netten Leute auf Bainbridge Island, die ihre Welt, ohne es zu wissen, für Leser auf der ganzen Welt geöffnet haben. Die Geschichte ist zwar erfunden, aber ich denke, dass ich den Charakter der Insel wahrheitsgetreu dargestellt habe. Für mich gibt es keinen schöneren Ort auf der Welt als diese kleine Insel an der Ostküste.

Ich danke auch meinen geliebten Jungs. Ich habe die Geschichte geschrieben, wenn sie ihren Mittagsschlaf machten oder nachts in ihren Betten lagen, aber eines Tages werden sie groß genug sein, um zu verstehen, dass ihre Mama eine Schriftstellerin ist.

Zu guter Letzt mein herzlicher Dank an meinen Mann Jason, der sich nicht nur als Korrekturleser für meine vielen

Versionen zur Verfügung gestellt, sondern mich auf jede erdenkliche Weise unterstützt und angefeuert hat, selbst wenn ich schlecht gelaunt oder müde oder mit meinem Latein am Ende war, was ziemlich häufig der Fall war. Danke für deine Hilfe. Ich liebe dich.